新潮文庫

暁の寺

（豊饒の海・第三巻）

三島由紀夫著

新潮社版

2428

暁の寺

（豊饒の海・第三巻）

第一部

一

バンコックは雨期だった。空気はいつも軽い雨滴を含んでいた。強い日ざしの中にも、しばしば雨滴が舞っていた。しかし空のどこかには必ず青空が覗《のぞ》かれ、雲はともすると日のまわりに厚く、雲の外周の空は燦爛《さんらん》とかがやいていた。驟雨《しゅうう》の来る前の空の深い予兆にみちた灰黒色は凄《すご》かった。その暗示を孕《はら》んだ黒は、いちめんの緑のところどころに椰子《やし》の木を点綴《てんてつ》した低い町並を覆《おお》うた。

そもそもバンコックの名は、アユタヤ王朝時代、ここに橄欖樹《かんらんじゅ》が多かったところから、バーン（町）コーク（橄欖）と名付けられたのにはじまるが、古名は又、天使都《クルン・テープ》と謂《い》った。海抜二米《メートル》に満たない町の交通は、すべて運河にたよっている。運河と云《い》っても、道を築くために土盛りをすれば、掘ったところがすなわち川になる。家を建てるために土盛りをすれば池ができる。そうしてできた池はおのずから川に通じ、かくていわゆる運河は四通八達して、すべてがあの水の母、ここの人たちの肌の色と等しく茶褐色に日に照り映えるメナム河に通じていた。

市の中心部には、露台のついた三階建の欧洲《おうしゆう》風の建築があり、外人居留地には二、三階の煉瓦《れんが》造りも多かったが、この町のもっとも美しい特色をなす街路樹は、道路改正のためにそこかしこで伐《き》り倒され、鋪装《ほそう》道路が一部に出来かけていた。のこる合歓《ねむ》の並木は、烈日をさえぎって深々と道の上におおいかぶさり、黒い紗《しや》のような木蔭《こかげ》の喪を布《し》いていたが、暑さにしなだれた草は雷鳴を伴った驟雨のあとでは、俄《にわ》かに蘇《よみがえ》って凜々《りり》しく葉末を反らした。

町の殷賑《いんしん》は南支那《しな》の或《あ》る都市を思わせた。横うしろの幌《ほろ》を外した二人乗りの三輪車《サムロー》が無数に往来し、時にはバンカッピ周辺の水田から、鴉《からす》を背中にとまらせたまま水牛が牽《ひ》かれて通り、黒い輝やかしい汚点《しみ》のように、癩《らい》の乞食《こじき》の光る皮膚が物かげに在った。男の子たちは全裸で走りまわり、女児は金属製の蛇腹の覆いを股間《こかん》につけていた。めずらかな果物や花は朝市で売られた。支那人町の金行の店頭には、簾《すだれ》のように懸け列《つら》ねた純金の鎖が燦爛としていた。

しかし夜になると、バンコックの町は、ただ月と星空だけに委《ゆだ》ねられた。自家発電のできるホテルはさておき、逓昇電圧器《ステップ・アップ》のある金持の家だけが、町なかのところどころにお祭のように光りを放っていた。多くはランプを使い、蠟燭《ろうそく》を用いた。川ぞいの軒の低い民家では、どの家も、仏座の一本の蠟燭で夜をすごし、仏像の金箔《きんぱく》だけが竹簀《たけす》の床《ゆか》の奥におぼめいていた。太い茶いろの線香をその前で焚《た》いた。対岸の家々の蠟燭の火が川へ落すゆらめく灯影は、時折とおる櫓漕《ろこ》ぎの舟影に遮られた。

一昨年、すなわち昭和十四年に、シャムはその国号をタイと革《あらた》めた。

――バンコックが東洋のヴェニスと呼ばれるのは、結構も規模も比較にならぬこの二つの都市の、外見上の対比に拠《よ》ったものではあるまい。それは一つには無数の運河による水上交通と、二つにはいずれも寺院の数が多いからである。バンコックの寺の数は七百あった。

緑をつんざいて聳《そび》えるのはみな仏塔であり、暁の光りを最初に受け、夕日の反映を最後までとどめて、日のあるあいださまざまに色を変えた。

小寺院ではあるが、十九世紀にラーマ五世チュラローンコーン大帝が建立《こんりゅう》した大理石寺院《ワット・ベンチャマボピット》は、もっとも新らしい華麗な寺である。

当今《とうぎん》のラーマ八世、アナンダ・マヒドン陛下は、昭和十年、御十一歳で位に即《つ》かれたが、間もなくスイスのローザンヌへ留学されて、御十七歳の今も彼地《かのち》で勉学にいそしんでおられた。御留守のあいだに、ルアン・ピブン首相は独裁の権力を得、形だけ摂政府が諮詢《しじゅん》していた。摂政は二人置かれた。第一摂政アチット・アパー殿下はいわば飾り物で、第二摂政プリディ・パノムヨンが摂政府の実権を握っていたのである。

お暇な上に崇仏の篤《あつ》いアチット・アパー殿下は、しばしば各所の寺院に参詣《さんけい》されたが、或る夕刻に、大理石寺院へおいでになる旨《むね》が達せられた。

寺院はナコン・パトム・ロードの合歓の並木に挟まれた小川のほとりにあった。一対の石造の馬に護《まも》られた大理石の寺門は、古代クメール様式の白い焔《ほのお》の結晶のような冠飾を持ち、赤さびた門扉《もんぴ》をひらいていた。門からまっすぐに本堂へ向う甃《いしだたみ》の道の左右には、エメラルドいろに光る芝生の央《なか》に、古代ジャワ様式の一対の東屋《あずまや》風の小閣があった。芝生には丸く刈り込まれた灌木《かんぼく》が花咲き、小閣の軒には焔を踏まえた白い獅子《しし》が躍っていた。

本堂前面の印度《インド》大理石の白い円柱と、これを護る一対の大理石の獅子と、ヨーロッパ風の低い石欄とは、同じ大理石の壁面と共に、西日をまばゆく反射していた。しかし、それはただおびただしい金と朱の華文を引立たせるための、純白の画布にすぎなかった。ポインテッド・アーチ形の窓々は、内側の紅殻《べんがら》をのぞかせながら、その窓を包んで燃え上る煩瑣《はんさ》な金色《こんじき》の焔に囲まれていた。前面《ファサード》の白い円柱も、柱頭飾から突然金色燦然《こんじきさんぜん》とした聖蛇《ナーガ》の蟠踞《ばんきょ》する装飾に包まれ、幾重にも累々《るいるい》と懸る朱い支那瓦《しながわら》の反屋根《そりやね》は、鎌首《かまくび》をもたげた金色の蛇の列に縁取られ、越屋根《こしやね》のおのおのの尖端《せんたん》には、あたかも天へ蹴上《けあ》げる女靴の鋭い踵《かかと》のように、金いろの神経質な蛇の鴟尾《しび》が、競って青空へ跳ね上っていた。

これらすべての黄金《きん》は、切妻に遊ぶ鳩《はと》の白も際立《きわだ》つほどに、熱帯の日光にむしろ暗く輝やいた。

しかし、次第次第に憂色の深まる空へ、何事かに愕《おどろ》いて、群立つときの白鳩たちは、煤《すす》のように黒くなった。寺の錺《かざ》りに繰り返されている焔の意匠の、その金色の焔の煤が鳩なのだった。

庭の数株の椰子は、突兀《とっこつ》と、おどろいて立ちすくんだように見え、この「樹の噴水」は弓なりになって、天へ緑の繁吹《しぶき》をいくつもひらいていた。

植物も動物も、金属も石も紅殻も、光りの裡《うち》に混淆《こんこう》し融和して躍っていた。玄関を護る一対の白い大獅子でさえ、その大理石の鬣《たてがみ》のさまは向日葵《ひまわり》に他ならなかった。その種子《ね》のような歯は、大きくカッとひらいた口のなかにぎっしりと並び、獅子の顔は、すなわち、怒りを発した白皙《はくせき》の向日葵の花。

アチット・アパー殿下のロールス・ロイスは門前に着いた。すでに芝生の左右の小閣あたりに居並んでいた赤い制服の少年軍楽隊は、褐色の頬をふくらませて楽器を吹いた。ホルンの磨き立てた漏斗には、彼自身の赤い制服が小さく映っていた。熱帯の日の下でこれほど似つかわしい楽器はなかった。

白い上着に赤い帯を締めた仕丁が、殿下の頭上に草いろの傘をひろげて従った。殿下は白い軍服の上着に勲章をつけられ、布施を捧《ささ》げた青い帯の侍従と十人の近衛《このえ》兵に守られて、寺へ入られた。

殿下の御参詣はほぼ二十分で終るならわしだった。その間、人々は芝生の上に日に灼《や》かれながら待っていた。やがて内陣から支那風の胡弓《こきゅう》の音が鉦《かね》にまじって起ったとき、傘持ちの仕丁は、金色の仏塔の繊細な飾りを頂きにつけた傘を担《にな》って入口に立ち、僧帽のような項《うなじ》に垂れた帽の近衛兵四人は石段に居並んだ。内陣は窺《うかが》うべくもなかったが、まばゆい戸外から、燭《しょく》の火のまたたきの見えるほどに仄暗《ほのぐら》く、そこから読経《どきょう》の声がしきりに起り、早間の囃子《はやし》が昂揚《こうよう》した果てに、一点の鉦の音《ね》をとどめに楽は止《や》んだ。

仕丁は草いろの傘をひろげて、退出される殿下の上に恭《うやうや》しくさしかけ、近衛兵たちは捧刀《ほうとう》の礼をした。殿下はふたたび足早に門を出られて、ロールス・ロイスにお乗りになった。

しばらくそのあとを見送っていた群衆も散り、軍楽隊も去って、寺にはゆるやかに夕べの安息が来た。褐色の右肩を袒《たん》した鬱金《うこん》の衣の僧たちは、川べりへ出て、本を読み、あるいは語り合った。川には朽ちた赤い花々、朽ちた果物などが流れ、対岸の合歓の並木と美しい夕雲を映した。日は寺の背後に沈み、草は暮れた。やがて寺院の大理石の円柱や獅子や壁面だけが、辛うじて暮れ残る白になった。

⁂

たとえば、ワット・ポー。

十八世紀末ラーマ一世の建立にかかるこの寺では、人は次から次と立ち現われる塔よ御堂《みどう》の間を、搔《か》き分けて行かねばならない。

その烈日。その空の青。しかし本堂の廻廊の巨大な白い円柱は、白象の肢《あし》のように汚れている。

塔はこまかい陶片を以《もっ》て飾られ、その釉《うわぐすり》は日をなめらかに反射する。紫の大塔は、瑠璃《るり》いろのモザイクの階を刻み、夥《おびただ》しい花々を描いた数しれぬ陶片が、紫紺地に黄、朱、白の花弁を連ね、陶器のペルシア絨毯《じゅうたん》を巻いて空高く立てたようだ。

又そのかたわらには緑地の塔。日光の鉄槌《てっつい》が押し潰《つぶ》し、すりへらしたかのような石畳の上を、桃いろに黒い斑《ふ》の乳房を重たげに垂らした孕み犬がよろめいてゆく。

涅槃《ねはん》仏殿の巨大な金色《こんじき》の寝釈迦《ねしゃか》は、青、白、緑、黄のモザイクの箱枕《はこまくら》に、叢林《そうりん》のように高い金いろの螺髪《らはつ》を委《ゆだ》ねていた。金の腕は長く伸びて頭を支え、暗い御堂のむこうの端、はるか彼方《かなた》に黄色の踵が輝いていた。

その蹠《あしのうら》はみごとな螺鈿《らでん》細工で、こまかく区切られた黒地の一区切ごとに、虹色《にじいろ》にきらめく真珠母《しんじゅぼ》が、牡丹《ぼたん》、貝、仏具、岩、沼から生い出《い》でた蓮《はす》の花、踊り子、怪鳥、獅子、白象、竜、馬、鶴《つる》、孔雀《くじゃく》、三帆の船、虎《とら》、鳳凰《ほうおう》などの図柄を以て仏陀《ぶつだ》の事蹟《じせき》をあらわしていた。

開け放った窓は磨き立てた真鍮《しんちゅう》の板のように眩《まば》ゆい。菩提樹《ぼだいじゅ》の下を、褐色の右肩を露《あら》わして、その衣がオレンジ色に映える僧の一群が通る。

それほど熱い、空気自体が熱病にかかったような戸外。塔のあいだにある澱《よど》んだ池にはつややかな緑のマングローブが夥しい気根を垂らしている。鳩の遊ぶ中ノ島の岩は青く塗られ、岩のおもてには巨大な蝶《ちょう》が描かれ、岩の頂きには黒い不吉な小塔を置いている。

又、たとえば、本尊のエメラルド仏で名高い、王城守護寺ワット・プラケオ。

一七八五年の造営以来、ついに一度も毀《こぼ》たれたことのない寺だ。

雨のなかに、左右に金の塔を控えた大理石の階段上の、金色《こんじき》の半女半鳥《ギンダリ》が燦然としている。朱の支那瓦とその緑の縁取りは、明るい雨にいよいよ艶《つや》やかに照り映えている。

マハマンダパの廻廊の壁は、蜿蜒《えんえん》とラーマーヤナ物語の壁画の連鎖に占められている。有徳なるラーマその人よりも、風神の光輝ある息子、猿神ハヌーマンは、絵巻のいたるところに躍動していた。ジャスミン花の歯を持った黄金の麗人シーターは、怖《おそ》ろしい羅刹王《らせつおう》に拐《かどわ》かされていた。ラーマは幾多の戦いに、怜悧《れいり》な目をみひらきながら奮戦していた。

南画風の山々と初期ヴェネツィア派風の暗い背景の前に、極彩色の殿宇や猿神や怪物の軍《いくさ》があった。暗い山水の上を、七彩の虹の色の神が鳳凰に乗って飛んでいた。衣服を着て坐《すわ》った馬を、金衣の人が鞭《むち》で手なずけていた。海からは怪魚がぬっと首をもたげて、橋上の軍勢に襲いかかろうとしていた。遠くに幽《かす》かな青い湖があり、暗い森かげをひっそりと歩む金鞍《きんあん》の白馬を、とある繁《しげ》みから、剣《つるぎ》を抜いて猿神《ハヌーマン》は狙《ねら》っていた。

⁂

「バンコックの正式名称を何というか御存知ですか」

「いや、知りません」

「それはこういうのです。

クルング・テープ・プラ・マハナコーン・アーモン・ラタナコーシン・マヒンタラー・シイアユタヤー・マフマ・ポップ・ノッパラー・ラッチャタニー・プリロム」

「どういう意味です」

「ほとんど飜訳《ほんやく》不可能ですね。それはここの寺々の装飾のように、徒《いたず》らに金ぴか、徒らに煩瑣な、飾りのための飾りにすぎないのですから。

まあ、クルング・テープは『首府』という意味です。ポップ・ノッパラーは『九色の金剛石』、ラッチャタニーは『大都』、プリロムは『心地良き』というほどの意味です。大げさなきらびやかな名詞や形容詞を選び出して、ただそれを頸飾《くびかざり》のように繋《つな》いだだけのことなのです。

臣下が国王陛下に対して、

『はい』

と答えるだけのことを、この国の繁文縟礼《はんぶんじょくれい》は、次のように言わせるのです。

プラプウト・チャオ・カー・コーラップ・プロムカン・サイクラオ・サイ・クラモム。

これはまあいわば、

『誠惶《せいこう》恐惶頓首《とんしゅ》頓首』

とでも訳すほかはありますまいね」

——本多《ほんだ》は籐椅子《とういす》に深く凭《もた》れて、菱川の話をおもしろく無責任にきいていた。五井《いつい》物産が、この何でも知っている、しかしどことなく汚れて得体の知れない、芸術家崩れらしい男を、通訳兼案内人につけてくれたのであった。すでに四十七歳の本多は、何事も人まかせにすることが、とりわけこんな炎暑の国にいては、自分の自分に対する礼譲だと思っていた。

本多がバンコックへ来たのは五井物産の招きによるのである。そもそも日本で商談がまとまり、その契約が日本法に基づいて成立したのち、外国で何らかのクレームをつけられて係争が起ったときは、外国の法廷に訴えが提起されても、国際私法上の問題が生ずる。まして外国の弁護士は日本の法律に無知である。こういうときには日本から権威ある弁護士を招いて、日本の法律関係を向うの弁護士につぶさに説明して、訴訟を助けてもらうということがよく行われていた。

五井物産はこの一月、タイへ十万ケースの解熱剤《げねつざい》「カロス」を輸出したが、このうち三万ケース分の錠剤が、湿って、変色して、効力を失っていた。有効期限内の明記があるのに、そうなっていたのである。こうした民法上の不法行為は債務不履行で処理さるべきものが、向うは刑法上の詐欺罪《さぎざい》で訴えて来た。五井物産は下請の薬品会社が出した商品の瑕疵《かし》について、当然民法七一五条の無過失賠償責任を負うべきであるが、こうした国際私法上のトラブルには、どうしても本多のような本国の有能な弁護士の助力を必要としたのである。

本多はバンコック一のオリエンタル・ホテル（土地の人はこれをオリエンテン・ホテンと発音した）の、メナム河の眺望の美《よ》い一室を与えられていた。部屋には天井から白い大きな扇風機の翼が風を送っていたが、夕刻になると河べりの庭に出て、川風の僅《わず》かな涼気を貪《むさぼ》っていたほうがよかった。夜の案内に訪れた菱川と共に、夕食前の酒をたのしみながら、本多はこうして菱川の語るに委《まか》せた。一匙《さじ》をもちあげ支える指尖《ゆびさき》すら重くものういのに、対話は銀鍍金《ぎんめっき》の匙よりも、思うだに更に重たかった。

日は対岸の暁の寺《ワット・アルン》のかなたへ沈んでいた。しかし巨大な夕焼は、二三の高塔を影絵に縁取るほかは、トンブリの密林《ジャングル》の平たい景観の上の、広大な空を思うさま鷲《わし》づかみにしていた。密林の緑はこのとき光りを綿のように内に含んで、まことのエメラルドの色になった。艀《サンパン》はゆきかい、鴉《からす》は夥しく、川水は汚れた薔薇《ばら》いろに滞《なず》んでいた。

「すべての芸術は夕焼ですね」と菱川は言った。そして一つの説を開陳するときの常で、やや間《ま》を置いて、聴手の反応を窺った。本多にはその饒舌《じょうぜつ》よりも、この沈黙の間のほうが、よほどうるさく感じられた。

タイ人と見紛《みまが》う日灼けの頬が、タイ人の持たぬ粉っぽい窶《やつ》れた肌と重複しているその横顔を、菱川は対岸の残《のこ》んの光輝に映えさせながら、くりかえして言った。

「芸術というのは巨大な夕焼です。一時代のすべての佳《よ》いものの燔祭《はんさい》です。さしも永いあいだつづいた白昼の理性も、夕焼のあの無意味な色彩の濫費《らんぴ》によって台無しにされ、永久につづくと思われた歴史も、突然自分の終末に気づかせられる。美がみんなの目の前に立ちふさがって、あらゆる人間的営為を徒爾《あだごと》にしてしまうのです。あの夕焼の花やかさ、夕焼雲のきちがいじみた奔逸を見ては、『よりよい未来』などというたわごとも忽《たちま》ち色褪《いろあ》せてしまいます。現前するものがすべてであり、空気は色彩の毒に充《み》ちています。何がはじまったのか？　何もはじまりはしない。ただ、終るだけです。

そこには本質的なものは何一つありません。なるほど夜には本質がある。それは宇宙的な本質で、死と無機的な存在そのものだ。昼にも本質がある。人間的なもののすべては昼に属しているのです。

夕焼の本質などというものはありはしません。ただそれは戯《たわむ》れだ。あらゆる形態と光りと色との、無目的な、しかし厳粛な戯れだ。ごらんなさい、あの紫の雲を。自然は紫などという色の椀飯振舞《おうばん》をすることはめったにないのです。夕焼雲はあらゆる左右相称《シンメトリー》に対する侮蔑《ぶべつ》ですが、こういう秩序の破壊は、もっと根本的なものの破壊と結びついているのです。もし昼間の悠々たる白い雲が、道徳的な気高さの比喩《ひゆ》になるなら、道徳に色などがついていてよいものでしょうか？

芸術はそれぞれの時代の最大の終末観を、何者よりも早く予見し、準備し、身を以て実現します。そこには、美食と美酒、美形と美衣、およそその時代の人間が考えつくかぎりの奢侈《しゃし》が煮詰っています。そういうもののすべては、形式を待望していたのです。僅かな時間に人間の生活を悉く《ことごと》寇掠《こうりゃく》し席巻する形式を。それが夕焼ではありませんか。そして何のために？　実に何のためでもありません。

もっとも微妙なもの、もっとも枝葉末節の気むずかしい美的判断が、（私はあの一つのオレンジ色の雲の縁《へり》の、何ともいえない芳醇《ほうじゅん》な曲線のことを言っているのですが）、大きな天空の普遍性と関わり合い、もっとも内面的なものが色めいて露《あら》わになって外面性と結びつくのが夕焼です。

すなわち夕焼は表現します。表現だけが夕焼の機能です。

人間のほんのかすかな羞恥《しゅうち》や、喜びや、怒りや、不快が、天空的規模のものになること。人間の内臓の常は見えない色彩が、この大手術によって、空いちめんにひろげられ外面化されること。もっとも些細《ささい》なやさしさや慇懃《ギヤラントリー》が世界苦《ヴエルトシユメルツ》と結びつき、はては、苦悩そのものがつかのまのオルギエになるのです。人々が昼のあいだ頑《かたく》なに抱いていた無数の小さな理論が、天空の大きな感情の爆発、その花々しい感情の放恣《ほうし》に巻き込まれ、人々はあらゆる体系の無効をさとる。つまりそれは表現されてしまい、……十数分間つづき、……それから終るのです。

夕焼は迅速だ。それは飛翔《ひしよう》の性質を持っています。夕焼はともすると、この世界の翼なんですね。花蜜《かみつ》を吸おうとして羽搏《はばた》くあいだだけ虹色に閃《ひら》めく蜂雀《はちすずめ》の翼のように、世界は飛翔の可能性をちらと垣間見せ、夕焼の下の物象はみな、陶酔と恍惚《こうこつ》のうちに飛び交わし、……そして地に落ちて死んでしまいます」

——本多は菱川の言葉を耳のかたわらに流しながら、すでに対岸の空が、ほのかな光《こう》芒《ぼう》を地平に残して、暮色に包まれるのを眺めやった。

すべての芸術が夕焼だって？　そして彼方には暁の寺！

＊＊

本多はきのうの朝早く、舟を雇って対岸へゆき、暁の寺を訪れたのであった。

それは暁の寺へゆくにはもっとも好もしい正に日の出の刻限だった。あたりはまだ仄暗く、塔の尖端《せんたん》だけが光りを享《う》けていた。ゆくてのトンブリの密林《ジヤングル》は引き裂くような鳥の叫喚に充ちていた。

近づくにつれて、この塔は無数の赤絵青絵の支那皿《しなざら》を隈《くま》なく鏤《ちりば》めているのが知られた。いくつかの階層が欄干に区切られ、一層の欄干は茶、二層は緑、三層は紫紺であった。嵌《は》め込まれた数知れぬ皿は花を象《かたど》り、あるいは黄の小皿を花心として、そのまわりに皿の花弁がひらいていた。あるいは薄紫の盃《さかずき》を伏せた花心に、錦手《にしきで》の皿の花弁を配したのが、空高くつづいていた。葉は悉く瓦《かわら》であった。そして頂きからは白象たちの鼻が四方へ垂れていた。

塔の重層感、重複感は息苦しいほどであった。色彩と光輝に充ちた高さが、幾重にも刻まれて、頂きに向って細まるさまは、幾重の夢が頭上からのしかかって来るかのようである。すこぶる急な階段の蹴《け》込《こみ》も隙間《すきま》なく花紋で埋められ、それぞれの層を浮彫の人面鳥が支えている。一層一層が幾重の夢、幾重の期待、幾重の祈りで押し潰されながら、なお累積《るいせき》し累積して、空へ向って躙《にじ》り寄って成した極彩色の塔。

メナムの対岸から射《さ》し初《そ》めた暁の光りを、その百千《ももち》の皿は百千の小さな鏡面になってすばやくとらえ、巨大な螺鈿《らでん》細工はかしましく輝きだした。

この塔は永きに亘《わた》って、色彩を以てする暁鐘の役割を果して来たのだった。鳴りひびいて暁に応《こた》える色彩。それは、暁と同等の力、同等の重み、同等の破裂感を持つように造られたのだった。

メナム河の赤土色に映った凄《すご》い代赭色《たいしゃいろ》の朝焼の中に、その塔はかがやく投影を落して、又今日も来るものうい炎暑の一日の予兆を揺らした。……

＊＊

「もうお寺は沢山でしょう。今夜は面白いところへ御案内しますよ」

と、暮れ果てた暁の寺を茫然《ぼうぜん》と眺めている本多に、菱川は言った。

「ワット・ポーも、ワット・プラケオも御覧になったし、大理石寺院へ行かれたときは、折よく摂政《せっしょう》の参詣《さんけい》を見物されたのでしたね。そして昨日の朝は、暁の寺を見に行かれたし、凝りだせば限りはありませんが、もうそれだけ御覧になれば十分ですよ」

「そうですね」

と本多はあいまいな返答をした。それまで涵《ひた》っていた想念を妨げられるのがいやだったのである。

そのとき本多は、久しく手を触れずにいたのが、旅の徒然《つれづれ》に読み返そうとして、鞄《かばん》の底に入れてきた古い清顕《きよあき》の夢日記のことを考えていた。ここへ来てからは、暑さとものうさにまだ読み返していない。しかし昔読んだときの或《あ》る夢の熱帯風な鮮麗な色は、まだありありと脳裡《のうり》にあった。

もとより忙しい本多がタイへの旅を引受けたのは、仕事のためだけではなかった。シャムの二人の王子を清顕を通じて知り、月光姫《ジン・ジャン》に対するあの恋の悲しい結末や、喪《うしな》われたエメラルドの指環《ゆびわ》について、感じやすい年齢に詳《つぶ》さに傍観し、むしろ傍観の絆《きずな》に縛られている自分の発見の強《きつ》さによって、いよいよそのおぼろげな記憶の絵が、堅固で頑な額縁の中に保たれることになったのだ。自分はいつか一度シャムを訪れねばならないと、心に決めてから久しい時が経《た》った。

しかし一方、四十七歳の本多の心は、ほんの些《さ》細《さい》な感動をも警戒して、そこにすぐさま欺《ぎ》瞞《まん》や誇張を嗅《か》ぎつける習性にしらずしらず染っていた。あれが自分の最後の情熱だった、と本多は思い返した。すなわち清顕の生れ変りと知った勲《いさお》を救うために、職を抛《なげう》ったときのあの情熱。……そして彼は「他人の救済」という観念の、あますところのない失敗を体験したのである。

他人の救済ということを信じなくなってから、彼は却《かえ》って弁護士として有能になった。情熱を持たなくなってから、他人の救済に次々と成功を納めた。民事であれ、刑事であれ、富裕な依頼人でなければ引受けなくなった。本多の家は父の代よりも栄えた。

社会正義を自ら代表しているような顔をしながら、それ自体が売名であるところの、貧しい弁護士などというのは滑稽《こっけい》な代物《しろもの》だった。本多は法の救済の限度をよく心得ていた。本当のことをいえば、弁護士に報酬も払えないような人間に法を犯す資格はない筈《はず》なのに、多くの人々はあやまって必要から或《ある》いは愚かしさから法を犯すのであった。

時として、広大な人間性に、法という規矩《きく》を与えることほど、人間の思いついたもっとも不遜《ふそん》な戯れはない、と思われることもあった。犯罪が必要や愚かしさから生れがちなら、法の基礎をなす習俗《ジッテ》もそうだとは云《い》えないだろうか？

例の勲の死に終った昭和神風連《しんぷうれん》事件のあとも、次々と類似の事件が起り、昭和十一年二月二十六日に起った二・二六事件を以《もっ》て、国内の擾乱《じょうらん》はしめくくりをつけられたが、その後はじまった支那事変は五年にわたりながら解決がつかず、その上日独伊三国同盟が列強を刺戟《しげき》して、日米戦の危険がしきりに論ぜられるようになった。

しかし本多は、もはや時世の推移、政治の紛糾、戦争の切迫に、何らの興味も抱かなければ、一喜一憂することもなかった。心のずっと深いところで、何ものかが崩れていた。時代が驟雨《しゅうう》のようにざわめき立って、数ならぬ一人一人をも雨滴で打ち、個々の運命の小石を万遍なく濡《ぬ》らしてゆくのを、本多はどこにも押しとどめる力のないことを知っていた。が、どんな運命も終局的に悲惨であるかどうかは定かでなかった。歴史は、つねに、ある人々の願望にこたえつつ、別のある人々の願望にそむきつつ、進行する。いかなる悲惨な未来といえども、万人の願いを裏切るわけではない。

こう云ったからとて、本多が虚無的な暗い陰翳《いんえい》を帯びた人間になったと考えてはならない。むしろ以前に比べて、彼は快活になり、陽気にさえなった。裁判官時代の一言半句にも気をつける、まるで畳の上を擦《す》り足《あし》で行くような物言いは改められ、衣服の好みも自由になって、千鳥格子《ちどりごうし》の変り上着なども着るようになり、冗談も言えば闊達《かったつ》にもなった。ただこの暑い国へ来てからは、おいそれと冗談も出なくなったけれども。

彼の顔には、その年齢にふさわしい、何かしら厚手の重たさが現われて来ていた。青年の顔の簡潔な平明な線はもはや失われ、かつて洗い晒《ざら》した木綿のようであった肌には緞子《どんす》のような奢侈を知った重みが加わっていた。本多は自分が決して美しい青年ではなかったことを知っていたから、こんな不透明な年齢の外被が満更ではなかった。

それに現在の彼は、青年に比べれば、はるかに確実に未来を所有していた。何かにつけて青年が未来を喋々《ちょうちょう》するのは、ただ単に彼らがまだ未来をわがものにしていないからにすぎない。何事かの放棄による所有、それこそは青年の知らぬ所有の秘訣《ひけつ》だ。

清顕が時代を動かさなかったように、本多も時代を動かさなかった。そのむかし感情の戦場に死んだ清顕の時代と事かわり、ふたたび青年が本当の行為の戦場に死ぬべき時代が迫っていた。その魁《さきがけ》が勲の死だった。すなわち転生《てんしょう》した二人の若者は、それぞれ対《たい》蹠《しょ》的な戦場で、対蹠的な戦死を遂げたのだった。

そして本多は？　本多が死ぬ気配はどこにもなかった！　彼は死を熱烈に望んだこともなく、又、否応《いやおう》なく襲ってくる死から身を躱《かわ》したこともなかった。しかしゆくりなくもこの熱帯の地で、ひねもす降りそそぐ灼熱《しゃくねつ》の火箭《ひや》に射込められると、いたるところに濃密に繁茂する草木の旺《さか》んな姿が、そのまま死の輝やかしい繁茂のように思い做《な》された。

「むかし私は、そう、かれこれ二十七、八年も前に、シャムの王子二人が日本へ留学に来られたとき、しばらく別懇にしていただいたことがある。一人はラーマ六世の弟君で、パッタナディド殿下といい、もう一人はその従兄弟《いとこ》で、ラーマ四世のお孫さんに当るクリッサダ殿下でした。あのお二人はどうしておられるか、バンコックへ来たらお目にかかりたいとも思ったが、向うはきっと忘れておられるところへ、押しかけるのも何だと思って……」

「何故《なぜ》早くそれを仰言《おつしや》らないのです」と、何もかも知っている菱川は、本多の水くささを咎《とが》め立《だ》てするように言った。「何でも私に訊《き》いて下されば、すぐ適切な御返事ができますのに」

「では、二王子にお目にかかれますかね」

「それがそうは参りません。お二方とも、ラーマ八世陛下が何より頼りにしておられる伯父君で、陛下についてスイスのローザンヌへ行きっきりになっておられます。大体主だった王族は、みんなスイスへ行かれて、宮殿はからっぽですがね」

「それは残念だ」

「だが、パッタナディド殿下の御縁つづきにお会いになれる可能性がただ一つあります。これが変な話でしてね。殿下のいちばん末のお姫様で、まだ満七歳になられたばかりの幼ない方が、侍女たちに囲まれて、たったお一人、このバンコックに残っておられるのです。可哀想に、薔薇宮という小宮殿に、幽閉同様に押し込められてね」

「どういうわけで」

「外国へ連れ出して、頭がおかしいと思われては、王室の恥になるからです。それというのも、物心ついてからそのお姫様は、自分は実はタイ王室の姫君ではない、日本人の生れ変りで、自分の本当の故郷は日本だ、と言い出されて、誰が何と言おうとも、その主張を枉《ま》げようとされないからです。少しでも否定しようものなら、むずかって泣き喚《わめ》かれるので、お供はみんなでその幻想を護《まも》ってあげながら、お育てして来たという専《もっぱ》らの噂《うわさ》です。謁見《えっけん》はなかなかむずかしいのですが、先生がそういう御関係なら、話のもって行き方次第で、何とかなると思いますよ」

二

その話をきいても本多は直ちに、哀れな狂った幼ない姫君に、お目にかかってみようという気持にはならなかった。

それは金光燦然《さんぜん》とした美しい小寺院のように、そこにあることがわかっている。寺院が飛び翔《た》ってしまわぬように、姫も飛び翔たぬであろうと感じられる。この国では狂気もきっと、建築のように、又、いつまでもつづく単調な金色《こんじき》の舞踊のように、華美を尽して終らないだろうと察せられる。そのうち気の向いたときに謁見《えつけん》を申込めばよい、と本多は思った。

おそらくこんな遷延《せんえん》は、半ばは熱帯の物憂《ものう》さから、半ばは争いようのない年齢から来ていた。本多の髪は白髪を加えていたが、目も遠かるべき筈《はず》が、若いころからの軽い近視が幸いして、まだ老眼鏡を使わずにすんでいた。

物事の起り具合を、本多の年齢は、もはや手に入れた幾多の法則の一つにあてはめて、その尺度で以《もっ》て読むことができた。天災地変は別として、歴史的生起というものは、どんなに不意打ちに見える事柄であっても、実はその前に永い逡巡《しゅんじゅん》、いわば愛を受け容《い》れる前の娘のような、気の進まぬ気配を伴うのである。こちらの望みにすぐさま応《こた》え、こちらの好みの速度で近づいてくる事柄には、必ず作り物の匂《にお》いがあったから、自分の行動を歴史的法則に委《ゆだ》ねようとするなら、よろずに気の進まぬ態度を持するのが一番だった。欲するものが何一つ手に入らず、意志が悉《ことごと》く無効におわる例を、本多はたくさん見すぎていた。ほしがらなければ手に入るものが、欲するが為《ため》に手に入らなくなってしまうのだ。すべては自分の欲求、自分の意志だけにかかっているようにみえる自殺すら、勲はそれを完璧《かんぺき》に仕遂げるために、一年も獄中で待たねばならなかった。

しかし思えば勲の暗殺と自刃《じじん》は、二・二六事件にいたって闌干《らんかん》たる星空を展《ひら》いた夜の、いわば先駆をつとめた清らかな夕星《ゆうずつ》だった。たしかにそれらの人々は暁を望んだのだが、かれらが具現したものは夜であった。そして今、時代はともかくも夜を脱して、不安な暑苦しい朝の裡《うち》にあるが、これこそはかれらの一人として夢想もしなかったような朝なのであった。

日独伊三国同盟は、一部の日本主義の人たちと、フランスかぶれやアングロ・マニヤを怒らせはしたけれども、西洋好き、ヨーロッパ好きの大多数の人たちはもちろん、古風なアジア主義者たちからも喜ばれていた。ヒットラーとではなくゲルマンの森と、ムッソリーニとではなくローマのパンテオンと結婚するのだ。それはゲルマン神話とローマ神話と古事記との同盟であり、男らしく美しい東西の異教の神々の親交だったのである。

本多はもちろんそういうロマンティックな偏見には服しなかったが、時代が身も慄《ふる》えるほど何かに熱して、何かを夢見ていることは明らかだったから、東京を離れてここへ来ると、俄《にわ》かな休息と閑暇が却《かえ》って疲労を呼び、心がひたすら過去の回想に閉じこもろうとするのを禦《ふせ》ぐすべがなかった。

はるかむかし、十九歳の清顕と語り合って主張した、あの「歴史に関わろうとする意志こそ人間意志の本質だ」という考えを、本多はまだ捨ててはいなかった。だが、十九歳の少年が自分の性格に対して抱く本能的な危惧《きぐ》は、場合によってはおそろしく正確な予見になる。そのとき本多は、そう主張しながら、自分の持って生れた意志的な性格に対する絶望を表明していたのである。この絶望は年を経るにつれて募り、ついには本多の固疾になったが、それによって性格は少しも変らなかった。彼はむかし月修寺門跡《もんぜき》の教えを受けて読んだ二三の仏教書のうちから、わけても「成実論《じょうじつろん》」の三報業品にある、もっとも怖《おそ》ろしい一句を心に泛《うか》べた。

「悪を行じながらも楽を見るは、悪の未《いま》だ熟せざるがためなり」

——従ってここバンコックで、厚いもてなしを受けて、見るもの聞くもの、飲食にいたるまで、いかにも熱帯風な怠惰な「楽」を見ているからと云《い》って、自分が五十年にちかい年月《としつき》に、「悪を行じ」て来なかったという証拠にはならなかった。自分の悪は、枝から自然に落ちる芳醇《ほうじゅん》な果実ほどには、「未だ熟」していないのであろう。

小乗仏教のこの国は、南伝大蔵経の素朴な因果論の背景に、かつて若い日の本多が感銘を受けたマヌの法典の因果律が二重写しに泛び、ヒンズーの神々も亦《また》、いたるところにその奇怪な顔をのぞかせていた。寺々の軒を飾る聖蛇《ナーガ》や金翅鳥《ガルダ》は、七世紀インドの劇曲「ナーガーナンダ」の叙述を今に伝え、金翅鳥《ガルダ》の孝養はヒンズーのヴィシュヌの神の嘉《よみ》するところであった。

この地へ来てから、本多の持ち前の探究癖が頭をもたげ、彼の半生をいつも合理的なものから突き離す機縁をなしたあの転生《てんしょう》の神秘を、小乗仏教はどう解いているかに興味を抱いた。

学者の説くところによれば、印度の宗教哲学は、次のような六期に分たれる。

第一期は梨倶吠陀《リグヴェーダ》の時代である。

第二期は祭壇哲学の時代である。

第三期はウパニシャッド（奥義書《おうぎしょ》哲学）の時代で、西暦紀元前八世紀から五世紀に及び、梵《ぼん》と我（アートマン）の一体を理想とする自我哲学の時代であるが、輪廻《サムサーラ》の思想はこの時期にはじめて明瞭《めいりょう》にあらわれ、これが業《カルマ》の思想と結びついて因果律を与えられ、我《アートマン》の思想と結びついて体系化されたのである。

第四期は諸学派分立時代である。

第五期は、紀元前三世紀から紀元一世紀にいたる小乗仏教完成時代である。

第六期はその後五百年に亘《わた》る大乗仏教興隆時代である。

問題はその第五期であって、本多がむかし親しんで、輪廻《りんね》転生を法の条文にまでとり入れていることにおどろいたマヌの法典は、正にこの時期に集大成されたのであるが、同じ業思想でも、仏教以後の業思想は、ウパニシャッドのそれとは劃然《かくぜん》とちがっている。どこがちがっているかというと、我《アートマン》が否定されたのである。仏教の本質は正にここにあると謂《い》ってよい。

仏教を異教と分つ三特色の一つに、諸法無我印というのがある。仏教は無我を称《たた》えて、生命の中心主体と考えられた我《アートマン》を否定し、否定の赴くところ、我《アートマン》の来世への存続であるところの「霊魂」をも否定した。仏教は霊魂というものを認めない。生物に霊魂という中心の実体がなければ、無生物にもそれがない。いや、万有のどこにも固有の実体がないことは、あたかも骨のない水母《くらげ》のようである。

しかし、ここに困ったことが起るのは、死んで一切が無に帰するとすれば、悪業によって悪趣に堕《お》ち、善業によって善趣に昇るのは、一体何者なのであるか？　我がないとすれば、輪廻転生の主体はそもそも何なのであろうか？

仏教が否定した我の思想と、仏教が継受した業の思想との、こういう矛盾撞着《どうちゃく》に苦しんで、各派に分れて論争しながら、結局整然とした論理的帰結を得なかったのが、小乗仏教の三百年間だと考えられるのである。

この問題がみごとな哲学的成果を結ぶには、大乗の唯識《ゆいしき》を待たねばならないのであるが、小乗の経量部にいたって、あたかも香水の香りが衣服に熏《くん》じつくように、善悪業の余習が意志に残って意志を性格づけ、その性格づけられた力が引果の原因になるという、「種子熏習《しゅうじくんじゅう》」の概念が定立せられて、これがのちの唯識への先蹤《せんしょう》をなすのだった。

今にして本多は、シャムの二王子の絶やさぬ微笑と憂《うれ》わしい目の裡にあったものが、何だったかに思い当った。それはこの燦然たる寺や花々や果実の国で、物憂《ものう》い陽光に押しひしがれながら、ひたすら仏を崇《あが》め輪廻を信じて、なお整々たる論理的体系を忌避するところの、黄金《きん》の重い怠惰と樹下の微風のたゆたいの精神だった。クリッサダ殿下はともかく、英明なパッタナディド殿下は、人をおどろかせるような犀利《さいり》な哲学者の心を持っていられた。それでもなお、情感のはげしさはそんな究理的な心を押し流し、殿下が語られたどの言葉よりも、今なお本多の脳裡《のうり》に鮮やかなのは、月光姫《ジン・ジャン》の訃音《ふいん》に接して、夏の終南別業の芝生の椅子《いす》に、失神したそのお姿だった。白塗りの椅子の肱掛《ひじかけ》から、褐色の腕が垂れ下り、肩に委ねたお顔が色を喪《うしな》ったのは定かでないが、うすくあけたお口から輝くばかりの皓歯《こうし》が洩《も》れていた。そしてその、おそらく生れながら巧みな愛撫《あいぶ》に適した長く優婉《ゆうえん》な褐色の指が、夏の緑の芝草に触れなんばかりに垂れたさまは、今その愛撫の対象の死に殉じて、五本が五本とも瞬時にみまかったかのように思われた。

——それにしても王子たちの日本の回想は、よしんば時の流れが懐《なつか》しさを増したにしても、決してよくはあるまいと本多は惧《おそ》れた。王子たちの居心地を悪くしたものは、孤立であり、言葉の不自由であり、習俗のちがいであり、又、盗難であり、月光姫《ジン・ジャン》の死でもあったろう。しかし、最後のところで王子の理解を拒んだものこそ、本多や清顕のような普通の青年のみならず、白樺《しらかば》派の自由な人道主義的な青年たちをも孤立させた、あの威丈高な「剣道部の精神」だった。困ったことには、王子の味方には本当の日本は稀《き》薄《はく》で、王子の敵にこそ濃厚な日本が在ったことを、王子たち自身も多分おぼろげに感知されていた。その狷介《けんかい》な日本、緋縅《ひおどし》の若武者そのままに矜《ほこ》り高く、しかも少年のように傷つきやすい日本は、人に嘲笑《ちょうしょう》されるより先に自ら進んで挑み、人に蔑《なみ》されるより先に自ら進んで死んだ。勲は、清顕とはちがって、正にこのような世界の核心に生き、かつ、霊魂を信じていた。

五十に近づいた本多の年齢の一得は、もはやあらゆる偏見から自由になったことだと云えよう。自ら権威となったことがあるから権威からも。自ら理智《りち》の権化《ごんげ》になったことがあるから理智からも。

すぎし大正はじめの剣道部の精神も、一度もそれに与《あずか》らなかった本多をも含めて、一時代を染めなした紺絣《こんがすり》の精神だったから、今となっては本多も自分の記憶の青春を、それに等しなみに包括させることに吝《やぶさ》かでなかった。

これを更に醇化し、更につきつめた勲の世界にいたっては、本多はそれと青春を共にしたわけではなく、外側から瞥見《べっけん》しただけだったが、若い日本精神があれほど孤立した状況で戦い自滅して行った姿を見ては、「自分をこうして生きのびさせている力こそ、他ならぬ西洋の力であり、外来思想の力だ」と覚《さと》らざるをえなかった。固有の思想は人を死なせるのだ。

もし生きようと思えば、勲のように純潔を固執してはならなかった。あらゆる退路を自ら絶ち、すべてを拒否してはならなかった。

勲の死ほど、純粋な日本とは何だろうという省察を、本多に強《し》いたものはなかった。すべてを拒否すること、現実の日本や日本人をすらすべて拒絶し否定することのほかに、このもっとも生きにくい生き方のほかに、とどのつまりは誰かを殺して自刃することのほかに、真に「日本」と共に生きる道はないのではなかろうか？　誰もが怖れてそれを言わないが、勲が身を以て、これを証明したのではなかろうか？

思えば民族のもっとも純粋な要素には必ず血の匂いがし、野蛮の影が射《さ》している筈だった。世界中の動物愛護家の非難をものともせず、国技の闘牛を保存したスペインとちがって、日本は明治の文明開化で、あらゆる「蛮風」を払拭《ふっしょく》しようと望んだのである。その結果、民族のもっとも生々しい純粋な魂は地下に隠れ、折々の噴火にその兇暴《きょうぼう》な力を揮《ふる》って、ますます人の忌《い》み怖れるところとなった。

いかに怖ろしい面貌《めんぼう》であらわれようと、それはもともと純白な魂であった。タイのような国へ来てみると、祖国の文物の清らかさ、簡素、単純、川底の小石さえ数《かず》まえられる川水の澄みやかさ、神道《しんとう》の儀式の清明などは、いよいよ本多の目に明らかになった。しかし本多はそれと共に生きるのではなく、大多数の日本人がそうしているように、それを無視し、あたかもないかのように振舞って、むしろそれからのがれることによって生きのびて来たのであった。あのあまりにも簡勁《かんけい》素朴な第一義的なもの、あの白絹、あの真清水、あの微風に揺れる幣《しで》の潔白、あの鳥居が区切る単純な空間、あの沖津磐座《おきついわくら》、あの山々、あの大わたつみ、あの日本刀、その光輝、その純粋、その鋭利から、終始身を躱《かわ》して生きて来たのである。本多ばかりでなく、すでに大方の西欧化した日本人は、日本の烈《はげ》しい元素に耐えられなくなっていた。

しかし霊魂を信じた勲が一旦《たん》昇天して、それが又、善因善果にはちがいないが、人間に生れかわって輪廻に入ったとすると、それは一体何事だろう。

そう思えばそう思いなされる兆《きざし》もあるが、死を決したころの勲は、ひそかに「別の人生」の暗示に目ざめていたのではないだろうか。一つの生をあまりにも純粋に究極的に生きようとすると、人はおのずから、別の生の存在の予感に到達するのではなかろうか。

本多はここの暑熱の中では、それを思い泛《うか》べるだけでも額に清水を滴《したた》らすような感じのする、日本の神社のたたずまいを心に泛べた。石段をのぼって近づく参詣者《さんけいしゃ》の目には、ゆくての拝殿を囲む明確な枠組としか見えない鳥居が、参詣をすませて帰る者の目には、青空だけを湛《たた》えた額縁と見えるのだ。一つのものがおごそかな神殿と何もない青空とを、表と裏のように全的に包含するあのふしぎ。あの鳥居の形式こそ、勲の魂だったように思われる。

少くとも勲は、最上の、美しい、簡素な、鳥居のような明確な枠を生きた。そこでその枠の中に、不可避的に、青空が湛えられてしまったのだ。

死にぎわの勲の心が、いかに仏教から遠かろうと、このような関わり方こそ、日本人の仏教との関わり方を暗示していると本多には思われた。それはいわばメナムの濁水を、白絹の漉袋《こしぶくろ》で漉したのである。

――菱川から姫君の話をきいた夜おそく、本多はホテルの居室で、旅行鞄《りょこうかばん》の底をかきまわして、紫の風呂敷《ふろしき》に包んだ清顕の夢日記を取り出した。あまりしばしば読み返したので破れた韋編《いへん》を、不器用ながら本多がわが手で丹念に綴《と》じ直した日記には、倉卒《そうそつ》につけた清顕の若い筆跡が躍っているけれども、三十年前のインキは変色して黒ずんでいた。

そうだ。本多の記憶どおり清顕は、シャムの王子たちを邸《やしき》に迎えてしばらく後、シャムの色鮮やかな夢を見て、これを記録している。

清顕は「高い尖《とが》った、宝石をいっぱい鏤《ちりば》めた金の冠を戴《いただ》いて」、廃園を控えた宮居の立派な椅子に掛けている。

それで見ると、夢に、清顕はシャムの王族になっているのである。梁《うつばり》には夥《おびただ》しい孔雀《くじやく》がとまっていて白い糞《ふん》を落し、清顕は王子がはめていたエメラルドの指環《ゆびわ》を、わが指にはめている。

そのエメラルドの中に、「小さな愛らしい女の顔」が泛んでいる。

これこそはまだ見ぬ狂気の幼ない姫の顔で、指のエメラルドにそれが映ったというのは、うつむいた清顕自身の顔がそこに映ったと考えられるから、姫が清顕の、ひいては勲の転生の姿であることは、もはや疑いを容《い》れないように思われる。

シャムの王子たちを邸に迎え、その故国のきらびやかな物語などをきけば、誰しもこのくらいの夢を見るのにふしぎはないが、本多は再々の経験から、清顕の夢の証《あか》しを信ぜずにはいられなかった。

それはもう自明のことであった。一度不合理をのりこえると、あとはやすやすと道がひらけた。まして勲は敢《あえ》て語らず、本多もついに知らぬことだが、勲も亦《また》あの永い獄中の夜々に、熱帯の女の夢を見たことがあったかもしれない。

⁂

菱川はあいかわらず滞在中の本多の面倒を小まめに見、一方、訴訟事件は本多の助力によって順調に進んでいた。タイ側の手落ちが発見されたのである。

英米法に依拠したタイ民商法第四七三条によれば、売手は商品の瑕疵《かし》について、次のような場合には責任をとらなくてよいことになっている。すなわち、

㈠ 買手が売買の時にその瑕疵を知っていた場合。あるいは、通常人の注意義務を怠っていなければ知り得た場合。

㈡　引渡のときに瑕疵が明らかであるか、あるいは買手が留保なしに物件を受け取った場合。

㈢　物件が公共のセリで売られた場合。

――本多が調べたところでは、タイ側はこの㈠か㈡の条項にあてはまりそうな手落ちを犯していると思われる。証拠をあつめてこの弱点を押してゆけば、事によると、相手方が訴訟の取下をして来るかもしれないのである。

五井《いつい》物産の喜びももとよりだが、本多は一段落ついた思いがして、ここらで菱川にたのんで姫君への謁見《えつけん》の手続を、とってもらおうかという気持になった。

さるにても、菱川は鬱陶《うっとう》しかった。

本多は生れてからおよそ芸術家というものと附合を持ちたいと思ったことはなく、又事実持ったことが一度もなかったが、ことさらこんな遠国で、芸術家崩れと附合うことになろうとは思わなかった。

更に困るのは、菱川が、馴《な》れない旅人の世話役として、こまかいところまでよく気がつき、何をたのんでもいやな顔一つしないばかりか、表の戸を叩《たた》いてはどこへも入れないこの国の、あらゆる裏口に通暁《つうぎょう》している得難い案内人であることであった。もちろん本人も、自分が一点非の打ちどころのない案内人であることを知っていた。

しかし菱川には、一体過去にどんな作品を書いたのかは知れぬが、癒《い》やしがたい芸術家気取があった。彼はそのおかげで生活しながら、自分の案内する「俗物」たちを心の中で軽蔑《けいべつ》していた。それがありありと面白く読み取れるので、本多も自分を菱川の心が描くままの俗物の肖像に似せて喜んだ。菱川の前では、本多は好んで、日本へのこしてきた妻や母のこと、子宝が恵まれないで残念なこと、などを語った。それに正直に、菱川が憫《あわ》れむような反応を見せるのが面白かったのである。

実際、清顕や勲の生涯が示した未成熟の美しさに比べれば、芸術や芸術家の露呈する未成熟、それを以《もっ》てかれらの仕事の本質としている未成熟ほど、醜いものはないというのが本多の考えだった。かれらは八十歳までそれを引きずって歩くのだ。いわば引きずっている襁褓《むつき》を売物にして。

さらに厄介なのは贋物《にせもの》の芸術家で、えもいわれぬ昂然《こうぜん》としたところが、独特の卑屈さと入りまじっていて、怠け者特有の臭気があった。単に人にぶら下って生きている男の怠惰を、菱川はいかにも熱帯風な、豪奢《ごうしゃ》な貴族的な怠惰に装《よそお》っていた。レストランでメニューを選ぶときも、「どうせ五井物産が払うのだから」と前置きをして、必ずシャトオ物の高価な葡萄酒《ぶどうしゅ》をとる菱川の遣口《やりくち》が、本多の気に障《さわ》った。本多はそれほど葡萄酒が好きではないのである。

どうまちがってもこういう人間の弁護には立ちたくないものだと思いながら、そうかと云《い》って代替をたのむことは、招かれた客の礼儀としてできにくい。

法廷の待合室やあるいは晩餐《ばんさん》の席で、

「菱川はお役に立っておりますか」

と肥《ふと》った支店長にきかれるたびに、本多はいささかの苦さを言葉の底に澱《よど》ませて、

「いや、よくやって下さいます」

と答えるのだが、支店長がその返事の表面だけで満足して、決して言葉の裏を探ってくれないことに苛々《いらいら》した。

おもては烈日に照らされた密林の湿った下生えが、みるみる腐葉土に変ってゆくのと同様な、この国の隠微な人間関係に親しんで、誰よりも早く腐敗を嗅《か》ぎつける素速さを、なりわいの才能にした菱川は、その金蠅《きんばえ》の逞《たくま》しい羽根を、かつては支店長の皿の残肴《ざんこう》に憩《やす》めたことがあるのかもしれなかった。


「お早うございます」

とホテルのハウス・フォーンで、朝毎《あさごと》に聴き馴れた菱川の声が、本多の重い眠りをさました。「お起ししてしまいましたか？　これは失礼。宮廷関係は人を平気で待たせるくせに、拝謁者の時間にはばかにやかましいところですから、用心して早目に伺いました。どうぞ、ゆっくり髭《ひげ》でもお剃《そ》りになって。え？　朝飯ですか？　いや……いや、……御心配なく。……いや、実はすませておりませんが、朝飯ぬきは平気ですから。

え？　お部屋で御一緒に？　それは恐縮ですなあ。どうも恐縮ですなあ。では、折角のお言葉ですから、これからお部屋まで上らせていただきます。五分ほど余裕を置きましょうか？　あるいは十分ほど？　いや、御婦人ではいらっしゃらんから、そういう遠慮は要りませんかな」

そのくせ菱川が、オリエンタル・ホテルの純イギリス風の皿数の多い「贅沢《ぜいたく》な」朝食の相伴にあずかるのは、これが決してはじめてではなかった。

やがて白麻の背広をきちんと身に着けた菱川が、パナマ帽でいそがしく胸もとを煽《あお》ぎながら入って来た。そして倦気《たゆげ》にまわる扇風器の白い大きな翼の直下に立ったまま話をした。その姿へまだパジャマの本多は訊《き》いた。

「そうだ。忘れないうちにうかがっておかなければならんが、お姫様はどうお呼びしたらいいのかな。ユア・ハイネスでいいんでしょうね」

「ちがいます」と菱川は確信を以て答えた。「お姫様はパッタナディド殿下の御息女で、パッタナディド殿下は側腹《わきばら》の王弟ですから、その御称号はプラオン・ジャオで、英語でお呼びするときは、ロイヤル・ハイネスですが、その御息女の称号はモン・ジャオですから、英語でお呼びする場合は、シリーン・ハイネスでなければなりません。Your Serene Highness とお呼びなさいませ。……いずれにしろ、何も御心配なさるには及びません。万事私がそつなくやりますから」

朝の暑気はすでに懲《こ》りずまに部屋を犯していた。汗に濡《ぬ》れた寝床を見捨てて、水を浴びるときにはじめて感じる肌の朝《あした》は、本多にはめずらしい官能的な体験だった。一旦理《り》智《ち》をとおすことなしには、決して外界に接しない性質《たち》の本多にとって、ここではすべてが肌をとおして感じられ、自分の肌が、熱帯植物のけばけばしい緑や、合歓《ねむ》の真紅の花や、寺を彩《いろど》る金《きん》の華飾や、突然の青い稲妻などによって、時あって染められることによって、はじめて何ものかに接するという体験ほど、めずらしいものはなかった。あたたかな驟雨《しゅうう》。ぬるい水浴。外界は色彩のゆたかな流体であり、ひねもすこの流体の風呂に浸《つか》っているようなものだ。日本にいる本多にどうしてそんなことが考えられよう。

朝食を待つあいだ、やたらに部屋のなかを西洋人風に歩きまわる菱川は、壁の凡庸な風景画の額を見ては軽蔑の鼻を鳴らし、磨き立てた黒靴の踝《くるぶし》に絨毯《じゅうたん》の文《あや》を映して、とりつく島もないほど様子ぶっていた。本多は、この男が芸術家で、自分が俗物だ、という役割のお芝居に疲れだしていた。

突然、鋭角的にふりかえった菱川が、ポケットから紫天鵞絨《ビロード》の小筥《こばこ》をとりだして、本多に渡した。

「これを忘れちゃいけない。先生からお姫様へ直接差上げて下さい」

「何です、これは」

「貢物《みつぎもの》ですよ。ここの王室は決して手ぶらのお客には会わないという流儀です」

あけてみると、みごとな真珠の指環が入っている。

「なるほど私は手土産までは気がつかなかった。気を遣ってもらってありがとう。いかほどですか」

「そんな、……要りませんよ。先生。五井物産に、先生の謁見の必要品だって買わせたんですから。どうせ支店長が日本人から叩いて買ったんでしょう。気になさることはありませんよ」

本多はその場で値をきかぬほうがいいと咄嗟《とつさ》に判断した。五井物産に私用で迷惑をかけるべきではないから、金はいずれ支店長に支払えばよいが、どうせ菱川は吹っかけて請求しているのであろうから、目をつぶってそれだけのものを弁済すればよいのである。

「では、御厚意を受けておきましょう」と本多は立って、その小筥を着るべき上着のポケットに納めながら、何気なしにこう訊いた。「ところで、お姫様の名前は何というのだろう」

「ジャントラパー姫です。何でもパッタナディド殿下が、むかし死に別れた許婚《いいなずけ》の名を、御自分の末娘につけられたんだそうです。ジャントラパーといえば『月光』の意味ですが、それが lunatic に通じてしまったとはね」

と菱川はしたりげに言った。

三

薔薇宮への道すがら、自動車の窓から、本多は、ヒットラー・ユーゲントを模したと云《い》われるユワチョン運動の少年たちのカーキ色の制服の行進を見た。菱川はかたわらで、実際このごろは町でもアメリカのジャズを聞くことが稀《まれ》になり、ピブン首相の国粋主義運動は効を奏しているらしい、とぶつぶつ言った。

しかし本多の耳目には、それはすでに日本で馴《な》れて来た変化だった。酒がすこしずつ酢に、牛乳がすこしずつヨーグルトに変ってゆくように、或《あ》る放置されすぎたものが飽和に達して、自然の諸力によって変質してゆく。人々は永いこと自由と肉慾《にくよく》の過剰を怖《おそ》れて暮していた。はじめて酒を抜いた翌朝のさわやかさ。自分にはもう水だけしか要らないと感じることの誇らしさ。……そういう新らしい快楽が人々を犯しはじめていた。そういうものが人々をどこへ連れて行くかは、本多にはおよそのところがつかめていた。それはあの勲の死によって生れた確信であった。純粋なものはしばしば邪悪なものを誘発するのだ。

「ずっと南だ。ずっと暑い。……南の国の薔薇の光りの中で。……」

死の三日前の酔った勲の譫言《うわごと》が、突然耳によみがえった。あれから八年、自分は今こそ勲に再会するために薔薇宮へ急いでいるのだ。

それは熱い乾いた土地にしみ入る驟雨《しゅうう》を待つような喜びの心だった。こんな自分の感情に出会うことが、本多にとっては自分の本質に出会うことだと感じられた。若いころは不安や悲哀やあるいは理智《りち》的な明晰《めいせき》を、自分の本質だと考えることがしばしばだったが、そのどれにも本当のものはなかった。勲の割腹をきいたとき、刺すような悲しみよりも、何か徒労の鈍い重味がすぐさま心にのしかかったが、日を経るにつれて、再会の喜びを待つ気持に変った。本多はそのとき人間的な感情を喪《うしな》っている自分に気づいた。自分の本質は、この世のものならぬただならぬ喜びに属しているのかもしれないのだ。人みなの免れえぬ愛別離苦をひとり免れているからには。

「ずっと南だ。ずっと暑い。……南の国の薔薇の光りの中で。……」

……自動車は芝生の前庭を控えた閑雅な門の前に停った。菱川が先に下りて、衛兵にタイ語で刺《し》を通じた。

本多は車の中から、亀甲《きっこう》と矢筈《やはず》をくりかえしている鉄格子《てつごうし》の塀の向うに、平らな芝生が烈《はげ》しい日ざしを平静に吸収し、二三の白や黄の花をつけた灌木《かんぼく》が芝のあいだに、丸く刈り込まれた影を凝らしているのを見た。

菱川が本多を導いて門内へ入った。

それは宮殿というにはあまりに小さい、スレート屋根の小体《こてい》な二階建で、すがれた黄

薔薇の色に塗られていた。かたわらの合歓《ねむ》の大樹が、緊密な黒い影で一部を汚している
ほかは、壁のいちめんの黄土色が、烈しすぎる日ざしを沈鬱《ちんうつ》になだめていた。
芝生のなかの迂路《うろ》を近づくあいだ、どこにも人影が見られなかった。形而上的《けいじじよう》な喜び
に向ってがつがつと牙《きば》を鳴らし涎《よだれ》を垂らしてゆくこの接近に、本多は自分の趾《あし》に密林を
潜行する獣の爪《つめ》を感じた。そうだ、彼はこの喜びのためにだけ生れたのだ。
薔薇宮はそれ自体が自分の小さな頑《かたく》なな夢のなかに閉じこもったかのようだった。翼
楼もなく展開部もない一つの小筥《こばこ》のような建築の印象がこれを強めた。一階はどれが入
口かわからぬほど多くの仏蘭西窓《フランスまど》に囲まれていたが、その一つ一つが薔薇の木彫《もくちよう》を施し
た腰板の上部に、黄、青、紺の亀甲の色硝子《いろガラス》を縦につらね、そのあいだにさらに近東風
の五弁の薔薇形の紫硝子の小窓を塡《は》め込んでいた。庭に面した仏蘭西窓は、悉《ことごと》く半びら
きにひらいていた。
二階は百合《ゆり》の花格子の腰板に、三尊《さんぞん》像のように、中央だけ丈の高い三つの窓がいずれ
もひらき、その左右に薔薇の彫飾りを刻んでいた。
三段の石段の上にある玄関も亦《また》、同じ様式の仏蘭西窓であったので、菱川が呼鈴を押《こ》
すが早いか、本多は不謹慎にも、紫硝子の小窓に目をあててのぞいてみた。中はただ濃
紫《むらさき》で海底のようだった。
――仏蘭西窓がひらいて一人の老いた婦人が姿を現わした。本多と菱川は帽を脱いだ。

白髪の鼻の低い褐色の顔が、タイ人特有の人なつこい微笑を泛《うか》べた。しかしこの微笑は挨拶《あいさつ》で、それ以上の何を意味するものでもなかった。

菱川と婦人の間に二三のタイ語の応待があった。謁見《えっけん》の約束に何ら支障のあらわれた気配はなかった。

玄関にも四五脚の椅子《いす》が並べられていたが、寄附《よりつき》の間《ま》というには足りなかった。菱川が婦人に何かの包みを渡し、婦人は合掌してこれを受けとった。中央の扉を排して、二人を広い謁見の間へ直ちに導いた。

午前の戸外のあれほどの暑さが、この広間に澱《よど》んだ黴《かび》くさい冷気を快く思わせた。二人は獅子《しし》の肢《あし》を持った金と朱の支那《しな》式の椅子に招ぜられた。

出御《しゅつぎょ》を待つあいだ、本多は宮殿のうちらを仔細《しさい》に眺め渡した。どこかでしている低い蠅《はえ》の羽音のほかには物音はなかった。

広間は直《じか》に窓に接しているのではなかった。中二階を支えた迫持《せりもち》の柱廊がめぐり、中央の玉座の前だけは、迫持から厚く重い帷《とばり》を垂れ、その玉座の上に当る中二階の正面に、チュラローンコーン大帝の肖像画が懸っていた。柱廊のコリント様式の柱々は青地に塗られ、縦の溝々は金泥《きんでい》を充《み》たし、柱頭飾は近東風の金の薔薇がアカンサスの代りをしていた。

殿中いたるところに薔薇紋様は執拗《しつよう》に繰り返されていた。白枠に金塗りの中二階の欄干は、すべて透かし彫の金色《こんじき》の薔薇をつらねていた。高い天井の中央から垂れた巨大なシャンデリアも、金と白の薔薇に縁取られていた。足下を見れば、敷きつめた緋《ひ》の絨毯《じゅうたん》も薔薇であった。

ただ玉座の前に置かれた、一双の巨大な象牙《ぞうげ》、両側から相擁する形のその白い三日月の一対だけが、タイ伝来の装飾で、磨き抜かれた象牙のやや黄ばんだ白を、大々と玉座の闇《やみ》の前に泛ばせていた。

表《おもて》つきと前庭だけが仏蘭西窓で通じているのは、中へ入ってみてはじめてわかった。裏庭へ面した窓は、もちろん柱廊で隔てられていたが、開け放った硝子から胸の高さの窓と知れた。むしろ微風はその北向きの窓から通《かよ》ってきた。

たまたまそこへ目が行ったとき、突然、黒い影が窓枠にとびついたのを感じて本多は慄然《りつぜん》とした。するとそれは緑いろの孔雀《くじやく》であった。孔雀は窓枠にとまって、緑金にかがやくなよやかな頸《くび》を伸ばした。羽冠が影絵をなして、権高《けんだか》な巓頂《ちちよう》に、微細な扇のようにひらいた。……

「いつまで待たせるつもりだろう」

と本多は倦《う》んじ果てて菱川の耳に囁《ささや》いた。

「いつもこうなのです。別に意味はありません。待たせることによって権威を高めるとか、別にそういう意図はないのでしょう。この国では何事も急いではいけないことは、もうおわかりでしょう。

チュラローンコーン大帝のお子さんのウチラット王の御代《みよ》などは、王は暁にいたって御寝所へ入られ、午《ひる》すぎにお目ざめになるという具合で、すべてが遊惰安逸で昼夜顚倒《てんとう》、宮内大臣もお役目柄、午後四時に登城して、家へは朝がえりという有様だったそうですよ。しかし、熱帯ではそのほうが万事よかったかもしれません。この人たちの美しさが果物の美しさなら、果物は怠惰に美しく熟れるべきで、勤勉な果物などというものがあってはなりません」

囁き声で言われるいつもの長広舌の耐えがたさに、本多は耳を遠ざけようとしかけたが、又その耳もとを追ってくる菱川の口臭を避けるまでもなく、さきほどの老婦人が再び現われて、合掌をして、二人の注意を促した。

孔雀の窓で叱々《しつしつ》という声が洩《も》れたのは、警蹕《けいひつ》ではなくて、孔雀を追うらしかった。羽《は》搏《ばた》きが起って、孔雀の影は窓から消えた。その北側の柱廊に、本多は三人の老婦人の姿を見た。規則正しく間隔を置いて、一列に進んでくる。姫はと見れば、先頭の婦人に手を引かれ、片手に白いジャスミンの花輪をおもちゃにしている。満七歳の小さな月光姫が、象牙の前に置かれたやや大ぶりの支那椅子のほうへ導かれたとき、さっき案内に出た老婦人は、身分が卑《ひく》いのであろう、忽《たちま》ち床に膝《ひざ》まずいて、頭をほとんど床にすりつけて、グラーバ（krab）と云われる礼をした。

第一の老婦人は姫を擁して中央の支那椅子に掛け、ほかの二人の老婦人は向って右側の小椅子に並んで掛けたので、すなわち第三の婦人が菱川の隣席になった。膝まずいた前《さき》の婦人の姿ははや消えていた。

本多は菱川に倣《なら》って、起立して深い礼をしたのち、再び金と朱の支那椅子に腰を下ろした。老婦人たちがいずれも七十歳に垂《なん》んとして見えるので、小さな姫は、侍《かしず》かれているというよりは囚《とら》われ人のように見えた。

さすがに昔流儀のパヌンは召されず、洋風の白地に金の縫取のあるブラウスに、マレイのサロンに似たパシンと呼ばれるタイ更紗《さらさ》のスカアト様のものを召され、朱地に金の飾りのある靴を穿《は》いておられる。髪はこの国特有の断髪であるが、むかしカンボジヤ軍の侵寇《しんこう》に対して男装して戦ったというコラートの町の勇敢な乙女たちの髪型を伝えたのである。

実に愛らしい聡明《そうめい》なお顔立ちで、とても狂気のようには感じられない。黒い大きな瞳《ひとみ》がじっとこちらへ視線を注《そそ》いでいるが、細い形のよい眉《まゆ》や唇が凛々《りり》しくて、断髪のせいもあって宛《あた》かも王子のようにお見受けする。肌は黄金《こがね》を含んだ褐色だった。

謁見と云っても、本多たちの礼を受けられたのちは、椅子から足をぶらぶらさせて、両手でジャスミンの花輪を弄《もてあそ》びながら、しきりに本多のほうを見て第一の女官にお囁きかけになるのを、女官は何か強い一言《きつ》でたしなめた。

菱川の合図で本多がポケットから出した紫天鵞絨《ビロード》の真珠の小筥は、第三の女官に渡され、これが第二、第一の女官の手を経て、姫の手に届くまでには、暑熱の澱みを深めるような暇がかかった。筥は第一の女官の手で検《あら》ためられたので、姫は手ずからそれをおあけになる子供らしい娯《たの》しみを失った。

愛らしい褐色の指はジャスミンの花輪を冷淡に捨て、さて真珠をとりあげて、しばらく熱心に見入っていた。感動とも無感動ともつかぬ、その常ならぬ静止があまり永かったので、本多は姫の狂気の兆《きざし》がそこにあるのかと疑った。ふいに姫のお顔に水沫《みなわ》のような微笑が泛んだ。子供らしい些《いささ》か乱れた白い歯並びが洩れた。本多は安堵《あんど》した。

指輪が筥に蔵《しま》われて第一の女官に預けられた。姫がはじめてはっきりした怜悧《れいり》な声で物を言われた。そのお言葉は三人の女官の唇を、緑蛇が合歓《ねむ》の枝から枝へ見えがくれに伝わって来るように渡った末、最後に菱川の通訳によって、本多の耳に到着した。姫は「ありがとう」と言われたのである。

本多は、

「私はかねがねタイ王室に敬意を寄せており、殿下は又、日本にお親しみの御様子を洩れ承っているが、もしよろしければ、今度は帰国後、日本の人形などをお送り申上げたいがどうか」

という意味のことを、菱川に通訳をたのんだ。タイ語は菱川の口を出るときはまだ簡略なのが、第三の女官、第二の女官へ伝わるにつれて、次第に各語の音節《シラブル》が長く多くなって、第一の女官が姫に奏上するときは、途方もない長話になった。

姫の言葉もそのようにして、黒く皺《しわ》組んだ唇から唇へ、感情の輝きをのこらず喪って戻って来た。それはあたかも姫の言葉のいきいきとした幼ない養分を途中で吸い取って、老いの入歯のおぞましい喰《た》べ粕《かす》だけを投げてよこすかのようだった。

「殿下は本多先生の厚いお志を何よりも嬉《うれ》しくお受けになるであろうと仰言《おっしゃ》っておられます」

そのとき異変が起ったのである。

第一の女官の隙《すき》をうかがって、姫は椅子から飛び下りると、一間ほどの幅を跳び越えて、本多のズボンの膝にしがみついたので、本多はおどろいて立上った。姫は身を慄《ふる》わせて本多にかじりついたまま、何か大声で泣きながら叫んでいる。本多も身をかがめて、叫びつつ歔欷《きょき》している姫の小さな肩を、両手で抱きかかえて差上げる。

老いた女官たちは、手荒く姫を引き離すこともならず、身を倚《よ》せ合ってこちらを注視しながら、不安げに囁き合っている。

「何と言っておられる？　早く通訳したまえ」

と本多は茫然《ぼうぜん》と立っている菱川に怒鳴った。

菱川は甲高い声で訳した。

「本多先生！　本多先生！　何というお懐《なつか》しい！　私はあんなにお世話になりながら、黙って死んだお詫《わ》びを申上げたいと、足かけ八年というもの、今日の再会を待ちこがれてきました。こんな姫の姿をしているけれども、実は私は日本人だ。前世は日本ですごしたから、日本こそ私の故郷だ。どうか本多先生、私を日本へ連れて帰って下さい」

――ようやく姫をもとの椅子に連れ戻し、はじめの謁見の威儀に還《かえ》ったとき、女官に凭《もた》れて泣いている姫の黒髪を遠く見て、本多はまだ自分の膝に残っている幼ない者の暖かみと匂《にお》いを懐しんだ。

姫が御気分が勝《すぐ》れないので今日の謁見はこれまでにしたい、と女官が言ったが、本多は菱川をとおして、あと二つだけ、短かい質問を許していただきたいと申し入れた。

一つは、

「松枝清顕《まつがえきよあき》が私と、松枝邸の中ノ島にいて、月修寺門跡《もんぜき》の御出《おい》でを知ったのは、何年何月のことか、おたずねしたい」

というのである。

この質問が伝えられると、姫は第一の女官の膝に伏せていた涙に濡《ぬ》れた顔を、むずかるように半ばもたげ、涙に貼《は》りついた後れ毛をかいやりながら、すらすらと答えた。

「一九一二年の十月です」

本多は心中おどろいたが、果して姫のお心の中に、すでに過ぎた二つの前世の物語が、あたかも小さな密画の絵巻のように、そのままの形で詳《つぶ》さに録されているのかどうかは定かでなかった。先程ああして不義理を詫びた勲の言葉にしても、その言葉の背景をこまやかに御存知なのかどうかはわからなかった。現にどんな正確な数字も、全く無感動に、ただ思いつくままの配列と謂《い》った具合に、姫の口から洩れたからである。

本多はそこで第二の質問をした。

「飯沼勲《いいぬまいさお》が逮捕された年月日は？」

姫はますます眠そうに見えたが、澱みなくこう答えた。

「一九三二年の十二月一日です」

「もうこのくらいでよろしゅうございましょう」

と第一の女官は、すぐにも姫を促して立ってゆきそうな気配を見せた。

姫は急に発条《バネ》のように身を起し、椅子の上に靴のまま立上って、本多に向って何事か甲高い声で呼びかけた。女官がたしなめて低声《こごえ》で制した。姫はなお叫んで、制する女官の髪をつかんだ。姫の言葉が同じ音節《シラブル》を以《もっ》てきこえたので、同じ章句をくりかえしているのがわかった。そのうちに、第二、第三の女官が走り寄って腕をつかまえようとすると、姫は高い天井へ反響を走らせて、狂おしく泣きだした。押えにかかる老いた女の手のあいだから、光沢《つや》も弾力も立ちまさった幼ない褐色の手がのびて、そこかしこを掴《つか》んだ。老いた女たちは痛さに叫んで離れ、姫の泣き声はますます谺《こだま》を呼んだ。

「何のことですか」

「明後日バンパイン離宮へ遊びにゆくので、本多先生をぜひ招待したい、と姫が言われたのです。それを女官が止《と》めているのです。この成行は見物《みもの》ですな」

と菱川は言った。

月光姫と女官との談合がはじまった。ようよう姫はうなずいて泣き止《や》んだ。

第一の女官は衣紋《えもん》の乱れをつくろいながら、息を弾ませ、本多に向って直接こう言った。

「明後日、殿下はお気晴らしのためにバンパイン離宮へドライヴをなさいます。本多先生と菱川さんをお招きあそばしますから、ぜひお受けをいただきとう存じます。あちらで中食《ちゅうじき》をいたしますので、午前九時に薔薇宮まで御参集下さいますように」

この格式を以て言われた招待を、菱川がすぐ訳して本多に伝えた。

——帰途の車中で、想《おも》いに沈んでいる本多に、菱川は何の気兼ねもなく喋《しゃべ》りつづけた。この芸術家気取の男の、他人の感情に対する思いやりのなさは、彼の使い古した歯刷子《はブラシ》のような神経を語っていた。もっとも人間関係に注《そそ》ぐ繊細な心づかいを、俗物の特性だと彼が考えているなら、それはそれで筋の通った考えであるが、菱川は自分のなりわいとしている案内業では、この上もなくよく気がつくことを誇りにしていた。

「さっきの先生の二つの質問は上出来でしたな。私には何のことかさっぱりわかりませんが、何かお姫様が先生の知人の生れ変りみたいな、格別の親しみを見せたので、試してみられたわけなんですな。そうでしょう？」

「そうです」

と本多はすずろに答えた。

「それで答は二つとも当りましたか」

「いや」

「一つは当ったんですか」

「いや。残念ながら二つとも外れた」

と本多は打遣《うっちゃ》るように嘘《うそ》を言ったが、この捨て鉢な口調が却《かえ》って嘘を隠して、菱川はすっかり真《ま》に受けた高笑いをした。

「そうですか。みんな外れですか。鹿爪《しかつめ》らしく年号などを言っておられたが、それでは仕方がない。生れ変りも説得力を欠きますな。先生もお人が悪いな。大道占いを試すように、あんな可愛いお姫様を試したりなさって。大体、人生に神秘なんかあるわけがありませんよ。神秘が残っているのは芸術だけで、それというのも、芸術の中でだけ、神秘は『必然的』になりうるからなんですね」

本多は今さらこの男のひたむきな合理主義におどろいた。車窓に緋いろの影を見て目を向けた。川があった。幹が炎の色をした猩々椰子《しようじようやし》の並木のあいだに、真紅に煙ったような花をつけた鳳凰木《ほうおうぼく》をその堤に見た。炎熱はすでにそれらの梢《こずえ》をめぐって逆巻いていた。

たとい言葉は通ぜずとも、何とか菱川を伴わずにバンパインへ行く工夫はないものかと本多は考えはじめた。

四

しかしバンパイン行きに菱川を帯同しないという目論《もくろ》みは、『自分はあんな気違い姫と一緒にゆくのは御免だが、自分を伴わなければ泣くのはお前だ。あの老女官はみな英語は片言しか話せない』という菱川の恩着せがましい言い方のおかげで、却《かえ》って楽に運んだ。本多にも似合わぬことであるが、『煩《わずら》わしい通訳を通すよりも、せめて半日、わからぬなりにタイ語を音楽のように耳でたのしみたい』と言い返し、これでおそらく菱川との間柄は絶えたことになるのを望んだ。

この遊山《ゆさん》のたのしさを、本多はあとになって何度となく思い返した。

車でゆける道は半ばまでで、あとは宮廷風な華舫《かぼう》に乗り換えて、水にひたされた青田も川も一つづきの水路をゆけば、その青田の間から昼寝をしていた水牛が、ふいに泥まみれの背《せ》瘤《こぶ》をかがやかせて、身を起したりした。小高い杜《もり》のまわりをゆくときには、川辺の樹《き》を昇り降りする夥《おびただ》しい栗鼠《りす》が姫を喜ばせた。あるときは小さい緑蛇が、下枝《しずえ》から下枝へ首をもたげて飛び移る姿が見られた。

密林《ジャングル》のかなたこなたに、檀家《だんか》の寄進で新らしい金箔《きんぱく》を欠かさない鮮やかな金色《こんじき》の仏塔が聳《そび》えていた。本多はその金箔が日本で製《つく》られて、夥しくここへ輸出されているのを知っていた。

本多はその舟路《ふなじ》に、終始賑《にぎ》やかに子供らしくはしゃいでいた月光姫が、しばらくの間、遠景に瞳《ひとみ》を凝らして、身動《みじろ》ぎもせず、じっと舷《ふなばた》に凭《よ》っていた姿を記憶にとどめている。そういうことには馴《な》れっこになっている女官は、気にもとめずに笑いさざめいていたが、本多は姫が凝視しているものにすぐに気づいて、疎《おろそ》かならず感じたのである。

それは地平から湧《わ》きのぼって太陽を隠している巨大な雲であった。日はすでに高かったから、それを隠すには、はなはだ長大な触手を伸ばさねばならぬ。黒い雲は、ただ日を掩《おお》うためにのみ伸び上っているのである。しかしそれは辛うじて成功している。青空に接した上端がたしかに日の姿は隠しているけれども、その部分だけ雲が灼熱《しゃくねつ》の白光を放って、雲全体の不吉な黒を裏切っている。それればかりではない。このあまりに無理な背伸びのために、黒い雲の下方に破綻《はたん》が生じて、向う側の光りがそこからとめどもなく洩《も》れている。あたかも大きな傷口から、光りの血が無際限に迸《ほとばし》っているように。

遠い地平は低い密林《ジャングル》に覆《おお》われている。比較的前方の密林はこの綻《ほころ》びが照らす光りに、別世界のような美しい緑を輝やかせている。しかし後方の密林には黒雲の下辺が、霧の叢立《むらだ》つような豪雨を注《そそ》いでいるのである。雨足は菌糸のように緻密《ちみつ》に垂れて、暗い密林にしんしんと立ちこめている。目路《めじ》もはるかな地平の密林の、一部分にだけ垂れている雨足の菌糸は、実に明瞭《めいりよう》に見えているから、その雨足の、横なぐりの風に応《こた》える揺れまでもつぶさに見える。驟雨《しゆうう》がそこだけに凝結して、幽閉されているのだ。

……本多にはそのとき、幼ない姫の見ているものが何ものか即座にわかった。

姫は時間と空間とを同時に見ていた。すなわち、彼方《かなた》の驟雨の下の空間は、本来ここから見える由《よし》もない未来か過去かに属していた。身を現在の晴れた空間に置きながら、雨の世界を明瞭に見ていることは、異なる時間の共在でもあり、異なる空間の共在でもあって、雨雲が時間のずれを、はるかな距離が空間のずれを垣間見せていた。いわば姫はこの世界の裂け目を凝視していたのである。

そのとき姫の小さな桃いろの潤《うる》んだ舌は、(もし女官が見咎《みとが》めたら忽《たちま》ち叱《しか》ったであろうが)、本多が献上した指環《ゆびわ》の真珠を一心に舐《な》めていた。舐めていることによって、こんな奇蹟《きせき》の顕現を、小さな姫自身が保障しているかのように。……

――バンパイン。

それは本多にとって忘れがたい地名になった。

姫がどうしても本多に手を引かれて歩きたがるので、女官たちが眉《まゆ》をひそめるのもかまわず、本多はその汗ばんだ小さな掌《てのひら》に引かれるままに、曾遊《そうゆう》の姫の案内に委《まか》せて、支《し》那《な》風の離宮、フランス風の小亭、ルネサンス風の庭、アラブ風の塔などが次々と目をたのしませる苑内《えんない》をめぐり歩いた。

なかんずく美しいのは、ひろい人工的な形の池の中央にある浮御堂《うきみどう》で、あたかも精巧な工芸品を水上に置いたかのようである。

水に臨む石階が、水嵩《みずかさ》の増すにつれて犯されて、その階《きざはし》の末は池の澱《よど》みの底に隠れて見えず、水中に見える段は白い大理石が水苔《みずごけ》の緑に染まり、藻《も》さえまつわって、こまかい銀の水泡《みなわ》に覆われている。そこへ月光姫は足を手をつっこみたがって、何度も女官に制せられる。言葉はわからぬが、その水泡を指環と同じ真珠だと思って、採りたくて地団駄を踏んでいるらしかった。

本多が制すると、しかし姫はすぐ大人しくなって、本多と共に、石階に腰を下ろして、池の央《なか》の御堂を眺めた。

それは実は御堂ではなくて、単に、舟あそびの小憩に使われたものらしい。四方から透かし見られるこの小閣は、やや褪《あ》せた樺《かば》いろの帷《とばり》を風にふくらませているが、その帷の内にのぞかれるのは、何もない小間《こま》だけだからである。

それだけの小間を黒地に金を彩《いろど》った細身の柱が無数に取巻き、その丈の高い柱のあいだから、池の対岸の緑や、渦巻いた雲と光りの鬱積《うつせき》した空が透かし見られる。あまりそこへ目をとらわれていると、簾《すだれ》を縦にしたように、細分されて透かされるのが、却ってそういう異様に細長い紋様を組み合わせて壮麗な外景の雲や森が出来上っているように思われる。しかも、こんな小閣の屋根は常ながら華美を極め、煉瓦色《れんがいろ》、黄、緑の支那瓦《しながわら》をこまかく重複させて、四層の越屋根《こしやね》を成した上に、金光燦然《さんぜん》とした細い尖塔《せんとう》が青空を刺している。

その小閣を見ていたときにそう思ったのか、あるいはあとで思い出したとき、月光姫の姿とその小閣がいつともしれずまざり合っていたのかは知れないが、本多の脳裡《のうり》にいつまでも残っている池中《ちちゅう》の閣は、ごく細身の黒地の柱が黒檀《こくたん》の肉体になり、煩瑣《はんさ》な黄金《きん》の細工物をおびただしく身につけ、尖《とが》った金冠を戴《いただ》いて、今し爪先《つまさき》立った痩身《そうしん》の踊り子のように思われた。

五

……すべてが言葉の通じないところで、しかも意志の疎通《そつう》をことさら試みなかったところで、起った出来事というものは、それを記憶に移せば、何ら手を加えるまでもなく、そのまま美しい小さな絵の連鎖になって、いくつかの同じ寸法の、金《きん》の煩《わずら》わしい装飾を施した額縁に納まるものだ。そこで流れた時間はひたすら一瞬の絵心のために結ぼおれ、快活な時間の粒子が、ひときわ泡立って躍動するかと見れば、それはたとえば、水の底深く下りてゆく石段の真珠へ、さしのべた姫の手の幼ないふくらみ、しかもその指、その掌《てのひら》の清潔で細緻《さいち》な皺《しわ》、頰にふりかかった断髪のいさぎよい漆黒、その鬱《うっ》したほどに長い睫《まつげ》、黒地に施した螺鈿《らでん》のように黒い小さな額にきらめく池水の波紋の反映などの、刹《せっ》那《な》の絵すがたを形づくるためにひたいと静まるのだ。時間も泡立ち、蜂《はち》の唸《うな》りに充《み》ちた日ざかりの苑《その》の空気も、そぞろ歩く一行の感情も泡立っていた。珊瑚《さんご》のような時間の美しい精髄があらわになった。そうだ。そのとき姫の幼時の曇りない幸福と、その幸福の背後に連なる一連の前世の苦悩や流血は、あたかも旅中に見た遠い密林の晴雨のように、一つになっていたのだった。

自分はいわば、今襖《ふすま》という襖の取り払われた大広間のような時間にいると、本多には感じられた。あまりに広く、あまりに自在なので、住みなれた「この世」の住家《すみか》とも思えぬほどだ。そこに黒木の柱はひしひしと立ちつらなり、何か人間の感情では届く筈《はず》のないところまで、目も届き、声も透りそうに思われた。姫の幼なさの至福がひろげたこの大広間の、群立つ黒檀《こくたん》の柱のかげには、まるで隠れんぼをしている人たちのように、あの柱のうしろに清顕が、この柱の裏に勲が、それぞれの柱にあまたの輪廻《りんね》の影が、息をひそめ身をひそめているように思われるのだった。

又、姫は笑った。と云《い》っても、遊山《ゆさん》のあいだ、たえず微笑をうかべているのが、時あって、潤《うる》んだ淡紅の歯齦《はぐき》の波紋が急にひろがって来ると、それが本当の笑いになった。笑うとき、姫は必ず本多の顔を見上げていた。

バンパインへ来てから、老いた女官たちも、俄《にわ》かに無礼講になり、あの固苦しい礼式を忘れて笑いさざめいた。一旦《たん》形式を忘れてしまうと、老いが彼女たちの唯一《ゆいいつ》の儀礼になった。それは皺だらけの意地の汚ない鸚鵡《おうむ》のように、一つ袋へ嘴《くちばし》を寄せ合っては、檳《びん》榔子《ろうじ》種を啄《ついば》むことであり、裾《すそ》の中へ手をさし入れて痒《かゆ》いところを掻《か》くことであり、踊り子をまねてけたたましく笑いながら横歩きをしてみせることであった。褐色の顔に鬘《かつら》めく白髪が日に燃えて、踊り子の木乃伊《ミイラ》のような老女が、檳榔子種に真紅に染った口を笑ってひらき、横歩きをしながら横へさしのべた腕の、肱《ひじ》を鋭く立ててみせるときには、その乾いた骨のあらわれたような肱の鋭角は、まばゆい積雲の立つ青空を背景に、影絵の一片を切抜いた。

姫の一言で、急に女官たちがざわめき立ち、姫を取り囲んで、旋《つむ》じ風《かぜ》がころがるように、本多を置き去りにして行ったのがおどろかれたが、目ざす小館を見て、本多にも納得が行った。姫は尿意を催おしたのである。

姫の尿意！　これが本多に、痛切な可愛らしさの印象を与えた。子供を持たぬ本多には、自分にもし幼ない娘があったら、こうもあろうかと想像されることがみな概念的で、こんな突然の尿意のように、肉の愛らしさが鼻先をよぎって飛ぶことははじめてだった。彼はできることなら自分が手を貸して、姫の滑らかな褐色の腿《もも》を内から支えて、さしてあげたいとさえ私《ひそ》かに思った。

帰ってきた姫は、しばらくのあいだ、羞《はず》かしげにしていて、言葉もすくなく、本多の顔を見ないようにしていた。

中食《ちゅうじき》のあとは木蔭《こかげ》で遊戯をした。

何の遊戯か遊戯の手順はおぼえていない。単調な唄《うた》がくりかえされたが唄の意味もわからない。

記憶にのこっているのは、四方からさしのべた木蔭の、木洩《こも》れ日がやや強い《きつ》草地の中央に姫が立って、その周囲に三人の老女官が、あるいは膝《ひざ》を立て、あるいはあぐらをかいた、思い思いの姿勢で居流れた構図である。その老女官のひとりは、お座なりに遊戯に加わっている風情《ふぜい》があって、蓮花片に包んだ煙草《たばこ》を吹かしつづけていた。又一人の女官は、夜光貝を螺鈿にした漆の水入れを、すぐ咽喉《のど》の乾く姫のために、おのれの膝のかたわらに備えていた。

多分その遊戯はラーマーヤナに関わりのあるものだったのであろう。姫が木の枝を剣のように扱って、剽軽《ひょうきん》な仕草で、背を丸くして息込むのは、明らかに猿神《ハヌーマン》を思わせた。女官たちが手拍子を打って何か唱えるたびに、その形が種々に変化した。姫が一寸《ちょっと》首を傾《かし》げると、そのとき渡った微風に草花が首を傾げ、枝移りをする栗鼠《りす》がつと停って首を傾げるのと、符節を合しているように思われた。一変して姫は王子ラーマになった。白地に金の縫取のあるブラウスの袖口《そでぐち》から、浅黒い細い腕が剣をかかげて凛々《りり》しく天を指した。そのとき山鳩《ノク・カオ》が姫の目交《まなかい》をかすめ、翼で顔を翳《かげ》らしたが、姫は微動もしなかった。姫の背後にそびえているのが、他ならぬ菩提樹《ぼだいじゅ》であることを本多は知った。この鬱蒼《うっそう》たる樹《き》には、長い葉柄《ようへい》の先に垂れた闊《ひろ》い葉が、鈴なりに重なって風のうごくたびにさやめいた。その緑の一葉《ひとは》々々に、あたかも熱帯の光線を漉《す》き込んだかのような黄いろい葉脈がいちじるしい。……

――姫は暑くなった。何かむずかって老いた女官に要求した。女官たちは首を鳩《あつ》めた。やがて立上って本多にも合図をした。一行は森の木蔭を出た。舟泊りのところまで来たので、帰るのかと思うと、そうではなかった。船頭に命じて、舟から、大幅の美しい更紗《さら》《さ》の布を出させたのである。

一行はその布を持ってマングローブの気根のわだかまる岸辺をゆき、さらに人目に立たぬ場所を選んだ。二人の女官が裾をからげ、この布を掲げて水に入り、腰までの深さのあたりでひろびろと布をひろげて、それを対岸の人目を隠す帷にした。のこった女官も裾をからげて、老いた細い腿に水の投影を揺らせながら、裸にした姫を伴って水に入った。

姫はマングローブの気根につどう小魚を見て喜びの声をあげた。本多は、女官たちがあたかも本多がどこにもいないかの如《ごと》く振舞うのにおどろきながら、それも一種の礼法であろうと思って、岸辺の木の根に腰を下ろして静かに姫の水浴の姿に見入った。

姫はなかなか静かではなかった。更紗を透かす日光の縞斑《しまふ》のなかで、たえず本多のほうへ笑いかけながら、そのやや大きすぎる子供らしいお腹《なか》を庇《かば》いもせず、女官に水をかけて叱《しか》られては、水をはね返して逃げた。水は決して清冽《せいれつ》ではなく、姫の肌の色と同じ黄ばんだ褐色をしていたが、その澱《よど》んで重く見える川水も、飛沫《ひまつ》になって更紗を透かす光点を浴びるときは、澄み切った滴《しずく》を散らした。

姫が手をあげるときがあった。平たい小さな胸の左の脇《わき》、ふだんは腕に隠されているところへ、思わず本多は目をやった。その左の脇腹に、あるべき筈の三つの黒子《ほくろ》はなかった。あるいは淡い黒子が、褐色の肌色に紛れているのではないかと思って、瞳《ひとみ》が疲れるほどに、機を捕えてはそこへ視線を凝らしたのであったが……。

六

本多の関わっていた訴訟事件は、不利を認めた相手方の、俄《にわ》かな訴訟の取下によって、思いもかけぬ幸いな解決を得た。本多はすぐにも帰国できる筈《はず》であったが、五井物産がお礼心に、本多の望むがままの遊覧旅行の贈物を申し出た。印度へ行きたかったのでその旨《むね》を言うと、戦争が近づいている気配があって、今が最後の機会だと云《い》われ、五井物産の各地の支店が最上のお世話をすると約束された。そのお世話というのが、どうか菱川のようなお世話を意味しないことを本多は祈った。

日本の留守宅へこれを報《し》らせてやる一方、本多は時速二十五、六キロしか進まぬ印度の蒸気汽缶車の、時間割を組み合わせて旅程を作るたのしみを知った。地図をひろげてみれば、本多が行きたいと思うアジャンタの洞窟《どうくつ》や、ガンジス河畔のベナレスは、気の遠くなるほどのキロ数で相隔たっていた。しかもそのいずれもが、同じ力で、未知へ懸けられた本多の直観の磁針を惹《ひ》いた。

月光姫へ旅立ちの挨拶《あいさつ》に行こうというもくろみは、又、菱川に通訳をたのむ煩《わずら》わしさを思うだけで、崩された。そこで旅立ちの慌《あわただ》しさにかまけて、ホテルの用箋《ようせん》に先日の遊《ゆ》山《さん》の礼をしたため、出発間際《まぎわ》にメッセンジャー・ボオイに薔薇宮へ持たせてやった。

本多の印度の旅は多彩を極めていたが、そのうち、アジャンタ洞窟で過したある午後の深遠な体験と、ベナレスの魂をゆるがすような景観とを述べるだけで十分であろう。その二つの土地で、本多は彼の人生にとって何かきわめて重要きわめて本質的なものを見たのである。

七

旅程はまず海路でカルカッタへ入り、カルカッタから六百七十八キロのベナレスまでは、丸一日かけて汽車で行き、ベナレスからは、モグール・セライまで車を使い、ここからマンマードまで、二日がかりの汽車の旅をして、マンマードからアジャンタへ車で行くのである。

十月上旬のカルカッタは、たまたま年に一度のドゥルガの祭礼で賑《にぎ》わっていた。

ヒンズー教の万神殿の中でももっとも人気の高い、とりわけこのベンガル地方やアッサム地方ではもっとも尊崇されるカリー女神は、その良人《おっと》たる破壊神シヴァと等しく、無数の名を持ち、無数に変成《へんじょう》するが、ドゥルガはその変身の一つであって、その血腥《ちなまぐ》さに於《お》いてカリーよりはやや穏和な女神である。町のいたるところに巨大なドゥルガの人形が飾られ、水牛神を誅伐《ちゅうばつ》する勇ましい姿が、瞋恚《しんに》の眉《まゆ》も美しく造り成されて、夜はまた、まばゆい灯火にくっきりと浮き立って、人々の崇敬を受けている。カルカッタは、カリガート寺院の所在によって、カリー信仰の中心地であるところから、これらの祭の日々の寺院の殷賑《いんしん》は比べるものがない。本多は早速インド人の案内をたのんで参詣《さんけい》に行った。

カリーの本地身《ほんじしん》はシャクティであり、シャクティの原義は精力である。この大地母神は全能の女神の絵すがたを、あるいは母らしく崇高な、あるいは女らしく艶冶《えんや》な、あるいは見るもおぞましい残虐《ざんぎゃく》なイメージで、世界各地の女神に頒《わか》ち与え、それらの神性を富ましてきた。カリーはシャクティのおそらく本質をなす死と破壊のイメージに彩《いろど》られ、伝染病や天災地変、この世の生きとし生けるものに破壊と死をもたらす自然の諸力を代表している。その身は黒く、その口は血に染って赤く、唇からは牙《きば》が洩《も》れ、頸《くび》からは頭《ず》蓋骨《がいこつ》や生首をつらねた頸飾を垂れ、疲れ伏した良人の体の上で狂おしく踊っている。この血に渇いた女神は、渇きを癒《いや》すためにたちまち伝染病や天災地変を呼び寄せるので、これをなだめるには、たえざる犠牲の奉献が必須《ひっす》になった。一匹の虎《とら》の犠牲は百年にわたって女神の渇きを止め、一人の人身《ひとみ》供犠《きょうぎ》は千年にわたって渇きを止めると云《い》われている。

本多がカリガート寺院を訪れたのは、むしあつい雨の午後であった。寺門前は群衆と、これに立ちまじって喜捨を強《し》いる乞食《こじき》たちが、雨に濡《ぬ》れて騒然とひしめき合っていた。境内はいたって狭く、拝殿は人に埋まり、大理石の基壇の高い神殿のぐるりを、人々は立止る隙《すき》もないほど押し合って渦巻いていた。雨に濡れた大理石の基壇はひとしお白くつややかなのが、攀《よ》じ上ろうとする土足の足跡や、額に与えられる祝福《ブレッシング》の辰砂《しんしゃ》が飛び散ったのや、それらの代赭《たいしゃ》いろや朱いろで塗りたくられていた。それはいかにも瀆神《とくしん》の狼藉《ろうぜき》に似ていたが、人々の酔いしれた鳴動は尽きなかった。

一人の僧侶《そうりょ》が寺内から長い黒い手をさしのべて、賽銭《さいせん》を投げ入れた信者の額に、丸く小さく、祝福《ブレッシング》の辰砂を塗ってやっていた。それを塗ってもらおうと我勝ちにせり合う群衆の姿は、青いサリーが雨に濡れて身に貼《は》りつき、背から尻《しり》への肉づきを露《あら》わにした婦人だの、白麻のシャツの項《うなじ》が黒光りした皺《しわ》を畳んでいる男だの、いずれも朱いろに染《にじ》んだ僧侶の黒い指尖《ゆびさき》へ向って、雀躍《こおどり》して渇仰《かつごう》するありさま、その動き、その熱狂は、本多にたとえばボローニャ折衷派の画風の一景、アンニバーレ・カルラッチの「聖ロッコの喜捨」の群衆の躍動を思い浮ばせた。しかも昼なお暗い寺の奥には、赤い舌を垂れ、生首の頸飾をしたカリー女神の偶像が、燭《しょく》の火にゆらめいているのだった。

案内人に従って裏庭へ廻ると、雨に叩《たた》かれている凸凹《でこぼこ》の甃《いしだたみ》の百坪に足らぬその一劃《いっかく》には、さすがに人もまばらであった。低い狭い門柱のような一双の柱があり、その下に石の凹《へこ》んだ閾《しきい》があり、さらに洗い場のような囲いがあった。このすぐ傍らに、全く同じものを小さい雛型《ひながた》にしたのがあった。小さいほうの一双の柱は雨に濡れながら、血溜《ちだま》りを閾に残し、雨に打たれた血が甃の上に乱れていた。案内人の説明で本多はそれと知った。大きいほうは水牛の犠牲壇であり、今は使われていない。小さいほうは牡山羊《おやぎ》の犠牲壇であり、とりわけドゥルガのような大切な祭儀のためには、四百の牡山羊が屠《ほふ》られるのである。

カリガート寺院を裏から見ると、(さっきは群衆に押されて細見を妨げられたのだが)、清らかな白大理石は基壇ばかりで、中央の塔も周辺の拝殿も、バンコックの暁の寺を今にして思い出させる極彩色のタイルのモザイクに飾られていた。細緻《さいち》なその花模様や、相対した孔雀《くじやく》模様の連鎖は、雨によって埃《ほこり》を払われ、その麗《うら》らかな色彩が足下の流血を冷然と踏まえていた。

雨は大粒の、まばらな、いかにもうろたえた降り方をしていて、雨風に吹き迷わされる空気が、却《かえ》って霧のような温気《うんき》を醸《かも》した。

本多は牡山羊の犠牲壇に、傘もささぬ一人の女が来て、恭《うやうや》しくひざまずくのを見た。印度の中年の婦人に見る、ふくよかで聡明《そうめい》な、懇篤《こんとく》な心を思わせる顔立ちをしていた。草いろのサリーは濡れそぼっている。手にはガンジスの聖水を入れた小さな真鍮《しんちゆう》の薬缶《やかん》を提げている。

女はその聖水を柱に注《そそ》ぎ、雨にも耐える油の灯明に火を点じ、そのまわりに韓紅《からくれな》いの小さなジャワの花を散らした。それから血の飛び散った甃の上にひざまずき、柱に額をあてて一心に祈っている。その額の祝福《ブレッシング》の朱点が、雨に貼りついた髪のあいだから、忘我の祈りのあいだから、彼女自身の犠牲の血のように一点鮮やかに見える。

本多は魂のゆらめきを、一種の恍惚《こうこつ》と云いがたい忌わしさとのまじり合った感情を味わった。その感情の注視するところ、まわりの情景がおぼろになって、祈っている女の姿だけが緻密に映る。不気味なほどに緻密に映る。もうこれ以上細部の明瞭《めいりょう》さ、その含んでいる忌わしさに耐えきれぬと感じられたときに、突然女の姿はそこになかった。彼は今《いま》まで幻を見ていたのかと疑ったが、そうではなかった。立去った女のうしろ姿は、開け放った裏門の粗い鉄の唐草模様の彼方《かなた》に見られたからである。ただ、祈っていた女と、立去った女との間に、どうしてもつながらない断絶があるのだった。

子供の手で黒い牡山羊の、まだ稚《わか》いのが連れて来られた。雨にけば立った毛の額のところに、祝福《ブレッシング》の朱点が見える。聖水をそこへ注《そそ》がれると、仔山羊《こやぎ》は首を振り、のがれようとして後肢《あとあし》で足掻《あが》いた。

一人の汚れたシャツを着て、口髭《くちひげ》を蓄えた若者が現われて、子供の手から仔山羊を受けとった。若者の手が首にかかる。仔山羊は苛立《いらだ》たしいほど哀切に啼《な》きはじめ、身をくねらせて尻込みする。尻のあたりの黒い毛が雨に逆立って乱れている。若者は押えつけて、犠牲台の二本の柱の枷《かせ》の間へ、俯向《うつむ》きにその首を押し入れ、黒い留鉄《とめがね》を柱に挟《さしはさ》んで、項の上へしっかりと下ろした。仔山羊は尻を高く上げて、啼きながら足掻いている。若者が半月刀をふりあげた。その刃が雨に銀に光った。刀は的確に落ちて、仔山羊の首は前へころがり、目はみひらき、口から白っぽい舌を出している。柱のこちら側に残った体の、前肢は繊細に慄《ふる》え、後肢は大まかに、膝頭《ひざがしら》が胸に当るまで何度も掻い込んでいる激越な動きが、振子が弱まるように、一回ごとに弱くなった。首から流れる血はそれほど夥《おびただ》しくない。

犠牲執行人の若者は、首のない仔山羊の後肢をつかんで、門外へ駈《か》け出した。門外に杭《くい》がある。それに下げて、切り裂いて、大いそぎで処理するのである。若者の足もとには、もう一匹の首のない牡山羊が、雨に打たれて、後肢をなお慄わせている。まるで怖《おそ》ろしい夢に魘《うな》されてでもいるように。……あの手際《てぎわ》のよい、苦痛のない、一瞬の生死の境は、ほとんど気づかれぬまま乗り超えられて、今もなお醒《さ》めやらぬ悪夢がつづいているかのように。

若者の刀捌《かたなさば》きは錬達で、この神聖で忌わしい職業の、無感動な手続を忠実に追っている。彼の汚れたシャツに飛び散った血の斑点《はんてん》、その大きな深い澄んだ瞳《ひとみ》の集中、その農夫らしい大きな手から、神聖さはひどく日常的に、汗のようにしたたり落ちていた。見《み》馴《な》れた祭の行人はふりむきもしない。そこで神聖は、人々の只中《ただなか》に、汚れた手足でどっかと座を占めているのだった。

首は？　それは門内の、粗末な雨覆《あまおお》いをした奉献所に飾られていた。雨のなかで焚《た》かれている炉に、赤い花を散らし、その花弁のいくつかは火に焦《こ》げているブラフマン崇敬の火の宮の傍らに、七つ八つ、黒い牡山羊の首がこちらへジャワの花のような赤い切口を向けて並べられている、その一つに先程啼いていた首があった。そしてこれらの首のうしろでは一人の老婆《ろうば》が、針仕事でもしているように、深くかがみ込んで、皮の裏側のなめらかに光るところから、黒い指で、かがやく臓腑《ぞうふ》を一心に剝《は》がしていた。

八

ベナレスまでの旅中、本多の脳裡《のうり》には何度となくこの犠牲の情景がよみがえった。それは何ものかを忙しく準備しているような情景だった。犠牲の式がそこであっけなく終ったのではなく、そこからむしろ何かがはじまり、不可視の、より神聖でより忌《いま》わしくより高い何ものかへ、今、橋が懸けられたという気がしたのである。いわばその一連の儀式は、近づきつつあるもっと言語を絶した何者かの到来のために、通路に敷かれた一旒《りゅう》の朱布のように思われた。

ベナレスは、聖地のなかの聖地であり、ヒンズー教徒たちのエルサレムである。シヴァ神の御座所《おましどころ》なる雪山《せっせん》ヒマラヤの、雪解《ゆきげ》水《みず》を享《う》けて流れるガンジスが、絶妙な三日月形をえがいて彎曲《わんきょく》するところ、その西岸に古名ヴァラナシ、すなわちベナレスの町がある。

それはカリー女神の良人《おっと》シヴァに奉献された町であり、天国への主門と考えられてきた。それは又各地からの順礼の目標の地であり、ガンジスに加えて、ドゥタパパ、キルナ、ヤムナ、サラスワティの五聖河の合流点と考えられるここの水を浴びれば、来世の至福は居ながらにして成るのだった。
吠陀《ヴェーダ》には水浴の恵みについての次のような章句がある。

「水こそ薬なれ。
水は身の病いを清め
活力もてこれを充《み》たす。
まことに万病草の水なれば
諸病諸悪を癒《い》やすべし」

又、

「水は不死の命に充てり。
水は身の護《まも》りなり。
水には癒しの霊験《れいげん》あり。

水の威ある力をば
常住忘るることなかれ。
水は心身の薬なれば」

と謳《うた》われているとおり、祈りを以《もつ》て心を清め、水を以て身を潔《きよ》めるヒンズーの儀礼は、ここベナレスの数々の水浴階段《ガーツ》に於《おい》て極まるのである。

本多は午後ベナレスに着くと、ホテルに荷を解いて水浴びをして、すぐ案内人の手配をたのんだ。長い汽車旅行の疲れにもめげぬ、ふしぎな若々しい心逸《こころはや》りが、本多を一種陽気な不安の状態に置いていた。ホテルの窓外には、息苦しい西日が充ちていた。その中へ身を躍らせてゆけば、すぐにも神秘を手づかみにできそうな気がしたのである。

さるにてもベナレスは、神聖が極まると共に汚穢《おわい》も極まった町だった。日がわずかに軒端《のきば》に射《さ》し込む細径《ほそみち》の両側には、揚物や菓子を売る店、星占い師の家、穀粉を秤売《はかりう》りする店などが立並び、悪臭と湿気と病気が充ちていた。ここを通りすぎて川に臨む石畳の広場へ出ると、全国から順礼に来て、死を待つあいだ乞食《こじき》をしている癩者《らいしゃ》の群が、両側に列をなしてうずくまっていた。たくさんの鳩《はと》。午後五時の灼熱《しゃくねつ》の空。乞食の前のブリキの缶には数枚の銅貨が底に貼《は》りついているだけで、片目は赤くつぶれた癩者は、指を失った手を、剪定《せんてい》されたあとの桑の木のように夕空へさしのべていた。

あらゆる形の不具がおり、侏儒《しゅじゅ》が跳びはねていた。肉体は共通の符号を欠いた、未解読の古代の文字のように並んでいた。それは頽落《たいらく》によってそうなったのではなく、ねじくれ、歪《ゆが》められた形そのものが、そこから、依然肉の生々しさと熱さを以て、忌わしい神聖な意味を吹き出させているようだった。血や膿《うみ》は、夥《おびただ》しい蠅《はえ》によって、花粉のように運ばれていた。蠅はみな肥え、緑金に輝やいていた。

川へ下りてゆく右側には、色あざやかな聖紋を描いた天幕が張られ、僧侶《そうりょ》の説教を聴いている人々のかたわらに、布に包まれた屍《しかばね》が横たえられていた。

すべてが浮遊していた。というのは、多くのもっとも露《あら》わな、もっとも醜い、人間の肉の実相が、その排泄物《はいせつぶつ》、その悪臭、その病菌、その屍毒《しどく》も共々に、天日のもとにさらされ、並の現実から蒸発した湯気のように、空中に漂っていた。ベナレス。それは華麗なほど醜い一枚の絨毯《じゅうたん》だった。千五百の寺院、朱色の柱にありとあらゆる性交の体位を黒檀《こくたん》の浮彫であらわした愛の寺院、ひねもす読経《どきょう》の声も高くひたすらに死を待っている寡婦《かふ》たちの家、住む人、訪《おとな》う人、死んでゆく人、死んだ人たち、瘡《かさ》だらけの子供たち、母親の乳房にすがりながら死んでいる子供たち、……これらの寺々や人々によって、日を夜に継いで、喜々として天空へ掲げられている一枚の騒がしい絨毯だった。

広場は川へ向って斜面を作り、行人が自然にもっとも重要な水浴階段《ガート》、十馬犠牲《ダサシユワメド》のガートへ導かれるようになっていた。創造神ブラーマが十頭の馬を犠牲《ヤイナ》に捧《ささ》げたと伝えられているところである。

そこに水嵩《みずかさ》もゆたかに湛《たた》えた黄土色の河こそはガンジスだった！　カルカッタで、真鍮《しんちゅう》の小さな薬缶《やかん》に恭《うやうや》しく納められ、信者の額や生贄《いけにえ》の額へわずかずつ注《そそ》がれていた聖水は、今目前の大河になみなみと湛えられていた。それは神聖さの、信じられないほどの椀飯《おうばん》振舞なのであった。

病者も、健やかな者も、不具者も、瀕死《ひんし》の者も、ここでは等しく黄金《こがね》の喜悦に充ちあふれているのは理《ことわり》である。蠅も蛆《うじ》も喜悦にまみれて肥《ふと》り、印度人特有の厳粛な、曰《いわ》くありげな人々の表情に、ほとんど無情と見分けのつかない敬虔《けいけん》さが漲《みなぎ》っているのも理である。本多はどうやって自分の理智《りち》を、この烈《はげ》しい夕陽、この悪臭、この微《かす》かな瘴気《しょうき》のような川風のなかへ融《と》け込ませることができるかと疑った。どこを歩いても祈りの唱和の声、鉦《かね》の音《ね》、物乞《ものご》いの声、病人の呻吟《しんぎん》などが緻密《ちみつ》に織り込まれたこの暑い毛織物のような夕方の空気のなかへ、身を没してゆくことができるかどうか疑わしい。本多はともすると、自分の理智が、彼一人が懐《ふとこ》ろに秘めた匕首《あいくち》の刃のように、この完全な織物を引裂くのではないかと怖《おそ》れた。

要はそれを捨てることだった。少年時代から自分の役割と見做《みな》した理智の刃は、すでにいくたびかの転生《てんしょう》の襲来によって、刃こぼれのしたまま辛うじて保たれていたが、今はこの汗と病菌と埃《ほこり》の人ごみの中へ、人知れず捨ててゆくほかはなかった。

階段《ガート》には水浴の人の休む無数の茸《きのこ》のような傘が群立っていたが、日の出を絶頂とする水垢離《みずごり》の刻限には遠く、西日が深くさし入る傘の下は概《おおむ》ね留守だった。案内人は水際《みずぎわ》へ下りて、小舟の船頭と交渉をはじめた。たとしえもなく永くつづくその時間を、かたわらで本多は、夕陽の焼鏝《やきごて》を背へ当てられながら、ただ待っていた。

舟は本多と案内人を載せてようやく岸を離れた。ガンジス西岸の数多いガーツの、ダサシュワメドはほぼ中央にあった。ガーツ見物の舟はまず南下して、ダサシュワメド以南のガーツを見終ってのち、北上して、ダサシュワメド以北のガーツに及ぶのである。ガンジス西岸がこれほど神聖であるのに、少しも神聖視されぬ東岸は、あまつさえ東岸に住むと驢馬《ろば》に生れかわるとさえ云《い》われて忌まれ、はるか低い叢林《そうりん》の緑を見るばかりで家の影もなかった。

舟が南下をはじめると共に、烈しい夕陽はたちまち建物に遮られて、壮麗な幾多のガーツ、その背壁をなす大柱列、さらに柱列に支えられた高殿などが、ひしめいて立ち並ぶ景観に、かがやかしい背光を与えるだけになった。ひとりダサシュワメド・ガートが広場を背後に控えて、西日の恣意《しい》を許していたのである。そして夕空はすでに穏やかな薔薇《ばら》いろを川に映し、ゆきすぎる帆も濃からぬ影を落した。

それは夕闇《ゆうやみ》の来る前の、遍満する神秘な光線の時間だった。ものみなの輪郭を正し、一羽一羽の鳩までも緻密に描き、すべてに枯れた黄薔薇の色合を添え、川の反映と空の残光との間にものうい調和を保って、銅版画の丹念さをかもし出すような光度の支配する刻限だった。

正にこういう光りにこそふさわしい壮大な建築群がガーッであった。宮殿や大伽藍《だいがらん》なみの階段が水の中へ下りてゆくのに、うしろには巨大な背壁《ピラスター》がそびえ立っているだけで、たとえば列柱と穹窿《きゅうりゅう》が並んでいても、その列柱は壁柱で拱廊《きょうろう》は盲窓《めくらまど》であるという具合に、ひたすら階段それ自体が聖所の威風を放っていた。柱頭飾には、あるいはコリント式、あるいは近東風の、混淆《こんこう》した様式が用いられていたが、その四十フィートにも及ぶ高みに、夏ごとの洪水でもとりわけ著しかった溢水《いっすい》の、水位を示す白線と共に、一九二八年、一九三六年などと、これを記念する年号が誌《しる》されていた。目くるめくばかりの高さよりもさらに高く、そこに住む人の住居《すまい》の歩廊が、背壁の頂きに迫持《せりもち》を列《つら》ね、石欄に鳩を並べていたりした。その屋根の絶頂には、徐々に力を失ってゆく西日の背光がかがようた。

舟はこれらガーッの一つ、ケダール・ガートの前へ近づきつつあった。舟の間近に網で漁《すなど》る人の姿があり、ガートは閑散で、水浴をしている人も、段上にある人も、いずれも黒檀の痩《や》せた肉体が、おのがじし、祈りと瞑想《めいそう》に耽《ふけ》っていた。

本多の目は、今し大階段の中央に下り立って、水垢離に臨もうとしている人の姿に惹《ひ》きつけられた。その人の背後には壮麗な黄土いろの列柱が居並んで、すがれた光りの裡《うち》に、柱頭飾の隈々《くまぐま》までも稠密《ちゅうみつ》に眺められた。その人は正に、神聖さの中枢《ちゅうすう》に立っていたわけだが、あたりにうずくまる剃髪《ていはつ》した僧たちの黒い体に比べると、その人が果して人であったかどうか疑わしい。彼は丈の高い、雄偉な老人だったが、彼一人が正真の薔薇いろに輝やいていたからである。

彼は髑頂《ろちよう》に白髪の小さな髷《まげ》を残し、腰には緋《ひ》の重い腰布を左手でたくし上げているほかは、豊かな、いささか弛《ゆる》んだ肉の裸体であった。目はあたりに人のないかのように、一途《いちず》の観念に酔いしれて、茫漠《ぼうばく》と対岸の空へ向けられていた。そして右手は、何ものかを渇仰《かつごう》して、ゆるやかに天へさしのべていた。顔といい、胸といい、腹といい、夕光のなかにみずみずしい白桃色の肌を、まわりから隔絶した気高さで示していた。しかし老人の、現世の名残の黒い皮膚は、二の腕や、手の甲や、腿《もも》のあたりに、今にも剝《はが》れ落ちなんとして、斑《まだ》らに、あるいは痣《あざ》のように、あるいは縞目《しまめ》のように留《とど》まっていた。その残欠があるだけに、かがやく白桃の皮膚は一そう崇高に眺められた。彼は白癩《びやくらい》だったのである。

＊＊＊

無数の鳩が飛び翔《た》った。

一羽の鳩の愕《おどろ》きが一瞬のうちに伝播《でんぱ》して、ふたたび北上をはじめた舟の上の本多の目は、幾多のガーツの隙間《すきま》に河面《かわも》へさしのべた菩提樹《ぼだいじゅ》の枝々の、その一葉《ひとは》一葉に転生を待つ死者の魂が十日の喪のあいだ宿ると謂《い》われている葉ごもりから、一せいに羽搏《はばた》き翔った鳩の数に眩《くら》まされた。

舟はすでにダサシュワメド・ガートを過ぎ、川ぞいの赤い砂岩の家、緑と白のモザイクで窓枠を飾り、室内を緑に塗った「寡婦の家《ヤルタン》」の下を通った。窓からは香煙が立ちのぼり、鉦の音が洩《も》れ、一せいに唱えている唱歌の声が天井に谺《こだま》して川面へ零《ふ》った。そこでは各地から来た寡婦たちが、ひたすら死を待って宿っていた。病み衰えて救済の死を待つあいだ、ここベナレスですごすことを無上の倖《しあわ》せとする人たちは、こうした欣求《ごんぐ》の家モモクシバハン（Mumukshu Bhavan）に住みならえるのであった。それというのも、ここではすべてがすぐ身近にあったからである。焼場のガートはすぐ北に。千の交接体位をあがめるネパールの愛染《あいぜん》の寺の、黄金《こがね》の尖塔《せんとう》は焼場のすぐ上に。

舟のかたわらに浮いつ沈みつして、流れてゆく布包みに本多は目をとめた。その形、その嵩、その丈が、二、三歳の幼児のようだと本多が気づいたとき、正に幼児の屍《しかばね》に他ならぬことを知った。

何とはなしに腕時計を見た。五時四十分である。あたりにはほのかに夕闇がにじんでいる。そのとき本多はゆくてのガートに明らかな火の色を見たのだった。マニカルニカ・ガートの葬《ほうむ》りの火を。

そのガートはヒンズー風の寺院の基部に、五層の広狭さまざまな壇を以てガンジスに臨んでいた。寺院は中央の大塔をめぐって高低いろいろの数基の塔をめぐらし、それぞれが回教風の蓮華《れんげ》形の迫持の露台を持ち、この巨大な黄褐色の伽藍《がらん》が煙に煤《すす》け、高い柱廊の上に載っているだけに、近づけば近づくほど煙に巻かれて無住としか見えない暗鬱《あんうつ》な威容が、空に泛《う》かぶ幻のように不吉に見えた。しかしまだ舟とガートのあいだには、満々たる土色の水があった。暮れかかる水面には、夥《おびただ》しい献花、(カルカッタで見た朱《あか》いジャワの花もあった)、香料などが芥《あくた》になって漂い流れ、葬りの火の高い焔《ほのお》は逆しまに歴々と映っていた。

空高く舞う火の粉と共に、塔棲《とうず》みの鳩たちがさわいでいた。空は灰鼠色《はいねずいろ》を含んだ暗い藍《あい》になった。

ガートの水に臨むところに、煤けた石の小祠《しょうし》があって、シヴァ神とその妻の一人サテイ、良人《おっと》の名誉を守るために犠牲の火に身を投げて死んだサティとの、並び立った偶像に花が献ぜられていた。

このあたりには、いずれも火葬の薪《まき》を積んだ舟が群がって舟泊りをしていたので、本多の舟はガートの中央へ近づくのを憚《はばか》った。今熾《さか》んな焔の上っている薪の背後に、寺の柱廊の奥のつつましい火が覗《のぞ》かれた。それこそは常住絶えぬ神聖な火で、一つ一つの葬りの火は、すべてこの源から頒《わか》ち与えられるのであった。

川風は死に、あたりの空気には息の詰りそうな暑気が澱《よど》んでいた。そしてベナレスではどこでもそうであるように、静寂の代りに喧騒《けんそう》が、人々のたえまない動き、叫び声、子供たちの笑い声、読誦《とくしょう》の声などが、そのガートからも渾然《こんぜん》ときこえてきた。人ばかりではない。子らのあとを瘦せた犬が追い、又、火に遠い片隅の階段が暗く没した水の中からは、突然、牛追いのけたたましい叫びに追い上げられて、沐浴《もくよく》の水牛どものつややかな逞《たくま》しい黒い背が、次々と躍り上って来たりした。階段をよろめき昇るに従って、それらの水牛の黒く濡《ぬ》れた肌には、葬りの火が鏡面のように映った。

焰は時には概《おおむ》ね白煙に包まれ、煙のあいだから火の舌をひらめかせた。寺の露台へ吹きあげられる白煙が、暗い堂内に生物《いきもの》のように逆巻いていた。

マニカルニカ・ガートこそは、浄化の極点、印度風にすべて公然とあからさまな、露天の焼場なのであった。しかもベナレスで神聖で清浄とされるものに共有な、嘔吐《おうと》を催おすような忌《いま》わしさに充《み》ちていた。そこがこの世の果てであることに疑いはなかった。シヴァとサティの祠《ほこら》の横のゆるい勾配《こうばい》の階段に、赤い布におおわれた屍が、ガンジスの水にひたされたのち、火葬の順番を待って、凭《もた》せかけてある。人形《ひとがた》なりに屍を包んだその布が、赤いときは女のしるしである。白いときは男のしるしである。これを薪に載せて火を放つ際、牛酪《バタ》と香料を投げ込む仕事ののこっている親族たちが、剃髪の僧と共に、天幕の下で待っている。又そこへ、今度は白布に包まれた新らしい屍が、竹の台上に担《かつ》がれて、僧や親族一同の読誦唱和の声に守られて到着する。その足もとを縫って、黒い犬に戯《たわむ》れている数人の子供が追いつ追われつしている。印度のどこの町にも見るように、生ける者はすべて躍動し紛糾していた。

六時だった。いつのまにか焔は四、五ヶ所から上っていた。煙は悉《ことごと》く寺院のほうへ吹き寄せられるので、舟の本多の鼻には異臭は届かなかった。ただすべてが見えていた。

ずっと右方に、焼かれた灰を蒐《あつ》めて、川水の浸すに委《まか》せている場所があった。肉体が頑《かたく》なに守っていた個性は消え、人みなの灰はまぜ合わされ、聖なるガンジスの水に融けて、四大《しだい》と灝気《こうき》へと還《かえ》るのであった。積まれた灰の下部は水に浸されるより先に、すでにあたりの湿った土と見分けがたくなっているにちがいない。ヒンズー教徒は墓を造らない。本多はゆくりなくも青山墓地へ清顕の墓参に行ったとき、この墓石の下には確実に清顕がいないと感じたときの、あの戦慄《せんりつ》を思い起した。

屍は次々と火に委《ゆだ》ねられていた。縛《いまし》めの縄は焼き切れ、赤や白の屍衣《しえ》は焦《こ》げ失《う》せて、突然、黒い腕がもたげられたり、屍体が寝返りを打つかのように、火中に身を反らしたりするのが眺められた。先に焼かれたものから、黒い灰墨の色があらわになった。ものの煮えこぼれるような音が水面《みのも》を伝わった。焼けにくいのは頭蓋《ずがい》であった。たえず竹竿《たけざお》を携えた隠亡《おんぼう》が徘徊《はいかい》していて、体は灰になっても頭ばかり燻《くす》ぶる屍の、頭蓋をその竿で突き砕いた。力をこめて突き砕く黒い腕の筋肉は焔に映え、この音は寺院の壁に反響して戛々《かつかつ》とひびいた。

四大へ還るための浄化の緩慢、それに逆らう人間の肉の、死んだあとにもなおのこる無用の芳醇《ほうじゅん》、……焰のなかで、赤いものがひらいたり、つややかなものが蠢《うご》めいたり、火の粉と共に黒い粉が舞い上ったり、あたかも何ものかの生成のように、焰ごしにたえず閃《ひら》めいている動きがあった。又、忽《たちま》ち音を立てて薪が崩れ、火のいくばくが消え、隠亡の手で火が補われると、寺院の露台を舐《な》めるほどの時ならぬ高い火群《ほむら》を上げることもあった。

ここには悲しみはなかった。無情と見えるものはみな喜悦だった。輪廻転生《りんねてんしょう》は信じられているだけではなく、田の水が稲をはぐくみ、果樹が実を結ぶのと等しい、つねに目前にくりかえされる自然の事象にすぎなかった。それは収穫や耕耘《こううん》に人手が要るように、多少の手助けを要したが、人はいわば交代でこの自然の手助けをするように生れついているのだった。

インドでは無情と見えるものの原因は、みな、秘し隠された、巨大な、怖ろしい喜悦につながっていた！　本多はこのような喜悦を理解することを怖れた。しかし自分の目が、究極のものを見てしまった以上、それから二度と癒《い》やされないだろうと感じられた。あたかもベナレス全体が神聖な癩《らい》にかかっていて、本多の視覚それ自体も、この不治の病に犯されたかのように。

しかし、この究極のものを見たという印象は、次のような瞬間が来るまでは十全ではなかった。その瞬間は、本多の心を、水晶のような純粋な戦慄で撃ったのである。

すなわち、聖牛がこちらへ向いた瞬間。

インドではどこでも、恣《ほしいま》まな行動が許されている白い聖牛が、この火葬場にも一頭うろついていた。火のそばへ来ても愕《おどろ》かぬ聖牛は、やがて隠亡の竹竿に追われて、焔の彼方《かなた》、寺院の暗い柱廊の前に佇《たたず》んでいた。柱廊の奥は闇であったから、聖牛の白は、神々《こうごう》しく、崇高な知恵に溢《あふ》れてみえた。焔の影がゆらめき映るその白い腹自体が、ヒマラヤの雪が月かげを浴びたかのようだった。それは冷徹な雪と荘厳な肉との、獣における無垢《むく》の綜合《そうごう》だった。焔は煙を含み、煙は焔をおおい、時あって焔があかあかと姿をあらわしてあたりを睥睨《へいげい》し、時あって渦巻く煙に包み隠された。

そのときだった。聖牛は、人を焼く煙をとおして、おぼろげに、その白い厳かな顔をこちらへ向けた。たしかに本多のほうへ向けたのである。

＊＊

その晩、本多は夕食をすますと匆々《そうそう》、明る日の払暁《ふつぎょう》前の起床を言い置いて床に入り、寝酒の力を借りて眠った。

夢にさまざまな事象があらわれた。彼の夢の指は、今までふれなかった鍵盤《けんばん》に触れて音を発し、知り得たかぎりの宇宙の機構のすみずみまでも、技師のように点検した。あの清らかな三輪山が忽然《こつぜん》とあらわれたかと思うと、山頂の沖津磐座《おきついわくら》の、寝乱れた恐怖の岩の寝姿、その岩の裂け目から血が迸《ほとばし》り、赤い舌を垂らしたカリー女神が姿を現《げん》じたりした。又、焼かれた屍が、美しい若者の形によみがえり、その髪やその腰が、つややかな清い榊《さかき》の葉におおわれて立上り、あたりの忌わしい寺院の情景が、たちまちすずしい玉砂利の境内に変ったりした。すべての観念、すべての神々が、力をあわせて巨大な輪廻の環《わ》の把手《とつて》をまわしていた。宇宙の渦状星雲のようなその環は、あたかも地球の自転の感覚を知らずに日々地上の生活を送っている人々のように、まだその輪廻の感覚を知らぬままに、喜び、怒り、悲しみ、楽しんでいる人々を載せて、ゆったりと廻っていた。神々の遊園地の、イルミネーションに彩《いろど》られた夜の空中観覧車のように。

インドの人はそれを知っているのではあるまいか、という怖れが、夢の中でまで本多を訪れた省察だった。地球の自転という事実が、決して五感ではそれと知られず、科学的理性を媒介として辛うじて認識されるように、輪廻転生も亦《また》、日常の感覚や知性だけではつかまえられず、何かたしかな、きわめて正確で体系的でもあり直観的でもあるような、そういう超理性を以《もつ》てして、はじめて認識されるのではなかろうか。それを知っていることが、インドの人々をかくも怠惰に見せ、かくも進歩に抗《はむか》わせ、かつ、その表情から、われわれがふつう人の感情を占う目安にする共通の符号、あの人間的な喜怒哀楽をことごとく削《そ》ぎ落してしまっているのではなかろうか。

いうまでもなく、それはかいなでの旅行者らしい感想だった。夢はしばしば、もっとも高い象徴と、もっとも俗悪な思考とをごっちゃにする。本多が夢の中で考えているその考え方にも、かつての裁判官時代の冷たい平板な思弁が顔を出し、あたかも思想の猫舌の持主とでもいうように、熱い未分の事実をあわてて冷凍して、一旦《たん》概念的な冷凍食品にした上でなくては口に入れなかった性格と職業的習慣とが、いまだに身にも心にも残っていて、夢の中ではとりわけ用心深くなってしまう人々の例に洩れず、本多も亦昔ながらの精神の保身術を専《もっぱ》らにしていたのかもしれなかった。

夢のあいまいさ奇怪さにもまして、現《うつつ》に見たものは、もっとしたたかな、もっとはげしく解釈を拒んでいる謎《なぞ》であった。その事実の熱さのほうが、目がさめてみると、身心にはっきりと残っていた。彼は熱病にかかったように感じた。

ホテルの歩廊の果てにフロントの暗い灯があって、髭《ひげ》を生やした案内人が夜勤のボオイと何か冗談を言い合って忍び笑いをしていた。そして暗い廊を近づく白麻の背広の本多を認めると、遠くから恭《うやうや》しく礼をした。

こうして未明にホテルを出るのも、日の出を待ってこれを拝するガートの賑《にぎ》わいを見たいからであった。

ベナレスは、多にして一、一つの神格にして超越せる神格を持つブラフマン、この多神教下の統一原理に向って捧《ささ》げられていた。その神を体現するものこそ日輪であり、日が地平線に昇る瞬間、その神聖は極まるのであった。聖者シャンカラチャルヤが、「神、天空とベナレスとを秤《はかり》にかけ玉いしとき、重きベナレスは地に沈み、軽き天空は舞い上りぬ」と言ったように、聖市ベナレスと天空とは、対等の扱いを受けてきたのである。

ヒンズー教徒は日輪の裡《うち》に、神の最高意識のあらわれを見、神にとって太陽こそ、究極の真理の象徴的具現であるとしている。さればこそベナレスはひたすらこれへの渇仰《かつごう》と祈りに充たされ、人みなの意識は地上の羈絆《きはん》を脱して、ベナレス自体をその祈りの力で、浮遊する絨毯《じゅうたん》のように空中へ持ちあげているのである。

ダサシュワメド・ガートは、昨日にかわる夥しい人数に占められ、無数の傘の下の蠟《ろう》燭《そく》がまだのこる暁闇《ぎょうあん》にきらめいていた。対岸の叢林《そうりん》の空には、打ち重なる雲の下に暁の兆《きざし》があった。

おのおの大きな竹の傘の下には縁台を置き、シヴァの化身の男根石《リンガム》を赤い花で飾り、浴後に額につけるべき辰砂《しんしゃ》の粉を、小さな薬研《やげん》でこねていた。そのかたわらに介添の僧がいて、一旦寺へ献《ささ》げて聖化したガンジスの水を、真鍮《しんちゅう》の瓶に入れたのを、浴後の人の額に紅粉とまぜて塗ってやる仕度をしていた。ある人は水中で旭《あさひ》を拝もうとして、いちはやく階段《ガート》を下り、まず手に掬《むす》んだ水を拝してから、ゆるやかに全身を水に没した。ある人は日の出を待って、傘下《さんか》に跪坐《きざ》していた。

地平線上に暁の光りが裂けて出ると、みるみるガートの情景は輪郭と色彩を得、女たちのサリーの色、その肌の色、花々、白髪、疥癬《かいせん》、真鍮の聖具は、あたかも色彩の喚声をあげはじめるかのようだった。悩める朝雲は徐々に形を変え、拡散する光りに座を譲った。ついに朝日の真紅の尖端が、低い叢林の上に現われたとき、本多と肩を摩するほどに押し合っていた群衆の口からは、一せいに敬虔《けいけん》な吐息が洩《も》れ、そのまま膝《ひざ》を屈して、地に跪《ひざまず》く者もあった。

水に半ば身を没した人たちは、あるいは合掌し、あるいは両手をひろげて、少しずつ全円をあらわす真紅の太陽を拝していた。紫磨金《しまごん》の川波の上に、それらの人たちの半身の影は長くのびて、段上の人たちの足もとに届いた。大歓喜が悉く対岸の太陽へ向けられていた。そのあいだにも、人々は見えない手に引かれるように、次々と川水へ沈みつつあった。

日はすでに緑の叢林の上にあった。それまでは注視をゆるす紅《あか》い円盤であったのに、一転して、一瞬の注視も叶《かな》わぬ光輝の塊りになった。それはもはや威嚇《いかく》するように轟《とどろ》いている光焔《こうえん》だった。

突然、本多には思い当った。勲《いさお》がたえず自刃《じじん》の幻のかなたに思い描いていた太陽こそ、正にこの太陽だったのだ、と。

九

……西暦紀元四世紀をすぎるころから、インドにおける仏教は急速に衰退した。いみじくも言われているように、「ヒンズー教がその友愛の抱擁によって仏教を殺した」のである。ユダヤにおけるキリスト教とユダヤ教、支那《しな》における儒教と道教の間柄のように、インドでも亦《また》、仏教が世界的な宗教になるためには、その母国をより土俗的な宗教の支配に委《ゆだ》ねて、一旦《たん》そこから放逐されなければならなかった。ヒンズー教はその万神殿のほんの片隅に、仏陀《ぶつだ》の名をお座なりに残した。すなわち、ヴィシュヌ神の十変化《へんげ》の第九番目の変化として残したのである。

ヴィシュヌ神は、マツヤ（魚）、クルマ（陸亀《りくがめ》）、ヴァラーハ（猪《いのしし》）、ナラシムハ（人《ひと》獅子《じし》）、ヴァマーナ（侏儒《しゅじゅ》）、パラシュラマ、ダサラタラマ、クリシュナ、仏陀、カルキに十変化するものと信じられている。そして婆羅門《ばらもん》たちの見解によれば、仏陀としてのヴィシュヌはわざと民衆が迷界に堕《お》ちるように異端の教えを垂れたのであって、これこそ却《かえ》って婆羅門たちが民衆を教導して、本道たるヒンズー教へ立ちかえらせる機縁をひらいてくれるものであった。

かくて仏教の衰退と共に、西インドのアジャンタの石窟《せっくつ》寺院は廃墟《はいきょ》に化し、十二世紀後の一八一九年に、英軍一大隊によってたまたま発見されるまで、世に知られることがなかった。

ワゴーラ川の懸崖《けんがい》に並ぶ二十七の石窟は、紀元前二世紀、紀元後五世紀、七世紀と、三つの時期にわたって掘られ、第八、第九、第十、第十二、第十三の石窟が小乗仏教の時代に属するほか、残余は悉《ことごと》く大乗に属していた。

本多はあのような活《い》けるヒンズー教の聖地を訪れたのち、滅んだ仏教の遺跡を尋ねようと思ったのである。

彼はそこへ行くべきだった。何故《なぜ》かしら行くべきだった。

この想《おも》いは、石窟そのものにも、宿ったホテルの周辺にも、逆巻く群衆の姿がなくて、静寂と簡浄を極めていたことからも確かめられた。

とはいえ、アジャンタ周辺には泊るべき宿もなかった。本多はヒンズーの遺跡で名高いエローラとの見物を兼ねてホテルをとったので、そのホテルの所在地オーランガバドは、エローラからは僅々《きんきん》十八マイルの距離なのに、アジャンタへは隔たること六十六マイルであった。

五井物産の手配でホテルには極上の部屋が用意され、車も亦最上の車が本多を待っていたので、シーク族の運転手の恭《うやうや》しい態度にいたるまで、ほかのイギリス人の観光客の反感をそそる種子《たね》ならぬものはなかった。朝戸出《あさとで》の前の食堂でも、本多はこのただ一人の東洋人の客に対する、押し黙ったイギリス人たちの無言の敵意を感じた。それははっきりした表徴をとってさえ現われた。本多のテーブルへまずベーコン・エッグを運んだ給仕を、隣りのテーブルに夫人と坐《すわ》っている権高《けんだか》な退役軍人らしい美髯《びぜん》の老人が、呼び寄せて鋭く短かい言葉で叱った。以後、本多のテーブルへ来る皿は最後の番になった。

世の常の旅行者の心なら、こういう出来事でたちまち曇りもしたろう。しかし本多の心は頑固に傷つかなかった。ベナレス以来何か不可解な厚い被膜が心を覆《おお》うていて、すべてはこの被膜の上を滑って過ぎた。思えば給仕の必要以上の恭しさも、前以《まえもっ》て五井物産から渡っている多額の心付に依《よ》るのであろうから、本多が裁判官時代から身に着けた一種の「客観性の尊厳」ともいうべきものを、それは毫《ごう》も傷つける事件ではなかった。

おそらく五人以上の暇な人手が念入りに磨き立てた黒塗りの美しい車は、ホテルの前庭に咲き乱れる花々を映して、本多の出発を待っていた。本多を乗せた車は、やがて西インドの美しい広野を走った。

それはどこまでも人影を見ない野であった。時折路傍の沼水を蹴立《けた》てて、ゆくての道を横切るマングースの、焦茶《こげちゃ》のしなやかな疾走や、樹間からこちらを窺《うかが》う尾長猿の一群を除いては。

本多の胸には浄化への期待が生れた。印度風の浄化はあまりに怖《おそ》ろしく、ベナレスで見た秘蹟《ひせき》はまだ彼の心身に熱病のように籠《こも》っていた。彼は一掬《いっきく》の清水が欲しかったのである。

野のひろがりは本多を慰めた。田畑もなく耕す人もなく、ただ無辺際の美しい野が、ところどころに深々と合歓《ねむ》の濃い藍《あい》いろの木影を宿してつづいていた。沼があり小川があり、黄や紅《くれな》いの花があり、すべての上に灼熱《しゃくねつ》の空が一枚の巨《おお》きな天蓋《てんがい》のように懸っていた。

この自然には奇聳《きしょう》なものもなければ激越なものもなかった。無為のまどろみが、かがやく緑に包まれて、燦爛《さんらん》としているばかりだった。何か怖ろしい不吉な焔《ほのお》に胸内《むねうち》を灼《や》かれていた本多にとって、野は鎮静の感情そのものであり、そこには飛び散る犠牲の血の代りに、一つの叢林《そうりん》から飛び翔《た》つ白鷺《しらさぎ》の純白があった。その白は陰翳《いんえい》の深い緑の前を飛び去るときに、かげったり、又著《しる》く顕《あら》われたりした。

ゆくての空の雲は微妙に巻き、ほつれた末の乱れが、絹の照りを放っていた。青はただ究まりなかった。

自分はやがて仏教の占める領域へ入ってゆくのだという心持が、本多の慰藉《いしゃ》の大きな部分であったことはいうまでもない。たとえそれが、衰え滅んだすでに廃墟の仏教であろうとも。

たしかにあの極彩色の怪奇な曼陀羅《まんだら》に接したあとで、夢みる仏教は一片の氷のように思いなされ、この野の明るい静けさのうちに、すでに馴染《なじ》みのある仏の寂寞《じゃくまく》の予感があった。

本多はゆくりなくも帰郷の感情を味わった。ヒンズー教の活きて支配する喧騒《けんそう》な王国から、今自分は、滅びはしたが滅んだことによって却って生粋になったあの親しい梵鐘《ぼんしょう》の国へ帰ってゆくのだ。絶対からの帰還の木に待つ仏を思うと、彼はともすると一度として仏教のなかに絶対を夢みたことがなかったような気がした。彼が夢みる家郷の静けさには、衰え滅びゆくものへの不断の親近があった。この美しい青い灼熱の空の果てに、やがて仏教そのものの墓、忘却の跡所《あとどころ》が現われるのだ。見ぬさきから、本多は燃えすぎた心を癒《い》やす幽暗な冷気、その窟《いわや》の中の石の涼しさ、岩清水の清らかさを如実《にょじつ》に感じた。

これは心にとっては一つの弱まりだった。色彩と肉と血の頽落《たいらく》の相のすさまじさが、彼をせきたてて、閑寂な石に化した別の宗教を求めさせていただけのことかもしれない。ゆくての雲の形にも、すがれた清浄な滅亡があった。見るからに豊かな美しい木蔭《こかげ》にも、一樹の蔭の幻があった。しかしそこに宿る人影もない。この午前の絶対の静寧、このエンジンの倦《だる》い響きのほかには何一つ物音のしない世界の中で、窓に移りゆくゆるやかな野の展望は、少しずつ本多の心を確実に家郷へ運んだ。

坦々《たんたん》たる野が鋭く切り込んだ大渓谷の縁《へり》にいつのまにか出ている。それがアジャンタの兆《きざし》であった。車は迂路《うろ》をめぐりにめぐって、その渓谷の底に剃刀《かみそり》の刃のようにきらめいているワゴーラ川の流域をめざして下《くだ》った。

……車を下りて憩《いこ》うために立寄った茶店は、又しても蠅《はえ》に溢《あふ》れていた。本多はすぐ目の前の窓から、広場を隔ててはじまる石窟めぐりの入口を眺めやった。このまま心逸《こころはや》りにまかせてそこへ入ることは、却って今求めている寂寞に背くような気がした。絵葉書を買ってきて、汗ばんだ手に万年筆を執って、しばらくその粗悪な印刷の石窟の写真をいい加減見こう見していた。

ふたたびここには喧騒の予感があった。猜疑《さいぎ》に充《み》ちた眼差《まなざし》の白衣の黒い人たちが立ちつ居つしているかと思えば、広場では土産物の頸飾《くびかざり》を売っている痩《や》せた子供が叫んでいた。その広場には黄いろい烈日が綿密にすみずみまでゆきわたり、暗い室内には卓上に小さな痩せたオレンジが三つころがっていた。それに蠅がたかっていた。厨房《ちゅうぼう》から揚物のきついしつこい匂《にお》いが漂ってきていた。

彼は絵葉書に書いた。久々で妻の梨枝《りえ》に書いたのである。

「今アジャンタの洞窟寺院を見物に来ている。これから見るところ。目前のオレンジ水も、コップのへりに蠅の糞《ふん》が点々とついていて呑《の》めない。しかし体には十分気をつけているから心配なく。印度は正に驚異の国だ。腎臓《じんぞう》には気をつけているね。母上によろしく」

これは愛情の手紙だったろうか。彼の文章はいつもこうだった。心の中に漂いだした靄《もや》のようなやさしさ、それから帰郷の感情が、卒然と筆を執らせたのはたしかなことだが、文章にすると、必ずこんな通り一ぺんの乾燥したものになった。

梨枝は何年日本に残して来ても、帰った本多を見送った時と同じ静かな笑顔で迎えるにちがいない女である。たとえその間《かん》、いくばくの白髪を鬢《びん》に加えていても、見送った顔と出迎えた顔が、まるで左右の袖《そで》の花菱《はなびし》の紋を合わせたように、一分の狂いもなく符合する女である。

軽い腎臓の気《け》が輪郭をいつもあいまいにして、昼月のようにおぼろに見せているその顔は、こうして離れて記憶の中に置くと、正に記憶の中に置いたほうがふさわしいような気がする。もちろんこんな女を憎むことは誰にもできない。本多は絵葉書を書きながら、心の奥底に深い安堵《あんど》を感じ、何ものかへの感謝を寄せた。それは愛されているという確信などとは、まるで別の世界の事柄だった。

彼はそれだけ書くと、絵葉書を、脱いだ上着のポケットに納めて立上った。ホテルで出そうと思ったのである。日ざかりの広場へ、歩き出す。案内人が刺客のようにすり寄って来ていた。

二十七の石窟は、ワゴーラ川を見下ろす断崖《だんがい》の半ば、石の露頭が連なるところに穿《うが》たれていた。川、河原、河原石に草がまじって徐々に勾配《こうばい》を増し、はては雑木におおわれてそそり立つ崖《がけ》の中腹に、石窟の連なる前を伝わって、しらじらとつづく石の桟道があった。

第一の窟は礼拝堂《チャイティア》である。ここには四つの礼拝堂と二十三の僧院《ヴィハーラ》の跡がある、その四つのうちの一つである。

黴《かび》くさい冷気の暁闇《ぎょうあん》のような気配は予想と違《たが》わなかったが、中央の奥の巨きな仏陀の姿は、ほんの靴拭《くつふ》き一枚ほどの幅だけ入口にさし入った光りの余映を受けて、なめらかな輪郭の結跏趺坐《けっかふざ》の形が明瞭《めいりょう》に見える。天井や四壁を埋めるフレスコを見るには光りが足りないので、案内人の懐中電灯が、光りの蝙蝠《こうもり》がうろついて飛ぶように、覚束《おぼつか》なげにそこかしこを照らした。すると又しても、本多の予期していなかったさまざまな煩悩《ぼんのう》の絵すがたがあらわれた。

頭《こうべ》には金冠《かさ》を戴《いただ》き、花やかな腰布を巻いただけの半裸の女たちが、思い思いの姿態で、その光りの暈《かさ》の中に浮んで来た。手には多くは一茎の蓮《はす》の花を携えている。顔はいずれも姉妹のように似通うている。半眼にひらいたすこぶる切れ長の目に、その流れに沿うた細い三日月の眉《まゆ》がある。怜悧《れいり》な凜《りん》とした鼻梁《びりょう》の冷たさが、ややひらいた小鼻で和らげられている。下唇はゆたかで、唇の形が括《くく》ったように要約されている。すべてが本多に、バンコックの月光姫の成人した面影を偲《しの》ばせた。稚《おさ》ない姫とちがうのは、これら画像の女の熟れた肉体で、乳房はいずれも今にも裂けそうな柘榴《ざくろ》の球体に色づいている。その乳房にまつわる葛《かつら》のように、繊巧な金銀宝珠の頸飾が、しどけなく纏綿《てんめん》している。あるいは腰の稔《みの》りを示して横坐りに坐ったうしろ姿もあれば、あるいは腰骨にわずかに懸った腰布から溢れるほどに、駘蕩《たいとう》たる下腹を湛《たた》えているのもある。ある女は踊り、ある女は死に瀕《ひん》している。……

そしてやかましく口上を述べる案内人の、懐中電灯の光りが移るにつれて、女たちはふたたび次々と闇《やみ》に没した。

——第一の洞窟《どうくつ》を出ると、烈《はげ》しく銅鑼《どら》を打ち鳴らすような熱帯の日光が、今しがた見たものをたちまち幻に還元し、人はあたかも昼のまどろみに覚めつ夢みつしながら、一つ一つ、心の忘れられた古い記憶の窟《いわや》を、歴訪するような心地にさせられるのだった。現実だと確かに思わせるものは、眼下にきらめくワゴーラ川の渓流と、その赤裸々な磧《かわら》の眺めとであった。

いつものように、本多は案内人の無神経な饒舌《じょうぜつ》を疎《うと》んじた。そこで案内人が冷淡に通りすぎ、並の見物が一顧も与えないような、がらんとした僧院《ヴィハーラ》の跡にむしろ永居をして、かれらをやりすごして孤《ひと》りになった。

何もないことのほうが、却って幻を自在に描かせた。一つの僧院《ヴィハーラ》がそうであった。見るべき仏像もフレスコもなく、洞内の左右に黒ずんだ太い列柱をつらね、中央の奥のひときわ濃い闇におぼめく説教壇を立て、長大な幅広の石の卓が一対、相対して奥までつづいているだけのその僧院は、光りもかなり粗放にさし入って、大ぜいの僧侶《そうりよ》が、教室にも食堂《じきどう》にも使われるこの石卓から、今しがた、戸外の空気を吸いに立ち去ったあとのようだった。

色彩の皆無が、本多の心を寛《くつ》ろがせた。仔細《しさい》に見れば、石卓の小さな凹《くぼ》みにむかしの紅殻《べんがら》の色が消えがてに残ってはいたけれども。

そこに今まで誰かがいて立ち去った？

誰がいたのだろうか？

石窟の冷気のなかに一人でいて、本多は周囲に迫る闇が、一せいに囁《ささや》きかけて来るような心地がした。何の飾りも色彩もないこの非在が、おそらく印度へ来てはじめて、或《あ》るあらたかな存在の感情をよびさましたのだ。衰え、死滅し、何もなくなったということほど、ありありと新鮮な存在の兆を肌に味わわせるものはなかった。いや、存在はすでにそこに形を結びはじめていた。石という石にはびこった黴の匂いの裡《うち》に。

心の中にあるものが形をとろうとするときの、歓喜と不安の入りまじった、いわば狐《きつね》が遠い匂いを嗅《か》ぎ取って獲物に接近してゆくときのような、一種動物的な感情が生れた。それとは定かにつかめぬながら、心の奥底ではすでに遠いしっかりした記憶の手が握っていた。本多の胸は期待に乱れた。

そこの僧院を出て、次の第五の石窟を目ざして外光の中を歩み出すと、桟道は大きく曲って、新たな展望をひらき、石窟の前をとおる道が、岩にはめ込んだ濡《ぬ》れた列柱の内側をくぐるようになっていた。列柱が濡れているのは、二条の滝の裏側になっているからであった。そのあたりに第五の石窟があるのを知って、本多はそことこことを隔てる谷ごしに、滝を眺めるために立止った。

二条の滝のひとつは岩走って断続し、ひとつは銀の縄目をなしてつづいていたが、いずれも幅のせまい、姿の鋭い滝だった。黄緑の岩壁を伝わってワゴーラ川へ落ちる一双の滝は、あたりの山壁にいさぎよい音を谺《こだま》させていた。滝の裏、滝の左右に、石窟の暗いうつろをのぞかせているほかは、合歓《ねむ》の緑の明るい木叢《こむら》や、朱《あか》い花々が滝のまわりに侍し、水の射るような光彩、水煙の虹《にじ》は晴れやかだった。本多の目と滝とをつなぐ一線に、幾羽の黄いろい蝶《ちょう》がまつわって上下していた。

本多は滝口を見上げて、その目のくらむほどの高さにおどろいた。あまり高いので、ことは次元を絶した世界が、そこから姿をのぞけているかのようだった。滝の辷《すべ》り落ちる岩壁の緑は、苔《こけ》や羊歯《しだ》の暗い緑であるが、山頂の滝口の緑は、きよらかな萌黄《もえぎ》であった。そこにもいくばくの岩は露《あら》われていたけれども、草の緑の柔らかさ明るさはこの世のものではなかった。一匹の黒い仔山羊《こやぎ》がそこの草を喰《は》んでいた。そして、草よりもさらに高く、絶対の青空に、夥《おびただ》しい雲が光りを含んで荘厳に入り乱れていた。

音があるかと思えば、この世の限りの無音がここを支配していた。沈黙に圧せられるかと思えば、滝の音が乱暴によみがえった。本多の耳は、静寂とこの水音とにかわるがわる聴き惚《ほ》れた。

滝が飛沫《ひまつ》を散らしている第五窟へ、いそぎたい心はやりと、足をとどめる畏怖《いふ》とが、相争っていた。そこには多分何もないことはほぼ確実だった。しかしこのとき、熱に浮かされた清顕の一言が、本多の心に点滴のように落ちた。

「又、会うぜ。きっと会う。滝の下で」

——そののち彼は三輪山の三光の滝をそれと信じた。それはたしかにそうであったろう。しかし清顕が意味した最終の滝は、このアジャンタの滝だったにちがいないと思われた。

十

本多をのせて印度を発《た》った五井船舶の南海丸は、六つの客室を持つ貨客船であったが、雨期は去り、すでに東北モンスーンの涼風のかよう暹羅《シャム》湾を横切って、メナム河口のパクナムをすぎてから、潮《うしお》の干満を測りながらバンコックへ遡行《そこう》した。十一月二十三日の空は乾いて、琺瑯《ほうろう》の青になった。

あのような瘴癘《しょうれい》の地から、馴染《なじ》みの町へかえる心のくつろぎ。決してその心に燃えるものがあるわけではないが、あれほどの旅の怖《おそ》ろしい印象の底荷を積んで、本多は上甲板の欄干にもたれたままだった。底荷は精神の深い船艙《せんそう》できしんでいた。

途中でタイ国海軍の駆逐艦とすれちがったほか、椰子《やし》とマングローブと蘆《あし》におおわれた河岸は寂《せき》として、人煙も稀《まれ》であった。ようやく右岸にバンコックが、左岸にトンブリが近づくころ、トンブリ河岸に水椰子の葉で屋根を葺《ふ》いた高床《たかゆか》の家が見え、果樹園に働らく人の黒い肌が、かがやく葉かげに瞥見《べっけん》された。バナナ、パイナップル、マンゴスティンなどを栽培しているのである。

木のぼり魚《うお》が好んで攀《よじ》る檳榔樹《びんろうじゅ》も、この果樹園の一隅に亭々たる木立を示していたが、本多はそれを見ると、その実《み》を蒟醬《キンマ》の葉で包んだ嚙《か》み煙草《たばこ》で、口中を真赤にした老女官の姿を思い出した。近代主義者のピブンはすでにこれを禁じた。そこで女官たちはせめても都を離れたバンパインで、この禁制の憂《うさ》を晴らしていたものと思われる。

一本櫂《かい》で漕《こ》いでいる水運びの舟が多くなった。やがて商船や軍艦のマストがかなたに錯雑してきた。それがクロング・トゥーイ港、すなわちバンコックの港であった。

泥いろの川水が西日に晒《さら》されるとふしぎに花やいで、燻《くす》んだ薔薇《ばら》いろに見えるのが、さらに流れた油の虹《にじ》によって照りかがやき、本多に印度であれほど夥《おびただ》しく見た癩者《らいしゃ》の円滑の肌を思い出させた。

接岸に当って、帽を振っている出迎え人のなかに、五井物産の肥《ふと》った支店長と二三人の社員と、日本人会長などの姿が徐々に見分けられたが、支店長の背に隠れるようにして立っている菱川の存在が、本多の心を忽《たちま》ち重たくした。

タラップを下りて来た本多の鞄《かばん》を、五井物産の社員が取るより早く、横合から来て奪い去ったのは菱川だった。彼は今まで見たこともない卑屈な甲斐《かい》々々しい態度で本多を迎えた。

「お帰りなさいませ、本多先生。御元気なお姿を見て安心いたしました。印度の御旅行はさぞ御難儀でございましたろう」

これは本多によりも支店長に、ずいぶん失礼な挨拶《あいさつ》だと思われたので、本多は黙ってやりすごして、支店長に礼を言った。

「旅先の各地での、水も洩《も》らさぬ御手配にはおどろきました。おかげで大名旅行をさせてもらいました」

「英米の日本資産凍結ぐらいでへこたれる五井物産ではないことが、よくおわかりいただけたでしょう」

オリエンタル・ホテルまでの車中、菱川は助手台で鞄を抱えて大人しくしており、支店長は本多の留守のあいだの、バンコックの人心の悪化を語った。英米の宣伝の巧みに乗ぜられて、対日感情はひどく険悪になっているから、注意したほうがよいと彼が言った。車窓から見る街路には、何かしら以前は見馴れぬ細民の群がひしめいていた。

「仏印《ふついん》国境から今にも日本軍が押し寄せてくるという風評やら、地方の治安の悪化やらで、大へんな数の避難民が、バンコックへ流れ込んで来たのです」

しかし、ホテルの英国風なそっけなさは、以前と少しも変りがなかった。部屋に落ちついて水浴をすると、心も平らかになった。

支店長たちは本多を夕食に誘うために、巨大な扇風器が天井にゆるやかに廻り、ときどき甲虫《こうちゅう》がそれにぶつかって音を立てる、庭に面したロビーの椅子《いす》で待っていた。

部屋から下りてきた本多は、改めて、自分もそれに属する「南方外地の日本人の紳士連」の、人もなげな一団の素振をつらつら見た。彼らはいかにも美しさを欠いていた。何故《なぜ》だろう。本多はこの瞬間、はじめて彼らの醜さを、自分自身の醜さと共に、如実《にょじつ》に発見した、と云《い》うほうが当っている。これがあの美しかった清顕や勲と同じ日本人とはとても思われない。

上等の英国製のリネンの服、白いシャツ、ネクタイにいたるまで、これと謂《い》って非難すべきところはないのに、おのがじし日本の扇子をいそがしく使って、黒い南京玉《ナンキンだま》の一粒《いちりゅう》のついたその紐《ひも》を手首にかけたままにしている。笑うと金歯が見え、いずれも眼鏡をかけている。上司がどうせ謙遜《けんそん》まじりに、仕事の自慢話をしており、下僚がどうせ何度目かのその話を、「やはりその場の支店長の、度胸というか、つまり誠実さの勇気ですねえ」などと同じ相槌《あいづち》を打ちながらきいているのである。それから渡り者の女の話、主戦論と、声をひそめて軍部の横暴の話、……すべてに熱帯のものうい読経《どきょう》の反復のような調子がひそんでいて、それがみせかけの活力と奇妙に結びついている。体の芯《しん》のどこかがたえず倦《だる》く、あるいは汗ばんで痒《かゆ》いのに、しゃっちょこばった態度に身を持して、時々心の片隅で、昨夜の快楽の、沼の紅《あか》い睡蓮《すいれん》のような病気の恐怖を思い泛《うか》べている。……ついさっき部屋で鏡をのぞいたとき、旅の疲れも添うてはいるものの、まだ「かれら」の一員としての自分の顔を、本多は歴然と認めたわけではなかった。そこにただ彼は認めたのである、かつて正義に携わり、次には正義への裏道を商売にし、それから生きすぎた四十七歳の男の顔を。

『俺の醜さは独特だ』と、昇降機からロビーへの数段の赤い絨毯《じゆうたん》を下りながら、本多は早急にとりもどした自負にすがりついて、考えた。『あんな商人どもとちがって、なにしろ俺には正義の前科があるのだ』

――その晩、広東《カントン》料理の店で酒も廻ったころ、支店長は菱川の面前で、本多に大声でこう言った。

「この菱川君のことですが、本多先生に大へん御迷惑をかけて、いろいろ御感情を害したことを、本人は甚だ気にしておるのです。どうも反省の度が過ぎて、先生がお発ちになってから、『自分が悪かった。自分が間違っていた』と愬《うつた》えて、神経衰弱のようになっておるのですなあ。まあいろいろ欠点のある人間ですが、何しろ役に立ちますので、先生におつけして、却《かえ》ってとんだ御迷惑になったと思うと、私共も責任を感じておるのです。そこで、ここは私共から枉《ま》げて先生へのお願いですが、御出発まであと四、五日のことですし、(ああ、軍用機の手配はちゃんとしてあります。) 菱川君も大いに反省しまして、これからはすべて先生の御心に添うように努力すると言っておりますので、ひとつここは寛大なお気持で、御引廻しいただけないでしょうか」

すると菱川は卓のむこうから、拝むような態度で、

「先生、どうか存分にお叱《しか》り下さい。私が悪うございました」

と卓布に額をつけんばかりに頭を下げた。

こんな事態は甚だ本多を憂鬱《ゆううつ》にした。

支店長の挨拶はこういう風にきこえる。すなわち支店長は、いまだに良い案内人をつけたと自負している。しかし菱川の態度から察するに、本多がよほど我儘《わがまま》で、菱川に対して気むずかしかったに相違ない。そうかと云って、ここで菱川を更迭《こうてつ》させては、菱川に傷がつく。どうしてももう四五日、菱川のほうが我慢して勤めてゆくほかはないが、そのためには一にも二にも、菱川が悪かったことにするのが上策である。それなら本多の面子《メンツ》も傷つくことがないからである。……

本多は一瞬怒りにかられたが、ここで我を通してはますます不利になる局面にすぐ気がついた。菱川が自分の「間違っていた」具体的な事例を、自分の口から支店長に懺悔《ざんげ》した筈《はず》はなく、また、何故嫌われたか決して知ることがないのが菱川の特性である。彼

も彼なりに考えて、とにかく嫌われたのは事実であるから、その事態を何とか挽回《ばんかい》しようと動いたに相違ない。それが巧みに支店長を味方に引き入れることになり、こんな無神経な挨拶をさせるもとになったのだ。

本多はこの肥った支店長の無神経はまだ許せても、菱川が、自分が嫌われたと知ってから或《あ》る厚顔な敏感さに充《み》ちて演じたお芝居、手のこんだ気配りの押しつけがましさが許せなかった。

ふいに本多は明日《あす》にも日本へ帰りたくなった。しかしこの期《ご》に及んでの旅程の変更が、傍目《はため》からは菱川憎さの子供っぽい一念としか見られないことがあまり明らかなので、それさえできない窮地に追いつめられているのに気づいた。もともと寛大すぎたがために、本多はますます寛大にならねばならなかった。

——この上は菱川を機械のように扱うことだけが残っていた。彼は支店長の誤解はとんでもないことだとにこやかに否定し、明日は土産物の購入と、書店めぐりと、訣別《けつべつ》の挨拶にゆくための薔薇宮への交渉とを、すべて菱川にたよってせねばならぬと言った。そしてせめては自分の感情をどれだけみごとにいつわって見せたかという、技術の誇示に満足を味わった。

——なるほど菱川の態度は変った。

まず案内したのは、まるで入荷の乏しい八百屋が板の上にまばらに野菜を並べて売っているような、英語版やタイ語版の粗悪な印刷の、パンフレット様の本を並べている書店であったが、以前の菱川なら、そこでタイ国の文化の低さを憎さげに論ずる筈が、黙って本多の取捨に委《ゆだ》ねた。

タイの小乗仏教や、ましてや輪廻《りんね》転生《てんしょう》に関する英語版の本は見当らなかった。その代りに本多は、自費出版らしいザラ紙の薄い詩集の、白い表紙が日に灼《や》けてめくれ上った一冊に心を惹《ひ》かれた。英文の序文を立読みして、それが一九三二年六月の無血革命のあと、これに加わったと思《おぼ》しい青年が、あれほどまでに命を賭《か》けた革命のあとに来た幻滅を、詩の形で書き綴《つづ》ったものだとわかった。それはゆくりなくも勲の死の翌年に出版された詩集であった。頁《ページ》をひるがえすと、かすれた印刷の英文は稚拙ながら、こんな風に読まれた。

「誰か知らん
未来に捧《ささ》げし青春の贄《にえ》のうちに
生《お》い出《い》ずるは腐敗の蛆《うじ》のみ
誰か知らん
新生を約束せし瓦礫《がれき》の地に

芽生《めば》ゆるは毒草のいばらのみ
かくて蛆は金色《こんじき》の翼をかかげ
毒の草生《くさふ》を吹きゆく風は疫病《えや》みなん
国を憂《うれ》うるわが胸の熱き思いは
雨に打たるる合歓《ねむ》の花よりも紅かりしに
たちまち雨後の軒、柱、欄干《おばしま》に
専制の白き黴《かび》は生いはびこりつ
昨日《きぞ》の明智《めいち》は利の浴湯にかきくもり
昨日《きぞ》の駿足《しゅんそく》は錦繡《きんしゅう》の輿《こし》に足組《あぐ》みたり
如《し》かず　かの
カビン県　パタニー県
花梨木《マイパドゥ》、紫檀《マイダム》、蘇木《マイファン》の繁《しげ》りに繁り
つたかずら、いばら、淡竹《はちく》の道をなみ
日も雨も零《ふ》りなずむ密林のうち
犀《さい》、貘《ばく》、野牛、
時あって象《きさ》の群《むれ》水を求めて
わが亡骸《なきがら》を踏み砕き過ぎ行かんには

如かず
わが手に裂きしわが咽喉《のど》の紅き月の輪
下草《したくさ》の雫《しずく》に照りて
誰か知らん
誰か知らん
うれたみの歌の一ふし歌い出《いだ》さんには」

……この絶望的な政治詩に本多は心を搏《う》たれ、これほど勲の霊を慰める詩はないと考えた。そうではないか。勲は久しく夢みた維新を成就《じょうじゅ》することなく死んだが、よし維新が成っても、そのとき彼がいやまさる絶望を感じたことは疑いがない。失敗しても死、成功しても死、ということこそ勲の行動原理であった筈だ。しかし、人間の不如意は、時の外へ身を置いて、二つの時、二つの死を公平に較《くら》べてみて、どちらかの死を選ぶということができないことだ。維新のあとの幻滅を味わって死ぬのと、味わわないで夙《はや》く死ぬのと、等分に並べて撰《えら》み取る術《すべ》もないことだ。夙く死ねばのちの死は不可能になり、遅く死ねば夙い死は不可能になるからである。そこで人は未来にこの二つの死を置いて、どうしても先見の命ずるままに、その一方を志すほかはないのである。もちろん勲は、幻滅を味わわずに死ぬほうを選んだが、この先見には、まだ権力の片鱗《へんりん》も味わい知らない若者の持つ、清流のような叡智《えいち》が含まれていた。

しかし、革命に参加して、その成功したのちに襲われる幻滅と絶望の、月の裏側をつらつら眺めてしまったような感懐は、たとえそこで死を求めても、その死をば、死にまさる荒涼からのがれるだけのことにしてしまうかもしれない。又そこではどんなに真摯《しんし》な死も、ただものうい革命の午後に起った、病理学的な自殺と思われることを避けがたい。

この政治詩を、勲の霊前に手向けたいと思うのはここである。勲は少くとも日輪を夢みて死んだであろうが、この詩の朝は亀裂《きれつ》の入った太陽の下《もと》、膿《う》みただれた傷口をひらいていた。たまたま時代を同じくする勲の壮烈な死とこの政治詩の絶望とのあいだには、しかし、絶えるとしもない一縷《いちる》の糸が張られていた。というのは、人々が死を賭《か》けて望む未来の幻、そのもっとも善い幻ともっとも悪い幻、そのもっとも美しい幻ともっとも醜い幻とは、もしかしたら同じ場所にあり、さらにおそるべきことには、もしかしたら同じものでさえあるかもしれないからだ。勲が死を賭けて夢みていたものは、その先見が賢ければ賢かったほど、そして勲の死が至純であれば至純であったほど、この政治詩のような絶望そのものに他ならなかった、とは云えまいか。

こんな考え方をする自分自身に、もちろんあの巨大な印度が影を落していることを、本多は感じていた。印度は彼の考えに、幾重にも重なった蓮華《れんげ》の花弁のような構造を与え、もはやすがすがしい直線の思念にとどまることを許さなくなった。裁判官の職を擲《なげう》ってまで、勲を助けようとしたときの自分には、(そこについに清顕を助けえなかった強い悔恨が働らいていたとはいえ)、おそらく生涯にただ一度の、無私と献身が躍動したが、その勲をも徒《いたず》らに喪《うしな》ったのちは、転生の裡《うち》に裏返された理想を占い、輪廻の外《そと》にその行末を見《み》放《さ》くほかに、もはやなす術をなくしたのである。そして「人間らしい」感情を持つことが困難になった本多の胸に、最終の暗示を与えたものこそ、あの怖《おそ》るべき印度だった。

成功にあれ失敗にあれ、遅かれ早かれ、時がいずれは与えずにはおかぬ幻滅に対する先見は、ただそのままでは何ら先見ではない。それはありふれたペシミズムの見地にすぎぬからだ。重要なのは、ただ一つ、行動を以《もっ》てする、死を以てする先見なのだ。勲はみごとにこれを果した。そのような行為によってのみ、時のそこかしこに立てられた硝子《ガラス》の障壁、人の力では決してのりこえられぬその障壁の、向う側からはこちら側を、こちら側からは向う側を、等分に透かし見ることが可能になるのだ。渇望において、憧《どう》憬《けい》において、夢において、理想において、過去と未来とが等価になり同質になり、要するに平等になるのである。

死の瞬間に勲が果してそのような世界を垣間見たかどうか、本多も近づく老年の、いずれ死のきわに見ることになる何ものかを探るには、それは決してなおざりにできない設問だったが、少くともその瞬間、実在の勲と仮構の勲とが目を見交わし、こちらの先見がまだ見えぬ筈の向う側の光輝をありありとつかみ、又、向う側の目が、こちらを透かし見て無限に渇望し、獲得された何ものかがまだ獲得されぬ何ものかに憧《あこが》れ、自らへ向けられた過去からの渇望の光輝を、ありありとつかんだことは確実なのだ。二つの生が、二度とやり直しのきかぬ二つの生起を通じて、あの硝子の障壁をつらぬいて結ばれる。勲とこの政治詩人とは、通りすぎた果てに死にあこがれる詩人と、通りすぎることを拒否して死んだ若者との、永遠の連環を暗示していたのである。それなら彼らがおのおのの方法で、意志し望んだこと自体はどうなったのであろう。歴史は決して人間意志によっては動かされぬが、しかも人間意志の本質は、歴史に敢《あえ》て関わろうとする意志だ、という考えこそ、少年時代以来一貫して渝《かわ》らぬ本多の持説であった。

……さて、時にとって何よりもよい手向けであるこの詩集を、どうやって勲の霊に献じたものであろう。

このまま日本へ持ちかえり、勲の墓前へ捧げるのがいいだろうか。いや、勲の墓も亦《また》、空っぽだということを本多は知っている。

そうだ。月光姫に献上すればよいのだ。あれほどあからさまに勲の転生であることを主張しているあの幼ない姫に差上げればよいのだ。これはもっとも直接で速く届く飛脚便というべきだった。時の壁をやすやすと貫ぬいて往来《ゆきき》できる駿足の飛脚に自分はなったのだ。

しかし、おん年わずか七歳の姫が、いかに明智にあふれていても、このような詩の絶望を理解なさるだろうか。それに勲からの転生が今度はあまりあからさまな形をとっているので、本多には却って一抹《まつ》の疑念が兆《きざ》していた。第一、姫の愛らしい浅黒い脇腹《わきばら》には、あのような明るい日光の下で検《あらた》めたのに、三つ星の黒子《ほくろ》がなかった。……

――インド土産の上質のサリーとこの詩集を献上の品と決めて、菱川に薔薇宮への連絡をたのんだ本多は、三日のち、特に月光姫が、今は国王の不在のために閉鎖されているチャクリ宮殿を開けさせて、その「王妃たちの間《ま》」で謁見《えつけん》を賜わるという御意を伝えられた。

しかしこれには女官からのきびしい条件がついていた。本多の印度旅行中も、たえず本多のタイ国帰還を待ちこがれておられた姫が、いつかは来る本多の日本への帰国の日には、どうしても共に日本へゆくと言って肯《き》かれず、旅仕度もしていないと云《い》ってはむずかられるのを、嘘《うそ》の旅装を調えてお賺《すか》ししているほどであるから、謁見の際は、帰国の日時はおろか、帰国という言葉さえ使わないでもらいたく、なるべくこのままタイに永住するかの如《ごと》く装《よそお》ってほしい、というのであった。

十一

あすは帰国という日の朝も隈《くま》なく晴れていたが、風が止《や》んで甚だ暑かった。午前十時の謁見《えっけん》の時刻のために、ネクタイと上着に身を苦しめた本多と菱川は、九時四十分ごろ衛兵詰所の前をとおった。

一八八二年にチュラローンコーン大帝が建てたこの宮殿は、イタリー人の建築技師によるネオ・バロック様式とシャム様式との、壮麗きわまるみごとな混淆《こんこう》であった。それは熱帯の青空を背にしてそそり立つ幻想的なほど複雑な正面《ファサード》を持っていた。見上げれば、その光輝と凝りすぎた意匠とに眩暈《めまい》のするような正面《ファサード》は、どんなにヨーロッパ風であっても、暑熱のアジア特有の、建築それ自体の眩惑《げんわく》と酩酊《めいてい》を持していた。左右からゆるやかにのぼってゆく大理石階段の昇り口を、ブロンズの象が護《まも》り、そうして達する正面入口はローマ風の神殿の、迫持《せりもち》の上部に戴《いただ》いた重々しい櫛形切妻壁《サーキュラー・ペディメント》に、大帝の極彩色の肖像画をはめ込んでいた。ここまでは大理石とレリーフと金を施した純西洋風のネオ・バロックに占められていたが、さらに一階層上は、桃色大理石のコリント式列柱をあしらった歩廊の中央に、白地に海老茶《えびちゃ》と金の格天井《ごうてんじょう》のほの見えるシャム風の楼閣が、船櫓《ふなやぐら》のように堂々と迫《せ》り出し、その切妻にはチャクリ王朝の枝附燭台《しょくだい》のような紋章を刻んでいた。さらに上層は水煙《すいえん》に当る黄金《おうごん》の尖塔《せんとう》の絶頂にいたるまで、上へ上へと、純シャム風の金と朱の複雑な越屋根《こしやね》が、踊り子の怒り肩のような鴟尾《しび》を重複させて、青空へ簇生《そうせい》していた。それはあたかも、チャクリ宮全体の結構が、堅固で理性的なヨーロッパ風の冷たい基階を、いたずらに複雑、いたずらに色彩の鮮やかな、狂おしい高貴な王族の熱帯風の夢想で押しつぶし領略することにあったのではないかと、想《おも》わせるに十分だった。いかにも、それは王者の寝姿の威ある冷たい白い胸の上に、鋭い爪《つめ》と嘴《くちばし》を持った夢魔が金と朱の翼を逆立ててのしかかっているかのようだった。

「これが美しいですかね」

と立止って、見上げた顔にしたたる汗を拭《ぬぐ》いながら、菱川は言った。

本多はすぐさま菱川の悪癖が、古い発作のようによみがえりつつあるのを感じた。その最初の兆候を見たら、ただちに打ち摧《くだ》いてやるのが親切というものだった。

「美しかろうが、美しくなかろうが、それがどうしたというんだね。われわれはただ招かれるままに、お目通りに来ただけのことじゃないか」

思いもかけぬ本多の強気に、菱川が向けた目には、もう怯《おび》えがあらわれて、何も言わなかった。本多はどうしてバンコックへ来たときから、こんな有効な方法をとって来なかったものかと自ら悔やんだ。

警衛の将校が二人を案内してきて、久しく閉ざされてきたこの宮殿を、月光姫の気まぐれで一時ひらくために、どんなに煩雑《はんざつ》な準備が要ったかをほのめかしたので、今度は菱川の目くばせに忠実に応《こた》えて、本多は応分の金をすばやく士官のポケットへ滑り込ませた。

――巨大な扉をあけて入ったところは、黒、白、灰色、斑《まだ》らなどの大理石モザイクの床《ゆか》の上に、マホガニー縁《べり》のロココの椅子《いす》を二十脚ほど置き並べた暗い広間であったが、顔見知りの女官がすぐ二人の客を士官から引取って、右側の大扉の奥へ案内した。ここは天井も高く採光もよい、純ヨーロッパ風の宮殿の大広間で、シャンデリヤを垂れ、イタリー風の大理石に花模様を象嵌《ぞうがん》した卓をいくつか、そのまわりに金と赤のルイ十五世式の椅子を並べていた。

壁はチュラローンコーン大帝の四人の妃と母妃の、等身大の肖像画に飾られていたが、その四人の妃のうちの三人までが姉妹だと菱川は言った。肖像画はいずれもヴィクトリア朝の描法で、外人画家の丹念な奉仕のあとを示しており、なかんずく顔の描写は、画家の良心とおもねり、まごころと悪意、ここまでは写実がゆるされるかしらというおそるおそるの大胆さと、厚顔無恥な嘘《うそ》との、お互いに犯し合う汀《みぎわ》のような観を呈していた。王家の人らしいやや沈鬱《ちんうつ》な気品が、浅黒い肌の沈鬱な肉感と相映じ、しかも衣裳《いしょう》や背景の熱帯風な趣きが、これほど写実を装《よそお》った画面に、おのずから幻想をにじませていた。大帝の母妃はテープシリンといい、小柄な年老いた貴婦人で、この人の顔立ちが、もっとも暗い野蛮な威をひそめていた。本多はゆっくりと一枚一枚の肖像画を眺めて歩き、大帝の四人の妃のうち、第一夫人のプラパンピー妃が、三人姉妹の末の妹であることを、菱川の説明で知った。その姉のソワング・ワッタナ、長姉のスナンターを引き較《くら》べると、誰の目にも一番美しかろうと思われるのはスナンター妃であった。

その肖像は部屋の隅にあって、半ば影に犯されていた。窓のかたわらの卓に片手をついた立像であるが、窓外にはほのかな青空に夕雲が浮き、枝もたわわなオレンジが窓からのぞいている。卓上には小さな蓮《はす》の花を挿した七宝の一輪差や、金の酒瓶、盃《さかずき》などが置かれ、妃は金の腰袴《パヌング》の下から美しい素足をあらわし、桃いろの刺繍《ししゅう》の上着の肩から、幅広の綬《じゅ》を懸けて、胸に大きな勲章をきらめかせ、片手に象牙《ぞうげ》細工の扇を持っている。その扇の房も、絨毯《じゅうたん》も、夕焼けのような緋《ひ》のいろである。

本多の心を惹《ひ》いたのは、五枚の肖像画のなかでも最も愛らしく美しいその小さな顔が、厚めなはじけるような唇、ややきつい目、そして断髪の髪形にいたるまで、どことはなしに月光姫を思わせるからであった。その相似は、じっと見つめているうちに崩れてくるが、ややあって、この画面を占める夕闇《ゆうやみ》のように、どこともしれぬ室内の四隅から湧《わ》きのぼってきて、やがて扇をにぎっている小さな黒い手の賢《さか》しげな指、あるいは卓に支えた指の反り具合などから、ふたたび同じ相似の印象が浸潤してきて、はては、きつい目や唇まで、月光姫と瓜《うり》二つのように思わせるまでになる。しかしそうして頂点にのぼりつめた相似は、又しても、砂時計の砂のように、とめどもなく崩れだすのであった。

そのとき奥の扉がひらいて、姫を央《なか》にした例の三人の老女官があらわれた。本多と菱川はその場に佇立《ちょりつ》して深い礼をした。

バンパイン行が女官たちの心をも融《と》かしたと見えて、喜びの叫びをあげて本多のもとへ走り寄る姫を止める者はなかった。菱川は姫があたりへはねちらかすように叫ぶ言葉を、まるで撒《ま》き散らした豆をついばむ鳩《はと》のような忙しさで拾い蒐《あつ》めて、本多の耳に囁《ささや》いた。

「永い旅行でしたね……私は淋《さび》しかった……どうしてもっと手紙をくれなかったのか……タイとインドでは象はどちらに沢山いるか……私はインドへなどは行きたくないが早く日本へかえりたい……」

それから姫は本多の手をとってスナンター妃の肖像画の前へつれてゆき、

「これが私のお祖母様《ばあさま》よ」

と誇らしげに言った。

「この美しい肖像画を本多さんにお目にかけたいばかりに、チャクリ宮へお招きになったのです」

と第一の女官がそばから言葉を添えた。

「でもね、私は体だけをこのスナンター妃から受けついだの。心は日本から来たのですから、本当なら、体をここへ残してゆき、心だけ日本へ戻ればよいと思う。でも、そのためには死ななければならないでしょう。だからやはり体も一緒に日本へ連れて行かなければならないの。子供がどこへでも大事なお人形を抱いて行くように。……わかりますか？　本多さん。あなたの目に見えている可愛い私の姿は、実は私の携えているお人形にすぎないのよ」

もちろん姫のあどけない口ぶりでは、菱川が訳したように、これほど理路整然とは語られなかったにちがいない。しかしけんめいに語っている姫の目の澄み具合が、言葉が訳されるさきから本多の心に戦慄《せんりつ》を与えた。

「もう一人お人形がいるわ」と姫はあいかわらず大人たちの思惑にはかまわず、今度はすっと身を離して、窓からの格子形《こうしなり》の日光が及んでいる広間の中央へ飛んでゆき、胸もとがようやく届く高さのテーブルの、いささか象嵌に齟齬《そご》のできた複雑な花模様を、ひとつひとつの蔓草《つるくさ》から花へと、指さきで辿《たど》ってみることに熱中しながら、「私とよく似たお人形がローザンヌにいるけれど、それが私のお姉様で、お姉様は、でも、人形ではないの。お姉様は心も体もタイ人だし、私みたいに本当は日本人だというのとはちがうの」

と歌うように言った。

本多の献上したサリーと詩集とを姫はよろこんで受取ったが、詩集のほうは一寸《ちよつと》頁をめくってみただけでやめてしまった。姫はまだ英語をお読みになることができない、と女官の一人が気の毒そうに言訳をした。本多の試みは徒《あだ》になった。

このはなはだ家庭的でない一室で、本多はしばらくの間、姫にせがまれるままに印度の物語などをしてきかせたが、じっと聴き惚《ほ》れているその目に潤《うる》みがあらわれ、いいしれぬ悲しみの色が射《さ》すのを見ると、明日の帰国を隠している本多の心は痛んだ。

いつ又この姫に会うことができるであろうか。姫の成長した姿はさぞ美しかろうが、そのときに相見る機会があるかどうかはわからない。ややもすれば、今日が月光姫の見納めの日かもしれない。転生《てんしょう》の神秘も、熱帯の午後の庭をすぎた一羽の蝶《ちょう》の影のように、やがて姫の記憶からさえ喪《うしな》われ、ただ一言、本多に挨拶《あいさつ》もせずに自刃《じじん》した勲の心残りの、詫《わ》びの言葉を現《うつつ》に伝えるために、狂った幼ない姫の唇が借りられたにすぎなかったのかもしれない。そう思ったほうが、心やすくバンコックを立去ることができるのである。

しかし、本多の話をききながら次第に涙に潤んできた姫の目は、別離の予感を持ったのにちがいない。話はむしろ子供らしい可笑《おか》しい挿話を選んでいたのに、大きな瞳《ひとみ》の悲しみは深まるばかりだったからだ。

本多は一節一節言葉を切り、菱川は身ぶり手ぶりを入れてその一節を訳していた。突然、姫の目が張り裂けんばかりにみひらかれた。女官たちが一せいに険しい目に変って、本多を睨《にら》んだ。何が起ったのか本多にはわからなかった。

姫はいきなり鋭い叫びをあげて本多にしがみつき、女官たちは立上って、姫を引き離そうと躍起になった。姫は本多のズボンに顔をすりつけて、何か喚《わめ》きながら泣き叫んでいた。

たちまちいつかのような修羅場がはじまった。やっと本多の体から姫を引き離すと、また女官たちは本多に「逃げろ」と合図をし、その合図が菱川によって訳されたとき、また本多は泣きわめく姫につかまりかけていた。卓の間、椅子の間を縫って本多は逃げ、これを姫が泣きながら追い、その姫を三方から女官が追って、ルイ十五世式の椅子はけたたましく床に倒れ、宮殿の広間は鬼ごっこの庭になった。

ようやくふりきって、寄付《よりつき》の間《ま》を通り抜け、正面玄関から大理石の階段を駈《か》け下りたとき、本多は背後に、宮殿の高い天井に谺《こだま》する姫の泣き声をきいてためらったが、

「早く逃げてくれ、あとは何とかする、と女官たちが言っていますから、先生は早く」

と菱川にせき立てられて、汗みずくになってひろい前庭を駈けた。

車が走り出すと、まだ息をはずませている本多に、菱川はこう言った。

「失礼しました。さぞお愕《おどろ》きになったでしょう」

「愕きもしないさ。毎度のことだから」

と本多は汗を拭う白い大きな手巾《ハンカチ》の動きで体裁をつくろった。

「先生がさっき、『インドから飛行機で帰りたかったが、軍用機で、座席がとれなくて』

とお姫様にお話になったでしょう」

「そう言いました」

「それを私が訳しまちがえて、ついそこへ本音が出て、『これから日本へ飛行機で帰るが、軍用機で、あなたの分の座席まではとれないから、つれて行くわけには行かない』と訳してしまったのです。それから、『行ってはいやだ』『どうしても私をつれて行ってくれ』というので、あの騒ぎになったわけです。約束違反だと女官たちには睨まれるし、いやはや、私の不調法で、お詫びの申上げようもございません」

と菱川は涼しい顔で言訳をした。

十二

日タイ定期航空路は、昨年、すなわち昭和十五年から開通していたが、蔣介石《しようかいせき》援護物資禁絶のため、日本が仏印《ふついん》監視委員を派遣するようになると、仏印もすっかり腰が挫《くじ》けて、既存の台北——ハノイ——バンコック航路に加えるに、サイゴン経由の南方迂回《うかい》線も拓《ひら》かれることになった。

それは大日本航空株式会社が運営する民間航空であった。ところが五井物産では、大切なお客を遇するのに、乗客設備こそ悪いが、速さは速く、エンジンも優秀な軍用機にこっそり乗せることを、粋《いき》なやり方と考えていた。出迎えの人にも、いかにも喫緊《きつきん》な公務の印象を与えることができ、軍に対する五井物産の勢威のほどを見せつけることができたからである。

本多は熱帯の風物に別れを惜しんだ。金の仏塔が緑の密林の間に小さくなると、自分がそこで味わった転生《てんしよう》の出会が、すべて一篇のお伽噺《とぎばなし》、一場の夢のように思われてくる。あれほど転生の証拠が揃《そろ》っているのに、月光姫があまり幼ないので、すべてがわらべうたの哀歓に紛れ、清顕や勲のような生の一連の流れ、その奔湍《ほんたん》の帰結に触れることなく、旅人の好奇の目を揺れてすぎた一輛《りよう》の狂気の花車《はなぐるま》に似たのである。

奇蹟《きせき》にさえ日常性が要るとはふしぎなことだった！　本多は飛行機が日本へ近づくにつれて、そこにはもはや奇蹟を免かれた日常性しか残っていないということに安堵《あんど》を覚えた。彼はついに理性の法則のみか、感情の桎梏《しつこく》さえ失ったのだ。月光姫と別れたことにさえ格別の悲しみはなく、機内で近づく戦争を論じて口角泡を飛ばしている軍人に接しても、うるさいとも思わぬ代りに、何の感動もなかった。

迎えに出た妻の姿を見て、本多は懐《なつか》しいという気持は勿論《もちろん》であるが、予期したように、日本を出たときの自分と、帰ってきたときの自分とが、そのやや腫《は》れぼったい白い眼たげな顔を媒《なかだ》ちにして、みるみる癒着してしまうのを如実《によじつ》に感じた。二つの時点の隔たりは失《う》せ、旅の深い赤い傷口は、跡形もなく消えてしまうように思われた。

「おかえりあそばせ」

と妻は出迎え人たちの背後にいて、地味なカシミヤのショールを肩から外して、いつも美容院の仕上げが気に入らず、家へかえっていそいで自分の手で崩すパーマネント・ウェイヴの髪形の、それすらが型にはまっている見馴《みな》れた崩し具合の前髪を、本多の鼻先へつき出してお辞儀をした。いくらか焦《こ》げくさい薬品の匂《にお》いを髪は立てた。

「お義母《かあ》さまはお元気よ。でも夜で寒いので、お風邪を召すといけないから、家《うち》でお待ち兼ね」

訊《き》かれぬさきから姑《しゅうとめ》の消息を話す梨枝《りえ》の口調に、すこしも義務的な響きのないことが本多の心を柔和にした。生活はそうあるべきだった。

家へかえる車のなかで、

「明日《あす》でも早速、デパートへ行って、人形を買って来てもらわねばならない」

と本多は言った。

「はい」

「タイで会った小さなお姫様に、日本の人形を送ってあげる約束をしたのだ」

「ふつうのお河童《かっぱ》の日本人形でよろしいのね」

「そうだ。あんまり大きいのでも何だから、これぐらいのでいいだろう」

と本多は自分の胸もとと腹あたりに、両手の掌《てのひら》を相隔てて寸法を示した。変成男子《へんじょうなんし》を意味する男の人形がよいかとも考えられたが、それも不自然に思われて差控えた。

本郷の邸《やしき》の玄関に、母は老いに屈した大名縞《だいみょうじま》の御召《おめし》の肩をすぼめて伜《せがれ》を迎えた。切髪《きりがみ》をしつこいほど黒く染めて、金縁の細い眼鏡の蔓《つる》を、その髪の上を渡して耳へかけているのを、いつか忠告して止《や》めさせようと本多は思っていたが、そう思う時はいつも汐時《しおどき》でなかった。

母と妻に附添われて、あいかわらず広く暗く寒いわが家の奥の間へ畳廊下を進んでゆくとき、自分の足取がしらぬ間《ま》に、帰宅したときの父の足取に似ているのに本多は気づいた。

「よかったね。戦争がはじまらないうちに帰れて。私は本当にひやひやしていた」

と、むかし愛国婦人会の熱心な役員であった母親は、冷たい夜風の吹き抜ける廊下を、息をはずませて歩きながら言った。老いた母は戦争を怖《おそ》れていた。

――二、三日体を休めてから、本多は丸ビルの事務所へ通いはじめ、忙しいけれども平穏な日々がはじまった。日本の冬が急速に彼の理性を目ざめさせた。あたかも理性は、あの東南アジアの旅では見る由《よし》もなかった冬の候鳥《こうちょう》、日本へかえった彼の心の凍った湾に渡って来た鶴《つる》のようだった。

十二月八日の朝、寝室の彼を妻が起しに来て、

「いつもより早くお起ししてごめんなさい」

と静かに言った。

「何だ」

と母の体の異変かと考えて彼は起き上った。

「アメリカと戦争がはじまりました。今、ラジオのニュースが……」

と梨枝はなお、早目に起したことを詫《わ》びる口調を残して言った。

――その朝は事務所へ出ても、真珠湾攻撃のニュースで湧《わ》き立って、仕事どころではなかった。事務員の若い女の立てる、どうしても抑えきれぬ笑いの連鎖を、本多は女というものは、愛国的な歓喜と肉体的な歓喜とをごっちゃに表現することしか知らないのだろうかと訝《いぶか》った。

昼休みの時間が来た。宮城前へ連れ立って行こうと事務所の者たちが語り合っている。本多は皆を送り出したあと、事務所に鍵《かぎ》をかって、一人で食後の散歩に出た道が、自然に二重橋前の広場を目ざしていた。

丸の内界隈《かいわい》の者が皆同じ考えを持ったのであろう。ひろい歩道は人に溢《あふ》れていた。『俺は四十七歳だ』と本多は考えていた。若さも力も無垢《むく》な情熱も、肉体と精神のいずれにも残っていなかった。あと十年もすれば死の準備をせねばならぬだろう。しかし、自分は万が一にも戦争で死ぬことはあるまい。本多は軍籍を持たなかったし、よしんば持っていても、もう戦地へ狩り出される惧れはなかった。若者の果敢な愛国的行為を、遠くから拍手していればよい年齢だ。

ハワイまで爆撃に行ったとは！　それは彼の年齢からは決定的に隔てられている目ざましい行為だった。隔てたのは年齢だけだったろうか。決してそうではない。本多はもともと行為をするようには生れて来なかったのだ。

彼の人生は、誰もそうであるように、死のほうへ一歩一歩歩んで来たのだが、それはともかく、彼は歩くことしか知らない人間だった。駈《か》けたことがなかった。人を助け救おうとしたことはあるが、人に助けられる危急に臨んだことはなかった。救われるという資質の欠如。人が思わず手をさしのべて、自分も大切にしている或《あ》る輝やかしい価値の救済を企てずにはいられぬような、そういう危機を感じさせたことがなかった。（それこそは魅惑というものではないか。）遺憾ながら、彼は魅惑に欠けた自立的な人間だったのである。

真珠湾攻撃の熱狂に本多が嫉妬《しっと》を感じていたと云《い》っては誇張になる。ただ彼は、爾後《じご》自分の人生が決して輝やかしいものになることなく終るという、利己的で憂鬱《ゆううつ》な確信の虜《とりこ》になったのである。今までついぞそんな輝やかしさなど、本気で望んだことのない筈《はず》の彼が！

しかし一方、印度のベナレスの幻が浮んで来ると、どんな壮烈な栄光も色褪《いろあ》せて見えるのは、転生の神秘が彼の心を萎《な》えさせ、勇気を奪い、あらゆる行動の無効を思い知らせ、……ついにはそのすべての哲学を、自愛の用にだけ役立たせてしまったせいだろうか。傍らで爆《はじ》けた花火を避《よ》ける人のように、本多は人々の熱狂が自分の心を、却《かえ》って無限に窄《すぼ》めてゆくのを感じた。

二重橋の前に群れ集る人の日の丸の手旗、その万歳の喚声は、遠くからも見え且《か》つきこえた。本多は自分とかれらとの間に、ひろい玉砂利の間隔を置いて、お濠《ほり》の土手の枯草のいろや、冬の松の色を遠く眺めた。オーヴァーのポケットに両手をつっこんで立っている彼のそばを、笑い声を立てながら手をつないで二重橋のほうへ駈けてゆく、紺の事務服の二人の娘があった。つと見えた笑う白い歯は、冬の日にきららに潤《うる》んでいた。弓なりの美しい冬の唇、通りすぎざま、澄んだ大気に一瞬艶《えん》な温かい亀裂《きれつ》を走らす女の唇、……爆撃機上の勇士も時あってこのような唇を夢みるにちがいない。青年というものはいつもそうなのだ。もっとも苛烈《かれつ》なものを求めながら、もっとも柔媚《じゅうび》なものに惹《ひ》かれるのだ。その柔媚なものとは、それは死かもしれぬではないか。……本多自身もかつては青年だった。但《ただ》し決して死に惹かれたことのない「有為な青年」。

そのとき本多の目に、冬日に照らされたひろい玉砂利の空間が、突然広漠たる荒野に見えてきた。三十年も前に清顕に見せてもらった日露戦役写真集の、あの「得利寺《とくりじ》附近の戦死者の弔祭」の写真がありありと記憶に泛《うか》び、目前の風景と重なり合い、果てはそ

れを占めるにいたった。あれは戦いの果て、これは戦《いくさ》のはじめであった。それにしても
それは不吉な幻だった。
かすむなだらかな遠景の山々が、左手では、ひろい裾野《すその》を展《ひら》きながら徐々に高まって
いるが、右手のかなたは、まばらな小さい木立と共に、黄塵《こうじん》の地平線へ消えており、そ
れが今度は、山に代って徐々に右手へ高まる並木のあいだに、黄いろい空を透かしてい
る。……
これがあの写真の背景であった。そして画面の丁度中央に、小さく、白木の墓標と白
布をひるがえした祭壇と、その上に置かれた花々が見え、何千という兵隊がこれを取り
囲んでうなだれていたのである。
本多の目はこの幻を歴然と見た。ふたたび万歳の声と、目に鮮やかな日の丸の手旗の
波がよみがえって来た。そのことは、しかし、いいしれぬ悲傷に充《み》ちた感銘を本多の心
に残した。

十三

――戦時中、本多は余暇を専ら輪廻《りんね》転生《てんしょう》の研究に充《あ》て、こんな時代錯誤の本を探し歩
く喜びを味わった。新刊書がおいおいつまらないものばかりになってゆくにつれて、戦

時中の古本屋の埃《ほこり》にまみれた豪奢《ごうしゃ》は募って来た。そこでだけ、時代に超然とした知識や趣味が、おおっぴらに売られていたのである。そして世間の物価の上昇に比べて、廉《やす》い値の動かぬことも、洋書和書を問わなかった。

本多はこれらの古本から西洋の輪廻転生説についても多くを学んだ。

それは紀元前五世紀のイオニアの哲学者ピュタゴラスの説として著名であるが、ピュタゴラスの輪廻説は、これに先行するオルペウス教団、あの紀元前七世紀から六世紀にわたってギリシア全土を風靡《ふうび》した秘教の影響を受けている。さらにオルペウス教は、ここにいたる動乱と不安の二百年を貫いて、狂おしい焔《ほのお》をそこかしこに放ちつづけたディオニュソス信仰の末裔《まつえい》なのである。

ディオニュソスの神がアジアから来て、ギリシア各地の地母神崇拝や農耕儀礼と結びついたのは、もともとこの二つのものの源が一つであることを暗示しており、大地母神の今なおいきいきとした姿は、本多があのカルカッタのカリガート寺院で目《ま》のあたりに見たところであった。ディオニュソスは北の国トラキアに夙《はや》く来て、冬と共に死に春と共に蘇《よみがえ》る、自然の循環的生命を体現していた。いかに陽気で放埒《ほうらつ》な姿を装《よそお》うとも、ディオニュソスは、あの夭折《ようせつ》する美しい若者たち、アドニスを代表とする若い穀物霊たちの先蹤《せんしょう》なのであった。アドニスが必ずアフロディテーと相会うように、ディオニュソスも亦《また》、このとき以後、各地の密儀《ミユステリオン》の裡《うち》で、大地母神と契合してゆくのである。デルフォイでは、ディオニュソスは地母神と並んで祀《まつ》られ、又、レルナ密儀の主神はこれら男女神の聖組であった。

ディオニュソスはアジアから来た。この狂乱と淫蕩《いんとう》と生肉啖《くら》いと殺人をもたらす宗教は、正に「魂」の必須《ひっす》な問題としてアジアから来たのである。理性の澄明《ちょうめい》をゆるさず、人間も神々も堅固な美しい形態の裡にとどまることをゆるさないこの狂熱が、あれほどにもアポロン的だったギリシアの野の豊饒《ほうじょう》を、あたかも天日を暗くする蝗《いなご》の大群のように襲って来て、たちまち野を枯らし、収穫を啖い尽したときのすさまじさを、本多はどうしても自分の印度体験と比べて想《おも》い見ずにはいられなかった。

忌《いま》わしいもの、酩酊《めいてい》、死、狂気、病熱、破壊、……それらが人々をあれほど魅して、あれほど人々の魂を「外《そと》へ」と連れ出したのは何事だろう。どうして人々の魂はそんなにまでして、安楽な暗い静かな棲家《すみか》を捨てて、外へ飛び出さなくてはならなかったのであろう。心はなぜそれほどまでに平静な停滞を忌むのであろう。

それは歴史の上に起ったことでもあり、個人の裡に起ることでもあった。人々はそうでもしなければどうしてもあの全円の宇宙に、あの全体に、あの全一に指を触れることができないと感じたからにちがいない。酒に酔いしれ、髪をふりみだし、自ら衣を引き裂き、性器も丸出しにして、口からは嚙《か》みしだく生肉の血をしたたらせながら、……そうまでして、人々は「全体」へ自分のほんの爪先《つまさき》でも引っかけたかったのにちがいない。

これこそオルペウス教団によって洗煉《せんれん》され密儀化されたエントゥシアスモス（神に充《み》たされること・憑霊《ひょうれい》）とエクスタシス（外に出ること・脱自）の霊的体験なのである。なかんずくギリシアの思考を、はじめて輪廻転生へ向わせたものこそ、このエクスタシス体験であった。転生のもっとも深い心理的源泉は「恍惚《こうこつ》」だったのだ。

オルペウス教団の信奉する神話では、ディオニュソス神は、ディオニュソス・ザグレウスという名で呼ばれている。ザグレウスは地母神の娘ペルセポネーと大神ゼウスとの間に生れた子で、父神から未来の世界統治を委《ゆだ》ねられている鍾愛《しょうあい》のみどり児《ご》であった。ゼウスなる天は、娘なる地ペルセポネーに恋着したとき、大地の精なる大蛇に姿を変えて交合したと伝えられる。

このことは嫉《ねた》み深いゼウスの妃ヘラをして、地下の巨人ティターンどもを起《た》たしめ、ティターンどもは玩具《がんぐ》で幼児ザグレウスを誘って、これを虐殺《ぎゃくさつ》し、手足をばらばらにして煮て啖ってしまう。ただ心臓だけはヘラの手でゼウスに奉《たてまつ》られ、ゼウスはこれをセメレーに与えて、そこから新たにディオニュソスとして再生した。

一方、ティターンどもの仕打に怒ったゼウスは、雷霆《らいてい》を以《もっ》てこれを撃ち、焼かれたティターンの灰から、のちに人間が生れた。

かくて人間は、悪《あ》しきティターンの性《さが》を享《う》ける一方、かれらが啖ったザグレウスの肉の余香によって、神的な要素を体内に保つのであるから、オルペウス教団はエクスタシスによってディオニュソスに帰依《きえ》し、自己神化によってその聖なる本源に達しなければならぬと説くのであった。その聖餐《せいさん》の儀軌は、のちにキリスト教の聖餅と葡萄酒《ぶどうしゅ》にまで及んでいる。

そしてトラキアの女たちによって四肢を裂かれて殺される楽人オルペウスは、ディオニュソスの死を再現するもののごとく、その死とよみがえりと冥府《めいふ》の秘密とは、オルペウス教団の大切な教義となるのである。

さて、エクスタシスによって体外へあこがれ出た遊魂が、つかのまディオニュソスの神秘に接しえたことを思うと、人はすでにして、霊肉の分離を知ったのだった。肉はティターンの悪しき灰より生れつつ、霊はディオニュソスの清らかな余香を残していた。しかもオルペウス教義は、地上の苦しみは肉体の死と共には終らず、死んだ肉体を脱した霊魂は、しばし黄泉《ハデス》に時を過したのち、ふたたび地上にあらわれて、ほかの人間又は動物の肉体に宿り、限りない「生成の環《わ》」をめぐらなければならない、と教えている。もともと聖性を帯びた不滅の霊魂が、かくも暗い回路を経廻《へめぐ》らなければならぬのは、もとはといえば肉の犯した原罪、あのティターンどものザグレウス殺しに由来していた。地上の生活はさらに新たな罪を加え、罪は罪を重ねて、人は輪廻の苦しみを永久に離脱することができない。罪によっては必ずしも人間に生れかわるばかりではなく、馬、羊、鳥、あるいは犬、あるいは冷たい蛇になって地を匍《は》う生を享けるかもしれなかった。

オルペウス教の祖述とも深化とも云《い》われたピュタゴラス教団は、輪廻転生説と宇宙呼吸説をその特色ある教義とした。

本多はこの「宇宙が呼吸する」という思想の跡を、のちにインド思想と永い対話を交わすミリンダ王の生命観霊魂観の裡に辿《たど》ることができたが、それはまたわが古神道の秘義にも似ていた。

小乗仏教のあんなに童話的な明るい本生経《ジャータカ》に比べると、教義は相通じていても、暗いイオニアの憂愁に彩《いろど》られた輪廻説は、本多の心を疲れさせて、むしろ万物流転《パンタ・レイ》の哲学者ヘラクレイトスの説くところに耳を傾けたい心地にさせた。

この流動的統一の哲学においてこそ、エントゥシアスモスとエクスタシスは合一し、一者は一切であり、一切より一者は来《きた》り、一者より一切は来《きた》るのであった。時間も空間も超越した領域で、自我は消えさり、宇宙との合一は楽々として成り、或《あ》る神的体験の裡に、われわれはあらゆるものに成るのだった。そこでは人間も自然も、鳥も獣も、風を孕《はら》んでさやぐ森林も、魚鱗《ぎょりん》をきらめかす小川も、雲を戴《いただ》く山も、青い多島海も、お互いに存在の枠を外して、融和合一することができた。ヘラクレイトスが説いているのは、そのような世界であった。

「生ける者も死せる者も

また醒《さ》めたるも眠れるも、
若者も老者《ろうざ》も一にして同じ。
これら変転するときはあれらのものとなり
あれら変転するときは再びこれらのものとなる」
「神は昼と夜、
神は冬と夏、
神は戦争と平和、
神は豊饒と飢餓、
ただきまざまに変成《へんじょう》するのみ」
「昼と夜とは一なり」
「善と悪とは一なり」
「円周上の終点と始点は一なり」

これらがヘラクレイトスの雄渾《ゆうこん》な思想で、こうした思想に接し、その光りに盲《めし》いるかのように感じるとき、本多はたしかに或る解放を覚えはしたけれども、同時に、まぶしい目に宛《あ》てた自分の両手を、倉卒《そうそつ》に外すまいという気持をも持していた。それは一つには盲いることを怖《おそ》れるからであり、一つにはそれほどの無辺際の光明を浴びるには、まだ自分の感性も思想も熟していないと感じたからであった。

十四

……そこで本多はしばらく目を転じて、十七、八世紀のイタリアに復活した輪廻転《りんねてん》生《しょう》説の研究に没頭した。

十六、七世紀に生きた修道士トンマーゾ・カンパネッラは、輪廻転生説を信じたが、この異端と叛逆《はんぎゃく》の哲学者は、二十七年の獄中生活ののち、フランスに迎えられて幸福な名誉ある晩年を送り、ルイ十四世の生誕に当っては、これを自らの輪廻説の実証とする讃歌《さんか》を奉《たてまつ》った。

カンパネッラはボテーロから、バラモン教徒の輪廻転生論を学び、猿、象、牛などにさえ死者の霊が転生することを知った。又、ピュタゴラス教団が、霊魂不滅と輪廻転生を信じたことに仮託して、主著「太陽の都」の住民をば、「もとインドから来て、モゴール人などの簒奪《さんだつ》と暴虐《ぼうぎゃく》を、身を以《もっ》て遁《のが》れてきた賢人たち」と規定し、かれらを「ピュタゴラス的なバラモン教徒」と呼びながら、その輪廻信仰についてはぼかしてしまった。しかしカンパネッラ自身は、「死後の霊魂は、地獄へも煉獄《れんごく》へも天国へも赴かない」と説いたのである。

彼の輪廻説が仄見《ほのみ》えていると称せられるのは、「コーカサスにおけるソネット」であるが、その中でカンパネッラは悲傷に充《み》ちた感懐を洩《も》らし、自分の死によって人類が向上するとも思われず、禍《わざわい》を転じてもますます悪が栄えるのは稀《まれ》でなく、死後も感覚は永久に存在するが、それは現世の苦悩を忘れるだけのことにすぎぬ、前生《さきしょう》が苦しかったか平和であったかわからないのに、どうして死後を知り得よう、と歌っている。

あのベナレスの欣求《ごんぐ》に比べると、輪廻説を説く西欧の人たちは、悉《ことごと》くこの世の不如意《ふにょい》、この世の悲愁に打ちひしがれていた。しかも来世に歓喜を求めず、ただ忘却を求めるのであった。

そこへ行くと十八世紀の哲学者、あのデカルトに対する熾烈《しれつ》な反対者、ジャンバティスタ・ヴィコは、その英気、その闘志において、同じく輪廻説を説きながらも、ニイチエのあの永劫《えいごう》回帰の先蹤《せんしょう》の位置に立っていた。本多はヴィコがあいまいな知識に基づきながらも、日本人を尚武の民族として称揚し、「日本人はあのカルタゴ戦役当時におけるローマ人のように、英雄的人間性を礼讃《らいさん》し、武事に勇猛で、ラテン語によく似た言語を有する」と述べている一節を快く読んだ。

ヴィコはその回帰《イル・リコルソ》の観念で歴史を解釈した。すなわち各文明は、最初の「感覚の野蛮」よりはるかに悪質な「反省の野蛮」において終局にいたる。前者は高潔な未開性を意味するが、後者は卑劣狡猾《こうかつ》、奸佞譎詐《かんねいきつさ》を意味する。かくてこの有毒な「反省の野蛮」

「文明の野蛮」は、幾世紀もの経過のうちに、又新たな「感覚の野蛮」の侵入を受けて滅びてゆかざるをえないのである。……本多はこれを短かい日本の近代史の上にも如実に見るような心地がした。

ヴィコはカトリック的摂理を信じながら、次のような不可知論者の言説を吐くときに、あたかも業感縁起論のすぐ近くにいるのだった。

「神と被造物とは別個の実体であり、そして、存在理由と本質は実体に固有であるから、創造された実体はその本質に関する限りに於《お》いても、神の実体とは別個の異ったものである」

この実体と見える被造物を「法」と「我」と考え、存在理由を「業」と考えれば、別の次元の神の実体に到達することは「解脱《げだつ》」に他ならない。

ヴィコはその神学理論で、神の創造が、「内的には」創造されたものへ、「外的には」事実へ転換され、従って、世界は時間の中に創造されたと説き、神の反映として無限と永遠を思念する人間の精神は、肉体によって限定されず、従って時間によっても限定されないから、不死であると主張するのであるが、どうして無限者が有限な事物の中へ落下したかについては、不可知論に委《ゆだ》ねて顧みなかった。しかし正にそこにこそ輪廻転生説の叡智《えいち》がはじまる筈《はず》なのである。

思えばインド哲学が、幻想も夢もいとわない不屈な認識力の一筋にたよって、ついに不可知論と縁がないのは、おどろくべきことであった。

十五

……本多はこうした西洋の輪廻《りんね》思想が、ごく孤独な思索者たちによって、古代から細々と伝えられてきたことを知るに及んで、紀元前二世紀、西北印度を支配したミリンダ王が、ナーガセーナ長老に会って数々の問を発したとき、仏教の輪廻転生説にもっとも深い懐疑と好奇の心を抱き、ギリシア古来のピュタゴラス派の哲学を忘れ果てたように見えるのも、無理からぬことと考えた。

国訳大蔵経に含まれる弥蘭陀《ミリンダ》王問経の巻の一は、次のような王都の描写にはじまる。

「是の如《ごと》く聞き伝えられた。希臘《グリーキ》人の（殖民して）国をなせる地方に、奢掲羅《サーガラ》と云《い》う都府《みやこ》があった。そこは通商貿易の一大中心地で、山紫水明、公園あり花園あり、森あり池あり湖水あり、山川林野、（天然の）極楽浄土をなせる愉快なる土地柄で、そこに住める人民は、敬虔《けいけん》の念に富んでいた。しかのみならず、その敵手は尽《ことごと》く掃蕩《そうとう》されていたものだから、かれらは秋毫《しゅうごう》の不安圧迫をも感じなかったのである。またその王城は、周《めぐ》らすにあまたの砦《とりで》、種々の塁、宏壮《こうそう》なる門、厳《いか》めしい拱門《きょうもん》、白い高塀、深い壕《ほり》などを以《もっ》てし、防備極めて厳重に整っていた。かつその市街の広辻場、十字街、市場《バザー》などは、いとも巧みに設計せられ、美しく店頭を飾れる商廈《しようか》は、無数の高価な商品を以て充《み》ち満たされ、数百の慈恵院は、優に市街の荘厳《しようごん》となり、数千の大廈《たいか》高閣は、恰《あた》かもヒマラヤ山巓《さんてん》の如く、巍々乎《ぎぎこ》として雲表に聳《そび》えていた。しかして市街には、松のような男子、花のような女子、婆羅門《ブラフマン》・刹帝利《クシヤトリヤ》・毘舎《ヴイシヤ》・首陀《スードラ》など、上中下各階級の人々が、群をなして往《ゆ》き来《き》していた。

かれら市民は、各教各派の学者教師を驩迎《かんげい》したものだから、奢掲羅《サーガラ》府はさながら各宗の長老碩学《せきがく》の巣窟《そうくつ》のような観を呈していた。また街頭には、コーツムバラと称するベナレス産の織物や、その他種々の反物を商える大小の店が軒をならべ、花香《かこう》の市場《バザー》からは、馥郁《ふくいく》たる芳香が発散して市中を浄化し、如意宝珠《によいほうじゆ》、その他さまざまの宝石類を商う店や、金銀銅石の器物を商う店もたくさんあって、真にめまぐるしい宝珠の鉱山に入ったような趣があった。さらに(歩を他方に転ずれば)、穀物類の大商店もあり、高価な商品の充満せる倉庫もあり、各種の飲食物や、各様の菓子類などの商店もあり、何一つとして不自由なものはなかった。約言せばこの奢掲羅《サーガラ》府は、富において北倶盧州《ウツタラクル》に匹敵し、繁華な点では、アーラカマンダー、すなわち天上界の市街に拮抗《きつこう》していた」

自ら恃《たの》むこと高く、弁舌と論鋒《ろんぽう》で向うところ敵なく、印度は今や知的な籾殻《もみがら》にすぎぬと見くびっていたミリンダ王が、はじめて真の知的優越者ナーガセーナ長老に会ったのは、このような光彩陸離たる都市においてである。

そして王がナーガセーナに放った問はこうであった。

「尊者よ、私が那伽犀那《ナーガセーナ》と呼びかけますとき、そのナーガセーナは何者ですか？」

長老は反問する。

「あなたはナーガセーナは何者だと思われるかね」

「尊者よ、身体の内部に存し、風（呼吸）として出入する生命（霊魂）を、私はナーガセーナであると思います」

ここを読んだとき、本多は王の答から、あのピュタゴラスの宇宙呼吸説を思い出さずにはいられなかった。すなわちギリシア語の霊魂《プシュケー》はもと息を意味し、人のプシュケーが息ならば、人はいわば空気に支えられているようなものであり、全宇宙もかくのごとく、気息と空気によって抱《いだ》き保たれている、というのがイオニアの自然哲学の説くところであった。

長老はさらに反問して、法螺貝《ほらがい》を吹く者、笛を吹く者、また角笛を吹く者の息が、一旦《たん》外へ出て再びかえって来ることはないのに、しかもかれらが死ぬことがないのは何故《なぜ》か、と言うと、王は答えることができない。そこでナーガセーナは、希臘《ギリシア》哲学と仏教との根本的な差異を暗示する一語を述べるのである。

「呼吸《いき》の中に霊魂があるのではない。出る息入る息は、ただ身体の潜勢力（蘊《うん》）なのだ」

……本多はそのとき、すぐ次の頁《ページ》にある以下のような問答が、たちまち予感される心地がした。

「王問うて曰《い》わく、

『尊者よ、何人《なんぴと》でも、死後また生れ返りますか』

『ある者は生れ返りますが、ある者は生れ返りませぬ』

『それはどういう人々ですか』

『罪障あるものは生れ返り、罪障なく清浄《しょうじょう》なるものは生れ返りませぬ』

『尊者は生れ返りなさいますか』

『もし私が死するとき、私の心の中に、生に執着して死すれば、生れ返りましょうが、然《しか》らざれば生れ返りませぬ』

『善哉《なるほど》、尊者よ』」

——このときから、ミリンダ王の心には熾《さか》んな探究慾《たんきゅうよく》が生れて、次から次へと執拗《しつよう》に輪廻転生についての問を投げかける。仏教における「無我」の論証と、「無我であるのに、なぜ輪廻があるのか？」という輪廻の主体に関する王の追究は、ギリシア的な対話による螺旋《らせん》状の究理を以て、ナーガセーナに迫るのである。なぜなら、輪廻が、善因楽果・悪因苦果の、業相続によって応報的に起るものならば、そこには行為の責任を負う恒常的な主体がなければならないが、ウパニシャッド時代にはみとめられた我《アートマン》が、長老の属する部派仏教のアビダルマ教学ではきっぱり否定された以上、まだ後《のち》の世の精巧な唯識論《ゆいしきろん》の体系を知らない長老は、「実体としての輪廻の主体はない」と答えるにとどまった。

しかし本多は、輪廻転生を、一つの灯明の譬《たとえ》を以て説き、その夕べの焔《ほのお》、夜ふけの焔、夜のひきあけに近い時刻の焔は、いずれもまったく同じ焔でもなければ、そうかと云って別の焔でもなく、同じ灯明に依存して、夜もすがら燃えつづけるのだ、というナーガセーナの説明にえもいわれぬ美しさを感じた。縁生としての個人の存在は、実体的存在ではなく、この焔のような「事象の連続」に他ならない。

そして又、ナーガセーナは、はるかはるか後世になってイタリアの哲学者が説いたのとほとんど等しく、

「時間とは輪廻の生存そのものである」

と教えるのであった。

十六

……しかしミリンダ王が仏教徒を対話の相手としたのも尤《もっと》もで、外国人である王は、はじめからヒンズー教の埒外《らちがい》に置かれていた。支配者といえども、インドのカーストの

裡《うち》に生を享《う》けない者は、いかに近寄ろうとしても、ヒンズー教から弾《はじ》き出される他はなかったからである。

本多が、しかし、輪廻《りんね》転生《てんしょう》の語にはじめて触れたのは、今を遡《さかのぼ》る三十年前、松枝清顕《まつがえきよあき》の家で月修寺門跡《もんぜき》の法話を聴聞してのち、みずからL・デロンシャンのフランス訳の「マヌの法典」を繙《ひもと》いたときのことであった。西暦紀元前二世紀から紀元後二世紀のあいだに成立したこの法典は、前八世紀にはじまる梵我《ぼんが》一体のウパニシャッド時代に定立せられた輪廻思想を伝承していた。ブリハダラーヌヤカ・ウパニシャッドは言う。

「まことに善業の人は善となり、悪業の人は悪となり、浄行によりて浄となり、悪業によりて黒となる。ゆえに曰《いわ》く、人は欲《カーマ》より成る、欲《カーマ》に従って意向《クラッ》あり、意向《クラッ》に従って業《カルマ》あり、業《カルマ》によって輪廻《サムサーラ》あり」

思えば本多のベナレス体験は、はるか以前、十九歳でこの法典に親しんだときから、予定されていたのかもしれない。「マヌの法典」は、宗教、道徳、習慣、法律のすべてを包含し、天地創造にはじまって輪廻におわりつつ、しかも賢明なイギリス人の配慮によって、英国による印度《インド》統治のあいだも、印度居住のヒンズー教徒には、実定法としての効力を発揮しつづけて来たのである。

これを再読した本多は、改めてあのベナレスのあのような歓喜と渇仰《かつごう》の源泉に触れ得たのだが、それというのも、「マヌの法典」はその荘厳な第一章において、闇《やみ》の混沌《こんとん》を排して自ら輝き出た自存神が、まず最初に水を造り、水中に種子を置き、種子は成長して太陽のようにかがやく黄金の卵となり、一年ののち、卵をやぶって、全世界の祖たる梵天《ブラフマン》が誕生するありさまを描いていた。そのブラフマンの依処《よりどころ》なる水こそは、ベナレスの水なのであった。

「マヌの法典」が告げる輪廻の法《ダルマ》は、およそ人の転生を三種に分って、一切衆生《しゅじょう》の肉体を支配する三つの性《さが》のうち、よろこばしく、寂静で、また清くかがやく感情に充《み》たされた智《ち》（サットヴァ）の性《さが》は、転生して神となり、企業を好み、優柔不断、正しからざる仕事に従事し、又つねに感覚的享楽《きょうらく》に耽《ふけ》る無智（ラジャス）の性《さが》は、人間に生れかわり、放逸懶惰《らんだ》、無気力、残忍、無信仰、邪悪な生活を営むタマスの性《さが》は、畜生に生れかわると説いていた。

畜生に転生する罪は精細に規定され、バラモンの殺害者は、犬、豚、驢馬《ろば》、駱駝《らくだ》、牛、山羊《やぎ》、羊、鹿《しか》、鳥の胎に入り、バラモンの金を盗んだバラモンは、千回、蜘蛛《くも》、蛇、蜥蜴《とかげ》および水棲《すいせい》動物の胎に入り、尊者の臥床《がしよう》を侵した者は、百度、草や灌木《かんぼく》および蔓草《つるくさ》、又、肉食獣に生れかわり、穀物を盗む者は鼠《ねずみ》となり、蜜《みつ》を盗む者は虻《あぶ》となり、牛乳を盗む者は烏《からす》となり、調味料を盗む者は犬となり、肉を盗む者は禿鷹《はげたか》となり、脂肉を盗む者は鵜《う》となり、塩を盗む者は蟋蟀《こおろぎ》となり、絹を盗む者は鷓鴣《しゃこ》となり、亜麻布を盗む者は蛙《かえる》となり、綿布を盗む者は鶴《つる》となり、牛を盗む者は大蜥蜴となり、香料を盗む者は麝香鼠《じゃこうねずみ》となり、野菜を盗む者は孔雀《くじやく》となり、火を盗む者は蒼鷺《そうろ》となり、家具を盗む者は蜂《はち》となり、馬を盗む者は虎《とら》となり、婦人を盗む者は熊《くま》となり、水を盗む者は郭公鳥《かつこうどり》となり、果実を盗む者は猿になるのだった。

十七

……それにつけても、タイの小乗仏教は、パーリ語原典の面影をよく伝えた南伝大蔵経本生経《ジャータカ》の、素朴な教義に支えられ、仏陀《ぶつだ》といえども、その過去世の菩薩《ぼさつ》行のあいだには、罪なくして容易に鼠や金の白鳥に転生《てんしよう》することが怪しまれなかった。

そのタイに行われる南伝仏教は、明治にいたるまで、日本に知られることがなかった。仏陀入滅ののち、およそ百年乃至《ないし》二百年して、小乗二十部といわれる多数の部派に分れた小乗仏教のうち、西暦紀元前三世紀アショカ王治下のマヒンダがセイロンへ伝えた分別上座部が、今なおセイロン、ビルマ、タイ、カンボジヤ等に行われている。

パーリ語で書かれた分別上座部の三蔵のうち、巨細《こさい》にわたった律蔵の規定は、今日もタイの修行僧の戒律となって、その日常をこまかく規制しているのであるが、比丘《びく》は二百五十戒、比丘尼《びくに》は三百五十戒の戒を定められている。

そこでの輪廻《りんね》転生観はどんなものであるか、唯識論《ゆいしきろん》といかにちがい、いかなる殊色《しゆしよく》を帯びているか、幼ない姫の信仰はともあれ、バンコックの町のいたるところに、鬱金《うこん》の衣を袒《たん》してゆく僧たちの、一人一人の心の底にひそむ輪廻の想はいかなるものか、本多はどうしても知りたく思って、仏書を読み漁《あさ》った。

その結果知りえたことは、これら南伝上座部の教義が、ミリンダ王と語ったナーガセーナ長老の属するアビダルマ教学に源《みなもと》しているということであった。「ミリンダ王問経」の流布《るふ》の経路について、或《あ》る学者は、はじめはおそらくギリシア植民地の西北インドで作られ、これが東のマガダ地方に伝わってパーリ文に改められ、ついで増補されてセイロンに伝わり、やがてセイロンからビルマやタイなどの国々に流布した、と説いている。そしてそれがシャム版大蔵経の Milindapañhā になったのである。

従ってタイの人々の信ずる輪廻観は、ほぼナーガセーナ長老の説く輪廻観と等しいと考えてよい。この派の考え、

「輪廻転生を惹《ひ》き起す業《ごう》の本体は、『思』すなわち意志である」

という考えは、阿含経《あごんきょう》の所説にも一致し、仏教のもっとも本来の思想に庶幾《ちか》い。動機論の立場に立てば、この派が言うように、人々の肉体や外界の事物には本来善悪はなく、それを善たらしめ悪たらしめるものは悉《ことごと》く心である。「思」である。意志である。

そこまではよいけれども、アビダルマ教学は無我を説くのに、これら物質界全体の無記なることから説き進める。すなわち、そこに一台の車があるとすれば、車を構成する

諸要素が、ただの物質的諸要素にすぎないにもかかわらず、これに乗った人が人を轢《ひ》いて逃げることによって、罪の器となるように、心と意志が罪と業の原因をなすのであるから、われわれは本来無我である。しかるに、「思」がこれに乗って、貪《とん》、瞋《しん》、邪見、無貪、無瞋、正見の六業道を以《もつ》て、輪廻転生を惹き起す。「思」はこのように輪廻転生の原因であっても、主体ではない。主体はついにわからずじまいである。来世はただ今世の連続であり、この世と一つながりでつづいてゆく終夜の灯明の火が生なのであった。

タイの幼ない王女の心に何が起っていたかを考えると、それだけに本多には、よく納得が行くように思われた。

雨季ごとにあらゆる川は氾濫《はんらん》し、道と川筋、川筋と田の境界はたちまち失《う》せ、道が川になり、川が道になるバンコック。あそこでは幼な心にも、夢の出水《でみず》が起って現《うつつ》を犯し、来世や過去世がその堤を破って、この世を水びたしにしてしまうことが、めずらしくないに相違ない。しかも氾濫に涵《ひた》された田からは稲の青々とした葉先がのぞかれ、もとの川水も田水もおなじ太陽を浴び、おなじ積乱雲を映している。

そのように、月光姫の心には、自分も意識しない来世や過去世の出水《でみず》が起って、一望、雨後の月をあきらかに映すひろい水域に、ところどころ島のように残る現世の証跡のほうを、却《かえ》って信じがたく思わせていたのかもしれない。堤はすでに潰《つい》え、境はすでに破れた。あとは自在に過去世が語ったのである。

十八

……かつてあれほど若い日の自分を悩ました唯識論《ゆいしきろん》、あの壮大な大伽藍《だいがらん》のような大乗仏教の体系へと、本多は今や、バンコックの残した美しい愛らしい一縷《いちる》の謎《なぞ》をたよりに、却《かえ》ってらくらくと帰ってゆけるような心地がした。

さるにても唯識は、一旦《たん》「我」と「魂」とを否定した仏教が、輪廻転生《りんねてんしょう》の「主体」をめぐる理論的困難を、もっとも周到精密な理論で切り抜けた、目くるめくばかりに高い知的宗教的建築物であった。その複雑無類の哲学的達成は、あたかもあのバンコックの暁の寺のように、夜あけの涼風と微光に充《み》ちた幽玄な時間を以《もっ》て、淡青の朝空の大空間を貫ぬいていた。

輪廻と無我との矛盾、何世紀も解きえなかった矛盾を、ついに解いたものこそ唯識だった。何が生死に輪廻し、あるいは浄土に往生するのか？　一体何が？

…………………………。

そもそも「唯識」という語をはじめて用いたのは、インドの無着《むじやく》（アサンガ）であった。無着の生涯は、その名が六世紀初頭に金剛仙論を通じて支那《しな》へ伝えられたときから、すでに半ば伝説に包まれていた。唯識説はもと、大乗阿毗達磨《アビダルマ》経に発し、のちに述べるように、アビダルマ経の一つの偈《げ》は、唯識論のもっとも重要な核をなすものであるが、無着はこれらをその主著「摂大乗論《しょうだいじょうろん》」で体系化したのである。因《ちな》みにアビダルマは、経・律・論の三蔵のうち、「論」を意味する梵語《ぼんご》であるから、大乗アビダルマ経とは、大乗論経というに等しい。

われわれはふつう、六感という精神作用を以て暮している。すなわち、眼、耳、鼻、舌、身、意の六識である。唯識論はその先に第七識たる末那識《まなしき》というものを立てるが、これは自我、個人的自我の意識のすべてを含むと考えてよかろう。しかるに唯識はここにとどまらない。その先、その奥に、阿頼耶識《あらやしき》という究極の識を設想するのである。それは漢訳に「蔵」というごとく、存在世界のあらゆる種子《しゅうじ》を包蔵する識である。

生は活動している。阿頼耶識が動いている。この識は総報の果体であり、一切の活動の結果である種子《しゅうじ》を蔵《おさ》めているから、われわれが生きているということは、畢竟《ひっきょう》、阿頼耶識が活動していることに他ならぬのであった。

その識は滝のように絶えることなく白い飛沫《ひまつ》を散らして流れている。つねに滝は目前に見えるが、一瞬一瞬の水は同じではない。水はたえず相続転起して、流動し、繁吹《しぶき》を上げているのである。

あの、無着の説をさらに大成して「唯識三十頌《ゆいしきさんじゅうじゅ》」をあらわした世親《せしん》（ヴァスバンドゥ）の、

「恒に転ずること暴流のごとし」

という一句は、二十歳の本多が清顕のために月修寺を訪れたとき、老門跡《もんぜき》から伺って、そのときは心もそぞろながら、耳に留めておいた一句であった。

それはまた、かつてのインド旅行で、アジャンタへ赴き、今の今まで誰かがいたような気のする僧院《ヴィハーラ》を出たとき、たちまち目を搏《う》ったあのワゴーラ川へ落ちる一双の滝の思い出につながっていた。

そしておそらく最終の、究極のその滝は、はじめて勲に会った三輪山の三光の滝や、はるかむかし、老門跡のお姿をそこに認めた松枝邸の滝と、鏡像のように相映じていたのである。

さて、阿頼耶識には、あらゆる結果の種子《しゅうじ》が植えつけられる。前《さき》に述べた七識が、生きのかぎり動きまわるその活動の結果はもとより、そういう心法の活動のみならず、その対象たる色法の種子までも、心法に伴われて、ここに植えつけられるのである。この植えつけられることを、衣服にたきこめられた香の薫りが移るのにたとえて、熏習《くんじゅう》といい、これを種子熏習《しゅうじくんじゅう》と呼ぶのである。

ところで、この阿頼耶識を、それ自体、何らけがれのない、ニュートラルなものと考えるかどうかで、考えの筋道がちがってくる。もしそれ自体がニュートラルなものであれば、輪廻転生を惹《ひ》き起す力は、外力、いわゆる業力でなければならない。外界に存在するあらゆるもの、あらゆる誘惑は、いや、心の内にもある第一識から第七識までのあらゆる感覚的迷蒙《めいもう》は、その業力を以て、影響を及ぼさずにはいないからである。

しかるに唯識論は、そういう業力、業力のもたらす種子である業種子を、間接原因(助縁)と見なし、阿頼耶識自体に、輪廻転生を惹き起す主体も動力も、二つながら含まれていると考えるのだ。このことは、無着が主張しているように、当然、阿頼耶識自体も無染《むぜん》のものではなく、水と乳とのまざり合った和合識で、半ばは汚染していて迷界への動力となり、又、半ばは清らかで悟達への動力となる、という考えへ導くであろう。そしてその内包する種子は、善悪業種子の助けによって、来世苦楽いずれかの果報として現行《げんぎょう》するであろう。業力の活動を重く見る倶舎論《くしゃろん》と、唯識論のことなるところはここであって、唯識では、阿頼耶識の種子から阿頼耶識が現行《げんぎょう》して自然法則(同類因等流果)を形成し、その種子を業種子が助縁して道徳法則(異熟因異熟果)を生ぜしめるというところに、独自の世界構造を展開しているのである。

阿頼耶識はかくて有情総報の果体であり、存在の根本原因なのであった。たとえば人間としての阿頼耶識が現行するということは、人間が現に存在するということにほかならない。

阿頼耶識は、かくてこの世界、われわれの住む迷界を顕現させている。すべての認識の根が、すべての認識対象を包括し、かつ顕現させているのだ。その世界は、肉体(五根）と自然界（器世界）と種子《しゆうじ》（物質・精神あらゆるものを現行させるべき潜勢力）とから成立っている。われわれが我執にとらわれて考える実体としての自我も、われわれが死後につづくと考える霊魂も、一切諸法を生ずる阿頼耶識から生じたものであれば、一切は阿頼耶識に帰し、一切は識に帰するのだ。

しかるに、唯識の語から、何かわれわれが、こちら側に一つの実体としての主観を考え、そこに映ずる世界をすべてその所産と見なす唯心論を考えるならば、それはわれわれが、我と阿頼耶識を混同したのだと言わねばならない。なぜなら、常数としての我は一つの不変の実在であろうが、阿頼耶識は一瞬もとどまらない「無我の流れ」だからである。

無着の「摂大乗論《しようだいじようろん》」は、阿頼耶識に熏ぜられて迷界を顕現する種子について、三種の熏習を説いている。

第一は名言種子《みようごんしゆうじ》である。

たとえば薔薇《ばら》は美しい花だといわれ、薔薇という名がほかの花の名と区別せられ、どんなに美しい花かを確かめるために、われわれは薔薇の前に来て、それがいかに他の花とちがうかを認識する。薔薇はまず名としてあらわれ、概念が空想をそそり、そそられた空想が実体に触れ、その匂《にお》い、その色、その形が記憶に貯《たくわ》えられる。あるいは名も知れずに見た花の美しさが心に染《し》み、認識欲《にんしきよく》が起り、その名を薔薇と知って、自分の概念世界の一つに組み込むにいたる。われわれはこうして、意味、名、言葉、対象を学び、又その関連を学ぶのだ。学ぶのは、必ずしも美しい名ばかりではなく、正確な意味ばかりではないが、知覚と思考の得たすべてのものは、無始以来の記憶の裡《うち》に貯えられて、世界環境を産出してゆくのである。

第二は我執《がしゅう》種子である。八識のうち第七の末那《まな》識《しき》が、阿頼耶識にむかって自他差別の我執を起すとき、その我執は絶対の個我を主張し、やがて他の六識をも動かして、我執熏習を重ねてゆく。いわゆる近代的自我の形成も、その自我哲学の迷蒙も、みなここに発していることを本多は思わずにはいられなかった。

第三は有支《うし》種子である。有とは三有（三界）であって、欲有・色有・無色有の全体たる迷界を斥《さ》し、支はすなわち因である。一切迷苦の世界を造り出す因としてのこの種子《しゅうじ》は、いわゆる業種子に他ならない。運命の差別、運不運の不公平は、この業力の功能《くうのう》に依《よ》るのである。

——かくて、何が輪廻転生の主体であり、何が生死に輪廻するのかは明らかになった。それこそは滔々《とうとう》たる「無我の流れ」であるところの阿頼耶識なのであった。

十九

……しかし本多は、唯識論《ゆいしきろん》について学べば学ぶほど、阿頼耶識《あらやしき》がいかにして世界を顕現させるかという態様に、興味を抱かずにはいられなかった。なぜなら唯識論は、阿頼耶識による因果は「同時」に、すなわち一刹那《いっせつな》に、しかも更互に起ると説くからである。かりにも因と果を時間的継起によってしか考えられない本多には、この阿頼耶識と染汚《ぜんま》法《ほう》の同時更互因果という観念ほど、難解なものはなかった。しかも、これが唯識および大乗全般と、小乗とを分つところの、根本的な世界解釈の相違をあらわしていることは明らかだった。

小乗仏教の世界では、あのバンコックの雨季のように、川水と田水と野とは、どこからどこまでということなく、無辺際に連続していた。現在そこに溢《あふ》れている雨季の出水は、過去にもあったし、未来にも同じように溢れるであろう。庭に真紅の花をつけた鳳《ほう》凰木《おうぼく》は、きのうそこに立っていたから、明日《あす》も立っているであろう。それらの存在が、たとえば本多の死後もつづくことが確実であるなら、同じように、本多の過去世もなだらかに来世へつづいて、転生《てんしょう》を重ねるにちがいない。世界のこのようなありのままの容認、水をうけ入れる土地のような熱帯風の自然な容認は、南伝上座部の小乗の教えであって、われわれの生存は過去・現在・未来へまたがってつづくから、過去も現在も未来も悠々と一ト流れの褐色の川、あのマングローブの樹根にふちどられた川のように、濃厚にものうく流れつつ存在するというこの説を、「三世《さんぜ》実有《じつう》法体《ほったい》恒有《ごうう》説《せつ》」というのである。

これに反して、大乗は、なかんずく唯識は、瞬時も迸《ほとばし》り止まぬ激湍《げきたん》として、又、白くなだれ落ちる滝として、この世界を解するのであった。この世界の姿も滝であるなら、この世界の根本原因も、その認識の根拠も滝なのであった。それは一瞬一瞬に生滅している世界なのだ。過去の存在も、未来の存在も、何一つ確証はなく、わが手で触れ、わが目で見ることのできる現在一刹那だけが実有だ、という大乗特有のこの世界観が、「現在《げんざい》実有《じつう》過未《かみ》無《む》体説《たいせつ》」と呼ばれるところのものである。

しかし、なぜ、実有なのか？

目で見、あるいは手で触れて、そこに一茎の水仙の花があるとすれば、少くとも現在の一刹那に、水仙の花、およびこれをめぐる世界は実有である。

それは確かめられた。

では、眠っているあいだ、人はたとえ枕《まくら》もとの花瓶にこれを活《い》けても、夜もすがらの一刹那一刹那に、水仙の花の存在を確証しつづけることができるであろうか。

かくて、眼を削り、耳を削《そ》ぎ、鼻を削ぎ、舌を切り、身を離れ、意を滅したとき、一茎の水仙の花は、これをめぐる世界は存在するであろうか？

しかし世界は存在しなければならないのだ！

第七識たる末那《まな》識《しき》は、我執を以《もっ》て、世界を肯定するかもしれない。あるいは否定するかもしれない。自我がある以上、そしてその自我が認識する以上、たとい五感は失われても、彼のまわりの、万年筆、花瓶、インキ壺《つぼ》、赤いガラスの水差、（そこには朝の光りに、白い窓枠の十字が、なめらかな曲線をなして映っている）、六法全書、文鎮、机、壁板、額絵、その他の延長上にこまやかに配列された世界は存在する、と。あるいは又、自我がある以上、そしてその自我が認識する以上、世界はすべて現象としての影にすぎず、認識の投影に他ならないから、世界は無であり、世界は存在しない、と。……こうした我執の習気《じっけ》は、尊大倨傲《きょごう》に、世界を一つの美しい蹴鞠《けまり》のように自在に取扱おうとするだろう。

しかし世界は存在しなければならないのだ！

そのためには、世界を産み、存在せしめ、一茎の水仙の花を存在せしめ、一瞬一瞬、不断にこれを保証する識がなくてはならぬ。それこそ阿頼耶識、無明《むみょう》の長夜を存在せしめ、かつ、この無明の長夜にひとり目ざめて、一刹那一刹那、存在と実有を保証しつづける北極星のような究極の識である。

なぜなら、世界は存在しなければならないからだ！

第七識までがすべて世界を無であると云《い》い、あるいは五《ご》蘊《うん》悉《ことごと》く滅して死が訪れても、阿頼耶識があるかぎり、これによって世界は存在する。一切のものは阿頼耶識によって存し、阿頼耶識があるから一切のものはあるのだ。しかし、もし、阿頼耶識を滅すれば？

しかし世界は存在しなければならないのだ！

従って、阿頼耶識は滅びることがない。滝のように、一瞬一瞬の水はことなる水ながら、不断に奔逸し激動しているのである。

世界を存在せしめるために、かくて阿頼耶識は永遠に流れている。

世界はどうあっても存在しなければならないからだ！

しかし、なぜ？

なぜなら、迷界としての世界が存在することによって、はじめて悟りへの機縁が齎らされるからである。

世界が存在しなければならぬ、ということは、かくて、究極の道徳的要請であったのだ。それが、なぜ世界は存在する必要があるのだ、という問に対する、阿頼耶識の側からの最終の答である。

もし迷界としての世界の実有が、究極の道徳的要請であるならば、一切諸法を生ずる阿頼耶識こそ、その道徳的要請の源なのであるが、そのとき、阿頼耶識と世界は、すなわち、阿頼耶識と、染汚法の形づくる迷界は、相互に依拠していると云わなければならない。なぜなら、阿頼耶識がなければ世界は存在しないが、世界が存在しなければ阿頼耶識は自ら主体となって輪廻《りんね》転生をするべき場を持たず、従って悟達への道は永久に閉ざされることになるからである。

最高の道徳的要請によって、阿頼耶識と世界は相互に依為し、世界の存在の必要性に、阿頼耶識も亦《また》、依拠しているのであった。

しかも現在の一刹那だけが実有であり、一刹那の実有を保証する最終の根拠が阿頼耶識であるならば、同時に、世界の一切を顕現させている阿頼耶識は、時間の軸と空間の軸の交わる一点に存在するのである。

ここに、唯識論独特の同時更互因果の理が生ずる、と本多は辛うじて理解した。

そもそも仏説が仏説たるには、ゴータマ・ブッダの直接の教えであるという典拠、すなわち聖教量がなければならぬが、唯識はこれを、大乗アビダルマ経の、次のようなもっとも難解な一偈《げ》に求めている。

「諸法は識において蔵せられ
　識は法におけること亦しかり
　この二は互に因となり
　またつねに互に果となる」

本多の理解するところでは、こうである。

阿頼耶識の因縁相続によって、世界は、これを現在の一刹那の断面において考えれば、次のようになる筈《はず》である。

つまり胡瓜《きゅうり》を輪切りにするように、世界を現在の一刹那において輪切りにして、その断面を検《しら》べてみるのである。

世界は一瞬にして生々滅々するのであるが、この断面にはその生々滅々の三つの態様があらわれている。一つは「種子生現行」であり、一つは「現行熏種子」であり、一つは「種子生種子」である。第一の「種子生現行」は、種子が現在の世界を生ぜしめている姿であり、それには当然、過去の習気《じつけ》が含まれている。過去が尾を引いている。第二の「現行熏種子」は、現在只今《ただいま》の世界が、阿頼耶識の種子に熏習《くんじゅう》して、未来へ向って汚染する姿が描かれている。当然、未来の不安が影を投じている。しかしあらゆる種子が現行によって汚染されて現行を生ずるわけではない。そこにはおのずから、汚染されても、種子がただ種子に相続される部分があるわけである。これが第三の「種子生種子」である。そしてこの第三の因果のみは、同一刹那に行われる筈もなく、時間的継起に従って、「異時」に相続されるに決っている。

さて、世界はこの三つの態様を以て、現在の一刹那に、すべてそこに現われている。

しかも、第一の「種子生現行」と第二の「現行熏種子」とは、同じ刹那に新たに生れ、しかも同じ刹那に交互に影響し合って、同じ刹那に滅んでゆく。一つの瞬間の横断面は、ただ種子のみで相続されて、捨て去られ、次の瞬間の横断面へ移ってゆく。われわれの世界構造は、いわば阿頼耶識の種子を串《くし》にして、そこに無限の数の刹那の横断面を、すなわち輪切りにされた胡瓜の薄片を、たえずいそがしく貫ぬいては捨て、貫ぬいては捨てるような形になっているのである。

輪廻転生は人の生涯の永きにわたって準備されて、死によって動きだすものではなくて、世界を一瞬一瞬新たにし、かつ一瞬一瞬廃棄してゆくのであった。

かくて種子は一瞬一瞬、この世界という、巨大な迷いの華を咲かせ、かつ華を捨てつつ相続されるのであるが、種子が種子を生ずるという相続には、前にも述べたように、業種子の助縁が要る。この助縁をどこから得るかというのに、一瞬間の現行の熏に依《よ》るのである。

唯識の本当の意味は、われわれ現在の一刹那において、この世界なるものがすべてそこに現われている、ということに他ならない。しかも、一刹那の世界は、次の刹那には一旦《たん》滅して、又新たな世界が立ち現われる。現在ここに現われた世界が、次の瞬間には変化しつつ、そのままつづいてゆく。かくてこの世界すべては阿頼耶識なのであった。

……

二十

……ここに思いいたると、本多の目には、周囲の事物が今まで思いもかけなかった姿で眺められてきた。

たまたまその日、本多は永年つづいている訴訟の問題で、渋谷松濤《しょうとう》のある邸《やしき》へ招かれ、その二階の応接間で待たされていた。訴訟当事者が上京しても、泊るべき宿がなく、郷里出身の富豪がすでに軽井沢に疎開《そかい》した留守宅を、常宿にしていたのである。

この行政訴訟ほど、時代を超越して悠々たる訴訟はなかった。それは実に明治三十二年に制定された法律に発し、係争の源を遠く明治維新直後に持っていたのである。訴訟の相手も、むかしの農商務大臣から農林大臣へと内閣の変るごとに移りかわり、弁護士も代々を重ねて、今は本多が、もし勝てば原告のものになる山林の、三分の一を成功報酬とする累代《るいだい》の契約に従って、面倒を見ているのであるが、本多もこの訴訟は自分の生きている間には片附くまいと考えている。

従って本多は、依頼人が田舎から土産に持ってくる白米や雞肉《とりにく》をあてにして、招かれるままにこの渋谷の邸まで、仕事を口実に遊びに来たのである。

もう夙《と》うに着いている筈《はず》の依頼人はまだ着かない。汽車旅行が捗々《はかばか》しく行かないにちがいない。

国民服やゲートルには暑い六月の午後を、少しでも風に当るために、本多はイギリス風の縦長の窓を押しひらいて、窓辺に立っていた。軍隊経験のない彼は、いまだにゲートルがうまく巻けず、ともすると脛《すね》のあたりに丸まって、歩けば頭陀袋《ずだぶくろ》を引きずって歩いているような不如意《ふにょい》な感じがした。混んだ電車で引っかかったら危ない、といつも妻の梨枝が言うのである。

汗が今日は、そのゲートルの丸まったあたりににじんでいる。下品な光沢を放って、皺《しわ》が寄ったら寄ったままになるステイプル・ファイバーの、夏物の国民服の背中の裾《すそ》が、坐《すわ》り皺をそのままに、おかしな風に背中にたるみ上っているのを本多は知っている。しかしそれをどう直してみてもはじまらない。

窓からは六月の光りの下に、渋谷駅のあたりまでひろびろと見える。身近の邸町は焼け残っているが、その高台の裾から駅までの間は、ところどころに焼ビルを残した新鮮な焼趾《やけあと》で、ここらを焼いた空襲はわずか一週間前のことである。すなわち昭和二十年五月二十四日と二十五日の二晩連続して、延《の》べ五百機のB29が山の手の各所を焼いた。まだその匂《にお》いがくすぶり、真昼の光りに阿鼻叫喚《あびきようかん》の名残が漂っているような気がする。

火葬場の匂いに近く、しかももっと日常的な、たとえば厨房《ちゆうぼう》や焚火《たきび》の匂いもまじり、又、ひどく機械的化学的な、薬品工場の匂いを加味したような、この焼趾の匂いに本多はや馴《な》れていた。幸い本郷の本多の家はまだ罹災《りさい》せずにいたけれども。

頭上の夜空を錐《きり》で揉《も》むような爆弾の落下してくる金属音に引きつづき、爆発音があたりをとよもし、焼夷弾《しょういだん》が火を放つと、夜は必ず、人声とも思えぬ、一せいに囃《はや》し立てる嬌声《きょうせい》のようなものが空の一角にきこえた。それが阿鼻叫喚というものだと、本多はあとから心づいた。

今見る焼趾には瓦礫《がれき》が赤らみ、潰《つい》えた屋根はそのままになっていた。黒く焼いた埒《らち》のように、高低さまざまの柱が連なり、そこから剝《は》がれ落ちる灰が微風に舞っていた。ところどころに、目を射るものが燦爛《さんらん》としている。それは大方、破れて散った窓硝子《まどガラス》や、焼けて歪《ゆが》んだ硝子の曲面や、こわれた罎《びん》が反射しているにすぎぬ。しかしそれらはここを先途と、六月の光りを身に収斂《しゅうれん》させているのである。本多は瓦礫の光輝というものをはじめて見た。

家々のコンクリートの礎《いしずえ》は、崩れ落ちた壁土におおわれながら、劃然《かくぜん》としている。その一つ一つの礎の高低が、午後の日にくっきりと照らし出されている。全体の焼趾が、このために、新聞の紙型のように見える。しかし新聞の紙型ほど陰鬱《いんうつ》な鼠《ねずみ》いろの凹凸ではなくて、素焼の植木鉢のような赤褐色が主な色合である。

商店街であるために庭木は乏しい。半ば焼けた街路樹は残って佇立《ちょりつ》している。幾多の焼ビルは、硝子ひとつないこちら側の窓に、向う側の窓の光りがあからさまに重複して見え、しかも窓の外周は、焰《ほのお》の噴出に煤《すす》けたのであろう、くすんだ黒い隈《くま》に汚されている。

坂道や高低錯雑した間道の多い土地だけに、由《よし》ありげに残ったコンクリートの石段が、何もないところへ達している。石段の下にも上にも何もないのである。同じ瓦礫の野の、どこからどこへ行くという宛《あ》てもないところに、石段だけが方向を固執している。

全体は静かであるが、かすかに動き、ふっくらと浮游《ふゆう》しているものがある。それに目をとられると、黒い屍《しかばね》が無数の蛆《うじ》に蝕《むしば》まれて動きだしたかと錯覚されるのに似ている。それは風につれて、灰がいたるところから剝がれて漂っているのである。白い灰もあれば黒い灰もある。漂った灰がまた、崩れた壁に附着して休ろうている。藁灰《わらばい》のようなもの、書物の頁《ページ》の灰、古本屋の灰、蒲団《ふとん》屋の灰、……それらは差別なく交わって、交わるともなく浮游して、焼趾いちめんに蹌踉《そうろう》と動いている。

そうかと思うと、アスファルトの路面が一部、黒くつややかに光っていたりする。破裂した水道管から迸《ほとばし》る水がそのままになっているのである。……

空は異様にひろく、夏雲は潔白である。

——これこそは今正に、本多の五感に与えられた世界だった。戦争中、十分な貯《たくわ》えにたよって、気に入った仕事しか引受けず、もっぱら余暇を充《あ》ててきた輪廻転生《りんねてんしょう》の研究が、このとき本多の心には、正にこうした焼趾を顕現させるために企てられたもののように思いなされた。破壊者は彼自身だったのだ。見わたすかぎり、焼け爛《ただ》れたこの末期的な世界は、しかし、それ自体が終りなのではなく、又、はじまりなのでもなかった。それは一瞬一瞬、平然と更新されている世界だった。阿頼耶識《あらやしき》は何ものにも動ぜず、この赤茶けた廃墟《はいきょ》を世界として引受け、次の一瞬には又忽《たちま》ち捨て去って、同じような、しかし日ごと月ごとにますます破滅の色の深まる世界を受け入れるにちがいない。

むかしの町と比べての感懐は、本多には少しもなかった。ただ目はまばゆい廃墟の反射をとらえて、割れた硝子の一片が今目を射るならば、次の刹那《せつな》にはこの硝子も滅し、焼趾全体も亦《また》滅して、新たな廃墟を迎えることになるということを、感覚的な確かさで受け入れた。破局に対抗するに破局を以《もっ》てし、際限もない頽落《たいらく》と破滅に処するに、さらに巨大、さらに全的な一瞬一瞬の滅亡を以てすること、……そうだ、刹那刹那の確実で法則的な全的滅却をしっかり心に保持して、なお不確実な未来の滅びに備えること、……本多は唯識《ゆいしき》から学んだこの考えの、身もおののくような涼しさに酔った。

二十一

話がすむと、土産をもらって、渋谷駅まで出て、家へかえる。B29の大空襲は大阪を襲ったというニュースがあって、このところ関西が中心に狙われるという噂が多い。東京は小閑を保っているように思われる。

そこで本多には、日のあるうちに少し足をのばしたい気持が起きた。道玄坂をのぼれば松枝侯爵《まつがえこうしゃく》邸の跡である。

本多の知るところでは、松枝家は大正半ばに、その十四万坪の地所のうち、十万坪を箱根土地株式会社に売却したが、折角入った金の半ばは、のちに十五銀行の倒産で失われた。その後、松枝家の養嗣子になった人が放蕩者《ほうとうもの》で、のこる四万坪もつぎつぎと手離し、今の松枝邸は千坪ばかりのありふれた邸《やしき》になっている筈《はず》である。その邸の門前は車で通ったことがあるが、今はゆかりのない彼が門内へ入ったことはない。先週の空襲でこの邸が焼けているかいないか、本多はすずろな好奇心を抱いたのである。

道玄坂の焼ビルに沿うた歩道は、すでに片附けられて、のぼって行くのに難儀はない。そこかしこに、防空壕《ぼうくうごう》の上を焼けた木材やトタンで覆《おお》うて、壕舎暮しを営みはじめている人たちが見える。夕食の時刻が近いので炊煙が上っている。裸かの水道管から、鍋《なべ》に水を補っている姿も見える。空は甚だしい夕焼になった。

坂上から上通り《かみどおり》、南平台《なんぺいだい》の一帯は、かつてことごとく松枝邸の十四万坪の内であった。それが細分されて今日《こんにち》に及んだのが、ふたたび一望茫々《ぼうぼう》たる焼趾《やけあと》になって、ひろい空の夕焼を浴びて、むかしの規模を取り戻したのである。

たった一軒焼け残っているのが憲兵分隊の建物で、腕章を巻いた兵が出入りしている。たしかそれは松枝家の隣りにあった筈である。果して松枝家の石の門柱がそのむこうに見えた。

門前に立ってみると、千坪ほどの地所は大そう手狭に見えた。多くの家作が地所を区切っているからである。邸趾の泉水や築山《つきやま》が、かつての広大な池や紅葉山《もみじやま》の貧相な模型のようである。裏手には石塀がなくて、木塀は焼け落ちているから、南平台方面へつらなる隣地の広い焼趾が視野の裡《うち》にある。思うに、そここそ、かつてのひろびろとした池を埋立てた趾であった。

池には中ノ島もあり、紅葉山の滝もそこに注ぎ、本多は清顕と共にボートを漕《こ》いで島へ渡り、そこから水色の着物を着た聡子《さとこ》の姿を認めたのだった。清顕はみずみずしい青年であり、本多も自ら思い描くよりはよほど青年らしい青年だった。そこで何かがはじまり、何かが終った。しかも何らの痕跡《こんせき》をとどめていないのである。

松枝家の領地は、仮借ない、等しなみの空襲の破壊によって再現された。土地の起伏こそ昔にかわれ、見渡すかぎりの焼趾に、本多はそこらあたりは池、そこらあたりは「お宮様」、そこは母屋《おもや》、そこは洋館、そこは玄関の馬車廻しと、ほとんど指呼することができた。それほど度々訪れた松枝邸は、記憶に正確に刻まれていたのである。

しかし、逆巻く夕焼雲の下に、ちぢれたブリキ、割れた瓦《かわら》、裂けた立木、融《と》けた硝子《ガラス》、焦《こ》げた羽目板、あるいは煖炉《だんろ》の煙出しの白骨のようにしらじらと孤立したありさま、菱《ひし》形《がた》に崩れたドア、などの無数の破片は、一様に銹朱《さびしゅ》のいろに染っていた。それらは崩れて地に伏したのだが、あまりにも奔放で、規矩《きく》を踏みにじったそれらの形は、あたかも今地から芽生えた奇怪な莿草《いらくさ》のように眺められた。夕日が影をひとつひとつに的確に添えているので、尚更《なおさら》そうである。

　空は引きちぎった雲をいちめんに散らかしたような布置の赤一卜いろである。雲の染まり具合が、雲の骨髄に浸《し》みている。そして、引きずったあとにのこる雲の糸のほつれが、ことごとく金光を放っている。空がこれほど凶々《まがまが》しく見えたことは本多にははじめてだった。

　ふと、むこうの広漠たる焼趾にのこる一つの庭石に、腰かけている人の姿が目についた。何やら光る布の藤紫《ふじむらさき》のモンペの背が、夕日をうけて葡萄《ぶどう》いろに見える。黒いつややかな束髪が濡《ぬ》れている。ひどくうつむいている形が苦しげである。泣いているようでもあるが、肩に歔欷《きょき》の動きはなく、苦しんでいるようでもあるが、背に苦悶《くもん》の波立ちがない。そのまま枯死したかのようにうつむいている。思いに沈んでいるとしても、その不動が長すぎる。髪の艶《つや》から、おそらく中年の婦人で、そこの邸の持主か、何かゆかりの深い人だろうと察せられた。

　もし病気の発作にでも襲われているのであったら、助けなければなるまいと本多は思った。近づくにつれて、婦人がその石の傍らに置いている黒い手提袋と杖《つえ》が目についた。本多はその肩に手をあてて、注意ぶかく軽く揺《ゆす》った。もし力を加えれば、そのまま崩れて灰になって形を失うような感じがしたからだ。

女は顔を斜めにあげた。顔を見て、本多は怖《おそ》れた。黒い髪が鬘《かつら》であることは、不自然な生え際《ぎわ》の浮み具合からすぐにわかり、両眼の窪《くぼ》みも皺《しわ》も深く埋《うず》もれるほどに塗り籠《こ》められた白粉《おしろい》から、宮廷風な、上唇を山型に下唇をぼかして塗った口紅の臙脂《えんじ》が鮮やかに咲き出ている。その言語を絶した老いの底に、蓼科《たでしな》の顔があった。

「蓼科さんじゃないか」

と思わず本多はその名を口に出した。

「どなた様でいらっしゃいます」

と蓼科は、

「ちょっとお待ちくださいまし」

といそがしく懐《ふとこ》ろから眼鏡をとり出して言った。眼鏡の蔓《つる》をひらいて耳にかけるまでのその動作の詐術《さじゅつ》に、むかしながらの蓼科がひらめいていた。老眼鏡で相手をたしかめるという言訳の下に、素速く計算して、心の中で相手をたしかめようとしていたのである。

しかしこの企ては成らなかった。眼鏡をかけても老婆《ろうば》の前には、見知らぬ男が佇《たたず》んでいるだけであった。はじめて蓼科の顔に、不安と、何かきわめて古い公卿《くげ》風の偏見——、久しいあいだに巧みに模写することをおぼえた、ものやわらかな冷淡さ——、があらわれた。今度は切口上でこう言った。

「失礼でございますが、物おぼえが悪くなっておりまして、どちら様かとんと……」

「本多ですよ。三十何年前になりますか、松枝清顕君と学習院で同級で、ここの邸へもたびたび遊びに来ていた仲です」

「あ。あの本多さんでいらっしゃいましたか。それはまあお懐《なつか》しい。どうもお見外《みそ》れいたしまして、お詫《わ》びの申上げようもございません。本多さん。……そうそう、たしかに本多さんでいらっしゃる。お若いころの面影がそのままに残っておいでだ。何という……」

と蓼科は袖《そで》をいそいで眼鏡の下へあてた。むかしの蓼科の涙はつねに疑わしかったが、今は日の下の白粉が、雨に濡れた白壁のようにみるみるにじみ、涙はその濁った目から、ほとんど機械的に、滾々《こんこん》と溢《あふ》れ出た。こんなに悲しみや喜びと無縁の、天水桶《てんすいおけ》を覆《くつが》えしたような涙のほうが、かつての涙よりもよほど信じられた。

さるにても蓼科の老いは凄《すさ》まじかった！　その濃い白粉で隠されている肌には、老いの苔《こけ》が全身にはびこり、しかもこまかい非人間的な理智《りち》は、死者の懐ろで時を刻みつづける懐中時計のように、なお小まめに働らいているのが感じられた。

「見ればお達者そうで結構だが、今年おいくつになられます」

と本多は訊《き》いた。

「本年とって九十五歳に相成ります。お蔭様《かげさま》で、耳は多少遠うございますが、何の持病もなく、足腰も達者で、このとおり、杖さえ持てばどこへでも一人で出かけられます。厄介になっている甥《おい》の家でも、一人で出かけるのをいやがるのでございますが、いつどこで果ててもよい身でございますから、気ままに出られるあいだは、出歩きたいと思っております。空襲なんぞ、怖ろしいことはございません。爆弾だろうと、焼夷弾《しょういだん》だろうと、当ってくれれば、人に迷惑をかけずに楽に死ねます。当節道ばたにころがっている死体を見かけますと、おかしな申し様でございますが、羨《うらや》ましい気がいたすのでございますよ。先達《せんだっ》ても渋谷一円が焼けたとききまして、どうしても松枝様のお邸趾が見たくなって、甥夫婦の目を盗んで、こうして出かけて来たのでございます。一体まあ、侯爵様御夫妻が、もし御在世でこの有様を御覧遊ばしましたら、何とお思いでございましょう。憂目《うきめ》を見ずにお薨《かく》れになったのが、却《かえ》ってお仕合せであったかもしれません」

「幸い家はまだ焼けませんが、母にも同じ感じを持ちますよ。日本が勝ち進んでいるあいだに亡《な》くなったのが、却って仕合せであったかと思えます」

「まあまあ、それは、御母堂様もおかくれに……それはそれは、存ぜぬこととは申しながら……」

と蓼科は昔ながらの、何ら感情のこもらぬ恭謙な挨拶《あいさつ》を忘れていなかった。

「綾倉《あやくら》さんはその後どうしておられるかな」

と本多は尋ねてから、訊かでものことを訊いたと思った。果して老婆は目に見えるほどの躊躇《ちゅうちょ》をあらわした。尤《もっと》も蓼科が「目に見えるほど」の感情を示すときほど、その感情は実は展覧用のもので、真率さからはそれだけ遠いのが常だったが。

「はい、お姫様《ひいさま》が御剃髪《ごていはつ》あそばしましたあとで、綾倉家からお暇をいただきまして、その後は殿様の御葬儀に参上いたしましただけでございます。奥方様はまだ御在世と存じますが、殿様お薨れののちは、東京のお邸を処分なさいまして、京都の鹿《しし》ヶ谷《たに》の御親戚《しんせき》に身をお寄せになっていらっしゃいます。そしてお姫様は……」

「聡子さんには会われますか？」

と思わず本多は胸のときめきを覚えて訊いた。

「はい。その後両三度お目にかかりました。伺いますと、それはそれは御親切にして下さいまして、この私のような者に、今夜はお寺に泊ってゆけ、などと、それはそれはおやさしく……」

蓼科は今度は曇る眼鏡を外して、いそいで袂《たもと》から漉《すき》のわるい塵紙《ちりがみ》をとりだして、永いこと目に当てた。そしてそれが外されたときには、目のまわりには白粉の剝《は》げ落ちた隈《くま》ができた。

「聡子さんはお元気なのですね」

と本多は重ねて問うた。

「お達者でいらっしゃいますとも。それに何と申しましょうか、ますます澄み切ったお美しさで、この世の濁りを払ったお美しさが、お年を召してから、却って冴《さ》えていらしたようでございますよ。ぜひ一度お訪ねなさいまし。さぞ懐しく思《おぼ》し召すでございましょう」

本多は卒然と、鎌倉からの帰途の自動車に聡子とただ二人同車した、あの深夜のドライヴを思い出した。

……それは「他人の女」であった。しかもあのとき、無礼なほどに聡子は女だった。すでに終局の到来を予感し、覚悟のたしかさを述べた聡子の横顔が、夜明け前の窓外を擦過する繁《しげ》みを背景に、ふと閉じた目の長い睫《まつげ》を示した戦慄《せんりつ》的な瞬間を、本多はきのうのことのようにありありと思い起した。

気がつくと、蓼科の恭謙を装《よそお》った顔が崩れて、こちらを窺《うかが》っている。絞りをかけた羽二重のような皺が、山型の口紅のまわりを囲んでいたのが、その両はじの皺が多少ひきつれて、微笑と思われるようなものを刻んでいる。突然、疎《まば》らな残雪の央《なか》の古井戸のような二つの目に、瞳《ひとみ》が流れ、すばやく一閃《せん》の媚《こ》びが走った。

「本多さんもお姫様には思し召しがおありになったのでしょう。わかっておりましたよ」

永い歳月を経てそういうことを由《よし》ありげに言われる不快よりも、蓼科のなまめかしさの熾《おき》におそれをなして、本多は話頭を転じようと思って、さきほど依頼人からもらった土産のことを思い出した。そのうちから卵を二つばかり、鶏肉を少々、蓼科に頒《わ》けてやろうと思いついたのである。

果して卵を手にした蓼科は、実に無邪気な喜びと感謝をあらわした。

「まあ、お玉《たま》。まあ今どき、お玉とは何とおめずらしい！　何年も見ないようでございます。お玉とは、まあ！」

それから冗々《くどくど》と述べ立てる感謝の煩《わずら》わしさに、本多はこの老婆が、ほとんど腹を充《み》たすようなものを与えられていないのを知った。更におどろかれたのは、一旦《たん》買物袋の中へ蔵《しま》った卵を又とり出し、すでに夕焼が色褪《いろあ》せて、暮色の兆《きざ》した夕空へ掲げて、こう言ったときのことである。

「宅へ持ち帰りますよりも、無躾《ぶしつけ》で恐れ入りますが、いっそここで……」

そう言いながらも老婆はなお、名残惜しげに一顆《か》の卵を、水あさぎに暗みゆく夕空へかざした。卵はその慄《ふる》える老いた指のあいだで、緻密《ちみつ》な冷たい肌に光りを燻《くん》じた。

それから蓼科はしばらく掌の中で卵を愛撫《あいぶ》した。あたりに物音《もののね》は絶えていたので、老婆の乾き切った掌《てのひら》と卵のこすれる音だけが微《かす》かにきこえた。

割る場所を探しているのを、本多は放置《ほう》っておいた。何か忌《いま》わしいことを手伝うような気がして、手助けが憚《はばか》られたからである。蓼科は存外器用に、自分の腰かけた石のへりで卵を割った。中身を落すまいとして、慎重に口の前へ持って来て、徐々に仰向いて、夕空へひろげた口から、しらじらと光る総入歯の歯列のあいだへ流し込んだ。その口をとおるときの黄身の光沢《つや》のある丸みが一瞬見え、蓼科の咽喉《のど》の鳴りが、いやに健やかにひびいた。

「ああ、久々に滋養のあるものをいただきました。生き返るようでございますよ。まるでむかしの色香がよみがえるような気がいたします。これで娘のころは、何々小町と呼ばれたこともございますからね。とても信じていただけまいと存じますけれど」

蓼科の語調は俄《にわ》かにあけすけになった。

物の文目《あやめ》が、暮色に包まれる直前に、却ってありありと精緻になる時刻がある。今がそうである。焼趾の焼けた材木の笹《ささ》くれや、裂かれた庭木の生々しい裂け目の色などが、雨水の溜《たま》りをのこして反りかえったトタン板などと共に、不快なほどに詳《つば》らに目に映る。空は西の果てに、突兀《とつこつ》とした黒い二三の焼ビルの間に、朱いろの一条を残しているだけである。その朱いろの断片は、焼ビルの窓をも透かしている。それがあたかも無人の廃屋が、屋内に赤い一点の灯をともしているようにも見えるのである。

「何とお礼を申したらよろしいか。むかしからおやさしい若様でいらっしゃいましたが、今も本多さんは本当におやさしい。お返しを差上げようにも何もございませんが、せめて……」

　と蓼科はほとんど手探りで、手提げ袋の中を綺《いろ》うた。本多がその手を押しとどめようとするより先に、蓼科は一冊の和綴《わとじ》の本をとりだして、本多の手へ委《ゆだ》ねた。

「……せめて、日ごろ私が大事に持ち歩いておりますお経を差上げます。怪我《けが》をせぬように、息災に、ということで、ある坊さんが下さったありがたいお経でございますが、この上は、本多さんにも思いがけなくお目にかかれて、昔話を申上げることもできまして、何一つ思い残すことはございませんから、これを差上げます。空襲のありそうな日にお出ましになることもございましょうし、悪い熱病もはやっているようでございますが、このお経を身につけておいでになれば、きっと難をお免がれになります。まあ私のせめてもの志と思し召して、お受けいただきとうございます」

　本多は受け取った本を一応押しいただいて、その表紙の題字へ目をやった。

「大金色孔雀明王経《だいこんじきくじやくみようおうきよう》」

　という表題が、暮色に辛うじて読みとれた。

二十二

　この日から本多は聡子に会いたいという気持を抑えかねたが、これには蓼科の口から、聡子が今なお美しいという証言が得られたことも役立っていた。焼趾《やけあと》のような「美しさの廃墟《はいきょ》」を見ることを、何よりも怖《おそ》れていたからである。

しかし戦局は日ましにきびしく、よほど軍の伝手《つて》でもなければ汽車の切符を手に入れることはむずかしく、心まかせの旅に出ることなどは思いもよらなかった。

そうして日がすぎるあいだ、蓼科からもらった孔雀明王経を繙《ひもと》いた。これまで本多は密教の経典に親しんだことがなかったのである。

こまかい読みにくい活字で、はじめに解説やら儀軌《ぎき》やらが誌《しる》されている。

そもそも孔雀明王は、胎蔵界曼荼羅蘇悉地院《まんだらそしつじいん》の南端より第六に位し、諸仏能生の徳に住するが故《ゆえ》に「孔雀仏母《ぶつも》」とも称する。

この女性神は本多が今までに蒐《あつ》めた仏書と照合してみると、明らかに、ヒンズーの精力《シャクティ》信仰に源していた。シャクティ信仰は、シヴァの妻たるカーリーあるいはドゥルガに向けられたものであるから、かつて本多がカルカッタで参詣《さんけい》したカリガート寺院の、あの血なまぐさいカーリー女神の像こそ、孔雀明王の原型なのであった。

これを知ることによって、たまたま得た経典は、俄《にわ》かに心をそそるものになった。密教の密儀に用いられる呪文《じゅもん》(陀羅尼《だらに》)や真言と共に、ヒンズーの古い神々が、仏教世界の内部へ、形を変えて次々と雪崩《なだ》れ込んで来たのである。

もともと孔雀明王経は、蛇毒を防ぎ、あるいは蛇に咬《か》まれてもたちまちこれを癒《い》やす呪文を、仏陀が説いたということになっている。

孔雀経に曰《いわ》く、

「吉祥《きちじょう》と曰《い》う、出家して未《いま》だ久しからず、僧の洗浴の薪を為《つく》る時、異木の下に一黒蛇あり、来て比丘《びく》の右足指を螫《さ》す、悶絶《もんぜつ》して地に跪《ひざまず》き、目 翻《ひるがえ》って沫《あわ》を吐く、時に阿難《あなん》仏所に詣《もう》で曰く『何か之《これ》を治する時ぞ』、仏阿難に告げたまわく『汝如来《なんじにょらい》大孔雀王咒経《じゅきょう》を持し、吉祥比丘を擁し、結戒結咒を為《な》さば、毒をして害すること能《あた》わず、刀杖《とうじょう》も衆患を加うる能わず、悉《ことごと》く除く』と。」

蛇毒のみならず一切の熱病、一切の外傷、一切の痛苦を除く効験があるこの経典を、読誦《どくじゅ》する場合はもちろんのこと、孔雀明王を心に泛《うか》べるだけでも、恐怖・怨敵《おんてき》・一切の厄難を払うことができるという、ありがたいお経であるから、平安朝時代、東寺長者と仁和《にんな》寺宮《じのみや》のみに許された孔雀明王経法の密儀は、天変地妖《ちよう》から疫病《えきびょう》出産まで、ありとあらゆる息災の祈願を凝らしたのであった。

その原型であるカーリー女神の、舌を垂らし、生首をつらねた血みどろな姿とはちがって、画像軌の孔雀明王は、まさに孔雀そのものの神化のような、華麗で豪奢《ごうしゃ》な姿をしていた。

孔雀の啼声《なきごえ》を模したといわれる「訶訶訶訶訶訶訶訶訶訶《かかかかかかかかかか》」という陀羅尼といい、孔雀成就《じょうじゅ》を意味する「摩諭羅吉羅帝莎訶《まゆらきらていそわか》」という真言といい、又その儀軌の、ものものしく「仏母大孔雀明王印」と呼ばれる、二手を外縛《げばく》して二大指二小指を立合せる特殊な印相といい、悉く孔雀の荘厳の直叙であり模写であった。この印相はそのまま孔雀の形であって、小指は尾、大指は頭、のこりの指は羽を象《かたど》り、真言を唱《うた》いながらその六指を扇《あお》ぐさまが、すなわち孔雀の舞うさまをあらわしていた。

金色《こんじき》の孔雀に乗った明王の背後には、正にあの、印度の蒼穹《そうきゅう》が揺曳《ようえい》していた。人の心に絢爛《けんらん》たる幻影を抱かせるには、必ずこの熱帯の空、その魁偉《かいい》な雲、その午後の倦怠《けんたい》、その夕方の微風が要るのである。

金色《こんじき》の孔雀は正面を向き、しっかりした肢《あし》で地に立っている。翼をひろげ、その背に明王を載せ、後光のかわりに絢爛とひろげた尾羽根を以《もっ》て、明王の背後を護《まも》っている。明王は孔雀の背に敷いた白蓮花《びゃくれんげ》の上に結跏趺坐《けっかふざ》している。明王の四臂《しひ》の、右の第一手は開敷蓮花を執り、第二手は具縁果を持し、左の第一手は心に当てて掌《てのひら》に吉祥果を持し、第二手は三五茎の孔雀尾を執っている。

明王は慈悲相に住し、正面を向いたお顔も肌もいちじるしく白く、うすぎぬを纏《まと》ったばかりのそのあらわな肌は、頭にいただく冠、頸《くび》に飾った瓔珞《ようらく》、耳朶《じだ》に垂れた耳飾り、腕に巻いた腕環《うでわ》などの、きらびやかな装身具で荘厳《しょうごん》されている。その半眼の重い瞼《まぶた》には、しかし、今午睡からさめたかのような、白々しい物憂《ものう》さがたゆとうている。無限に慈悲を施し、無限に人々を災厄から救うことは、あたかも本多がインドのあの明るい広野に見出《みいだ》したような、無為のまどろみに似た感情を生むのかもしれない。

このあくまで白く鎮《しず》まる御影《みかげ》に比して、背光に当る孔雀の尾羽根は、五彩に彩《いろど》られて、燦然《さんぜん》と展《ひら》いていた。それは鳥類の色彩のなかでも、もっとも夕焼雲に近いものであり、あたかも混沌《こんとん》たる世界を整然と配列した密教の曼荼羅のように、一切の秩序を失った夕焼雲の色彩の氾濫、その形態の不羈《ふき》、その光りの擾乱《じょうらん》を、幾何学的な模様の繧繝《うげん》に秩序立てたものであった。金《きん》、緑、紺、紫、茶、などの暗鬱《あんうつ》な光彩は、しかし、夕焼も末の、沈んでゆく本体の太陽の姿は、ほとんど見えなくなっている刻限を示していた。

その尾羽根にはただ緋《ひ》のいろが欠けていた。もしこの世に緋いろの孔雀がおり、それがほしいままに尾羽根をひろげた背に、緋いろの孔雀明王が乗っていたとしたら、それこそはカーリー女神に他ならぬと思われただろう。

蓼科と会った焼趾の空にひろがる夕焼雲には、きっとそういう孔雀が顕《あら》われていたのだ、と本多は思った。

第三巻第一部　おわり

第二部

二十三

「みごとな檜林《ひのきばやし》をお造りになったのね。以前はこのへんは木一本立っていない荒地だったのに」

と本多の新らしい隣人は言った。

久松慶子《ひさまつけいこ》は堂々たる婦人だった。

五十歳に垂《なんな》んとしていたけれども、整形美容をしたという噂《うわさ》のあるその顔に、些《いささ》かはりつめすぎ光沢のよすぎる若さを持していた。吉田茂にもマッカーサー元帥《げんすい》にもぞんざいな口をきける、まことに例外的な日本人で、とっくの昔に離婚していた。このところ彼女の情人は、富士の裾《すそ》野のキャンプに勤務するアメリカ占領軍の若い将校であったので、彼女は久しく放《ほ》ったらかしにしていた御殿場二ノ岡の別荘に手入れをして、折々ここへあいびきのため、又、彼女のいわゆる「溜《たま》った手紙の返事をゆっくり書く」ためにやって来ていた。そして本多の別荘の隣人になったのである。

昭和二十七年の春のことで、本多は五十八歳になった。生れてはじめて別荘を持ち、明日はその別荘びらきに、東京から客を招いてある。今日から準備のために泊りがけで来て、隣人の慶子一人にはじめてこの家と、五千坪の庭の下検分をして貰《もら》っているのである。

「いつ出来上るのか、と自分の家のようにたのしみにしておりましたのよ」と慶子は霜じめりの枯芝の上を、踵《かかと》の細い靴で、水禽《みずとり》のように一歩一歩足を抜きながら歩いて、言った。「この芝は去年お植えになったのね。よく根附いたものね。庭を先にお造りになって、あとからゆっくり家をお建てになったなんて、本当にお好きでなくてはできないことね」

「泊るところがなくて、御殿場泊りでここの庭つくりに通《かよ》ったんですからね」

そう答える本多は、身にしみる寒さを防いで、丁度パリのコンシェルジェが着るような、厚手の些か毛糸のほつれたカーディガンに、絹の襟巻《えりまき》をしていた。

一生遊び暮した慶子のような女の前へ出ると、本多は一生働らいて勉強して、初老に及んで急に遊惰を学んだ自分の、或《あ》る浅間しさを見破られるような気がした。

自分が別荘の主《あるじ》としてここにこうしているのは、とりもなおさず、明治三十二年四月十八日に御名御璽《ぎょめいぎょじ》を以《もっ》て公布された、「国有土地森林原野下戻法《さげもどしほう》」という、今では誰も知らない古ぼけた一片の法律のおかげである。

明治六年七月、地租改正の詔《みことのり》が下ったとき、政府の役人は村々を経《へ》めぐって、土地の所有者を明らかにしようとした。地租をとられることを怖《おそ》れた所有者は、自分の土地でもそしらぬ顔をして否定した。そこで夥《おびただ》しい数の私有地や入会地《いりあいち》が、所属不明の土地になって、国有地に移管されたのである。

ずっとあとになって、これに対する後悔や怨嗟《えんさ》の声がかまびすしくなったので、明治三十二年の法律ができたのであるが、その第二条は、下戻の申請をなす者に、かつての所有の事実の立証責任を課しており、公文書その他六つの証拠書類の少くとも一つを提出することを求めている。そして第六条で、この訴訟は、行政裁判所の管轄《かんかつ》に属する、と唱《うた》っているのである。

幾多のこれに関する訴が、明治三十年代に出訴されたが、行政裁判所は一審限りで上訴がなく、又裁判事務を監督する機関もないので、何事につけてもすこぶる悠々としていた。

ふとついた嘘《うそ》のおかげで部落所有の山林を召し上げられた村落共同体では、大字《おおあざ》が訴訟権者になり、この行政訴訟の原告になった。たとえ合併して町になっても、大字自体が「財産区」として権利主体でありつづけたのである。

福島県三春《みはる》地方のある村で、明治三十三年にこの訴が出されて以来、国も悠々としていたが、原告も悠々としていた。半世紀にわたって、相手方は農商務大臣から農林大臣へと代を重ね、訴訟代理人の弁護士も次々と世を去って引き継がれた。昭和十五年に、大字の代表が上京して、すでに名の高い弁護士の本多を訪れ、この望みのない訴訟を託したのであった。

こんな半世紀の膠着《こうちゃく》状態を、敗戦が破った。

昭和二十二年に施行された新憲法によって、特別裁判所が否定され、行政裁判所は廃止されて、係争中の行政訴訟事件の審理は、東京高等裁判所へ委《ゆだ》ねられ、民事事件として処理されることになった。そこでこの事件に本多はらくらくと勝ったのだが、この勝利はたまたまその場に居合わせた者の僥倖《ぎょうこう》としか云《い》いようがなかった。

本多は明治以来連綿と受け継がれた契約によって、成功報酬を受け取った。すなわちその大字の所有に戻った山林の三分の一を貰ったのである。山林をそのままで貰うか、時価の売却代金で受け取るかは、彼の選択に委《まか》せられていたので、本多は後者をとった。こうして本多は、三億六千万円の金を得た。

このことは本多の生活を根柢《こんてい》から変えた。戦時中から徐々に弁護士生活に飽いていた本多は、本多弁護事務所というよく通った名はそのままにして、実際の仕事は後輩にゆだね、自分はときどき事務所へ顔を出すだけになった。交際も変り、心の持ち方も変った。こんな風に四億近い金がころがり込むことも、それを可能にした新らしい時代も、真面目《まじめ》にとることができなかったので、自分も不真面目になろうと思ったのである。

いっそ焼ければよかったほど古びた本郷の家を、取り壊して改築することも考えられたが、本多はもはや東京に、何か新らしいものを建てて、恒久不変の幻を抱くことに飽きていた。いずれ又、次の戦争が、ここを焼野原にしてしまうにちがいない。

妻の梨枝の考えは、こんな古い広い邸《やしき》に夫婦二人で住むよりも、土地を売ってアパート暮しでもしたい、ということであったが、本多の考えは、どこか人のあまり行かないところへ別荘を建て、病身の梨枝の保養に役立てたい、という理由を楯《たて》にしたのである。

夫婦は人の紹介で箱根仙石原《せんごくばら》の土地を見に行ったが、そこの湿気のひどさをきいて怖れをなした。運転手の案内で箱根を越え、御殿場二ノ岡の、四十年ほど前に拓《ひら》かれた別荘地を見て廻った。むかしの貴顕の別荘があるが、戦後は富士演習地周辺の米占領軍とこれを迎える女たちを憚《はばか》って、門扉《もんぴ》を閉ざしたままになっている。その別荘地の西辺の、もと国有地で、農地改革の結果、土地の百姓に只《ただ》で頒《わ》けられた荒地が、掘出し物だというのである。

箱根外輪山麓《がいりんさんろく》のこの一帯は、富士の裾野のような火山灰地ではないけれども、檜の植林ぐらいにしか適さない瘦地《やせち》を、百姓たちはもてあましていた。芒《すすき》、蓬《よもぎ》におおわれた斜面が渓流へなだらかにみちびかれ、丁度真向いに富士を望むこの土地は、本多の気に入った。

当ってみると地価は甚だ廉《やす》かったので、再考を促す梨枝をしりぞけて、本多は早速五千坪の手金を払った。

この荒地の持ついいしれぬ暗いとげとげしい感じがきらいだと梨枝は言った。梨枝の怖れているのは、一種の憂愁だった。老後の生活にそういうものは不要だと直感していたのである。しかるに本多が夢みていたのは快楽だったから、土地の帯びている憂愁はこれには不可欠だった。

「なあに。整地をして、芝を植えて、家を建てれば、明るすぎるほど明るい別荘になるよ」

と本多は言った。

——家を建てるのにも土地の大工を選び、植林、造園にも土地の人を使ったやり方は、捗《はか》は行かなかったけれども、費《つい》えを節するのに役立った。本多は金に糸目をつけぬことを下品と考える気風を遺《のこ》していた。

それにしても、人を案内して、自分の広大な地所をゆっくり経めぐる娯《たの》しみは、少年時代にああして度々松枝邸《まつがえ》を訪れてから、本多の中に培《つちか》われていた欲望だったにちがいない。微風に箱根の残雪の棘《とげ》が含まれているこの春寒《はるさむ》も、ほかならぬ自分の庭の寒さであり、いちめんの芝生に印される二人きりの稀《う》い影の寂寥《せきりよう》も、ほかならぬ自分の土地の寂寥であると感ずること、……彼は私有財産制の奢《おご》りの実質を、はじめてわが手に握ったような気がした。しかも彼はこれを狂信のおかげを少しも蒙《こうむ》らず、徹頭徹尾、理性と時の恵みによって獲《え》たのだった。

慶子はと見ると、その立派すぎる横顔には、媚《こ》びもなければ、警戒心もみじんもなかった。自分のそばにいる男に、(本多のように五十八歳であっても!)、彼自身をいつのまにか少年のように感じさせる力が慶子にはあった。

それはどんな力だったろう。女に対して焦躁《しょうそう》感と敬意とをごっちゃにしながら、おそろしいほど体裁を繕い、清らかさの偽善と虚栄心とで、わが身をがんじがらめにしている少年の、一見平静な明るさ朗らかさを、五十八歳の男にさえ平気で強《し》いる女の力。

そして本多の側から言えば、年齢はもはや勘定に入れたくない何ものかになっていた。四十代まで、年齢の貸借対照表の帳尻《ちょうじり》に敏感であった本多の心は、今や年齢について、実にぞんざいな、無頼な考えを持つようになっていた。五十八歳の肉体の裡《うち》に、時あって子供らしい心が、歴々と残っているのを見出《みいだ》しても愕《おどろ》かなかった。老いというものは、いずれ一種の破産宣告だったからである。

健康については人一倍臆病《おくびょう》になり、感情については放恣《ほうし》を怖れなくなった。理性が抑制の機能であるなら、その緊急な必要は去ったのだった。そして又、経験は、皿の上の喰《た》べ滓《かす》の骨にすぎなかった。

慶子は芝生の中央に立って、東の箱根と、西北の富士とを見比べていた。まさに睥睨《へいげい》と呼ぶにふさわしい威厳を以て。彼女のスーツの胸のふくらみ、そのしっかり立てた首、すべてにどこか軍司令官の趣があった。彼女の若い将校はさぞや聞きにくい命令も聞くにちがいない。

点々と雪ののこった箱根の的確な稜線《りょうせん》に比して、富士は半ば雲に包まれ、はかない気配を見せていた。目の錯覚で、富士が高くもなり低くもなることに本多は気づいていた。

「鶯《うぐいす》を今日はじめて聴きましたよ」

と本多は、近所から買って移した疎《まば》らな檜林の、まだ葉にも枝にもいじけた弱さののこる梢《こずえ》を、見霽《みはる》かして言った。

「三月半ばから鶯が来るのね。五月になれば時鳥《ほととぎす》を御覧になるわ。お聴きになるのでなくて、御覧になるのよ。時鳥が鳴きながら飛んでいる姿を見られるのは、ここぐらいのものじゃなくて？」

と慶子は言った。

「家へ入って、火でも焚《た》いて、お茶を差上げましょう」

と本多は促した。

「私、ビスケットを持って来たわ」

慶子はさっき玄関へ置いて来た包みのことを言っているのである。銀座尾張町角の服部時計店が、終戦以来PXになっているのを、いつも木戸御免の慶子は、手土産を大ていそこで調えた。戦前から馴染《なじみ》の銘柄の英国製のビスケットは、そこで安く手に入り、ビスケットに挟《はさ》まれた薄い固い杏子《あんず》のジャムの歯ざわりが、彼女の少女時代のお茶の時間と現在とをまっすぐにつなぐのであった。

「ひとつあなたに鑑定していただきたい指環《ゆびわ》もあるんですよ」

と歩きだしながら本多は言った。

二十四

まだ蕾《つぼみ》の沈丁花《じんちょうげ》がテラスを取り囲み、テラスの一角の餌場《えさば》は、本館と同じ赤瓦《あかがわら》の屋根をつけていた。そこに群がっていた小雀《こがら》たちは、針で突ついたような啼音《なきね》を立てて、近づく本多と慶子の姿を見るなり翔《た》った。

玄関の内部は更に、中央にステンド・グラスをはめ込んだ扉を置き、その左右に阿蘭陀《オランダ》屋敷のような蜜柑《みかん》いろの色硝子《いろガラス》の格子《こうし》窓《まど》をつけ、室内がおぼろげに窺《うかが》えるようになっていた。本多はここに立って、自分がすみずみまでしつらえた室内が、夕日の沈痛な色に沈んでいるのを見るのが、すなわち、農家の骨組をそのまま買って移した太い梁《うつばり》、北ドイツの骨董物《こっとうもの》の素朴なシャンデリヤ、大津絵を描いた引違えの鏡戸、徒士鎧《かちよろい》や弓矢などの、黄いろい病んだ光りにひたされて、たとえばヤン・トレックのようなオランダ派が日本の素材を扱いでもした場合の憂鬱《ゆううつ》な静物画を見るような眺めが好きだった。

慶子を招じ入れて、炉傍の椅子《いす》に坐《すわ》らせると、本多は薪《まき》に火をつけたが巧《うま》く行かなかった。これだけは東京から専門家を招いて作らせたので、煙が逆流して室内に充《み》ちたりする不手際《ふてぎわ》はなかったが、本多は薪を燃やすたびに、自分の生涯のどこを探しても、こういうもっとも質朴な知識や技術に親しむ機会のなかったことを思わずにはいられなかった。彼はそもそも「物」に触ったことがなかったのではないか？

これはこの年になってからの奇妙な発見だった。本多はその生涯を通じて、およそ閑暇というものを知らなかったが、それは労働者たちが労働をとおして知る自然の手ざわり、海、その波、樹《き》、その堅さ、石、その重さ、それから船具や引網や猟銃などの道具の手ざわりに、別の方向から、閑暇をとおして親しむにいたる貴族的な生活とも、ほとんど無縁にすごしてきた証拠であった。清顕はただ彼の閑暇を、自然へ向けずに、感情へ向けていたが、もし彼が成長していたら、なまけ者以外の何者にもならなかったことであろう。

「お手つだいするわ」

と慶子は堂々と腰をかがめた。永いこと、固い唇の間にほんのすこし舌尖《したさき》を挟《さしはさ》んで、本多の不器用を眺めていた末に、そう言ったのである。彼女の腰は、本多のあげた目の先に、無際限のひろがりを以《もっ》て見えた。ウェイストをくびらせたスーツの仕立のために、タイト・スカートの腰の青磁いろは、巨《おお》きな李朝《りちょう》の壺《つぼ》のように充溢《じゅういっ》していた。

慶子が火を起しているあいだ、手持無沙汰《ぶさた》になった本多は、さっき話した指環《ゆびわ》をとりに立った。かえってきたとき、すでに野蛮な朱いろをした焔《ほのお》が滑らかに薪に沿うてのぼり、媚《こ》びるようにまつわる煙のなかで薪は歯嚙《はが》みをし、まだ生木《なまき》の部分からにじみ出す樹液は煮立っていた。炉の内部の煉瓦《れんが》の壁がゆらめいて見えた。慶子は落着いて手をはたき、満足げに自分の成果を眺めていた。

「どう？」

「大したもんですね」と本多は、その火明りへ、指環をさし出して慶子に渡した。「さっき話したやつですが、どうですか？ 人に贈るつもりで買ったんですがね」

慶子は赤いマニキュアの爪先《つまさき》を、火から離して、窓あかりのほうへさしのべて、指環をためつすがめつしていた。

「男持ちね」

と慶子は呟《つぶや》いた。

それは四角いカットの濃緑のエメラルドを囲んで、金のごく細かい彫刻で一対の護門神ヤスカの、魁偉《かいい》な半獣の顔を飾った指環であった。自分の真紅の爪《つめ》の色が、この緑に映るのを避けようとてか、慶子は持ち直して、指の間に挟んで眺め、さらに人差指にはめて眺めた。男持ちとはいいながら、もともと繊細な浅黒い指に誂《あつら》えた寸法であるから、慶子の指にはそれほど余らなかった。

「いいエメラルドだわ。でも、どうしても永いあいだには、奥の罅《ひび》が風化してくるのかしら、緑の底から曇りが立って、脆《もろ》くなるきらいがあるのね。これもそうだわ。でも、いい石よ。彫刻もめずらしいいし、骨董としての値打もありますわ」

「どこで買ったと思います」

「外地？」

「いいえ、焼趾《やけあと》の東京でですよ。洞院宮《とういんのみや》様の店でです」

「ああ、あのころ。殿下がねえ、いくらお困りになっても、骨董屋をおはじめになったなんて。私もあの店へ二三度行ったことがあるのよ。面白い掘出し物かと思うと、親戚《しんせき》の家でむかし見たものばっかり。……でもあの店ももう潰《つぶ》れたでしょ。肝腎《かんじん》の洞院さんがちっとも店へ顔をお出しにならないので、もと別当の番頭が店をいいようにして、売上げはみんな着服していたというじゃありませんか。戦後宮家で商売をなさって、巧く行った方《かた》は一人もないのね。いくら財産税をとられても、残ったものを大事に守って、大人しくしていらっしゃれば一番お得なものを、傍《はた》からそそのかす人が必ず現われるのね。殊《こと》に洞院さんはずっと軍人でいらしたでしょう。お気の毒だけれど、武士の商法をそのままだったわね」

それから本多は、慶子に指環の来歴を話した。

昭和二十二年に、本多は皇族の籍を失った洞院宮が、財産税に難渋している旧華族から美術品を安く買い叩《たた》いて、外人目当の骨董屋を開業されたという話をきいた。宮にお目にかかっても覚えておいでになる筈《はず》もないが、ただの好奇心から、自ら名乗らずにその店をひやかしてみようという気持が起きた。そしてそこの硝子ケースの裡《うち》に、忘れもしない三十四年前、学習院の寮で、シャムの王子ジャオ・ピーが失ったあの月光姫《ジン・ジャン》の形見の指環を発見したのである。

あのとき失われた指環は、実は盗まれたのであったことが、これではっきりした。店の者はもとより出所を明かさなかったが、どうせ旧華族の家から出たものであるとすれば、金に困ってこれを処分した男は、本多と同時期に在学した者だと考えられる。本多は古い義俠心《ぎきょうしん》にかられてこれを買った。何とか自分の手で元の持主に返したいと思ったのである。

「では又タイへ指環を返しにいらっしゃるの？　学校の名誉挽回《ばんかい》のために」

と慶子がからかった。

「いつかはそうしようと思っていたんですが、その必要がなくなったんですよ。月光姫が日本へ留学に来たのでね」

「死んだ人が留学に？」

「いいえ。二代目の月光姫《ジン・ジャン》がね。あしたのパーティーにその人を招《よ》んでありますから、その席で指環を二代目の指にはめてあげようというわけです。十八歳でね。きれいな黒い髪をした、目のぱっちりしたお嬢さんで、国を発《た》つ前に一生けんめい勉強をしてきたとみえて、日本語もかなり達者です」

と本多は言った。

二十五

あくる朝、本多は一人きりの別荘で目をさますと、寒さの用心をして、襟巻《えりまき》やカーディガンに部厚い冬の外套《がいとう》を着て、庭へ出た。芝生を横切って西端の涼亭《ちん》へ行った。そこで夜明けの富士を見るのを、何よりのたのしみにしていたからである。

富士は黎明《れいめい》の紅に染っていた。その薔薇輝石《ばらきせき》色にかがやく山頂は、まだ夢中の幻を見ているかのように、寝起きの彼の瞳《ひとみ》に宿った。それは端正な伽藍《がらん》の屋根、日本の暁の寺のすがただった。

自分の求めているものが、孤独なのか、それとも浮薄なたのしみなのか、本多にはわからなくなるときがあった。真摯《しんし》な快楽の追求者であるためには、彼には何かが本質的に欠けていた。

この年になって、はじめて彼の奥深いところで、変身の欲望が目ざめていた。あれほど自分の視点を変えずに他人の転生《てんしょう》を眺めて来た本多は、自分の転身の不可能についてさして思い悩むこともなかったのに、いよいよ年齢がその最終の光りで、平板な生涯の野を一望のうちにしらじらと照らし出す時期が来てみると、不可能の確定が、却《かえ》って可能の幻をそそり立てた。

自分も亦《また》、自分の予期しないことを仕出かすかもしれない！　今まであらゆる行為は予期され、理性は夜道をゆく人の懐中電灯のように、つねに一歩先に光芒《こうぼう》をひろげていた。計画し、予断し、自分自身に対する驚愕《きょうがく》を免かれていた。もっとも怖《おそ》るべきことは、(あの転生の奇蹟《きせき》も含めて)、すべての謎《なぞ》が法則に化してしまったのである。

もっと自分に愕《おどろ》かなければならない。それはほとんど生活の必要になった。理智《りち》を軽《けい》蔑《べつ》して蹂躙《じゅうりん》する特権があるとすれば、彼自身にだけ許されているという理性の自負があった。そうしてもう一度、この堅固な世界を不定形の裡《うち》へ巻き込まねばならない。彼にとってはもっとも馴染《なじみ》の薄い何ものかへ！

そのための肉体的条件が、すっかり喪《うしな》われていることも本多は知っていた。髪は薄くなり、鬢《びん》は白髪を加え、腹は後悔のように膨れていた。かつて若い日に醜いと眺めた初老の特徴は、のこる隈《くま》なくわが身に具《そな》わっていた。もちろん若いころの本多は清顕のように、自分を美しいと思ったこともなかったが、とりわけ自分を醜いと考えたこともなかった。少くとも自分というものを美の負数に置いて、そこからすべての数式を組み立てる必要はなかったのだ。醜さが自明の前提となった今、世界が依然として美しいとはどうしたことか！　これこそは死よりもさらに悪い死、もっとも悪い死ではないか。

六時二十分、すでに曙《あけぼの》の色を払い落した冨士は、三分の二を雪に包まれた鋭敏な美しさで、青空を刳《く》り抜いていた。明晰《めいせき》すぎるほど明晰によく見えた。雪の肌は微妙で敏感な起伏の緊張に充《み》ち、少しも脂肪のない筋肉のこまかい端正な配置を思わせた。裾野《すその》を除けば、山頂と宝永山のあたりに、やや赤黒い細い斑《まだ》らがあるだけだった。一点の雲もなく、石を投げれば石の当る際《きわ》どい音がひびいて来そうな硬い青空である。

この富士がすべての気象に影響し、すべての感情を支配していた。それはそこにのしかかり存在している清澄《せいちょう》な白い問題性そのものだった。

……鎮静された感情のなかで、空腹が兆《きざ》してきた。本多は、東京から買ってきたパンと、自分で作る半熟卵とコーヒーで、小鳥の囀《さえず》りをききながら摂《と》る朝食をたのしみにした。午前十一時には、妻が月光姫を連れて準備のために来る筈《はず》である。

朝食をすますと又庭へ出た。

八時近くなっていた。富士の山頂の向う側から、少しずつ、稀薄《きはく》な小さい雲が、雪煙のように立ってきていた。向う側からそっとこちらを窺《うかが》っているような雲の気配が、四肢をひろげた稀薄な形で、前面へ舞い立って来ては、又たちまち、硬質の青空に呑《の》まれてしまう。今はいかにも無力に見えるこういう伏勢《ふせぜい》は油断がならなかった。ともすると午《ひる》までに、こういう雲がいつのまにか群がり、奇襲をくりかえして、富士の全容を覆《おお》うてしまうからである。

十時ごろまで、本多は涼亭《ちん》に坐《すわ》って茫然《ぼうぜん》としていた。生涯わずかのひまにも手離さない癖のついていた書物は、遠ざけられていた。生と感情の、濾過《ろか》されない原素を夢みていた。そして何もせずにじっとしていた。山頂の左辺にほのかに現われて、やがて宝永山に滞った雲が、その雲の尾を、鯱《しゃちほこ》のように立ち昇らせた。

⁂

時間をやかましく言われている妻は、十一時にタクシーの音をとどろかせて到着したが、そのかたわらに月光姫の姿はなかった。沢山の荷物を運び下ろす不機嫌にむくんだ妻の顔に、本多はいきなりこう言った。

「おや、一人かね」

妻はちょっとの間返事をせずに重たい庇《ひさし》のような瞼《まぶた》の目をあげた。

「あとでゆっくりお話しします。そりゃあ苦労したんですよ。まずこの荷物を手伝って頂戴《ちょうだい》」

梨枝は約束の時間まで待ったが、月光姫は現われなかった。再三電話で打合せておいたのに来なかったのである。ただ一つの連絡場所である留学生会館へ電話をかけてみると、昨夜から帰っていないという。何でも昨夜は、タイから新たに来た留学生が寄宿している日本人の家庭から、夕食の招待を受けていたそうである。

梨枝は困って本多との約束の十一時を延ばそうと思ったが、遅刻を告げようにも別荘にはまだ電話が引かれていなかった。そこで大いそぎで留学生会館へゆき、英語で丹念に道筋と地図を書き、管理人に託して来たのである。もし巧《うま》く行けば、夕方のパーティーのはじまる時刻には、月光姫はここへ到着する筈である。

「そんなことなら鬼頭槙子《きとうまきこ》さんにたのんで来ればよかったのに」

「かりにもお客様に迷惑をかけるわけにはまいりません。槙子さんにしてみても、面識のない外国人のお嬢さんの居場所をつきとめて、ここまで連れていらっしゃるのは骨ですからね。それにあんなに有名な方が、そんな親切をお見せになるわけはありませんわ。ここへ来てやるだけでも、恩を施したおつもりでしょうから」

そこで本多は黙った。この判断停止。

永いこと掛けておいた額を取外すと、そのあとに額の形なりに、壁の生々しい白さが残される。無垢《むく》ではあるが、それにちがいはないが、いかにも周囲と不釣合な、強《きつ》すぎて、何事かを主張しすぎている白さ。今や本多は職業上の正義から引退して、すべての正義を妻に譲り渡していた。私は正しい、私は正しい、誰が私を非難することができるでしょう、とその壁の白さは常住語っていた。

そもそも壁から、あの無口で従順な梨枝の肖像画の額を取り外したのは、本多がはからずも得た富と、梨枝が自覚しだした年齢の醜さだと思われる。良人《おっと》が富裕になると共に、梨枝は良人を怖れた。怖れれば怖れるほど威丈高になり、誰にも無意識の敵意を見せ、腎臓《じんぞう》の持病をこれ見よがしにし、しかも心の中では前よりも切に人に愛されたく思っていた。そして愛されたいという欲望が、ますます梨枝を醜くしたのである。

別荘へ着いて、荷物の食料品を厨房《ちゅうぼう》へ運ぶやいなや、梨枝はけたたましい水音を立てて、本多の朝食の皿を洗った。疲労が持病の症状を増すのをたのみ、命じられもしないのに、いきなり働らかされたという口実を作り、身の毒になることを重ねて、本多が止めてくれるのを待っている。止めなければあとが難しいので、本多はいたわりの言葉を投げた。

「働らくのはあとにして、すこしお休み。十分時間の余裕もある。……月光姫《ジン・ジャン》も全く人に迷惑をかけるね。あれだけ進んで手伝いたいと言っていながら、土壇場《どたんば》になると、結局私が手伝う羽目になるのだ」

「あなたに手伝っていただいたら、後始末に困るだけだわ」

と梨枝は濡《ぬ》れた手を拭《ふ》きながら、居間へ戻ってきた。

午の陽が窓枠のところで止っている仄暗《ほのぐら》い室内で、梨枝のふくれた瞼の下の瞳《ひとみ》が、深《ふか》井《い》の面《おもて》の目の穴のように小さい空洞に見える。何十年経《た》っても癒《い》やされないのみか、年ごとに募る石女《うまずめ》の悔恨で、母衣《ほろ》のように膨らまされたその肉体。『私は正しい。しかし私は失敗した女です』——死んだ姑《しゅうとめ》に対する梨枝の終始変らなかったやさしさは、この自己苛責《かしゃく》だった。もし子供がいたら、もし沢山子供がいたら、良人をその柔らかい甘い肉の集積で、包み込み融解してしまうことができたであろうに。増殖の拒まれた世界の中で衰退がはじまっていた、秋の午後、海から打ち上げられた魚が腐ってゆくように。梨枝は、金を得た良人を前に戦慄《せんりつ》していた。

不可能をたえず望んでいる妻の悩みを、本多はむかしはやさしく見過したものであった。今は自分の裡に生じた不可能への渇望が、妻と自分を、微妙な部分で共犯にしているという忌《いま》わしさに耐えなかった。しかしその新鮮な嫌悪《けんお》は、梨枝の存在を重くした。『ゆうべ月光姫《ジン・ジャン》はどこへ泊ったのか？　何故《なぜ》泊ったのか？　留学生会館には寮母もおり、監督もやかましかろうに。何故？　又、誰と？』

本多はずっとこの考えだけを追っていた。それはただの不安であった。髭《ひげ》がうまく剃《そ》れないときの朝の不安、頭がうまく枕《まくら》に馴染まぬときの夜の不安に類したもの。人情とは似ても似つかぬ、どこか疎遠《そえん》で、しかし生活の緊急な必要に即した不安。彼は自分の精神に異物が投げ込まれたのを感じていた。タイの密林の黒檀《こくたん》を刻んだ小さな黒い仏像のような異物を。

妻はこまごましたことを喋《しゃべ》っていた。客をどう迎え、泊り客にはどのゲスト・ルームを割り振るか。しかしすでにこれらすべては本多の関心の外にあった。

徐々に梨枝は、良人の心があらぬところをさまようているのに気づいた。むかし書斎にとじこもっている良人には、(そこでは法律が彼を縛っていることは確実だったから)、ただの一度も不安を抱いたためしのない梨枝だったのに、今では良人の中で、放心は見えない焰《ほのお》の燃焼を意味し、沈黙は何らかの企図を意味していた。

梨枝は良人の目の向うところへ目を向けて、そこに何かを探ろうとした。しかし本多が窓ごしに見ている目の先には、二三羽の小鳥の来ている枯芝の庭があるばかりだった。

——日のあるうちに景色を見せたいので、客は午後四時に招いてあった。午後一時に慶子が来て、手伝いを申し出た。これは望外の手助けであったので、本多も梨枝も喜んだ。

梨枝は、ふしぎなことに、本多のあらゆる新らしい友のなかで、慶子にだけは心をひらいていた。何か敵ならぬ要素を慶子に直感していた。それは何だったろう。慶子の抱擁的な親切、立派な胸と大きなお尻《しり》、落着いた物言い、その香水の薫《かおり》まで、梨枝の生れついたつつましさに、或《あ》る保証を与えるらしかった。麪麭《パン》屋の褒状《ほうじょう》に麗々しく捺《お》された政府の朱《あか》い印鑑のように。

本多は、厨房での女の会話を遠く聴きながら、滑らかになった心持で、梨枝が東京から持ってきた朝刊を炉傍にひろげた。日米平和条約発効後、米空軍基地十六ヶ所を残す「行政協定附表の全容」が一面のトップ記事であり、かたわらにスミス上院議員の、

「日本を護《まも》る義務　共産勢力の侵略許さず」

という米国側の決意を述べた談話が載っていた。又、二面には、

「民需生産は減退　西欧不況の逆流で新情勢」

を示している「アメリカの景気動向」が、大きく、そして心配そうに告げられていた。

しかし本多の心は、たえず月光姫《ジン・ジャン》の不在へ引き戻された。それについて、ありうべき状況をいろいろと空想する。その空想の不羈《ふき》が彼を不安にした。もっとも不吉な空想から、もっとも猥《みだ》らな空想まで、現実は縞瑪瑙《しまめのう》のような多層の断面をあらわした。記憶が

遡《さかのぼ》るかぎり、そんな姿をした現実を見たことはない気がした。

自分が新聞を折り畳む、その仰々しい紙音に本多は愕いた。煖炉《だんろ》の火に向けられた頁は、乾いて、熱かった。新聞が熱い、ということは、ありうべからざる事態だ、と彼は漠然と考えた。この感覚が、彼のたるんだ肉体の奥底にある気倦《けだる》さと奇妙に結びついた。すると新らしい薪《まき》に燃え移った焔が、突然本多に、ベナレスの火葬の焔を思い出させた。

「食前酒《アペリチフ》は、シェリーと水割りのウイスキーとデュボネぐらいにしておきになったら？　カクテルは面倒だからやめましょう」

と大きな前掛をかけた慶子が出て来て言った。

「万事お委《まか》せしますよ」

「タイのお姫様はどうなの？　アルコホルがだめなら、ソフト・ドリンクを用意しておかなければ」

「ああ、あの娘《こ》は来ないかもしれないんです」

と本多は平静に言い、

「そう？」

と慶子も平静に答えて引き退《さが》った。このみごとな儀礼が、却《かえ》って本多に慶子の洞察力を不気味に見せた。慶子のような女は、その典雅な無関心のおかげで、ずいぶん買い被《かぶ》られることがあるだろう、と思われはしたけれども。

——一番先に着いたのは、鬼頭槙子であった。弟子に当る椿原《つばきはら》夫人の、運転手つきの車で、夫人と共に箱根を越えて来たのである。

槙子の歌人としての名声は嘖々《さくさく》たるものだった。本多は歌壇の名声などというものを、推し測る基準を持たなかったが、思いもかけない人の口から槙子の名を聞くに及んで、彼女がどの程度敬重されているかを知ることができた。むかしの財閥の椿原夫人は、五十がらみの槙子と同年輩でありながら、槙子を神のように敬って侍《かしず》いていた。

椿原夫人は、海軍少尉《しょうい》で戦死した息子の喪に、七年後の今日も引きつづき服していた。本多はこの人の昔を知らぬが、今は悲しみの酢に漬けられた悲しみの果実に他ならなかった。

槙子は今も美しかった。肌は衰えてもその白い肌は却って残雪のような鮮烈さを帯び、ふえた白髪も染めずにいるのが、その歌に「真実」の印象を与えた。自由に振舞って神秘的に思わせ、要所要所の人には贈物や饗応《きょうおう》を忘れなかった。悪口を言いそうな人間には皆手を打っておき、心は夙《と》うに乾いているのだが、その半生の悲哀と孤独の幻影を維持していた。

このかたわらに置くと、椿原夫人の悲しみはいかにも生《なま》に見えた。これはいかにも無残な対比で、精錬され仮面になった芸術的な悲しみがいわゆる名歌を次々と生むのに、弟子のいつまでも癒えぬ生《なま》の悲しみのほうは、歌の素材にとどまって、たえて人の心を打つ歌を生まなかった。歌人としての椿原夫人の多少の名は、槙子の後見《うしろみ》がなかったら、忽《たちま》ちにして失われたろう。

そして槙子はといえば、いつも自分のかたわらにある生《なま》の悲しみから、自分の歌の感興を汲《く》み上げ、誰にも帰属しなくなった悲しみの原素を抽出して、それに自分の名を与えるようにもなった。かくて悲しみの原石と宝石彫摩師とは手を携えて歩き、年と共に、首の幾重の衰えを隠すチョーカーの銘品のかずかずを世に送った。

——早すぎた到着が槙子を当惑させていた。

「運転手がいそぎすぎたからだわ」

とかたわらの椿原夫人を顧みて言った。

「本当にね。道も思いのほかに空《す》いていて」

「さきにお庭を拝見していましょう。それがたのしみで伺ったようなものですから。勝手にゆっくり拝見して、歌でも作っておりますから、どうぞお構いなく」

と槙子が本多に言った。本多が強《し》いて案内を申し出て、涼亭《ちん》で呑むべきシェリーの一式と摘《つま》み物《もの》を携えて出た。午後から大そう暖かくなっていた。西へ向って谷間《たにあい》へ漏斗なりに下ってゆく庭の彼方《かなた》に、借景として聳《そび》える富士は、春らしい綿雲に包まれて、潔白の頂きだけをあらわしていた。

道すがら、

「この餌箱《えさばこ》のあるテラスの前に、夏までにプールを作ろうと思っているんですよ」と本多は説明したが、女たちの反応は冷淡だったので、客を案内している宿屋の番頭のような心地が本多にはした。

芸術家やそれに類する人種の取扱ほど、本多が苦手とするところはなかった。もともと槙子との交遊の復活は、昭和二十三年の勲の十五年祭のときの再会にはじまり、何ら歌を介したものではなかったから、むかしの弁護士と証人との事務的な交際が、（それは尤《もっと》も、かなり共犯の感情に近いものではあったが）、その実、それとはお互いにあらわには言わぬが、ひとえに勲に対する追慕の思いから、私的なものに移ったにすぎなかった。こうして歌人としての槙子が弟子を連れて、堂々と早春の富士に立ち向おうとするとき、本多は去就に迷って、場ちがいのプールの話などをしたのである。

だが自分が彼女たちに、軽んじられているとは云《い》わぬまでも、安んじられていることを本多は知っていた。彼女たちにとって、いずれにしろ本多は、専門外の人間、競走場外の人間だった。『本多先生なら私の友だちよ。いいえ、歌はなさらないの。でも、とても話のわかる方で、民事でも刑事でもお強いから、私からたのんでさし上げるわ』と、槙子がもし事件を持て余している人に会えば、こんな文句で彼のことを語るだろう、という平淡な予測がついた。

しかし口に出さぬ深いところでは、本多は槙子を怖《おそ》れ、槙子もおそらく本多を怖れていた。ともするとこれが、自分の名を守るために、槙子が本多と旧交を温ためた最大の理由だったかもしれない。少くとも本多は槙子の本質を知り、土壇場になればどんな嘘《うそ》でも、それも用意周到な嘘を吐《つ》くことのできる女だと知っていたからである。

それを別にすれば、本多は彼女たちにとって、好もしい、邪魔にならない存在であった。梨枝の前では咄嗟《とっさ》に社交的な会話に身を包む二人が、本多だけの前ではいかに自由に語り合ったことであろう。本多も亦《また》、このもはや決して若いとはいえない、しかしむかしは美しかった二人の女の、いつに変らぬ悲しみの会話、肉感と過去とが一つになり、風景と記憶とが犯し合い、自然を変形し、……目に映る美しいものには、執達吏が次々と封印票を家具に貼《は》りつけてゆくように、まるでその美から身を守る唯一《ゆいいつ》の方法とでも言いたげに、ただちに抒情《じょじょう》の封印を貼りつけて歩かねばすまぬ彼女たちの習慣を、傍《はた》から眺めているのが好きだった。それはあたかも、陸の上の二羽の水鳥が、霊感にかられて不器用に歩きまわった末、水にすべり入ると共に、今までは思いもかけなかった優雅と軽快さを得て、水を搔《か》いつ潜《くぐ》りつする生態に似ていた。その遊弋《ゆうよく》、その運動の形態を見るのが本多は好きだった。歌ができるとき、彼女たちは、まるで人目を憚《はばか》らぬ、精神の水浴の姿を見せたのである。かつて本多が、バンパインで幼ない姫や老いた侍女たちの水浴を見たときのように。

『ジン・ジャンは果して来るだろうか？　彼女はゆうべどこへ泊ったのだ？』

突然の挿入句のように、この不安が本多の心に粗い木片を挿し込んだ。

「何てすばらしいお庭でしょう。東に箱根を、西に富士を借景になさって、ここで歌一つ作らずに悠々としておいでになるなんて、勿体《もったい》ないわ。私たちはあの汚ない東京の空の下で歌を作れ作れと責め立てられ、あなたはここで法律の本なんかお読みになる。何という不公平な世の中でしょう」

「法律の本はもう捨てましたよ」

と本多はシェリーをすすめながら言った。二人がグラスをとるその袖《そで》の動き、指の動きはいかにも美しかった。正確に言うと、袖を軽くつまむ仕草から、指環《ゆびわ》の指尖《ゆびさき》でグラスの柄をとるその指のしならせ方まで、椿原夫人は悉《ことごと》く槙子を忠実に模していた。

「暁雄《あきお》にこのお庭を拝見させたら、どんなに喜びましたろう。あの子は富士が好きで、海軍へ入る前も、いつも勉強部屋に富士の写真の額をかけて眺めていました。本当にあの子らしい爽《さわ》やかな趣味でしたわ。そうして単純な」

と椿原夫人は死んだ息子の名を言った。息子の名を口にするたびに、夫人の顔は一瞬歔欷《きょき》の漣《さざなみ》を走らせた。それは何か一つの敏感な機構が心の底に出来ていて、息子の名が呼ばれると共に、その機構が迅速に反応して、夫人の意志とかかわりなく、一定の表情を浮ばせるかのようで、皇帝の名がつねに恭々《うやうや》しい表情で言われるように、彼女のその瞬時にあらわれて消える歔欷の兆は、「暁雄」という名の花押《かおう》のようなものであった。

槙子は膝《ひざ》に手帖《てちょう》をひろげ、即吟の一首を書き留めていた。

「もう一首おできになったのね」

とそのうつむいた項《うなじ》を、椿原夫人は嫉《ねた》ましそうに見た。本多も見た。するとかつて若い勲が惹《ひ》かれた白い香《かぐ》わしい肉の一片が、残月のように本多の目の底に揺曳《ようえい》した。

「今西《いまにし》さんだわ。きっとそうだわ」

と芝生をこちらへ来る人影を見て、椿原夫人が叫んだ。遠くからも白い額と長身が見分けられ、その蹌踉《そうろう》とした歩き方も、芝生に印した長い影を従えて、それとわかった。

「いやね。きっと又すぐ下品な話をなさるのね。感興が台なしにされるわ」

と椿原夫人は言った。

今西康《やすし》はドイツ文学者で、四十そこそこで、戦争中は青春独乙《ドイツ》派を紹介し、戦後はいろんな文章を書き散らし、性の千年王国《ミレニアム》を夢みていた。そういう本を書くのだと言っていたが、なかなか書かなかった。内容をあんまり詳細に人に喋《しゃべ》りすぎて、書く気を失《な》くしたのでもあろうが、そのいかにも奇怪で憂愁に充《み》ちた千年王国《ミレニアム》が、今西証券の次男坊で、富裕な独身生活を送っている彼自身と、どういう関わりがあるのかわからない。

蒼白《そうはく》な神経質な顔立ちながら、附合いがよくて、多弁で、財界の人たちからも左翼文士からも同じように興がられていた。彼は戦後の権威破壊や既成道徳破壊の、蒼白な知的な荒々しさを、自分の半生ではじめて自分にふさわしい荒々しさを発見したと感じた。性的妄想の政治的な意味をも教えられ、それを家の芸にしたのである。むかしの彼は、ただのノヴァーリス風の夢想家にすぎなかった。

貴族的な挙措で、汚ないことをわざと言う彼のギャラントリーは、女たちに好かれた。彼を「変態」と呼ぶ人間は、自ら封建的遺物たることを証明するようなものだった。一方又、その千年王国《ミレニアム》の未来図で、今西はまじめな進歩主義者たちをがっかりさせることも忘れなかった。

彼は決して大声をあげなかった。大声は、物事を微妙な官能の領域から引き剝《は》がして、それを思想に化してしまう危険があったから。

――ほかの客を待つあいだ、四人は涼亭で午後の日を浴びてすごした。涼亭のすぐ崖《がけ》下《した》の渓流の水音が、たえず四人の耳の底によみがえって、思考を擾《みだ》した。本多はあの、「恒に転ずること暴流のごとし」という一句を思い浮べずにはいられなかった。

今西は自分の王国に「柘榴《ざくろ》の国」という名をつけていた。その爆《はじ》けだす赤紅の実から名付けたのである。夢にも現《うつつ》にも、そこと常住往来《ゆきき》していると語ったから、みんなはその国の消息を訊《き》いた。

「ちかごろ『柘榴の国』ではどんなことが起っているの？」

「あいかわらず人口はうまく調節されておりますよ。

　近親相姦《そうかん》が多いので、同一人が伯母さんで母親で妹で従妹《いとこ》などというこんがらかった例がめずらしくないけれど、そのせいかして、この世のものならぬ美しい児《こ》と、醜い不具者とが半々に生れます。

　美しい児は女も男も、子供のときから隔離されてしまいます。『愛される者の園』というところにね。そこの設備のいいことは、まあこの世の天国で、いつも人工太陽で適度の紫外線がふりそそぎ、みんな裸で暮して、水泳やら何やら、運動競技に力を入れ、花が咲き乱れ、小動物や鳥が放し飼いにされ、そういうところにいて栄養のよい食物を摂《と》って、しかも毎週一回の体格検査で肥満を制御されますから、いよいよ美しくならざるをえませんね。但《ただ》しそこでは本を読むことは絶対に禁止されています。読書は肉の美しさを何よりも損うから当然の措置ですね。

　ところが年ごろになりますとね、週一回この園から出されて、園の外の醜い人間たちの性的玩弄《がんろう》の対象にされはじめ、これが二、三年つづくと、殺されてしまうんです。美しい者は若いうちに殺してやるのが人間愛というものじゃありませんか。

　この殺し方に、国の芸術家のあらゆる独創性が発揮されるんです。というのは、国じゆういたるところに性的殺人の劇場があって、そこで肉体美の娘や肉体美の青年が、さまざまの役に扮《ふん》してなぶり殺しにされるのです。若く美しいうちにむごたらしく殺された神話上歴史上のあらゆる人物が再現されるわけですが、もちろん創作物《もの》もたくさんありますよ。すばらしい官能的な衣裳《いしょう》、すばらしい照明、すばらしい舞台装置、すばらしい音楽のなかで壮麗に殺されると、死にきらぬうちに大ぜいの観客に弄《もてあそ》ばれ、死体は啖《く》われてしまうのが普通です。

墓？　墓地は『愛される者の園』のすぐ外側にひろがっています。これが又美しい場所で、醜い不具者たちは月夜にこの墓地を散歩しては、ロマンチックな情緒にひたるんですね。それというのも、墓碑代りにみんな生前の彫像が立てられているので、墓地ほど美しい肉体に充ちあふれた場所はないんです」

「なぜ殺さなければなりませんの」

「生きているものにはすぐ飽きるからです。

『柘榴の国』の人たちは非常に聡明《そうめい》ですから、この世には、記憶に留められる者と、記憶を留める者と、二種類の役割しかない、ということをよく知っているんですね。

ここまで来たら、どうしたって、『柘榴の国』の宗教について、お話ししなくちゃなりませんね。そもそもこんな慣行を生み出したのは、この国の宗教観念なんですからね。

『柘榴の国』では、復活を信じません。なぜなら神はその最高の瞬間に現前すべきであり、一回性が神の本質ですから、復活したあとで前よりも美しくなるなんてことがありえない以上、復活は無意味です。洗いざらしのシャツが、下し立てのシャツより白いということは考えられませんでしょう。『柘榴の国』の神は一回限りの使い捨てなんですよ。ですから、この国の宗教は多神教ではありますけれど、いわば時間的多神教で、無数の神が、肉体の全存在を賭《か》けて、おのおのの最高の瞬間を永遠に代表したのち、消滅するんです。もうおわかりでしょうが、『愛される者の園』は神の製造工場なんです。

この世の歴史を美の連続と化するために、神の犠牲が永遠に継続しなければならない、というのがこの国の神学です。合理的な神学だと思いませんか。その上、この国の人には偽善が一切ありませんから、美とは性的魅力と同義語で、神すなわち美に近づくには性欲《せいよく》しかない、ということを知り尽しております。

神を所有するとは、性欲によって所有することであり、性的所有とは、性的歓喜の絶頂における所有ですけれど、性的歓喜の絶頂は持続しませんから、所有とは、この非持続性と対象の存在の非持続性を結合させることにしかありませんね。その確実な手段は、性的絶頂における対象の抹殺にしかありませんから、この国の人は、性的所有は殺人と人肉嗜食《ししょく》に帰着するということを、まことに晴朗な常識として身に着けているわけなんです。

この性的所有の逆説性が、この国の経済構造をさえ支配しているのは見事という他はありませんよ。『愛する者を殺す』というのが所有の原則ですから、それは所有の完成と同時に所有を失うことであり、持続する所有は愛の違反であり、従って私有財産制は愛の見地から否定されるのは当然ですね。肉体労働は美しい肉体を作るためにだけ許されるので、醜い愛者は労働を免除されますが、それというのも、この国の生産は完全に自動機械化されていて、人力を必要としなくなっているんです。芸術ですか？　芸術は殺人劇場の千変万化の演劇芸術と、美しい死者の彫像だけ。宗教的見地から官能的リアリズムが基調になっていて、抽象主義は断乎《だんこ》排撃されており、又、『生活』を芸術に採り入れることはきびしく禁止されています。

美に近づくには性慾、しかしその瞬間を永遠に伝えるものは記憶、……これで大体『柘榴の国』の基本構造がおわかりでしょう。『柘榴の国』の本当の基本理念は記憶なので、いわば記憶がこの国の国是なんですね。

性的歓喜の絶頂という肉の水晶のようなものは、記憶のうちにますます晶化され、美神の死のあとに、最高の性的喚起がよびさまされます。ここに到達するためにこそ、『柘榴の国』の人々は生きているのです。その天上的な宝石に比べれば、人間の肉体的存在は、愛する者も愛される者も、殺す者も殺される者も、そこへ到達する媒体にすぎないともいえるでしょう。これがこの国のイデアなんです。

記憶とは、われわれの精神の唯一の素材ですね。性的所有の絶頂に神が顕現したとしても、そのあとで、神は『記憶される者』になり、愛者は『記憶する者』になるという時間のかかる手続を経て、はじめて神は本当に証明され、美ははじめて到達され、性慾は所有を離れた愛にまで浄化されるんですね。そんなわけですから、神と人間存在とは、空間的に隔絶しているのではありません。時間的にズレているのです。ここに時間的多神教の本質があります。おわかりですか？

殺人というと角《かど》が立つが、殺人はひとえにこの記憶の純粋化のため、記憶をもっとも濃密な要素に蒸溜《じょうりゅう》するための必須《ひっす》の手続なんです。それに醜い不具者の住人たちはえらいものです。全くえらいものです。この人たちは自己放棄の達人で、己れを空《むな》しくして生きています。この人たち、愛者＝殺人者＝記憶者は、自分の役割を忠実に生き、何一つ自分のことについては記憶せず、愛される者の美しい死の記憶だけを崇《あが》めて生きてゆくんですから、その記憶の作業だけが、この人たちの人生の仕事になるんですから、『柘榴の国』は、又、糸杉の国、美しい形見の国、喪章の国、世界でもっとも平和な静かな国、回想の国なんですね。

私はあの国へ行くたびに、ああ、もう日本へなんぞ帰りたくない、と思うのです。人間性のもっとも甘美なやさしいものがあの国には溢《あふ》れている。あれこそ本当の人間主義と平和の国だと思うものですからね。第一、あそこには、牛や豚の肉を喰うなんて野蛮な習慣はありませんしね」

「一寸《ちょっと》伺いますが、人間を喰《た》べるって、どこを喰べるんですの」

と槙子が面白そうに訊いた。

「そんなことはきかないでもわかっているじゃありませんか」

と今西は低い穏やかな口調で言った。

――元裁判官がこんな会話を平然ときいているとは、滑稽《こっけい》以上のことだと本多は心ひそかに打ち興じた。こんな種類の人間を、本多はかつて夢想したことさえなかった。ロンブロゾオに見せたら、早速社会から隔離すべきだと言ったであろう。

今西の性的な趣味には顰蹙《ひんしゅく》しながら、本多は別の夢想に涵《ひた》った。もしこれが今西の空想でないとすれば、われわれはすべて神の性の千年王国《ミレニアム》の住人なのかもしれないのである。神が本多を記憶者として生き永らえさせ、清顕や勲を記憶される者として殺したのは、神の劇場の戯《たわむ》れであったかもしれない。しかし今西は復活はないと言った。輪廻《りんね》はともすると復活と相対立する思想であり、それぞれの生の最終的な一回性を保証することこそ輪廻の特色ではなかったろうか。とりわけ、人間存在と神との間には時間的なズレがあり、人間は記憶の中においてのみ神と出会うという今西の説は、本多にその生涯と旅とを見渡させて、茫漠《ぼうばく》たる想《おも》いへ誘うようなものを含んでいた。

それにしても何という男だろう。

自分の中にある黒々としたものを、わざと天日の下にさらして喜んでいる。そしてそれを他人事《ひとごと》のように語るときの平然たる表情にだけ、ダンディスムのすべてを賭《か》けている。

永いこと法曹界にいた本多は、心の奥底に、確信犯に対する一種抒情《じょじょう》的な敬意を隠していた。本当のところ、本物の確信犯というのはきわめて稀《まれ》であり、勲以外に、それらしいものに会ったおぼえがないけれども。

一方、悔悟した罪人に対する、嫌悪《けんお》と軽蔑《けいべつ》の入りまじった感情をも隠していた。

今西はそのどちらだったろうか。

今西は決して悔悟はすまいが、確信犯の高貴をも徹底的に欠いていた。告白してしまった人間の卑《いや》しさを、ダンディスムで飾ろうとするその見栄坊《みえぼう》な心は、告白の利点もダンディスムの利点も、ふたつながら我が物にしようとしていた。透明な人体見本の醜さ。……それにもかかわらず、今西に多少惹《ひ》かれ、こうして別荘へ招《よ》んだりするのが、今西の「勇気」に対する一種の羨望《せんぼう》に根ざしていることを、本多は自ら頑《かたく》なに認めようとしなかった。いわんや、自分がそれを隠していることが、実は「告白してしまった人間の卑しさ」に陥るまいとする自負や克己のためではなくて、今西のレントゲン光線のような目を怖《おそ》れているからかもしれない、ということは。……本多は自分のそれを、「客観性の病気」と私《ひそ》かに名付けていた。決して参加しない認識者の陥る最終的な、快い戦慄《せんりつ》に充ちた地獄。……

『この男は魚のような目をしている』

と、女たちを前に得々と語る今西の横顔を、本多は盗み見ながら思った。

——客たちが悉《ことごと》く集ったのは、日が富士の左方の雲を染めて臼《うす》づいたころであった。涼亭から四人が家へかえった時には、すでに着いていた慶子の恋人のアメリカ軍の中《ちゅう》尉《い》が台所を手つだっており、ついで、老いさらばえた新河《しんかわ》元男爵夫妻が到着し、外交官の桜井だの、建設会社の社長の村田だの、新聞記者の大物の川口だの、シャンソニエールの京谷暁子《きょうやあきこ》だの、日本舞踊家の藤間いく子だの、むかしの本多家では想像もつかない客が群がっていた。多くの客に梨枝は敬意を表されたが、喜びの色がなかった。本多の心もどこかが閉ざされていた。ジン・ジャンが来なかったからである。

二十六

新河元男爵《だんしゃく》は、煖炉《だんろ》のそばの椅子《いす》へ招ぜられて、冷然とほかの客たちを眺めていた。

新河はすでに七十三歳になっていた。出かける間際《まぎわ》には必ずぶつぶつ言うくせに、招かれた時の喜びが忘られず、この歳《とし》になってもパーティー好きは革《あらた》まらなかった。追放中は殊《こと》に退屈だったので、どこの招待にも気軽に応じた癖が、追放解除後もつづいたのである。

しかし新河は、今では、そのお喋《しゃべ》りな夫人と共に、どこでも最も退屈な客と思われていた。新河の皮肉には毒の力が衰え、寸鉄的な表現が永たらしく薄められ、人の名を思い出そうとしてはいつも果さなかった。

「それ……何と言ったか……そら……よくポンチ画に出た政治家で……ほら……小男で肥《ふと》ってころころした……何と言ったか……ごくありふれた名前の……」

そのとき相手は、新河が、忘却という見えない獣と戦っている姿をつぶさに見た。このかなり大人しいけれども執拗《しつよう》な獣は、消えたと思えば又現われて、新河にとりつき、その尨毛《むくげ》で彼の額を掃いて廻るのであった。

とうとう新河は諦《あき》らめて話をつづけた。

「ともかくその政治家の細君が大へんな傑物でね」

が、肝腎《かんじん》の名前の忘れられた挿話には、すでに風味が欠けていた。自分だけが味わっている風味を、人に伝えたくて地団太を踏むたびに、新河は、生涯知らなかった、人に物乞《ものご》いをする感情を内に育てた。単なる洒落《しゃれ》た冗談を、あたかも苦衷を察してもらうかのように、察してもらう手続のこの煩《わずら》わしさが、しらずしらず年老いた新河を卑屈にしていた。

こうして永年持ちつづけた洗煉《せんれん》の矜《ほこ》りを、われとわが手でずたずたにしてしまう悲運に、一度ならず見舞われているうちに、むかしは葉巻の煙のように漠然と鼻先にくゆらせていた軽蔑《けいべつ》が、今では新河の大きな生甲斐《いきがい》になった。それと共に、内に隠したこの軽蔑を、見破られまいとする配慮はずいぶんこまやかになった。招かれなくなるのが怖かったからである。

パーティーの途中でも、時折妻の袖《そで》を引いて、耳もとで囁《ささや》いた。

「何と垢抜《あかぬ》けないおぞましい連中だろう。いちばん下品なことをいちばん上品に言い廻すというコツを知らんのだ。日本人の醜さもここまで来れば大したもんだね。でも、われわれがそう思っているということを、決して相手に気取《けど》られてはいけませんよ」

新河はふと炉の焔《ほのお》に目を霞《かす》めて、四十年もむかしの松枝侯爵邸《まつがえ》の園遊会を思い出し、あそこでも亦《また》、自分は蔑《さげす》みの気持を以《もっ》て列席していたことを矜らしく思った。しかし、ただ一つの点がちがっていた。むかしは彼の軽蔑の対象は、彼を傷つけることなぞできなかったのに、今はそれがそこに存在するだけで、容赦なく彼を傷つけるのであった。

――新河夫人はいきいきとしていた。

この年になってますます、彼女は自分を語ることにえもいわれぬ興味を覚え、この聴手を求める気持が、階級打破の精神とまことによく折合った。はじめから、聴衆の質などを問題にしていなかったからである。

彼女は皇族に対するような恭《うやうや》しいお世辞をシャンソニエールに言い、その代りに自分の話をきいてもらった。最大級の言葉で鬼頭槙子の歌を褒めあげ、それから自分が或《あ》るイギリス人から「奥さんは詩人ですね」と褒められた話をきいてもらった。そのイギリス人は、彼女が軽井沢の晩夏の雲を仰いで、シスレイの雲のようだ、と言ったとき、そう褒めたのである。

ところで夫人は炉傍の良人《おっと》のところへ来ると、ふしぎな直感から、やはり四十年前の松枝邸の園遊会の話をしだした。

「思えばあのころは、お金をかけた宴会というと、家庭へ芸者を呼ぶほかに知恵のない、野蛮な時代でございましたね。あんな蛮風がなくなり、夫婦同伴の社交が自然になっただけでも、日本はずいぶん進歩したものですわ。ごらんなさいまし。このパーティーの女の方は、もう黙りこくってなぞおられませんもの。むかしの園遊会の会話は耐えられないほど退屈でしたが、今は皆さんが洒落た会話をなさるじゃございませんか」

しかし、四十年前も今も、自分のことしか語ろうとしない新河夫人が、寸時でも他人の会話に耳を傾けたことがあるかどうかは疑わしかった。

新河夫人は、又いそがしくそこを離れ、壁鏡の前をとおって、暗い鏡の中をちらと眺めた。決して鏡を怖《おそ》れなかった。あらゆる鏡は、そこへ夫人が映った皺《しわ》を捨ててゆく、屑籠《くずかご》のようなものにすぎなかったから。

陸軍主計中尉《ちゅうい》のジャックはよく働らいた。みんなはこんなに気のやさしい献身的な「進駐軍」をうれしく眺めた。威を以てあしらう慶子の、躾《しつけ》の巧《うま》さは比べるものがなかった。

ジャックがときどき背後から、悪戯《いたずら》らしく手をのばして慶子の乳房に触れると、慶子は苦みを含んだ落着いた微笑でゆるして、指環《ゆびわ》をはめた男の毛深い指を、そのまま自分の胸に引きとめた。

「甘ったれね。この人ったら、仕方がないのよ」

と皆を等分に眺めて、乾いた教訓的な口調で言った。軍服のズボンのジャックの尻《しり》はひどく巨《おお》きかったので、人々は慶子の堂々たる臀《いしき》とどちらが巨きいか比べて見た。

――椿原夫人は今西とずっと話していた。悲しみの痴呆《ちほう》の表情はそのままに、夫人は自分の大切な悲しみを頭から莫迦《ばか》にしてかかる人間に、はじめて会ったことにおどろいていた。

「いくら悲しんだって、息子さんは生きて戻りませんよ。それにあなたは、御自分の心の風船に夾雑物《きょうざつぶつ》が入って来ないように、いつも悲しみだけでそれを一杯に膨らまして、安心していらっしゃるんじゃないんですか。もう少し失礼なことを言えば、あなたの心の風船を、もう他《ほか》の人がふくらませてくれないだろうと決め込んで、いつでも補給の利《き》く自家製の悲しみのガスだけで、ふくらませていらっしゃるんじゃないんですか。そうすればもう他《ほか》の感情で煩わされる心配がなくなりますしね」

「何てひどいことを仰言《おつしや》るの。何て残酷なことを」

椿原夫人は嗚咽《おえつ》を隠した手巾《ハンカチ》のあいだから今西を見上げた。その目を、強姦《ごうかん》されたがっている童女の目のようだ、と今西は思った。

——村田建設の社長は、新河に対して、財界の大先輩という大袈裟《おおげさ》な敬意を表していたが、こんな土建屋に先輩扱いをされるのは、いかにも新河の意に染まぬことだった。村田は自社の建設現場にはことごとく自分の名を大々的に掲げ、売名の至らぬ隈《くま》とてなかった。ところが彼ほど、土建屋のおやじという風采《ふうさい》から遠い人もなく、その蒼白《そうはく》で扁《へん》平《ぺい》な顔立ちに、戦前の革新官僚の履歴のなごりをとどめていた。人にぶら下って生きていた理想家が、ひとたびぶら下らずに生きはじめて成功するや、俗物性の明るい自由な海が、突然目の前にひらけたのであった。彼は日本舞踊家の藤間いく子を妾《めかけ》にしており、いく子は総漆の着物を着て、五カラットのダイヤの指環をはめ、笑うときにも背筋を凜《りん》と立てていた。

「そりゃ結構なお住いだが、先生、私のところで建てさせて下されば、いくらでも勉強をしましたに、残念なことでした」

と村田は本多に三度も言った。

外交官の桜井と、大記者の川口は、京谷暁子を央《なか》にして、国際問題を論じていた。桜井の魚のような肌と、川口の酒に荒れた老いた肌とは、職業的冷血と職業的熱血とのよい対照をなした。女に半分きかせながら、男が大問題を論じているときの、微妙な虚栄心の張り合いに、まるで鈍感なシャンソニエールは、たえずカナッペを喰《た》べながら、二人の男の乱れた白髪と調えすぎた黒髪を見比べていた。口をまずO《オー》の発音をする形に作って、その金魚のような唇へカナッペを一思いに放り込む愛らしい作業を、暗澹《あんたん》たる目つきでつづけているだけだった。

「あなた、へんな趣味ね」

とわざわざ鬼頭槙子は、今西のところへ言いに行った。

「あなたのお弟子を口説くのに、いちいち許可が要るんですか。僕はおふくろを口説いているような気がして、一種の神聖な戦慄《せんりつ》を感じるんです。それにしても、あなたを口説くなんて、まちがってもしませんよ。あなたが僕をどう思っているか、顔にはっきり書いてありますからね。僕はあなたにとって、性的に一番嫌悪《けんお》をそそるタイプでしょう」

「よく御存知ね」

と槙子は安心して、世にも艶《つや》やかな声を出した。それから黒い畳縁のような一条の沈黙を置いて、こう言った。

「あなたはたとえ口説き落したって、あの人の息子の役を演じることなんかできませんよ。あの人の死んだ息子さんこそ、神聖で美しくて、あの人はただその神様に仕えるお巫女《みこ》さんなんですから」

「さあね。僕にはそれがすべてあやしく思われるんですよ。生きている人間が純粋な感情を持続したり代表したりするなんて冒瀆《ぼうとく》的なことです」

「だから死んだ人の純粋な感情に仕えているんじゃありませんか」

「いずれ生きる必要から出たことでしょう。それならそれだけでもう疑わしいじゃありませんか」

槙子は嫌悪のあまり、目を細めて笑った。

「このパーティーには男は一人もいませんね」

と言うなり、本多に呼ばれて立った。椿原夫人は壁に作りつけのベンチの片隅に、身を斜《はす》かいにして泣いていた。窓外の夜は冷気を極め、窓硝子《まどガラス》は水蒸気の汗を淋漓《りんり》と流した。

本多は槙子に椿原夫人の介抱をたのもうと思ったのである。もしそれが追憶の作用ではなくて少量の酒の作用であったとすれば、椿原夫人は泣き上戸なのかもしれなかった。

梨枝が蒼《あお》ざめた顔をして近づいて来て、本多の耳もとでこう言った。

「へんな声がするんです。さっきから、庭のほうで。……耳のせいかしら」

「庭を見たかい？」

「いいえ。怖くて」

本多は一つの窓に近づいて、窓硝子の汗を指さきで拭《ふ》いた。枯芝のかなたの檜林《ひのきばやし》に凄《すご》い月が出ていた。その影を曳《ひ》いて、一疋《ぴき》の野犬がうろついていた。立止ると、尾をすぼめるようにして、白い胸毛を張って月に輝やかせて、悵々《ちょうちょう》たる遠吠《とおぼ》えの声をあげた。

「あれだろう？」

と本多は妻に確かめた。そんな子供らしい不安の種子《たね》をあばかれた妻は、すぐには降参せずに、浮游《ふゆう》する鶏の抜羽のような微笑をうかべた。

耳をすますと、檜林のずっとむこうから、これに応ずる犬の遠吠えが、二三、遠近入りまじってきこえた。

風が出て来ていた。

二十七

深夜の二階の書斎の窓から、本多は空を渡る小さい凄涼《せいりょう》たる月を眺めた。月光姫《ジン・ジャン》はとうとう来なかったので、月がその訪れの代理になった。

宴が果てたのは十二時に近かった。泊り客だけが残って、そのあと小さい団欒《だんらん》をして、それぞれ自室へ退《さが》った。二階にはゲスト・ルームが二室、これにつづいて本多の書斎があり、さらに夫婦の寝室があった。梨枝は客と別れると疲れが浮腫《むく》んだ指先まで痺《しび》れさせ、良人《おっと》を断わって寝室に入った。ひとり書斎に残された本多は、ついさっき妻がこれ見よがしに示した、鈍い照りを放つほどに浮腫んだ手の甲を思い出していた。

内部に増殖した悪意がふくれ上り、そのために押し上げられた白い皮膚が稜角《りょうかく》を失《な》くし、へんに無邪気に子供っぽくなったような、その手の甲のふくらみは、いつまでも瞼《まぶた》の裏にまつわりついた。その妻に自分は、別荘びらきの祝いの行事を申し入れて、拒まれたのだ。もし拒まれなかったら、何がはじまったろう。何か凄愴《せいそう》なことが、胸のわるくなるような親切といたわりの皮下脂肪の下を流れただろう。

本多は体裁ばかり調えた、西洋風の明窓浄几《めいそうじょうき》の書斎のなかを見廻した。彼が本当に仕事をしていたころの書斎は、こんな風ではなかった。生きていることの収拾のつかぬ乱雑さと、塒《ねぐら》の匂《にお》いがあった。今は民芸風の欅《けやき》の一枚板を磨いた机上に、モロッコ革の英国式のライティング・セットがきちんと置かれ、ペン皿には自分で几帳面《きちようめん》に削った鉛筆が数本、士官候補生の襟章《えりしよう》のような新鮮なかがやく捺金《なつきん》の英字をつらね、父の形見のブロンズの鰐《わに》の文鎮が置かれ、空っぽの網代《あじろ》の文箱《ふばこ》があった。

何度も椅子《いす》を立っては、帷《とばり》をあげたままにしてある出窓の硝子《ガラス》を拭《ふ》きに行った。室内の暖気のために、すぐ月が曇って歪《ゆが》むからである。その月をあきらかにしておかなくては、心の底に空《むな》しさと嫌悪《けんお》がますます嵩《かさ》んできて、この雑駁《ざっぱく》な暗い嵩みが、そのまま性《せい》慾《よく》に変形してゆくのがわかるからである。永い生の果てにはこんな風景しかなかったと知る乾いた愕《おどろ》き。……犬の遠吠《とおぼ》えはふたたび起り、脆弱《ぜいじゃく》な檜林《ひのきばやし》は風にきしんでいた。

隣室の妻が寝静まってから、かなりの時が経《た》った。本多は書斎の灯火を消し、ゲスト・ルームの壁ぞいの書棚へ歩み寄った。何冊かの洋書をそっと抜き出し、床《ゆか》に重ねた。彼が自ら客観性の病気と名付けるところのもの。その病気にとらわれた瞬間に、今まですべて自分の味方だった社会を敵に廻さざるをえなくさせる頑《かたく》なな強制力。

何故《なぜ》だろう。それも亦《また》、彼が永年法壇の上から、又、弁護人席から、客観的に眺めてきた人間の諸相の一部にすぎない。しかし何故、ああして眺めることが法に則《のっと》り、こうして眺めることが法に背くのだ。ああして眺めることが人々の尊崇の的になり、こうして眺めることが人々の軽蔑《けいべつ》や非難を浴びることになるのだ。……もしそれが罪であるとすれば、快いから罪なのであろうが、裁判官としての経験上、本多は私心を去った心境の澄んだ快さをも知っている。もしその快さには胸のときめきがないから崇高であったのだとすれば、罪の本質はときめきにあるのだろうか。人間のもっとも私的なもの、この快楽へのときめきだけが、法に背反する最大の要素なのであろうか。……

ともあれ、そういうことはみな理窟《りくつ》である。書斎の書棚から洋書を抜き出す時、本多は年齢をこえて少年に似た動悸《どうき》を胸に感じ、孤立無援になって社会に対している自分のひよわい無防禦《むぼうぎょ》な存在を感じずにはいられない。わが身を中空高く保っていた枷《かせ》が悉《ことごと》く外されて、砂時計の砂のようなとめどもない頽落《たいらく》がはじまるのだ。そのとき法と社会は、すでに彼の敵なのだ。……そしてもし、本多に多少の勇気が生じ、ここが自宅の書斎でなく、若草のしげる公園の一角であったり、闇《やみ》に包まれた抜け道に斑《はだ》らに落ちる人家の灯《ひ》の下であったりすれば、彼はそのときこそもっとも恥ずべき犯人になるだろう。人々は大声で笑うだろう。裁判官が弁護士になり、弁護士が犯人になった、と。一生を通じて法廷を愛してやまなかった男がここにいる、と。

本を取り去ったつき当りの壁には、小さな穴が穿《うが》たれている。埃《ほこり》だらけのその暗い空間は、丁度顔をさし入れるだけの広さがある。その埃の匂いが、ふいに幼ない切実な追憶で本多の胸をふたぎ、少年時の秘密の快楽の貧しい赤い火花のようなものを闇に散らした。搔巻《かいまき》の濃紺の天鵞絨《ビロード》の襟《えり》の感触に屍臭《ししゅう》が入りまじり、はじめて辞引に見出《みいだ》した猥褻《わいせつ》な一語や、憂鬱《ゆううつ》なまぐささのすべてを思い出した。そして、清顕をあのように引きずって行った気高い胸のときめきの、もっとも卑小な戯画を、自分の胸のときめきの裡《うち》に発見した。それにしてもそれは、十九歳の清顕と五十八歳の本多をつなぐ唯一《ゆいいつ》の闇の通い路《かよいじ》だった。目を閉じれば、本棚の闇を、四散した肉の赤い微粒子が蚊柱のように飛び交うている幻があった。

隣りのゲスト・ルームには槙子と椿原夫人が、もう一つ向うのゲスト・ルームには今西が泊っていた。しかし、さきほどたしかに二つの部屋の交流の気配があり、しのびやかにあけられるドアや、抑えた声の、水面を叩《たた》くような叱咤《しった》に似た囁《ささや》きなどが、きこえていた。それは止《や》み、ふたたび起った。何かが、もっとも深い夜へ向って傾く勾配《こうばい》の上を、一顆《か》の象牙《ぞうげ》の牌《はい》がころがるようにころがり落ちていた。

それはすでに察しられた。しかし、本多が見たのはそれ以上のものであった。

隣りのゲスト・ルームには、この覗《のぞ》き穴と平行して、トゥイン・ベッドが並べてある。覗き穴のすぐ下のベッドは、かなり覗きにくいが、遠いほうのベッドは全貌《ぜんぼう》が見える。枕《まくら》もとのあかりばかりで、そのベッドも暗い。

本多は覗いた自分の目が、丁度同じ高さで、薄明の中にみひらかれている目と、相対しているのに愕いたのである。それこそは、槙子の目だった。

遠いほうのベッドに、槙子は白っぽい寝間着で坐《すわ》っていた。寝間着の襟元はきちんと合せ、一方から受けた光りに白銀の髪をおぼめかせ、化粧を落した顔はむかしに渝《かわ》らぬ冷え冷えとした白さに冴《さ》えていた。その肩の丸みに、太《ふと》り肉《じし》になった年齢が顕《あら》われていたけれども、総じて小ゆるぎもしない存在の密度が、規則正しく息づいている胸のあたりに感じられた。それはいわば夜の精髄が白いもので覆《おお》われているのだった。本多は月夜の富士を望むような心地がした。裾野《すその》のあたりは青い線の入った毛布の、なだらかな皺《しわ》で埋められ、槙子は半ばその膝《ひざ》を毛布にさし入れ、片手をたゆたげに毛布の上に突いていた。

はじめ覗いている本多の目を見破ったかのように思われた槙子の目は、実は決してその覗き穴へ向けられているのではなかった。視線は落ちて、じっと壁際《かべぎわ》のベッドを見守っていた。

しかし、その目だけを見れば、槙子が作歌を案じて、ふと眼下の川へ瞳《ひとみ》を凝らしているとしか思われない。精神が或《あ》るいきいきとした混沌《こんとん》を見出《みいだ》して、その凝結を企てて、矢を番《つが》える猟人の目になる時である。それだけ見れば、人が崇高だと感じることを妨げない。

槙子が見下ろしているのは、川でもなければ魚でもなかった。薄明のなかにうごめいているベッドの人影だった。本多は顱頂《ろちよう》が本棚の天井にぶつかるまで頭を上げて、小さな覗き穴を斜《はす》かいに見下ろして、壁一つ隔てたベッドの上で、何が起っているかを見た。女の腿《もも》に青白く痩《や》せた男の腿がまつわりついていた。すぐ眼下にその二つの、決して生命に充《み》ちあふれているとはいえないすがれた肉の、水棲《すいせい》動物のようなゆるやかな運動を示している接点が見えた。それは闇の中で濡《ぬ》れた微光を放ち、貪《むさぼ》る者が貪られ、あからさまな懸引《かけひき》が生まじめな顫動《せんどう》と相携え、二株の湿った叢《くさむら》が接しては離れ、女の白い腹が光りの及ぶ加減で何か懐紙をそこへ挟《はさ》んだように恭《うやうや》しく本多の目を射た。

さるにても今西は、憐《あわ》れな知識人の腿を、無恥そのものの放恣《ほうし》でそこに投げ出していた。すべては彼の言説と等しく、痩せた尾骶骨《びていこつ》のあらわれた平たい尻《しり》の、さびしい漣《さざなみ》のような顫動がえがき出す、つかのまの幻にすぎなかった。その誠実の欠如が本多を怒らせた。

これに比べれば、椿原夫人は一つ一つの呻《うめ》きまでが真摯《しんし》であったという他はない。目を転ずると、今西の髪へ手を伸ばし、それを必死につかんでいる溺死者《できししゃ》のような椿原夫人の指が見える。……夫人はついに息子の名を呼んだ。しかし、つつましい、かすかな声で。

「暁雄……暁雄……ゆるしておくれ」

言葉ののこりは歔欷《きょき》にまぎれたが、今西は一向動じなかった。

本多は突然、事柄の厳粛さと忌《いま》わしさに気づいて唇を噛《か》んだ。今や明らかになったことがある。槙子が命じたかどうかは別として、槙子の見ている前で、（おそらく槙子の目の前でだけ）、夫人がこうしてあからさまな行いをしたのは、今夜がはじめてではないのである。いや、これこそは、槙子と夫人との師弟の間柄の、献身と侮蔑の本質であったかもしれない。

本多はふたたび槙子を見た。槙子はその白銀に光る白髪をたゆたわせ、自若として見下ろしていた。性こそちがえ、槙子が自分と全く同じ人種に属するのを本多は覚《さと》った。

二十八

あくる日も快晴だったので、本多夫婦は、泊り客三人に、隣人の慶子も誘って、富士吉田の富士浅間《せんげん》神社まで、二台の車に分乗して遊山《ゆさん》に行った。慶子を除いては、そこへ参詣《さんけい》した足でみんな東京へかえろうと思っていたので、別荘には鍵《かぎ》をかけて出た。鍵をかけるとき、ふと本多は、留守中にジン・ジャンがやって来るのではないかという危惧《きぐ》を感じたが、そんなことはありそうになかった。

今西が土産に持って来てくれた「本朝文粋《ほんちようもんずい》」を、今朝本多は読んだところであった。いうまでもなく都良香《みやこのよしか》の、「富士山の記」を読みたく思って、今西にたのんでおいた本である。

「富士山は、駿河国《するがのくに》に在り。峯《みね》削り成せるが如《ごと》く、直《ただ》に聳《そび》えて天に属《つづ》く」

などという記述は面白くもないが、

「貞観《ぢやうぐわん》十七年十一月五日に、吏民旧《ふる》きに仍《よ》りて祭を致す。日午《ひる》に加へて天甚だ美《よ》く晴る。仰ぎて山の峯《みね》を観《み》るに、白衣の美女二人有り、山の巓《いただき》の上に双《なら》び舞ふ。巓を去ること一尺余《ひとさかあまり》、土人《くにひと》共に見きと、古老伝へて云《い》ふ」

という件《くだ》りこそ、むかし本多が読んで幽《かす》かに記憶に留め、その後再読の機を得ずにいたものであった。

さまざまな目の錯覚《オプティカル・イルージョン》を喚《よ》び起す富士山が、晴れた日にそのような幻を現出したのはふしぎではなかった。裾野《すその》では穏やかな風が、山頂ではきびしい突風になって、晴天へ雪煙を舞い上げるのはよく見るところである。その雪煙がたまたま二体の美女の形を思わせて、土地の人の目に映ったのもありうることである。

富士は冷静的確でありながら、ほかならぬその正確な白さと冷たさとで、あらゆる幻想をゆるしていた。冷たさの果てにも眩暈《めまい》があるのだ、理智《りち》の果てにも眩暈があるように。富士は端正な形であるがあまりに、あいまいな情念でもあるような、ひとつのふしぎな極であり、又、境界であった。その堺《さかい》に二人の白衣の美女が舞っていたということは、ありえないことではない。

之《これ》に加えるに、浅間神社の祭神が木花開耶《このはなさくや》姫《ひめ》という女神であることが、本多の心をしきりに誘《いざな》った。

二台の車には、椿原夫人の車に、夫人と槙子と今西が乗り、本多が東京へかえるために雇ったハイヤーに、本多夫婦と慶子が乗った。これは自然な配分だったが、何とはなしに槙子と同乗したいと望んでいた本多は、心に一抹の残り惜しさを持った。彼はあの矢を番《つが》えたはりつめた目を、車内に肩を並べて、もう一度つらつら眺めてみたかったのである。

富士吉田へのドライヴは、しかし、楽ではなかった。須走《すばしり》から籠坂峠《かごさか》を越え、山中湖畔の旧鎌倉往還を北上するこの国道は、鋪装《ほそう》もない険阻《けんそ》な山道が大半で、山梨県との国《くに》境《ざかい》が、籠坂の尾根を通っている。

並んで坐《すわ》った慶子と梨枝を女同士の会話に委《まか》せて、本多は子供のように一心に窓外へ目を放った。慶子がいてくれることは、梨枝の愚痴から身を護《まも》るのに大いに役立った。梨枝はもはや、栓を抜いただけですべて泡になって溢《あふ》れ出る麦酒《ビール》の罎《びん》のようになっていた。今朝から、車での帰京に反対を唱え、自分は子供のころからそんなに長い、無意味で贅沢《ぜいたく》なドライヴには馴《な》らされていない、と主張していたのである。

その梨枝が慶子との会話では温順になり、愛らしくさえなった。

「腎臓《じんぞう》なんか気になさることはないわ」

と慶子はずけずけと言うのだった。

「そうかしら。そう言っていただくと、却《かえ》って元気が出るわ。ふしぎね。主人のように、嘘《うそ》の、これ見よがしのいたわり方や、心配のし方をされると、腹が立つけれど」

これが微妙なコツなのであろうが、慶子は決して本多を弁護したりすることがなかった。

「本多さんは理窟《りくつ》しかわからない方ですもの。仕方がないわ」

国境《くにざかい》を越えると山の北側は一面の残雪であった。氷って凹《へこ》んだ雪は、ひきつったような蛇紋を浅く刻んでいた。浮腫《むくみ》のとれたあとの梨枝の手の甲の皮膚に似ていた。

しかし、そのとき梨枝は本多に耐え易《やす》いものになっこいた。きこえよがしに女二人が自分の悪口を言っている場所に居合わせることは、(たとえその一人が妻であろうと)、本多に淡い居心地のよさを与えた。

籠坂峠から向うは、どこもかしこも夥《おびただ》しく雪が残り、山中湖畔の疎林《そりん》の地面は縮羅《しじら》のような凍雪におおわれていた。松は黄ばみ、湖の水にだけうららかな色があった。見返る富士の白い肌、この地方のすべての白の源泉は、油を塗ったように光っていた。

浅間神社に着いたのは、午後の三時半である。あちらの黒いクライスラーから降り立つ三人を、ちらと見た本多は、黒い棺《ひつぎ》から蘇《よみがえ》って出て来た人たちを見るような忌《いま》わしい心地がした。今朝以来人前では昨夜の痕跡《こんせき》をきれいに拭《ぬぐ》い去っているのに、たまたま三人が一定時間せまい場所に閉じこめられれば、いくら穿刺《せんし》しても取り切れない腹水のように、又しても記憶は澱《よど》み浅ましさは募る筈《はず》だった。下り立った道ばたの雪の反映のまぶしさに、三人は狼狽《ろうばい》したように目《ま》ばたいていた。槙子はそれでも凜《りん》と胸を反らしていたが、今西の蒼《あお》ざめた弾力のない肌を本多は憎んだ。きのうの昼したりげに語った悲劇的な肉の夢想の美しさを、この男は自分のそぐわなさで潰《けが》した上、それを隠し了《おお》せたつもりになっているのだ。

ともかく本多は見たのである。見た人間と、それとは知らず見られた人間とは、すでに裏返しになった世界の境目に身を倚《よ》せ合っていた。石の扁額《へんがく》に「富士山」と刻んだ巨大な石の鳥居を見上げ、槙子は又作歌の手帖《てちょう》を出して、紫の紐《ひも》のついたかぼそい鉛筆を抜き出した。

六人は相扶《あいたす》けて雪じめりの参道を歩いた。木洩《こも》れ日が残雪の一部を荘厳にした。茶いろの杉落葉を堆《うずたか》い残雪に零《ふ》らしつづける老杉《ろうさん》の梢《こずえ》には、霧のような光りがこもり、ある梢は緑の雲が棚引くようである。参道の奥に、残雪に囲まれた朱の鳥居が見えた。

この神的なものの兆候が、本多に飯沼勲の思い出を運んだ。そこで又しても槙子を見た。槙子は神的な力に染まると、一転して、深夜の目を忘れるように思われた。この変転する目で恋された勲は、ともすると、この目に殺されたのかもしれなかった。

慶子は悠揚迫らず、何かにつけて、物事を大まかに統括してしまった。

「まあ、きれい。すばらしいわ。日本的だわ」

こんな断定的な物言いに、槙子は一寸《ちょっと》いらいらした風情《ふぜい》で慶子を見た。それを梨枝は、つつましげな人まかせの勝利の感情で、退《しりぞ》いて眺めていた。

参道をゆく椿原夫人の、よろめくばかりの一歩一歩は、悲しみの鶴《つる》が羽根も潮垂《しおた》れて歩むかのようで、彼女は扶けようとする今西をさりげなく振り払い、むしろ本多に手を委《ゆだ》ねていた。歌を作るどころではなかった。

その悲しみは仮装であるためにはあまりに純粋で、うつむいた横顔を覗《のぞ》いてほとんど心を搏《う》たれた本多は、夫人のむこう側の横顔を窺《うかが》っている槙子の目にはたと出会った。槙子は雪の反映を受けたこの悲しみの女の顔から、常のように一つの詩を発見していた。歌が出来たのである。

富士登山道と交叉《こうさ》する神橋のところまで来たときに、椿原夫人は、言葉までよろめきながら、本多にこう言った。

「御免あそばせ。これが富士のお社だと思うと、そこで暁雄が笑って出迎えてくれるような気がして。……あの子は殊《こと》に富士山が好きでございましたから」

夫人の悲しみの様子は妙にうつろで、人のいない東屋《あずまや》を思うさま風が吹き抜けてゆくように、悲しみがそのうつろな夫人を自由に吹き抜けてゆくという感じがした。そして異様に静かである。憑霊《ひょうれい》のあと、霊が荒らして行ったあとの荒廃があらわれた、ほつれ毛のかげの脂気《あぶらけ》のない頬は、あたかも和紙のような滲《し》み透《とお》りやすいものになっている。そこから自在に、静かに、悲しみが出入《ではい》りしているさまが見えるようだ。あたかも気息《いき》のように。

こういう姿を見る梨枝は、病気も忘れて、壮健そのものという具合になった。妻のすべてが仮病であり、その浮腫さえもいつわりではないかと、本多が疑うのはこんな時である。

一行はついに高さ六十尺にちかい朱塗りの大鳥居に到《いた》り着き、これをくぐると朱の楼門の前に、高く積まれた汚れた雪が取り囲む神楽殿《かぐらでん》にぶつかった。神楽殿の軒の三方には七五三縄《しめなわ》が張りめぐらされ、高い杉の梢から、一条の歴々たる日ざしが、丁度床《ゆか》の上の白木の八朔台《はっさくだい》に立てられた御幣《ごへい》を照らしていた。まわりの雪の反映で、神楽殿は格天井《ごうてんじょう》までも明るんでいたが、御幣に届く日光はひとしおまばゆく、気高い幣《ぬき》は微風にそよいでいた。

一瞬、本多はこの純白の幣を、生きているかのように感じた。

椿原夫人の涙が堰《せき》を切った。もっとも夫人の号泣には誰ももはや愕《おどろ》かなかった。夫人はこの幣を見るより早く、恐怖に搏たれたようになって、唐獅子《からじし》や竜の浮彫に護られた朱塗りの拝殿の前へ走り寄ったが、そこに額《ぬか》ずいているうちに、号泣をはじめたのである。

戦後夫人の悲しみがかくも永く癒《い》やされなかったことを、もはや本多は怪しまなかった。その悲しみを昨日のもののように新鮮にくりかえしてよみがえらす秘法を、本多は目撃していたからである。

二十九

あくる日、御殿場二ノ岡の慶子から、本多の留守に電話があった。本郷の家で、梨枝はパーティー疲れから床に就いていたが、慶子からというので電話口に出た。

用件は、今日になって月光姫《ジン・ジャン》が一人で御殿場へ来たというのである。

「私が犬の散歩に出かけたら、お宅の御門の前をうろうろしているお嬢さんがいるの。何となく日本人とちがうので、声をかけたら、『私、タイの人です』という御返事だったわ。きいてみると、本多さんから御招待を受けたけれど、その日はとうとう都合がわるくて来られなくて、今日やって来たのは、まだみんなこちらに滞在していると思ったからなんですって。ずいぶん呑気《のんき》な話でおどろいたけれど、一人でここまでいらして、そのままお帰ししては気の毒だから、家でお茶を差上げて、駅まで送って上げて別れたわ。今、お別れして来たところ。東京へかえったら、本多さんへお詫《わ》びに上る、と言っていらしたわ。でも、電話はお好きじゃないのですって。日本語で電話をかけると、頭が痛くなるんですって。可愛らしいお嬢さんね、髪が真っ黒で、目が大きくて」

慶子はそれだけ喋《しゃべ》ると、改めてパーティーのお礼を言った。今夜は例の米人将校が同僚を連れて来て、家でポーカアをやるので、その仕度があるから、ゆっくりしていられない、と言う声と共に電話は切れた。

本多が帰宅したとき、梨枝は電話の内容を忠実に告げた。本多は煙ったような顔でこれをきいた。昨夜ジン・ジャンの夢を見たことは、もちろん妻にも明かさない。

本多の年齢の一得は、無限に待つことができることだった。しかし、附合もあり多少の仕事もあって、ジン・ジャンの突然の訪問を家で待ち暮すわけには行かない。例の指《ゆび》環《わ》を妻に託しておけばよいのであるが、あれだけは自分から直接渡したいと思って、背広の内ポケットに入れて持ち歩いていた。

十日ほどして、本多の留守に、ジン・ジャンの不得要領な訪問があったと梨枝が告げた。梨枝は昔の級友の葬式へ行くために、喪服で正に家を出ようとしたとき、門を入ってくるジン・ジャンを見たのである。

「一人だったか」

と本多は訊《き》いた。

「ええ、そのようでした」

「そりゃ気の毒なことをした。今度はこちらから連絡して、飯にでも招《よ》んであげなくてはなるまい」

「さあ、来て下さるでしょうかね」

と梨枝はふくみ笑いをして言った。

電話の連絡が、むこうの気持の負担になることを察した本多は、こちらで勝手に日を決めて、来る来ないはジン・ジャンの心まかせにして、新橋演舞場の切符を送った。丁度文楽の出開帳《でかいちょう》があったのでその昼の部を見せ、かえりに最近日本人の手に戻った帝国ホテルで夕食をしようと思ったのである。

昼は「加賀見山《かがみやま》」と「堀川猿廻し」であったが、いつまで経《た》ってもジン・ジャンの来ないことにもはや愕《おどろ》かなくなっていた本多は、一人でゆっくり長局《ながつぼね》の段を聴いた。「堀川」がはじまる前の長い幕間《まくあい》に庭へ出た。よく晴れた日で、客は戸外の空気を吸いに沢山出ていた。

今さらながら、こういうところへ来ている客の身装《みなり》が、調ってきたことに本多は感心した。数年前の比ではなかった。芸者が多かったせいもあるが、女たちの着物は焼趾《やけあと》の記憶も忘れて華美で贅沢《ぜいたく》になり、とりわけ戦後の好みが老若《ろうにゃく》を問わず派手になっているから、ともすると大正時代の帝劇の客よりも色彩が豊かになったように思われた。

今の本多は、そうしようと思えば、こういう中からもっとも美しい若い芸者を選んで、その保護者になることもできるのである。ねだられて物を買ってやる喜びも、春の雲のようなほのかな媚《こ》びも、木目込《きめこみ》人形のようにきっちりとした男仕立の白足袋の足も、みんな自分のものになるのである。しかしその行先はすぐに見える。快楽の赤銅《しゃくどう》の箍《たが》の中で、湯が滾《こぼ》れて、立ちのぼる死の灰神楽《はいかぐら》が視界を覆《おお》うのだ。

この劇場の風情《ふぜい》は、庭が川に臨み、夏は川風に涼むことができる点にあった。川はしかし澱《よど》んで、ゆるやかに達磨《だるま》船《せん》と芥《あくた》を流した。本多は、空襲で罹災《りさい》した屍《しかばね》を数多く泛《うか》べるほどに、工場の煙は絶えて、異様に澄んでいた戦争中の東京の川と、そこに映っていた異様に青い末期《まつご》の青空とを、今もありありと思い起すことができた。それに比べればこの汚れた川面《かわづら》こそ繁栄のしるしなのであった。

茶羽織を着た芸者が二人、欄《てすり》にもたれて、川風に馴染《なじ》んでいた。一人は手描きらしい墨染桜の名古屋帯に、ところどころ桜の花びらを散らした鮫小紋《さめこもん》の着物を着ていて、小づくりでいながらふくよかな顔をしていた。もう一人はすべてに華美な好みで、やや高すぎる鼻から薄い唇にかけて冷笑が漲《みなぎ》っていた。二人はたえず喋《しゃべ》っては、誇張した愕きをお互いに示し、指に挟《はさ》んだ舶来の細い金口《きんくち》の煙草《たばこ》は少しも愕きに揺れずに静かに煙を残していた。

やがて本多は女たちの目が、ちらちらと対岸を見るのを察した。そこは今なお提督の立像を残す旧帝国海軍病院が、今は米軍の病院になって、朝鮮戦争の傷病兵に充《み》たされていた。春の日はその前庭の五分咲の桜に映え、桜の下を車椅子《くるまいす》を押されてゆく若い米兵や、松葉杖《まつばづえ》にすがってゆく者、純白の三角布に腕を吊《つ》っている散歩者などの姿が見られた。こちらの美しい着物の女たちへ、川を隔てて陽気に呼びかける声もなければ、米兵らしいおどけた合図もなかった。あたかも目に映る他界の景色のように、そこに午後の日が当ってひときわ明るい対岸は、わざと無関心を装《よそお》っている若い蹌踉《そうろう》たる傷病兵の影を夥《おびただ》しく載せて、しんとしていた。

芸者二人は、明らかにこの対比を喜んでいたのである。白粉《おしろい》と絹に埋もれて、春らしい嬌奢《きょうしゃ》な気倦《けだる》さに身を涵《ひた》して、他人の傷と痛みと失った脚や失った腕を祝福すること。

しかもきのうまでの勝利者たちの。……こういうやさしい悪意、精妙な意地悪さこそは、彼女たちの持ち前だった。

かたわらから見て、本多は川を隔てたこの対比を、一種燦爛《さんらん》たるものに感じた。かなたには、過去七年に亘《わた》って支配してきた占領軍の兵士たちの、土埃《つちぼこり》、血、惨苦、傷つけられた矜《ほこ》り、回復されぬ不幸、涙、疼《うず》き、ずたずたにされた男の性があり、こちらには、敗れた国の女たちが、正にかつての勝利者たちの流した血から利得を得て、この汗と傷口の蠅《はえ》を肥しにして、黒揚羽《くろあげは》のような黒い羽織の翼をひろげて、過度に磨き上げられた女の奢侈《しゃし》な性を見せつけていた。川風もこの交会を結ぶに由《よし》なく、アメリカの男たちが、自分たちの手に入る当てもないこんな無用の艶《あで》やかさを咲き誇らせるために、ただこれら不人情なこれ見よがしの栄華のために、みすみす血を流したと考えることの無念はさぞやと察せられた。

「まったく嘘《うそ》みたいね」

と女の一人の声は本多の耳に届いた。

「本当ね。ああなっちゃ目も当てられないわね。異人さんは図体が大きいだけに、ああなると却《かえ》って憐《あわ》れっぽいのね。でもこっちもひどい目に会ったんだから、おあいこだわ」

「猪《しし》喰った報いみたいじゃない」

と女は冷酷に言い合った。そしてますます募る興味を示して対岸を眺め、その興味が極に達して弛《ゆる》んだかと思うと、ほとんど同時にコンパクトの蓋《ふた》を競ってひらいて、斜めに鏡をのぞき込んで、鼻に粉を叩いた。香りのきつい粉は川風に吹き迷わされ、女の羽織の裾《すそ》や、本多の背広の袖口《そでぐち》へまで遠く届いた。やや粉をかぶった小さな鏡面が、足もとの植込みへ、あたかもうすばかげろうが舞うような鈍い反映を走らせるのを本多は瞥《べっ》見《けん》した。

開幕のベルが遠くきこえた。のこるは「堀川」の一幕だけである。もう来ることはあるまいと思って、劇場の中へ歩を向けたとき、ほとんど自分がジン・ジャンのあらたかな不在を肉感的にたのしんでいるのを本多は感じた。庭からは二三段で、劇場の廊下へ上《あが》る。廊下の柱のかげに、ジン・ジャンが戸外の光りを避けるように佇《たたず》んでいた。外光にくらんだ目が、その髪の漆黒と大きな瞳《ひとみ》の黒さを、ひとつながりの光沢を放つ闇《やみ》のように見せた。髪のきつい香油が匂《にお》った。ジン・ジャンは美しい白い歯列を、にじむように現わして、笑った。

三十

その晩二人が夕食をした帝国ホテルは荒廃していた。占領軍はライトの芸術にはわかったふりをしていたけれども、庭の石灯籠《いしどうろう》には平然と白ペンキを塗ったのである。大食堂のゴシックまがいの天井は、昔にまさって陰々滅々として、並べたテーブルの卓布の白ばかりが、ものものしく眩《まば》ゆかった。

本多は料理を注文してしまうと、すぐ内かくしから指環《ゆびわ》の小函《こばこ》を出して、ジン・ジャンの前へ置いた。ジン・ジャンは蓋《ふた》をあけて嘆声を発した。

「それはどうしても君の指へ還《かえ》るべきものでね」

と本多はできるだけ単純な語法を使って、指環にまつわる因縁を話した。聴きながらときどき泛《うか》べるジン・ジャンの微笑は、本多の語る文脈と合わないところがあって、ジン・ジャンが本当にわかって聴いているのか、本多の不安になる瞬間があった。

ジン・ジャンの卓上に張り出している胸は、あどけない顔つきにも似ず、船首像のように堂々としていた。学生風の長袖《ながそで》のブラウスの下には、見ないでも、アジャンタ洞窟《どうくつ》寺院の壁画の女神たちの肉体が隠されているのがわかる。軽捷《けいしょう》に見えて暗い果実の重さを湛《たた》えた肉、暑苦しいほど漆黒の髪、ややひらいた鼻から上唇にかけてのあいまいで物問いたげな線、……彼女は本多の物語を聴くときと同様、自分の肉体がたえず語りかける言葉を、いい加減に聞き流しているように見えた。あまり大きくてあまり黒い瞳《ひとみ》が、知的なものを通りすぎ、何だか盲目のように見える。形態のふしぎ。ジン・ジャンが本多の前で、そうした、いくらか強《きつ》すぎる芳香を放つような感じのする肉を保っているのは、ここ日本までたえず影響を及ぼしてくる遠い密林の暈《うん》気《き》のおかげであり、人が血筋と呼んでいるものは、どこまでも追いかけてくる深い無形の声のような気がする。ある場合は熱い囁《ささや》きになり、ある場合は嗄《かす》れた叫びになるその声こそは、あらゆる美しい肉の形態の原因であり、又、その形が惹《ひ》き起す魅惑の源泉なのだ。

ジン・ジャンの指に濃緑のエメラルドの指環がはめられたとき、本多はその遠い深い声とこの少女の肉とが、はじめてしっくりと融《と》け合う瞬間を見た心地がした。

「ありがとう」

とジン・ジャンは、いささかその気品を損ねかねない、おもねるような微笑を泛べて言った。それは彼女が、身勝手な感情を相手にわかってもらえたと感じるときの表情だと本多は知ったが、そのおもねりに追い縋《すが》ろうとすると、忽《たちま》ち退《しりぞ》く波のように逃げ去った。

「君は子供のころ、私のよく知っていた日本の青年の、生れ変りだと主張していて、本当の故郷は日本だ、早く日本へ帰りたい、と言って、みんなを困らせていた。その日本へ来て、この指環を指にはめたのは、君にとっても一つの巨《おお》きな環を閉じることになるんだよ」

「さあ、わかりません」とジン・ジャンは何の感動もなしに答えた。「幼《ちい》さい時のこと、私は何もおぼえていません。本当に何も！　みんな私のことを、小さいときは気が変だったとからかうし、あなたと同じことを言って、笑いものにするのです。でも私、完全に何もおぼえていません。日本のことと云《い》ったら、戦争がはじまると同時に、スイスに行き、そこで戦争がすむまでいたのですが、誰かからもらった日本のお人形を大事にしていたことだけです」

それは自分が送ったのだ、と言おうとして、本多は差控えた。「日本へ来たのは、お父さんに日本の学校がいいと教えられて、留学に来ただけです。……もしかするとね。私、このごろ考えるのです。小さいころの私は、鏡のような子供で、人の心のなかにあるものを全部映すことができて、それを口に出して言っていたのではないか、思うのです。あなたが何か考える、するとそれがみんな私の心に映る、そんな具合だった、思うのです。どうでしょうか」

ジン・ジャンはその疑問の「か」を、英語の疑問文の末尾のように、尻上《しりあが》りに発音する癖があった。そこでその「か」は、あたかもタイ寺院の朱《あか》い支那《し》瓦《ながわら》の屋根の尖端《せんたん》に、青空へ鋭く跳ね上っている、金色《こんじき》の蛇の鴟尾《しび》を思わせた。

本多はふと、近くのテーブルを囲んでいる家族連れに気がついた。実業家風の家長を中央《なか》に、夫人や成人した息子たちが食事をしており、服装こそ立派だが、何となく顔に卑《いや》しげなものがある。朝鮮戦争の成金の一家だろうと本多は蹈《ふ》んだが、その息子たちの顔は特に昼寝からさめた犬のように弛《ゆる》んでいて、不作法が目に昏に横溢《おういつ》している。一家は揃《そろ》って、すさまじい音を立ててスープを啜《すす》った。

その息子たちがお互いにつつき合っては、折にふれて本多のテーブルのほうを見るのである。爺《じじい》が女学生みたいな妾《めかけ》を連れて食事をしている、とその目が語っている。目はほかのことを語りようがないのである。本多は二ノ岡の深夜に見た今西の、何ともたとえようのないそぐわなさと、わが身を引比べてみずにはいられなかった。

この世には道徳よりもきびしい掟《おきて》がある、と本多が感じるのはその時だった。ふさわしくないものは、決して人の夢を誘わず、人の嫌悪《けんお》をそそるというだけで、すでに罰せられていた。人間主義を知らない時代の人は、あらゆる醜いものに対して、今よりもずっと残酷だった筈《はず》だ。

食後ジン・ジャンがパウダー・ルームへ行き、本多が一人ロビーに残されると、心持は俄《にわ》かに楽になった。その瞬間から、誰憚《はばか》りなく、ジン・ジャンの不在をたのしむことができたのである。

ふいに疑問が吹き上げてきた。二ノ岡の新宅びらきの前夜、ジン・ジャンがどこへ泊ったか、まだつきとめていなかったのだ。

それにしてもジン・ジャンのかえりは遅かった。本多はかつてバンパインで、幼ない姫が女官たちに囲まれて、小用に立った時のことを思い出した。それにつれて、あのマングローブの気根のわだかまる褐色の川で、水浴をする姫の裸の姿を想起した。あの左の脇腹《わきばら》には、いくら目を凝らしても、あるべき三つの黒子《ほくろ》がなかった！

本多の願っていることは、実に単純で、愛と名付けるのは却《かえ》って不自然だったにちがいない。今の姫の一糸纏《まと》わぬ裸をすみずみまで眺め、あの小さい平たい胸が今はいかに色づいて、巣からのぞく巣鳥のように頭をもたげ、桃いろの乳首が不服そうに尖《とが》り、褐色の腋《わき》が折り畳んだほのかな影を含み、腕の内側に敏感な洲《す》のような部分が露《あら》われ、未明の光りのなかですでにすべての成熟の用意ができあがったところを点検して、幼ない姫の肉体との比較に心をおののかせたい、というだけのことなのだ。腹が無染《むぜん》の柔らかさで漂う央に、小さな環礁《かんしょう》のように鎮《しず》まる臍《へそ》。護門神ヤスカの代りをつとめる深い毛に護《まも》られて、かつてはただきまじめな固い沈黙であったものが、たえまのない潤《うる》んだ微笑にまで変ったもの。美しい足の指が一本一本ひらき、腿《もも》が光り、成長した脚がすらりと伸びて、生命の踊りの規律と夢を一心に支えるありさま、それをひとつひとつ嘗《かつ》ての幼ない姿と照合してみたかったのだ。それは「時」を知ることだ。「時」が何を作り、何を熟れさせたかを知ることだ。その丹念な照合の末、左の脇腹の黒子が依然として見当らなければ、本多はきっと最終的に彼女に恋するだろう。恋を妨げるのは転生《てんしょう》であり、情熱を遮るのは輪廻《りんね》だからだ。……ロビーへかえってきたジン・ジャンに、ふいに夢をさまされて、本多のいきなり言った言葉は、心ならずも鋭い嫉妬《しつと》のように響いてしまった。

「ああ、君にきくのを忘れていた。御殿場のパーティーの前の晩、君は留学生会館にも断わらずに泊ったそうだが、日本人の家だって、そうかい？」

「そう、日本人の家」——ジン・ジャンは少しもひるまずに、本多の隣りのアーム・チェアに浅く腰かけて背を丸め、揃えた自分の美しい脚をしげしげと眺めながら言った。

「タイのお友達がそこに泊っています。そこの家の人も、泊ってゆきなさい、ゆきなさい、と言ったから泊ったの」

「若い人が大ぜいいて面白い家なんだね」

「そうでもないですね。そこの息子さん二人、娘さん一人、私と、タイのお友達一人、みんなでジェスチュア遊びをやりました。そこのお父さん、東南アジアに大きな商売をしている人ね、だから東南アジアの人にとても親切なんです」

「そのタイのお友達は男の学生？」

「いいえ、女の学生。どうしてですか」

と又ジン・ジャンは、「か」を天空高く吊《つ》り上げて発音した。

それから本多は、ジン・ジャンに日本人の友達の少ないことを残念がり、留学した以上その土地の人ともっと広汎《こうはん》に附合わなければ意味がない、と忠告した。私とだけでは気詰りだろうから、今度は若い人たちも連れて来て上げよう、とわれしらず餌《えさ》を投げ、来週の今日の七時に、又ここのホテルのロビーで待合せる約束をした。梨枝のことを思うと、自宅へジン・ジャンを招くのが何となく憚られたからである。

三十一

家へかえる。車を下りる。顳顬《こめかみ》にそれと感じられる程度の霧雨が触れた。

書生が出迎えて、奥様はお疲れで早く寝所へ入られた、と言う。一時間の余も本多の帰宅を待っている強引な客があって、下客を待たせる小応接室にやむなく上げたが、飯沼という名は御存知か、と言う。きくなり本多は金だなと思った。

飯沼には勲の十五年祭から四年ぶりで会うのである。あのときから彼の戦後の困窮は知れたが、或《あ》る神社で行われた簡素を極めた祭の印象は佳《よ》かった。

金だな、と本多がすぐ思うのは、このごろ久闊《きゅうかつ》を舒《じょ》して来る人間の用事は、そのほかにはないからである。弁護士崩れが来る。検事崩れのルンペンが来る。法廷記者崩れが来る。……誰もが本多の僥倖《ぎょうこう》を聴き伝え、そんな僥倖で得た金なら、自分にも取分があるように思い込んでいる。本多は謙虚な人間にだけは金を出した。

応接間へ入ってゆくと、椅子《いす》から立上って礼をした飯沼は、潮垂《しおた》れた背広の背から胡《ご》麻塩頭《ましおあたま》の項《うなじ》まで深々と見せた。貧を演ずることが、貧そのものよりも身についていた。

本多は席に就くようにすすめて、書生にウイスキーを命じた。

御門前を通りかかったのでどうしてもお顔を拝見したくなって、と見えすいた嘘《うそ》をついた。最初のグラス一杯で酔ったふりをした。お代りを注いでやろうとすると、小さなウイスキー・グラスの糸底に左手を添え、両手で捧《ささ》げて持ったので本多はいやな気がした。鼠《ねずみ》は餌《えさ》をよくそんな風にして持つものだ。そして飯沼は、大言壮語をはじめるきっかけをつかんだ。

「いやあ、逆コース逆コースが流行《はやり》言葉ですが、政府はこりゃあ来年までに憲法改正に手をつけますなあ。徴兵復活がもうあちこちで囁《ささや》かれているのは、それを受け入れるだけの国民的基盤が固まって来たからですなあ。しかしどうも歯痒《はがゆ》いのは、その基盤が表面に出て来られなくて、低迷しておることであります。一方、赤の奴《やつ》らの勢いづいておることはどうですか！　先日の神戸の徴兵反対デモのひどさはどうです。『徴兵反対青年大会』といいながら、朝鮮人の数が多かったのも妙なことでありますが、小石、唐辛子粉はおろか、火焔罎《かえんびん》、竹槍《たけやり》で警官隊と乱闘している。兵庫署にも三百人からの学生、子供、朝鮮人らが、検束者を返せ、と押しかけたそうじゃないですか」

金だな、と本多は思いながら上の空できいていた。しかし、ニュー・ディーラーたちがどれだけ社会主義政策で締めつけようが、赤がどれだけ騒ごうが、私有財産制の根本は小ゆるぎもしないことを飯沼は知らなければいけない。……窓外の雨の気配は、幾重を重ねるように濃くなった。かえりの車で留学生会館まで送って行ったが、そのおそらく殺風景な一室までも忍び入って湿らす春の雨が、あの熱帯育ちのジン・ジャンの肉体にどんなひそかな影響を及ぼしているかという思いは去らなかった。寝るときジン・ジャンは、どんな風にして眠るのだろうか。喘《あえ》ぐように仰向きに眠るのか。それとも微笑を含んだまま、うずくまって眠るのか。それとも涅槃《ねはん》仏殿の金色《こんじき》の寝釈迦《ねしゃか》のように、横ざまに肱枕《ひじまくら》をして、燦然《さんぜん》たる蹠《あしのうら》を露《あら》わして眠るのだろうか。

「京都の総評デモの『弾圧法粉砕総蹶起《けっき》大会』も暴力化しましたね。この分では今年のメー・デーは只《ただ》ではすみますまいし、どこまで凶悪化するか見当もつきません。ほうぼうの大学では、赤い学生が、学校を占領するわ、警官と衝突するわ。これが、先生、日米平和条約や安保条約の結ばれた直後なんですから、何とも皮肉なものであります」

金だな、と本多は思っていた。

「吉田首相が共産党の非合法化を考慮されているというのには、諸手《もろて》をあげて賛成ですな。日本は又嵐《あらし》になりました。このまま放置《ほう》っておけば、平和条約ができたとたんに、赤色革命へつっこみますな。もう米軍はほとんどいなくなるでしょうし、一体ゼネ・ストなんかをどうやって退治するのでありましょう。日本の将来を思うと、眠られぬことがよくあります。この年になっても、雀《すずめ》百まで踊忘れず、ですか」

金だな、と本多はそれだけ思っていた。しかし杯を重ねても、話はなかなか本題に入らなかった。

二年前、妻と離婚した話を、手短かにしたかと思うと、急に話は昔に飛んで、本多が裁判官の職を擲《なげう》って無償で勲の弁護を買って出てくれたときの感激は、終生忘れることができない、という執拗《しつよう》な表白になった。本多は今の飯沼に勲の思い出話をされることは耐えがたかったので、話が勲へ行きそうになると、いそいでその出鼻を挫《くじ》いた。

突然、飯沼は上着を脱いだ。脱ぐような暑さではなかったが、酔のためだろうと本多は察した。飯沼はさらにネクタイをとり、ワイシャツの釦《ボタン》を外し、下着のシャツの釦を外して、酔に赤らんだ胸をさらした。その胸毛がほとんど白くなっていて、灯下に針のように一本一本光りを乱しているのを本多は見た。

「実は今夜は、これを御覧いただきたいと思って参上したわけです。これ以上の恥さらしはありませんから、本来なら一生隠し了《おお》せることができたら、そうしたいのでありますが、本多さんにだけは御目にかけて、笑っていただきたい、とかねがね思っていたのです。又、本多さんにだけは、わかっていただけると思って、その失敗も含めて『飯沼という男はこんな男だ』と底の底までわかっていただけると思って、……洵《まこと》にはや、あいう立派な最期《さいご》を遂げた息子に比べて、何とも恥かしい次第ですが、こうして生き恥をさらしておりますのも、何ともはや」

と飯沼は落涙して言葉もしどろになった。

「これが、終戦直後に、短刀で胸を突いて自殺を企てた傷であります。切腹してもしや失敗しては、という懸念《けねん》がまちがいのもとでして、もうちょっとのところで、心臓を外れてしまいました。血は沢山出よったのですが」

飯沼は誇示するように、紫紺に照る瘢痕《はんこん》を綺《いろ》うて見せた。実際本多が見ても、そこには何かの回復できない帰結があった。赤らんだ粗い肌が凝って、寄ってたかって、その不手際《ふてぎわ》な傷口をふさぎ、むりやりに一つの晦渋《かいじゅう》な帰結へ持って行ったのだった。むかしながらの飯沼の頑《かたく》なな胸は、しかし今も白い胸毛に覆《おお》われて傲《おご》っていた。金ではないな、とはじめて本多は気づいたが、そう思っていたことを恥じる気持は毛頭なかった。飯沼は今も昔も変っていない。ただ、この種の人間にも、追いつめられ汚され辱《はずか》しめられたものを結晶させ凝結させて、それを稀少《きしょう》の玉髄にして、逆にそれを崇高さに転じて、それをもっとも信頼できる証人の前へさし出したいという気持が生じたのもふしぎはない。本気にしろ、狂言にしろ、畢竟《ひっきょう》胸に作られた紫紺の瘢痕は、飯沼の人生にただ一顆《か》のこされた宝石だったのだ。そして本多はといえば、むかしの高潔な行為の報酬として、迷惑ながら、その証人に選ばれる栄に浴しただけのことだった。

袖《そで》を入れると、急に酔がさめたように、飯沼は長居を詫《わ》び、馳走《ちそう》の礼を言った。早速かえりかけるのを引止めて、本多は五万円の金を包んで、しきりに尻込《しりご》みするポケットへ押し入れた。

「では、御厚意に甘えて、忝《かたじけな》く頂戴《ちょうだい》しまして、靖献《せいけん》塾の再建の費用に充《あ》てさせていただきます」

と飯沼は四角四面の挨拶《あいさつ》をした。

雨の玄関へ送って出る。飯沼のうしろ姿が柘榴《ざくろ》の葉かげの耳門《くぐり》へ消える。見送った本多は、何故《なぜ》かしらそのうしろ姿を、暗い日本の周辺に散在している無数の夜の島の一つのように感じた。狂おしい、荒れた、水と謂《い》っては天水にたよるしかない、飢えた一つの離島のように。

三十二

ジン・ジャンの指に指環《ゆびわ》を委《ゆだ》ねてから、安心を得るどころか、却《かえ》って本多の心には不安が募った。

自分の存在を消して、ジン・ジャンを隈《くま》なく眺めるには、どうすればよいかという難問にとらわれた。ジン・ジャンが本多の存在に気づかずに、いきいきと動き、放恣《ほうし》に横たわり、内心のどんな秘密をも開顕し、ごく自然に活《い》きてゆくありのままの姿を、あたかも生物学者のように細大洩《も》らさず観察できたら、どんなによかろう。そこへ本多という要素が一つ加わったら、その瞬間にすべては瓦解《がかい》するのだ。

一つの完結した水晶の結晶、一つの愛らしい主観の自由な遊弋《ゆうよく》のほかには何ものをも容《い》れない硝子鉢《ガラスばち》、その中にこそジン・ジャンはいるべきだった。

清顕と勲については、かれらの人生がそういう水晶のような結晶を結ぶのに、本多はいささかの力を致したという自負が本多にはあった。その二つの人生において、本多はさしのべる救いの手であり、同時に、何の役にも立たない無効の手であった。重要なことは、本多がその役を、何も知らずに、はなはだ自然に、純粋な愚かしさの中で、（自分は知的な役割を演じているつもりで）、演じ了《おお》せたことだ。しかし、「知ってしまった」あとでは！　あの灼熱《しやくねつ》の印度が手きびしくそれを知らせてくれたあとでは、彼が「生」に対してどんな手助けができようか？　どんな干渉が、どんな参与がありえようか？

しかもジン・ジャンは女だった。魅惑の無明《むみよう》の闇《やみ》を、コップの縁《へり》までなみなみと充《み》たした肉体だった。それは誘惑する。それは本多を不断に生へといざなう。何のためだろう。何のためかは知れぬが、おそらく一つには、その生の放つ魅惑によって人手を借りてその生自体を破壊させるために。又一つには、今度こそ徹底的に、本多に参与の不可能を思い知らせるために。

もちろん本多には、ジン・ジャンを水晶の裡《うち》に保つことが自分の快楽の本質だと思われたけれども、持って生れた究理慾《きゆうりよく》とも袂《たもと》を分つことができなかった。どうにかしてこの相矛盾する嗜慾《しよく》を調和へみちびき、ジン・ジャンという、生の流れの泥から咲き出た一茎の黒い蓮華《れんげ》に、打ち克《か》ってだてはないものだろうか。

この点では、ジン・ジャンにはっきり清顕や勲の転生《てんしょう》の証跡があらわれたほうがよい。そうすれば、情熱はさまされるだろう。しかし一方、もしジン・ジャンがはじめから、本多の見てきた一連の転生の流れと何の関わりもない一個の少女であったとしたら、これほど魅惑されることもなかったにちがいない。それならおそらく、情熱をきびしく嘲《あざけ》る力の源も、この世のものならぬ魅惑の源も、いずれも同じ輪廻《りんね》の中にあるのだ。覚醒《かくせい》の源も輪廻、迷いの源も輪廻なのだ。

これを思うにつけ、本多は自分が人生の終末ちかく、財をなして自足しきった初老の男のようでありたい、とつくづく思った。そういう男を本多はいくらも知っている。金《かね》儲《もう》けや出世について、権力の争いについては俊敏そのもの、手ごわい競争者の心理には誰よりも読みが深く、しかも女に対しては、何百人とベッドを共にしても一向に無知な連中。そういう連中は金力や権力で、自分のまわりに女たちや幇間《ほうかん》たちの屏風《びょうぶ》を張りめぐらして満足する。女たちはみんな月のように、こちらへ片面だけを見せて居並んでいる。……それは自由ではない、檻《おり》だ、と本多は考えた。自分の目に見えるだけのもので、この世の中を完結させ閉鎖してしまう檻のなかに自ら居《い》坐《すわ》ることだ。

もう少し賢明な人たちもいる。彼は金持で、権力者で、人間通だ。人間について何一つ知らぬことはなく、表側の些《さ》細《さい》な兆候から、すべての裏面を占うことができる。蓼酢《たでず》の苦味で人生を味わう卓抜な心理家。いつでも好きなときに草木や石の布置をとりかえよと命ずることのできる美しい小さな庭、世界と人生を凝縮し整理し秩序立てた精妙な好事家《こうずか》の庭の持主。欺瞞《ぎまん》を一つの庭石に、媚《こ》びを一本《ひともと》の百日紅《さるすべり》に、直情を木賊《とくさ》の叢《くさむら》に、追従を蹲踞《つくばい》に、忠実を小滝に、おびただしい裏切りを奇峭《きしよう》な岩組に仕組んだ寓意《ぐうい》的な庭を、ひねもす目前にして、そこまで世界と人生の抵抗を奪い去った喜びに静かにひたり、こちらには認識者の苦さと優越だけを、飛び切りの茶碗《ちやわん》に入れた薄茶の緑の泡のように、しっかりと掌《てのひら》の中に保持していること。

本多はそういう人たちと同種ではない。ただ自足していなくて、不安に充ち、さりとてすでに無知ではない。知りうることと知りえないこととの境界を垣間見たというだけで、すでに無知ではない。そして不安こそ、われわれが若さから窃《ぬす》みうるこよない宝だ。本多はすでに清顕と勲の人生に立会い、手をさしのべることの全く無意味な、運命の形姿をこの目に見たのだった。それは全く、欺《だま》されているようなものだった。生きるということは、運命の見地に立てば、まるきり詐欺《さぎ》にかけられているようなものだった。そして人間存在とは？　人間存在とは不如意《ふによい》だ、ということを、本多は印度でしたたかに学んだのである。

さるにても、生の絶対の受身の姿、尋常では見られない生のごく存在論的な姿、そういうものに本多は魅せられすぎ、又そういうものでなくては生ではないという、贅沢《ぜいたく》な認識に染まりすぎていた。彼は誘惑者の資格を徹底的に欠いていた。なぜなら、誘惑し欺すということは、運命の見地からは徒爾《あだごと》だったし、誘惑するという意志そのものが徒爾だったからである。純粋に運命自体によってだけ欺されている生の姿以外に、生はない、と考えるとき、どうしてわれわれの介入が可能であろう。そのような存在の純粋なすがたを、見ることさえどうしてできよう。さしあたっては、その不在においてだけ、想像力で相渉《あいわた》るほかはない。一つの宇宙の中に自足しているジン・ジャン、それ自体が一つの宇宙であるジン・ジャンは、あくまでも本多と隔絶していなければならない。彼女はともすると一種の光学的存在であり、肉体の虹《にじ》なのであった。顔は赤、首筋は橙《だいだい》いろ、胸は黄、腹は緑、太腿《ふともも》は青、脛《はぎ》は藍《あい》、足の指は菫《すみれ》いろ、そして顔の上部には見えない赤外線の心と、足の蹈《ふ》まえる下には見えない紫外線の記憶の足跡と。……そしてその虹の端は、死の天空へ融《と》け入っている。死の空へ架ける虹。知らないということが、そもそもエロティシズムの第一条件であるならば、エロティシズムの極致は、永遠の不可知にしかない筈《はず》だ。すなわち「死」に。

思いもかけぬ金が入ったとき、本多は自分の快楽に役立てようと人並に考えたが、そのときすでに彼のもっとも本質的な快楽にとって、金は不要になっていた。参与することと、世話をし、保護し、所有し、独占することには、金もかかるし、金も有用だが、本多の快楽はそれらすべてを忌避するのであった。

金のかからぬ快楽にこそ、身の毛もよだつような歓《よろこ》びがひそむのを、本多は知っていた。身を隠す夜の木立の幹の濡《ぬ》れた苔《こけ》の手ざわり、ひざまずいた土の落葉のしめやかな匂《にお》い。それは去年の五月の公園の夜であった。若葉の香りは濃密で、恋人たちは草の上に乱れていた。その林の外周の自動車路のヘッドライトの悲壮な往来。それがあたかも針葉樹林を神殿の列柱のように見せ、その列柱の影を次から次へと、悲劇的に薙《な》ぎ倒す光芒《こうぼう》のすばやさと、それが草生《くさふ》の上を走るときの戦慄《せんりつ》。その中に一瞬うかぶ、まくれた下着の白の、ほとんど残虐《ざんぎやく》なほどの神聖な美しさ。たった一度、その光芒が、ほのかに目をあいた女の顔の上をまともに擦過したことがある。なぜ目をあいていたのが見えたのか。一滴の光りの反射が瞳《ひとみ》に落ちるのが見えたからには、たしかに女は、半眼ながら、目をひらいていたのにちがいない。それは存在の闇を一気に引き剝《は》がした凄愴《せいそう》な瞬間だったから、見える筈のないものまで見えてしまったのだ。

恋人たちの戦慄と戦慄を等しくし、その鼓動と鼓動を等しくし、同じ不安を頒《わか》ち合い、これほどの同一化の果てに、しかも見るだけで決して見られぬ存在にとどまること。その静かな作業の執行者は、あちこちの木蔭《こかげ》や草むらに蟋蟀《こおろぎ》のように隠れていた。本多も、無名のその一人だった。

闇にうかぶ若い男女の、むつみ合う白い裸の下半身。闇のひときわ濃いあたりに舞う手のやさしさ。ピンポンの球のように白い男の尻《しり》。そしてあの一つ一つの吐息の、ほとんど法的な信憑性《しんぴょう》。

　そうだ。思いがけず女の顔を、ヘッドライトが照らし出した一瞬、存在の闇を引っぺがすその瞬間に、たじろいだのは行為者ではなかった。たじろいだのはむしろ覗《のぞ》き手だった。夜の公園のはるか外側に、燠《おき》のように燃えのこっているネオンの反映のあたりから、遠く抒情《じょじょう》的なパトロール・カアのサイレンがひびいて来ると、恐怖と不安のために覗き手の木蔭はざわめき、見られている女たちは溺《おぼ》れたまま身じろぎもせず、見られている男たちは必ず狼《おおかみ》のように凜々《りり》しく、その社会的な上半身のシルエットを俊敏に起した。

　本多はあるとき古手の弁護士から、彼が警察で耳に入れた小さな醜聞を、午餐《ごさん》の世間話としてたまたま聴いた。この表沙汰《おもてざた》にならずじまいの醜聞は、法曹界で誰知らぬ者のない高名な老人にかかわるもので、名誉も人々の寄せる尊敬にも充ち足りたこの人は、常習犯として警察につかまったのであった。彼は六十五歳だった。若い警察官は名刺を要求し、恥におののいている老人から苛酷《かこく》に状況をきき出し、ことこまかに覗きの姿態を演じさせ、その上で執拗《しつよう》な説諭を垂れた。若い警官は老人の身分を知れば知るほど、興に乗って揶揄《からか》いはじめ、老人の社会的名誉とこうした犯罪との間に横たわるおそろしいクレバスを誇張してみせ、その深淵《しんえん》に橋を架けることは人力で及ばぬことを承知の上で、その架橋の不可能を以《もっ》て、老人をやさしくいたぶったのだった。孫ほどの青年から

「説諭」を受けているあいだ、老人は卑屈になり、うなだれ、何度となく額の汗を拭った。こうして行政機構の末端の泥をたっぷり口へ押し込まれた末、老人はお目こぼしをしてもらって、釈放された。そしてその一年後、癌《がん》で死んだ。

本多だったらどうだろう？

本多はその絶望的な深淵をらくらくと渡らせる架橋の秘訣《ひけつ》を知っていた筈だ。それこそは印度の秘法だった。

あの涙のにじむような快楽、この世で一等謙虚な快楽を、老法官はどうして法的な言葉で説明できなかったものだろう。しかし本多にしても、笑うべき世間話として聞き流すふりをしていたその午餐のあいだ、心はわざわざ自分に向ってそんな話をした弁護士の心事をあれこれと忖度《そんたく》し、要所要所で人のわるい笑いを合せる努力に追われ、世間の目の中に置かれたその汚れた藁草履《わらぞうり》のような快楽のみじめさと、どんな快楽の核心にもひそむ厳粛なものとの無残な対比に目もくらみ、さてその一時間の午餐のぞっとする労苦と引きかえに、以後、ついに幸いに誰にも知られずにすんだこの習慣、その戦慄と、すっぱり縁を切ったのであった。

自分の中ですでに公然と理性を汚辱していた彼が、危険をかえりみない、ということはありえない。なぜなら、真の危険を犯すものは理性であり、その勇気も理性からだけ生れるからだ。

金が安全を保証せず、本当の戦慄も購《あがな》いえないというのなら、生《なま》の、ほんものの生に対して、本多の年齢は一体何ができたであろう。しかもそれに対する飢渇は、年を経て募りこそすれ、衰えるけしきはなかった。

本多はそのために、不本意ながら、何かある介在物を必要とするにいたるだろう。ジン・ジャンがたとえ万一本多と一緒に寝ることがあったとしても、決して本多には見せないだろう何ものかが、本多の欲する唯一《ゆいいつ》のものである以上、それを手に入れるには、間接の、まわりくどい、人工的な手段が必要になるだろう。

……こうした思いに苛《さい》なまれて眠られぬ一夜、本多は本棚の片隅に埃《ほこり》のつもるままに放置《ほう》っておいたあの「大金色孔雀明王経《だいこんじきくじやくみようおうきよう》」をとりだして見ることがあった。

孔雀成就《じようじゆ》を意味するという、

「摩諭羅吉羅帝莎訶《まゆらきらていそわか》」

の真言を口吟《くちずさ》んでみたりした。

それはただの難解な遊びであった。この経のおかげで彼が無事に戦後へ生きのびたとすれば、そんな風にして保たれた彼の生は、ますます架空のものに思われた。

三十三

本多がしたその孔雀明王経の話に、慶子は甚だ興味を示した。

「蛇に咬《か》まれたとき利《き》くんですって？　それはぜひ教えていただきたいわ。御殿場の家の庭にはよく蛇が出るんですもの」

「陀羅尼《だらに》のはじめのところを一寸《ちょっと》おぼえていますがね。

怛儞也他《たどやた》壱底《いっち》蜜底《みっち》底里《ちり》蜜底《みっち》底里《ちり》弭里《びり》蜜底《みっち》

というんです」

「チリビリビンの歌みたいだわ」

と慶子は笑った。

こんな不謹慎な反応に、本多は子供っぽい不服を覚えて、その話をやめてしまった。

慶子は甥《おい》だという慶応の学生を連れて来ていた。舶来の背広を着て、高価な舶来の腕時計をしていた。眉《まゆ》が細く、唇が薄かった。この種の今時の浮華な若者を見る目が、いつのまにか昔の「剣道部の精神」の目になっていることに、本多は自ら愕《おどろ》いた。

慶子は、しかし、悠揚迫らざるものがあった。ゆったりとした口調で指図をした。彼女に一度ものをたのめば、何から何まで指図されてしまうのだった。

それというのも一昨日、帰京した慶子に東京会館の午飯《ひるめし》を奢《おご》った折、ジン・ジャンによい男友達を、それもなるべく手の早い青年を紹介してやりたい、と本多が言ったのである。この一言で慶子はすべてを察した。

「わかるわ。あの娘《こ》が処女であっては、あなたにすべて具合がわるいわけね。今度私の仕様のない甥を連れて来て差上げましょう。この子なら、あとくされのあることなんか何もないのよ。あとであなたは、ゆっくりあの娘《こ》のやさしい、親切すぎる、慰め手の役をなさって、お楽しみになれるわけだから。……すばらしい計画ね」

しかし慶子の口からすばらしいと言われるとき、すばらしさはつねに失《う》せていた。彼女は快楽について、もしそれが売春の場合ならいやでも装《よそお》うだろう情緒を徹底的に欠いて、几帳面《きちようめん》すぎるところがあった。

それから慶子は、その志村克己という甥のお洒落《しやれ》について説明し、父親の友人のアメリカ人の手蔓《てづる》で、自分の寸法をニューヨークへ送ってやり、ブルックス・ブラザーズの背広を四季毎《ごと》に誂《あつら》えているのだ、という話をした。この話だけでも青年の風貌《ふうぼう》は知れた。

――孔雀明王経の話のあいだ、克己は退屈そうにあらぬ方を見ていた。帝国ホテルのロビーは墓地の入口のようで、むきだしの大谷石が中二階の堺《さかい》を低く区切り、又、ロビーの片隅の売店には、アメリカの雑誌や袖珍本《しゆうちんぼん》のけばけばしい表紙の色が、そこだけ墓地の枯れた献花のようにしどけなく咲いていた。

人の話に真剣に耳を傾けない点では、叔母も甥もよく似ていたが、甥のその態度はただの無礼であり、叔母のは何かそれ自体が礼儀であるかのようであった。慶子は骨身にしみ入る怖《おそ》ろしい懺悔《ざんげ》でも、おそらく同じように聴き流してくれるにちがいない。

「困るのはジン・ジャンがちゃんと来るか来ないかわからないということなんですよ」

と本多が言うと、

「別荘びらき以来、恐怖症におかかりになったのね。こうしてのんびり待ちましょう。来なければ来ないで、三人で食事に行けば、それはそれでたのしいでしょう。克己も別に、人を待ち遠しがるような性分じゃないものね」

「あ……いや……そうですよ」

と克己は歯切れのよすぎる口調で、あいまいな返事をした。

慶子は急に何か思いついたように、手提から固形香水をとりだして、翡翠《ひすい》の耳飾りを垂らした耳朶《みみたぶ》にこすりつけた。

これが何かの合図になったみたいに、ロビーの灯火がのこらず消えた。

「ちぇっ、停電だ」

と克己の声が言った。停電のときに、停電だと言って、一体それが何になるのだろう、と本多は思った。怠惰の言訳としてしか言葉を使わぬ人間がいるものだ。

慶子はさすがに一語も発しなかった。闇《やみ》の中で固形香水がふたたび蔵《しま》われ、手提の留金が閉ざされる小気味のよい音が弾《はじ》き出された。その音がさらに一つの闇を撥《ひら》いた。その闇のなかで、慶子が大きくひろがり、漂ってくる香水の薫《かおり》と共に、しっかりした豊かな臀《いしき》、女の支配的な肉をひそかに無際限にふくらます気配がした。

しかし沈黙もつかのま、闇をかきわけるように、遭難者同士のわざとらしい快活さに充《み》ちた会話がはじまった。

「占領中は、乏しい電力を進駐軍が優先的に使うのだから、ひっきりなしの停電も諦《あきら》めがついたが、これから先もこの調子がつづくんですかね」

「いつか大停電の晩、丁度代々木へんを通っていて、代々木ハイツだけあかあかと灯がついているのが見えたとき、あの闇の中から泛《うか》び上った灯の聚落《しゅうらく》が、何だか別の世界から来た人たちの町のようで、きれいだけど不気味だったわ」

闇と云《い》っても、前庭の池を隔てた街路の車の往来は、玄関の廻転ドアにヘッドライトを及ぼしていた。誰かが出て行ったあとの、ゆるい惰動を残したガラスの廻転ドアは、そのヘッドライトを暗い水底に届く明りの縞《しま》のように揺らした。本多は夜の公園の情景を思い出して、軽い戦慄《せんりつ》を感じた。

「闇のなかでは本当に自由で息がらくらく出来るわ」

と慶子が言い、昼間だってらくらく息のできる人が、と本多が言い返そうとしたとき、慶子の影が大きく浮き上って、壁に流れた。ベル・ボーイが蠟燭《ろうそく》を持って来たのである。そこかしこの灰皿に蠟燭が立て並べられると、ロビーは全くの墓場のようになった。

タクシーが玄関の前に止った。カナリヤ色の少女らしい夜の服を着たジン・ジャンが入って来た。本多はその奇蹟《きせき》に愕いた。約束の時間に十五分しか遅れていない。

蠟燭の光りで見るジン・ジャンは美しかった。髪は闇にまぎれ、瞳《ひとみ》には幾多の焰《ほのお》がゆらめいていた。笑った歯のつややかさも、電気の明りで見るのにまさった。カナリヤ色の服地の胸は、影を誇張して、息づいていた。

「覚えていらっしゃる？　久松よ。御殿場でお目にかかって以来ね」

と慶子が言った。ジン・ジャンはそのときの礼も言わず、ただ愛らしく「はい」と答えた。

慶子が克己を紹介し、克己が椅子《いす》を譲った。克己がジン・ジャンの美しさに強い印象を受けていることは、本多にもすぐにわかった。

ジン・ジャンは本多に強《し》いて見せるのではなかったが、さりげなく、例のエメラルドの指環《ゆびわ》をはめた指を展《ひら》いて見せた。蠟燭の火にその緑は、飛んで来た甲虫《こうちゅう》の鞘翅《しょうし》のように映えた。護門神ヤスカの黄金の魁偉《かいい》な顔は、影に充ちて怒っていた。その指環をはめて来たことを、いかにもジン・ジャンのやさしさの発露だと本多は受け取った。

慶子はすぐ目をつけて、その指を無造作に引いた。

「まあめずらしい指環ね。お国の指環？」

御殿場での下検分を忘れている筈《はず》はなかったが、慶子の礼儀は、あたかも本当に忘れているかのように自然を極めた。

本多から貰《もら》ったということを、ジン・ジャンが言うかどうかを、本多は一つの蠟燭の

焰を見つめて、心の中で小さな賭《かけ》をしたが、

「ええ、タイの」

と言っただけのジン・ジャンの返事に安堵《あんど》して、自分がしつらえたさりげなさの美徳に酔った。

今見た指環のことはもう忘れたように、慶子は椅子から立上って指揮をとった。

「マヌエラへ行きましょう。よそで食事をして、又ナイトクラブへ繰り出す手間を考えたら、はじめからクラブへ行ったほうがいいのじゃなくて？　あそこなら結構美味《おい》しいわ」

克己は米人名義で買ったポンティヤックを持って来ていた。これにみんなで乗り込んでゆけば、マヌエラまで二分もかからない。

助手台にジン・ジャンが乗り、後部座席に本多と慶子が乗った。車の乗り降りの際の慶子の立派な態度は見物《みもの》だった。記憶の遡《さかのぼ》るかぎり、人より先に車に乗る習慣の慶子は、スカートを擦《す》って奥までいざり寄るようなことはなく、自分の坐《すわ》るべきところを見定めて、その花瓶のような臀《いしき》を、一気に、滞りなく運ぶのであった。

うしろから助手台のジン・ジャンを眺めると、椅子の背に垂らした髪の黒さは、一際《ひときわ》見事だった。それは頽《くず》れた城壁から垂れた黒い蔦《つた》の葉叢《はむら》を思わせた。昼はそのかげに蜥蜴《とかげ》が憩《やす》んで。……

ミス・マヌエラはＮＨＫの前のビルの地下室に、洒落た小体《こてい》なナイトクラブをひらいていた。この混血の浅黒い肌の舞踊家は、階段をまっさきに降りてくる慶子や克己を見ると、馴染《なじ》みの客への友だちらしい挨拶《あいさつ》をした。

「あら、いらっしゃい。あら、克己ちゃんも。ずいぶん早いお出ましね。今夜はどうぞ、うちを占領して頂戴《ちようだい》」

早すぎる時刻のクラブには、人っ子一人いないダンス・フロアに、ただ音楽が北風のように吹き荒《すさ》んで、深夜の街路にちらばった白い紙屑《かみくず》のように、ミラー・ボールの光りの薄片を舞わしていた。

「すてきだわ。私たちだけで占領できるのね」

と慶子は指環のきらめく両手を暗い空間へひろげて言った。この抱擁的な叫びの彼方《かなた》で、管楽器が悲しげに光って鳴っていた。

「いいから、まあお坐りあそばせよ」

と、ウエイターに代って注文を取ろうとするミス・マヌエラに、慶子は強引に言った。克己が立上って椅子を奨《すす》めた。慶子がはじめて、ジン・ジャンと本多をミス・マヌエラに紹介した。そして本多のことを、

「この方、私の新らしいお友達。私、日本趣味になったのよ」

「そりゃいいことだわ。あなたあんまりアメリカくさいわよ。少し匂《にお》いを抜いたほうが

いいわ」

とミス・マヌエラは、大げさに慶子を嗅《か》ぎまわるような身振りをし、慶子は大げさにくすぐったがるような身振りをした。この戯《たわむ》れに、ジン・ジャンは心《しん》からおかしそうに笑って、卓上のコップの水を危うく覆《くつが》えすところだった。本多は些《いささ》か困惑の目を克己と見交わしたが、考えてみると、これが克己の目と目を合わせたはじめであった。

慶子が急に思い出したように、威厳を取り戻して、つまらぬことを訊《き》いた。

「さっきの停電、困って？」

「全然困らないわ。うちはキャンドル・サーヴィスですもの」

とミス・マヌエラは傲然《ごうぜん》と答えて、口もとはほの暗い明りに白い歯列を露《あら》わして、本多のほうへ人なつこい微笑を向けていた。

バンドの人たちが去りぎわに慶子に挨拶をし、慶子が白い手をひらめかせてこれに応《こた》えた。すべては慶子を央《なか》にしてめぐっていた。

それから四人はここで食事をした。本多は暗いところで物を喰うのが好きではなかったが、仕方がなかった。シャトオブリアンの切口からのぞいた血の色は、鮮やかな洋紅であるべきものが、陰鬱《いんうつ》に黒ずんでいた。

客がふえはじめた。若がってこんな遊び場所にいる自分を、本多は一瞬、気を喪《うしな》いそうな心地で想像した。世間で言っているように、一日も早く革命が起ればよいのだ。

卓の三人が総立ちになったので、何事が起ったかと本多が愕くと、慶子とジン・ジャンが相携えてパウダー・ルームへ行くために立上り、克己が婦人が席を立った時の礼をとって、立上ったにすぎなかった。克己が坐り直して、はじめて男二人になった。音楽とダンスの中に置かれた五十八歳と二十一歳の男は、話の継穂を失《な》くして、お互いにあらぬ方を見て黙っていた。

「すごい魅力ですね」

と突然克己がやや嗄《かす》れた声で言った。

「気に入りましたかね」

「僕はああいう色が浅黒くて、小柄で、しかも肉体美で、日本語の下手な女性に、ずっと憧《あこが》れていたんです。何というんでしょうか。僕には一寸《ちよつと》特殊な趣味があるんですね」

「そうですか」

その一語一語に嫌悪《けんお》を催おしながら、本多は柔和な微笑を泛べて相槌《あいづち》を打った。

「君は肉体ということをどう思いますか」

と今度は本多のほうから訊いた。

「さあ、考えてみたことはありませんね。肉体主義のことですか」

と青年は浮薄な答をしながら、本多の煙草《たばこ》にすばやくダンヒルのライターで火をつけた。

「たとえば君が葡萄《ぶどう》の一房を手に握る。あんまり強く握れば葡萄は破れるでしょう。しかし破れない程度に握れば、今度は葡萄の皮の張りが妙な抵抗をして指に逆らって来るでしょう。そういうときの感じが、私の言う肉体ということだ。わかるかな」

「そりゃちょっとわかりますね」

と或《あ》る自信に回想の重みを添えて、一生けんめい大人ぶりたい年頃の学生は、由《よし》ありげに答えた。

「それがわかればいい。それさえわかればそれでいいんだ」

と本多は言って話を打切った。

——後刻、克己がはじめてジン・ジャンに踊りを申し込み、三曲もつづけて踊って帰ってきたとき、そしらぬ顔をして本多にこう言った。

「さっきの本多さんの葡萄の話、僕、断然思い出しちゃった」

「何のこと、それ」

と慶子が聴き咎《とが》めた。すべてこういう会話は、騒然たる音楽の中へ、痕跡《こんせき》ものこさず溶けた。

踊っているジン・ジャン！　ダンスを知らない本多は、ただ眺めているだけで飽きなかった。踊るジン・ジャンからは他国暮しの絆《ほだし》が解かれ、本然のものが幸福に流露して、体のわりに細い首がよく廻り、(その頸《くび》と足首とは細く軽捷《けいしょう》にできていた)、ひるがえるスカートの下に、遠く望む島の二本の高い椰子《やし》の木のように、美しい脚が爪先《つまさき》立ち、肉のけだるさと活力がたえず交替し、たゆたいと躍動とが一瞬に移りかわり、踊っているあいだというもの絶やさない笑顔は、ジルバーを踊る克己の指尖《ゆびさき》に操られて旋回するとき、姿ははやうしろ向きになりかかるのに、笑っている口もとと白い歯のきらめきが、半月のように、まだ見えた。

三十四

世間は不安な兆《きざし》に充《み》ちていた。

メーデーの日に皇居前で騒擾《そうじょう》が起った。群衆に警官が発砲して、さわぎが大きくなった。デモ隊は六、七人一団となって、米人の乗用車にとりついて、これをくつがえして火をつけた。白バイの警官は襲われて、乗り捨てて逃げた白バイには火が放たれた。御《お》濠《ほり》に落ちたアメリカの水兵は、顔をあげれば石を投げられるので、泳ぎ着くこともならず、十数分浮いつ沈みつした。広場のいたるところに焔《ほのお》が上った。このあいだ日比谷のGHQ、明治生命ビルその他は、剣附鉄砲を携えた米兵の堵《と》列《れつ》に守られていた。

この擾乱《じょうらん》は只事《ただごと》ではなかった。これで果てるとは誰も思わず、未来にはさらに大がかりな蜂起《ほうき》が、次々と企てられていると感じられた。

五月一日に丸ビルのオフィスへ行かなかった本多は、わが目で見たわけではなかったが、一部始終をラジオで聴き新聞で読んで、容易ならぬことだと思った。あの戦時中をむしろ無関心にすごした彼が、ここへ来て、世間で生起することを、見すごせなくなったのである。財産の古典的三分法に不安を覚え、今後の方針について、財務顧問をして貰《もら》っている友人によく相談せねばならぬと思った。

あくる日、家にじっとしていられなくなって散歩に出た。本郷三丁目界隈《かいわい》は、初夏の日が古い町並を照らして、何の異変もなかった。法律書などを売る固い店を避け、店先に雑誌類を雑多に並べた一軒の本屋に入った。永年の習慣で、散歩というと本屋へ行くのである。

夥《おびただ》しい背文字の列が心を慰めた。すべてが観念に化してここに納められている。人間の愛欲も、政治的騒擾も、すべては活字になって沈静に配列されている。しかもここにはすべてがあるのだ。編物の手ほどきから国際政治まで。

どうして本屋にいると心が落着くのか、本多は幼少の頃から、そういう癖《へき》を持っていたとしか云《い》いようがない。清顕にも勲にもそういう癖《へき》はなかった。それはどういう癖《へき》であろう。たえず世界を要約していなくては不安な心、まだ記録されない現実は執拗《しつよう》に認めまいとする頑《かたく》なな心、ステファヌ・マラルメではないが、何事もいずれは表現されるのであり、世界は一冊の美しい書物に終るのであれば、終ってから駈《か》けつけても遅くはないのだ。

そうだ。すでにきのうの事件は終った。ここには火焔罎《かえんびん》の炎もない。怒号もない。暴力もない。流血の遠い反映すらない。大人しい市民が、子供づれで際物《きわもの》の本をあさっていたり、買物袋を下げた若草いろのスウェータアの太った女が、不遜《ふそん》な声で、婦人雑誌の今月号はまだ出ないかとたずねていたりする。本屋の親爺《おやじ》の趣味で、店の奥に菖蒲《しょうぶ》の花を活《い》けた花瓶が、文士の下手くそな揮毫《きごう》の、

「読書は心の糧《かて》」

という色紙の額の下に置かれている。

本多はせまい店内の客にぶつかりながら一巡して、気に入った本がないままに、通俗的な雑誌を置き並べてある棚の前まで来た。そこで一人の学生らしい青年が、スポーツ・シャツの姿で一心に雑誌を立ち読みしている。それが尋常一様でない一心さで、いつまでも同じ頁《ページ》を凝視しているのが、遠くから人目を惹《ひ》いた。その青年の右脇《みぎわき》まで来て、本多は青年が見ている雑誌の頁へ何気なしに目をやった。

縄で縛られて横坐《よこずわ》りに坐った裸の女の写真の、印刷のわるい、曇った青磁いろのグラヴィアの頁が目に入った。さっきから青年は、脇目もふらずに、左手に持った雑誌のその頁を凝視していたのである。

しかし青年のすぐそばまで来て、その姿勢が異様に硬直し、その頸《くび》の角度、その横顔、

その目が、何か埃及《エジプト》のレリーフの立像のように、様式的に不自然なことに本多は気づいた。それから、ズボンの右ポケットに手を入れている青年の、そのズボンの中の手がはげしく機械的に動いているのをありありと見た。

――本多はすぐ本屋を出た。折角の散歩は憂鬱《ゆううつ》になった。

『あいつは何だって又、人前であんなことをするのだろう。あの雑誌を買う金がなかったのだろうか、それならすぐにも俺は、黙って金を払って、買って与えるべきだった。そうだ。どうして俺は咄嗟《とっさ》にそうしなかったのだろう。本当に、何のためらいもなく、本の金を出してやればよかったのだ！』

電信柱を二本ほど歩くうちに、本多の考えは変った。

『いや、そんなことではあるまい。本当にあの雑誌を欲しかったのなら、万年筆を質に入れても、それくらいのものは買えたにちがいない』

どうしても本は買って帰られてはならなかった。その一点から本多の想像は放恣《ほうし》にひろがった。何だかあの青年が他人事《ひとごと》ならず思われたのである。

こんな物思いのまま家へかえって、妻に迎えられるのがいやだったので、散歩の帰さ迂路《うろ》を辿《たど》って、メソジスト教会の角を曲らずに歩いた。

おそらく雑誌を家へ持ち帰らなかったのは、家がうるさいためでもなく、置き場所に困るためでもあるまい。あの青年は下宿に一人暮しだ、と本多は勝手に決めた。下宿の部屋へかえると共に、待ち構えていた孤独が家畜のように青年に飛びかかることが知れており、その孤独と娯《たの》しみを頒《わか》って、縛られた裸婦の写真をひろげることを、彼は怖《おそ》れていたにちがいない。そこにはおそらく青年のしつらえてきた牢獄《ろうごく》の中のような絶対の自由があって、その荒《すさ》んだ自由の四角い小さな空間、そのザーメン・ゲルップフに充ちた暗い巣のなかで、乳房に縄をめり込ませて身悶《みもだ》えている青磁いろの裸の女の顔、そのけぞった一双の鳩《はと》の翼形の鼻孔に対面することが、怖ろしかったにちがいない。そんな完璧《かんぺき》な自由のなかで、縛られた女と向き合うのは、それは殺人と同じことだ。……されば こそ彼は他人の目にさらされるのを選んだのだ。自分をも他人の目に縛られた男に仕立て、その危険と屈辱の只中で、縛られた女と向い会うことを望んだのだ。こうして選ばれたおぞましい条件は、あらゆる性愛にひそむ絹糸のような纎細微妙なシネ・クワ・ノンを現わしていた。

或《あ》るきわめて特殊な、甘美きわまる卑賤《ひせん》の魅惑。青年はそれが芸術写真の美しいモデルであったら、これほど欲望に駆られなかったにちがいない。この大都会に日夜吹きすさぶ暴風のような性。暗い巨大な過剰。火焔鰻の炎の走る路上と、地下の情念の大暗渠《だいあんきょ》。……本多は父の代からの威風堂々たる石の門柱を彼方《かなた》に見たとき、自分は父のような老年からいかに遠く隔たって生きてゆかねばならぬかを思った。そして耳門《くぐり》を押して入ってゆく門内に、白い大きな泰山木《たいさんぼく》の花が、枝先に競って咲き呆《ほう》けているのを見ると、俄《にわ》かに散歩の疲れを感じて、自分は俳句でも作って生きてゆければよいのだが、と思ったりした。

三十五

慶子にたのんでおいた葉巻を受取りかたがた、克己もまじえて三人で話をしたい、と本多が言ったので、克己が車を持って丸ビルへ迎えに来た。初夏の日の強い午後である。本場物のハバナなどはないが、アメリカ製のフロリダ半島産の葉巻ぐらいならPXで手に入る。旧松屋デパートのPX前まで、葉巻を買って出てくる慶子を、車で迎えに行こうというのである。

松屋PXの中へは、もちろん本多は入れない。克己にその前へ駐車させて、車内から出口を見張っている。PXの白いカーテンを垂らした窓の前には、夥《おびただ》しい似顔絵描きがうろついていて、出てくる米兵にまつわっていた。朝鮮帰りらしい若い米兵たちは、大して抵抗もせずに、似顔絵のモデルに立った。中には、買物に来たデニムのブルー・ジンスの米人の少女も、窓の真鍮《しんちゅう》の手摺《てすり》に腰かけて、似顔を描かせていたりした。

車のなかから暇つぶしに眺めているには、それはおもしろい風景だった。衆目の前で照れもせずにまじめな顔でモデルに立っているアメリカ兵たちは、あたかも職業的な義務を果たしているようで、どちらが客かわからなかった。弥次馬《やじうま》がこれを取り囲み、見飽きて去る人の代りがすぐにできて、それらの人数の間から、彫像の首のように丈の高い薔薇《ばら》いろの米兵の首が抜《ぬき》ん出ていた。

「遅いね」

と本多は克己の肩へ声をかけると、陽の中へ身を伸ばしたく思って、車外へ出た。群にまじってモデルの米人の少女を眺めた。美しい少女ではない。ブルー・ジンスの脚をぶらぶらさせ、男ものの格子縞《こうしじま》の半袖《はんそで》のシャツを着て、雀斑《そばかす》の散った頰の半ばを、ビルをよぎる日ざしが斜めに截《き》っている線が、嚙《か》んでいるチューインガムのためにときどき歪《ゆが》む。傲然《ごうぜん》というのでも、冷然というのでもない。人に見られている状況が少しも自然を損なわず、括《くく》ったように深い目の鳶色《とびいろ》の瞳《ひとみ》が、或《あ》る角度を見詰めてほとんど動かない。

他人の目を空気のようにしか見ないその少女に、本多は、ひょっとするとこれこそ自分の求めていた少女かもしれない、と、火を点じられた髪の末端がちりちりと巻き上るような感興を急に覚えた。そのとき、隣りの男から声をかけられた。さっきから本多の顔をしきりに窺《うかが》っている気配がした末に、声をかけて来たのである。

「どこかでお目にかかりましたね」

見ると、鼠《ねずみ》のような小男で、みすぼらしい背広を着ている。顳顬《こめかみ》のところから切り立ったような髪の刈り方をしていて、目が落着きなく、おもねりと恫喝《どうかつ》をまぜ合せた光りを帯びている。見るなり本多は不安を感じた。

「どなたでしたかな。失礼だが……」

と本多は冷厳に言った。男は本多の耳に口を近づけるために伸び上り、

「ほら、夜、公園の木のかげで、よく覗《のぞ》いたお仲間じゃありませんか」

と言った。

本多は蒼白《そうはく》になるまいとして蒼白になった。そして冷たい口調でくりかえした。

「そりゃ一体何のことです。人ちがいじゃありませんか」

この言葉を享《う》けた小男の顔には、急にきびしい嘲笑《ちようしよう》が刻まれた。地層のかすかな亀裂《きれつ》のようなその嘲笑が、時として、どんな大建築物でもたちどころに崩壊させるような力を揮《ふる》うことを本多は知っていた。しかし、さしあたって、何一つ証拠はなかった。そしてもっと良いことには、本多にはもはや、それほど大切にしている名誉もなかったのである。その欠如をありありと気づかせてくれたのは、その嘲笑の功績ともいうべきだった。

本多は肩でその男を押しのけて歩きだした。ＰＸの入口のほうへ行ったのである。そこへ折よく慶子が出て来た。

慶子は紫いろのスーツの胸を張って進み出、顔も隠れるほどの大きな紙袋を両手に抱

えたアメリカ兵を従えていた。情人のジャックかと思われたが、そうではなかった。鋪道《ほどう》のまんなかで、慶子は本多を米兵に紹介した。そして米兵を、

「こちら、名前は知らないの。荷物を持って車へ積んでくれるという親切な人なの」

と説明した。米兵と話している本多を見て、例の小男は逃げてしまった。

慶子は大勲位のような金色燦然《さんぜん》たるブローチを胸につけていた。五月の陽光の中を車へ向って進み、ゆくてには克己がふざけて、うやうやしく車のドアをあけてお辞儀をしていた。米兵は紙袋を次々と克己へ渡し、克己はよろけながら辛うじて受け取った。

それは一つの見物《みもの》であった。PXの前の群衆は、似顔絵描きをそっちのけにして、口をぽかんとあけてこれを眺めた。

車が動きだすと、慶子は親切な米兵に手を振って別れ、米兵もこれに応《こた》えたが、群衆の中からも手を振っている男が二三人あった。

「大した人気ですね」

と本多は、さきほどの精神的な動揺をごく短かい間に納めたことを自分自身に誇示する必要から、多少上ずった軽薄な口調で言った。

「ふふ」

と慶子は満足げに、

「渡る世間に鬼はない、って本当ね」

と言ってから、いそいで支那《し な》刺繡《ししゅう》の重たげについた手巾《ハンカチ》を出して、西洋式に高らかに音を立てて洟《はな》をかんだ。かんだあとの鼻は立派に何事もなく聳《そび》えていた。

「毎晩裸でお寝《やす》みになるからですよ」

と運転しながら克己が言った。

「まあ失礼ね。まるで見て来たように。……それはそうとどこへ行きましょう」

銀座界隈《かいわい》を歩いていては又あの小男に行き会いそうな不安を感じて、

「あの新らしい、日比谷の角の、何と言ったか……」

と本多は名を忘れて苛立《いらだ》った。

「日活ホテルでしょう」

と克己は言って、やがて人ごみの間から鶯《うぐいす》いろに汚れた河面を瞥見《べっけん》しながら、数寄屋《す き や》橋《ばし》を渡った。

慶子はきわめて親切で知的でもあったが、或るやさしさの欠如が目立った。文学美術音楽の話をさせても、よしんば哲学の話をさせても、香水や頸飾《くびかざり》の話をするのと同じように、女らしい贅沢《ぜいたく》や逸楽の味をこめて語り、決して芸術も哲学もむきだしの形を露《あら》わさぬながら、知識はゆたかで、甚だしい疎密《そ みつ》はあったが、部分的にはずいぶん透徹していた。

明治大正の上流夫人が、固苦しい貞女気取か、とんでもないはねっかえりの、どちらかに偏していたことを思うと、慶子の中庸を得ていることはおどろくほどであった。しかし彼女を妻にした男の苦難は察しがついた。決して苛酷《かこく》なわけでもないのに、何か微妙なことについて容赦しないという気構えが、つねに感じられたからである。鎧《よろい》だろうか？　何のために？　わざわざ鎧を身につける必要なぞ、みじんも感じない筈《はず》の育ちの慶子は、世間を敵にまわして戦ったことなどなかったであろう。慶子の前へ出ると、いつも世間が家来になり、或る種の無垢《むく》が権力的に人々を圧迫するのが感じられるのだった。

慶子自身が恩恵と愛情との区別がつかない人柄であれば、彼女から恩恵を享けた人は、まず愛されていると信じてよかった。

今も同じことで、新しいラグビー場のようなロビーの中二階で、シェリーを前にして慶子が指図をはじめたとき、本多は、ジン・ジャンという鳥を、フランス風にどう調理するかをきかされているようで、あまりといえばあまりな心地がした。

「もうあれからあなた二回会ったんでしょう。どんな感じ？　どこまで行けそう？」

とまず慶子は克己を訊問《じんもん》した。訊問しておいて、今まで忘れていた葉巻の厚い大きな木箱を紙袋から引きずり出し、本多の膝《ひざ》の上へ黙って置いた。

「どんな感じって、もうそろそろ機は熟してますね」

金貨を連ね、金字を記した桃いろのリボンを、緑地の上にひらめかせた、丁度欧洲《おうしゅう》のどこかの小国の紙幣を思わせる図案の箱を、本多は久々の葉巻の香りを想像して指尖《ゆびさき》で撫《な》でながら、克己の一語一語に、再び鋭い嫌悪《けんお》を感じた。しかもこの嫌悪を何かの予感のように娯《たの》しんでいる自分におどろいた。

「キスぐらいしたの？」

「ええ、一度」

「どうだった？」

「どうだった、って、留学生会館まで送って行って、門柱のかげで一寸《ちょっと》しただけ」

「だから、どうだったの」

「何だかあわてふためいているみたいでしたよ。きっとはじめてなんでしょう」

「あなたにも似合わず腕がないのね」

「あの娘《こ》は特別ですよ。何しろお姫様ですからね」

慶子は本多のほうへ向き直ってこう言った。

「やっぱり御殿場へ連れていらっしゃるのが一番いいわ。パーティーだと嘘《うそ》をついて、泊りがけの約束で、夜なるべく遅くね。外泊できることはこの前で証明ずみだし、一度呼ばれてすっぽかしてしまった埋め合せの意味もあるし、彼女は断るわけには行かないわ。それに、克己と二人で遠出ということになれば警戒するでしょうから、あなたが一緒にいらっしゃらなくてはだめ。もちろん克己の運転でね。向うで私が待っているという風に、嘘をついて下すっても結構よ。私、別に困りませんから。……そして向うのお宅へ着いたらね、お客が誰もいなくて変でしょう。いくら変に思ったって、外国人のお姫様が、ひとりで逃げ出して帰れやしないから、そこは克己の腕だわね。その晩本多さんは克己にお委《まか》せになって、悠々とカナール・ド・ロランジュが出来上るのをお待ちになればいいんだわ」

三十六

――御殿場二ノ岡の夜中の十二時、本多は客間のファイア・プレイスの火を落したついでに、傘をさしてテラスへ出た。

テラスの前にはすでにプールが形を成して、コンクリートの粗い肌が雨に打たれている。仕上げにはまだ遠く、タラップもついていない。雨のしみ込んだコンクリートは、テラスの灯影の中に、湿布剤のような色を澱《よど》ませている。プール工事だけはどうでも東京から人を呼ばなくてはならないので、なかなか捗《はか》が行かないのである。プールの底の水はけのよくないことは夜目にも明らかだから、帰京して注意せねばならぬと思う。底には点々と水たまりが出来て雨を弾《はじ》いている。その水のさやぎが、テラスの灯の遠い反映をみじめに捕えている。庭の西端の渓谷から昇ってくる夜霧が、芝生の半ばで滞って白く立迷っている。大そう寒い。

未完成のプールは、どんなに夥《おびただ》しい人骨を投げ入れてもなお余りそうな巨大な墓穴に見えてきた。見えてきたのではなくて、はじめからそうとしか見えようがなかった。この底へ次々と投げ落せば、骨《こつ》は水を跳ねちらかして、静まって、それまで火に乾き切っていたのが、みるみる水を含んで、艶《つや》やかにふくらみそうな感じがする。昔なら寿蔵《じゅぞう》を立ててもおかしくない年齢の本多が、事もあろうに、プールを作りかけているのだ。青い水の充溢《じゅういつ》の中で、衰えてたるんだ肉を泛《うか》ばせようという残酷な試み。何か悪意にみちた冗談のためにしか、金を使わない習慣が本多についていた。青い水に映る箱根の山々と夏の雲は、どんなにか彼の老いをきらびやかにするだろう。それというのも、夏になったらただジン・ジャンの裸を目近《まぢか》に見たいためだけに、掘られたプールだと知ったら、ジン・ジャンはどんな顔をするだろう。

本多は戸じまりをするために戻りがけに、傘をかざして、二階の灯を仰ぎ見た。四つの窓が灯を残している。書斎の灯は消してきたので、四つの窓の灯は、書斎につづく二室のゲスト・ルームのそれである。書斎の隣りにはジン・ジャンが泊っている。その向うの部屋には克己が泊っている。……

傘を外れた雨滴が、ズボンを通して、膝関節《しつかんせつ》にしみ入るように思われた。夜の冷気のなかでは、ほうぼうの関節に、しのびやかに苦痛の赤い小さな花が咲いた。本多は目に見えぬその苦痛の花を、小輪の曼珠沙華《ひがんばな》のような花だと想像していた。梵語《ぼんご》に云《い》う天上の花。若いころは肉のなかに大人しく身を隠し、つつましくその役割を果していた骨が、だんだん声高に存在を主張し、歌い、不平を呟《つぶや》き、衰えた肉を突き破って、この肉のしつこい闇《やみ》を脱して、いつも外光を浴びている若葉や石や樹々《きぎ》のように、かれら物象と同等の資格で思うさま外光の中へ身をさらそうとて、表てへ飛び出す機会を窺《うかが》っていた。

おそらくその日の遠からぬことを知っていて……

二階の灯を見ていた本多の胸が、ジン・ジャンの脱衣を思うと、俄《にわ》かに熱くなった。骨が熱を帯びたのか？　関節の赤い花が花粉熱を惹《ひ》き起したのか？　本多は早々《はやばや》と戸じまりを片附けて、客間の灯を消して、足音を忍ばせて二階へ上った。書斎へ音を立てずに入ることができるように、手前の寝室のドアをあけて入った。そして手さぐりで、闇のなかを例の本棚のところへ行った。厚い洋書を一冊一冊抜き出すたびに手が慄《ふる》えた。ついにその棚の奥の覗《のぞ》き穴へ目を接した。

おぼろな光りの円形のなかへ、ジン・ジャンが鼻唄《はなうた》を歌いながら入ってくる、これほど待ちこがれた瞬間はなかった。それは夏の薄暮の端近《はしぢか》にいて、夕顔の咲くのを待つ心持。あるいは、ひらく扇が次第に開顕する絵すがたの、今まさに扇のひらき切る瞬間だった。本多はそこに誰にも見られていないときのジン・ジャンという、彼のこの世でもっとも見たいものを見る筈《はず》だ。彼が見ることで、すでに「誰にも見られていないとき」という条件は崩れるけれども。絶対に見られていないということと、見られていることに気づいていないということとは、似ていて実は本来別々のことなのだけれども。……

——ここへ連れて来られて、パーティーが嘘《うそ》だとわかったのちも、ジン・ジャンの平然としていることは愕《おどろ》くに足りた。

別荘に着いたときから、本多はいくら相手が異国の少女でも、どうごまかしたらよいか鼻白《はなじろ》んでいたし、克己もこの場になっていい子になるために、説明をみな本多に委《ゆだ》ねていた。しかし説明は要らなかった。ファイア・プレイスに火を焚《た》いて、本多が飲物をすすめると、ジン・ジャンは世にも幸福そうに微笑して、何もたずねなかった。おそらく自分のほうで日本語を聴きまちがえていたと思ったのかもしれない。異国で人の招待にあずかって、何かの行きちがいから、ちぐはぐな目に会うのはよくあることである。そもそもジン・ジャンが日本へ来て本多に再会したとき、日本の大使が人づてに本多のかつてのタイ宮廷との縁を知っていて、改めて紹介状をつけてよこし、姫の日本語上達のためつとめて日本語だけを使って話してくれるように依頼してきたのだった。

平気な顔をしているジン・ジャンを見ているうちに、本多は一種哀憐《あいれん》の情にかられた。見知らぬ他国で、やさしさとは程遠い肉のたくらみに巻き込まれ、今そこで、褐色の片頬を煖炉《だんろ》の焔《ほのお》に照らされ、髪も焦《こ》げんばかりに身をすくめて、火に寄り添うている姿は、たえずうかべている微笑、その美しい白いつややかな歯並びが、いいしれず不愍《ふびん》だった。

「君のお父さまは、日本におられたとき、冬が来ると、それはそれは寒そうにしておられて、お気の毒だった。夏を待ちこがれていなすった。君もそうでしょう」

「そうです。寒いのは、私、きらい」

「まあこの寒さも一時《いっとき》で、あと二ヶ月もたてば、日本の夏はバンコックの夏と大して変りはしない。……全くそうして寒そうにしていると、お父様を思い出す。それから私の若かった時代を」

と本多は言って、葉巻の灰を煖炉へ落しに行って、上からジン・ジャンの膝《ひざ》をぬすみ見た。するとひらいていた膝が、合歓《ねむ》の葉のように敏感に閉じた。

みんな椅子《いす》を遠ざけて、煖炉の前の絨毯《じゅうたん》に坐《すわ》っていたから、その間《かん》、ジン・ジャンのさまざまな姿態を見ることができた。ジン・ジャンは、たとえば椅子に身を正して気品を保ったり、美しい脚を束ねて横坐りになって、西洋女の油断も隙《すき》もない懶惰《らんだ》を演じてみせたりすることもできたが、突然その規矩《きく》を外《はず》れて、本多をおどろかすことがあった。はじめて火のそばへ来たときがそうであった。うそ寒く肩をすぼめ、顎《あご》を出し、首の埋め方もわびしげに、細い手首を高く上げてひらひらさせながら喋《しゃべ》る姿には、一種支那《しな》風な軽薄さがあった。また、いよいよ火に近づき、丁度熱帯の午後の市《いち》に、辛うじて深い緑の木かげで果物を商っている女が、すぐ目の前に迫っている灼熱《しゃくねつ》の日ざしに対するように、火に対して坐るのである。そのときには、両膝を立て、腰を浮かし、ゆたかな胸とはりつめた太腿《ふともも》とがぴったり押し合うほど背をかがめ、その潰《つぶ》れた乳房と腿との接点が重心をなして、重心のまわりに体がこころもち揺れている、世にも野卑な姿勢をとった。そういうときには、筋肉の緊張が、臀《いしき》、腿、背中などの、はなはだ高貴でない個所にばかり漲《みなぎ》って、本多は密林《ジャングル》の朽葉《くちば》の堆積《たいせき》が立てるような、鋭い野性の匂《にお》いを嗅《か》いだ。

克己はといえば、ブランデー・グラスの切子硝子《きりこガラス》の斑紋《はんもん》を白い手に映して、平静を装《よそお》いながら、いらいらしていた。その性慾《せいよく》を本多は蔑《さげす》んだ。

「今夜は大丈夫。君の部屋だけは十分温かくしてあげるから」と、まだ泊るの泊らぬのという話が一切出ぬうちに、本多は先手を打った。「大きな電気ストーヴを二つ入れてあげよう。慶子さんの口ききで、家《うち》の電気の容量は進駐軍並みに上げてもらったのでね」

しかし本多は、なぜこの洋館に、温突《オンドル》や炕《こう》のような煖房装置をめぐらしていないかについては、口をつぐんでいた。油の入手のむつかしさから、石炭を使う壁温突を、人にもすすめられたことがある。妻も賛成していたが、本多は肯《がえ》んじなかった。壁温突は二重壁のうちらを温気《うんき》をとおす仕掛である。本多にとっては、壁は一重であることが大切だった。

……静かなところで調べ物をしたいから、と言い置いて、一人旅を装ってここへ来た本多であったが、家を出るときの妻が言った、世間普通の思いやりの言葉が、まるで呪《じゅ》咀《そ》の文句のように、頭の芯《しん》に黒く煤《すす》ぼけて残っていた。

「あちらは寒いから、お風邪を召さないようにね。こんな雨の日には、御殿場の寒さは想像以上でしょうから、くれぐれもお風邪を召さないように」

——本多は覗き穴に目を押し当てた。睫《まつげ》が裏返って薄い瞼《まぶた》を刺した。

ジン・ジャンはまだ着更《きか》えていなかった。客用の寝間着はベッドの上に置かれたままだった。鏡台の椅子に坐って、何かを一心に見ている。はじめは本かと思われたが、はるかに小さく薄くて、写真らしい。何の写真かと、しきりに好都合な角度を待ったが、見えなかった。

口のなかで単調な歌を口吟《くちずさ》んでいる。タイの歌らしい。本多は胡弓《こきゅう》を引くような甲高い声で歌われる支那風のそういう流行歌を、バンコックで夙《つと》に聴いたことがある。それが突然、夜の金行の金鎖の燦然《さんぜん》たる連なりや、朝の運河のかしましい舟市《ふないち》の情景などを思い出させた。

ジン・ジャンは写真を手提にしまうと、二三歩ベッドのほうへ、すなわち覗き穴のほうへまっすぐ歩いた。本多はそのままジン・ジャンが覗き穴を壊して向ってきそうな消魂の思いをした。しかし彼女は、トゥインのうち、スプレッドをかけたままの遠くのベッドに飛び上ると、すらりとした脚を跳ねて、メイク・ベッドをしたこちらの壁際《かべぎわ》のベッドへ飛び移った。本多の目の先はジン・ジャンの脚のみになった。

ジン・ジャンは二三度自分のベッドの上で跳びはねた。跳ぶたびに向きが変り、靴下のうしろの線がねじれているのが見えた。

ナイロンの微光に包まれた美しい脚、ふくらはぎもなだらかに、引きしまった足首まで細まってゆくのが、蹠《あしのうら》はスプリングの黐《もち》にくっついたまま、膝を軽く折りながら跳躍すると、スカートはひるがえって、腿のずっと上のほうまでをつかのまは見せた。靴下の上方の、織りが変って樺色《かばいろ》の濃い部分に、鞘《さや》から実が一つ出た青白い荳科《まめか》植物のような感じの、ガータアの留《とめ》が見える。そのさらに上方に、天窓からのぞく暁闇《ぎょうあん》の空ほどに、ほの暗い腿の素肌の部分があった。

跳ぶジン・ジャンは今にも均衡を失いそうで、本多の目の前の脚は、失神したように右方へ倒れかかったが、しかしとうとう倒れずにベッドから下りた。これらの動作は、多分子供らしい習慣から、馴《な》れないベッドのスプリングの具合を試してみたのであろう。

彼女はそれから、本多の揃《そろ》えた女物の浴衣《ゆかた》の寝間着を仔細《しさい》に検《あらた》めた。洋服の上から着てみて、鏡の前に立って、いろいろと角度を変えて眺めている。漸《ようや》く浴衣を脱ぎ、鏡台の前の椅子におちつくと、両手の指が首のうしろを巧みに摘《つま》んで、金細工の頸飾《くびかざり》を外した。さらに鏡に指をかざし、指環《ゆびわ》を外そうとしてやめた。そのあいだ本多に背を向けているジン・ジャンの、何ものかに操つられてでもいるような、海底の動作を思わせるものうげな緩《ゆる》い動きと表情は、あらかた鏡像として目に入った。

外すのをやめた指環を、ジン・ジャンは、天井の灯へ向けて高く掲げた。指に目立ちすぎる男持ちの指環の、エメラルドの焔は緑に燃え、黄金の護門神ヤスカの怪奇な顔は光りを射た。

やっと彼女は背中へ両手をまわし、ファースナアの上の小さなホックを外そうとした。本多は息を呑《の》んだ。

そのときジン・ジャンははたと手を下ろし、右手の扉のほうへ顔を向けた。鍵《かぎ》をかけた筈の扉があいたのは、克己が本多から渡されていた合鍵であけたのである。しかしこの克己の入って来方の間《ま》の悪さに、本多は唇を噛《か》んだ。あと二三分遅く入って来れば、ジン・ジャンはすでに脱いでいたのだ。

覗き穴のおぼろな丸い額縁のなかで、無垢《むく》な少女の突然の不安は、刹那《せつな》の何か究極の絵になった。戸口から入って来るものは、まだこの一刹那、何者とも知れなかった。部屋中を百合《ゆり》の薫《かお》りに充《み》たして、一羽の白い雄孔雀《くじやく》が尊大な足取で入って来たのかもしれないのだ。それから孔雀の羽搏《はばた》きと、その滑車の軋《きし》りのような啼声《なきごえ》が、部屋全体を人の気配のない午《ひる》さがりの薔薇宮の一室に変えてしまう。……

だが、入ってきたのは、一人の気取った凡庸な青年だった。克己は黙って扉をあけた言訳もせずに、寝つかれないから話しに来たと不器用に言った。少女は微笑を取戻して、椅子をすすめた。二人の長い会話があった。克己が少女におもねって英語を使ったので、ジン・ジャンは急にお喋《しゃべ》りになった。覗いている本多は欠伸《あくび》をした。

克己が少女の手の上へ手を重ねた。そのまま少女が手を引っこめずにいるので、本多は瞳《ひとみ》を凝らしたが、首筋が吊《つ》って永く覗いていることができなかった。

本棚に身を寄せて、今度は気配だけで探ろうとした。闇が想像力を野放しにし、想像のほうがはるかに論理的に、一つ一つの階梯《かいてい》を昇って行った。ジン・ジャンの脱衣はすでにはじまり、燦然たる裸をひらいていた。そして微笑と共に左手をあげたとき、左の脇腹《わきばら》に、この悩ましい熱帯の夜空のような肉体のしるしの星、あの三つ連なった黒子《ほくろ》が現われた。本多にとっては、不可能のしるしが。……本多は目を覆《おお》うた。星の幻は闇の中で忽《たちま》ち砕けた。

何かの気配があった。

本多は又いそいで覗き穴に目をあてた。その際本棚の角に頭が当って、痛みよりも音が気遣われたが、覗き穴の向うのけしきは、そんな音を気にするような状況ではなかった。

克己はジン・ジャンに抱きつき、少女は抗《あらが》っていた。二つの体は揺れに揺れて、覗き穴の円光に入ったり外《はず》れたりした。少女の背のファースナアは下ろされ、鋭角の汗ばんだ褐色の背中と乳当ての紐《ひも》があらわれていた。ジン・ジャンがふりほどいた右手の拳《こぶし》が固められ、エメラルドの緑が、飛翔《ひしょう》する甲虫《こうちゅう》のようにきらめいた。するとそれが克己の頬を裂いた。克己は頬に手をあてて、身を離した。……やがて克己が扉をあけて出てゆく気配がした。ジン・ジャンは息を弾ませてあたりを見廻していたが、一つの椅子を引きずって行ったのは、扉の前に立てるらしかった。

そこまで見て本多は狼狽《ろうばい》した。大人ぶっていても甘ったれの克己が、手当ての薬でも借りに来るのではないかと思ったのである。

それからの本多の忙しさは大変なものだった。音のせぬように、本棚へ一冊一冊厚い洋書を戻し、一種の犯罪者の綿密さで、一冊でも背文字が逆様になっていはせぬかと闇中でためし、それを終ると、書斎の鍵が下りているのをたしかめて、書斎のストーヴの火を消し、さて忍び足で寝室へ行って、寝間着に着換え、今まで着ていたものを洋服簞《だん》笥《す》に放り込み、寝床にもぐり込んで、いつ克己がそのドアをノックして来ても、眠りを妨げられてしぶしぶ起き出した風情《ふぜい》を装うだけの仕度をした。

それが本多の人に知られぬ「若さ」の経験になった。この迅速、この軽捷《けいしょう》、あたかも寄宿舎の学生が、舎則を犯した行動をみごとに取り繕って、そしらぬ顔で寝ているような、この慌《あわた》しい動きのあとでは、一見おだやかに枕《まくら》に頭を委《ゆだ》ねていても、枕が生きて動いて跳ね反《かえ》って来るような激しい動悸《どうき》がしばらく納まらなかった。

克己はおそらく本多を訪れようかどうか思案しているのであろう。これほど長い躊躇《ちゅうちょ》は、衝動に委《まか》せて本多を訪れることの得失を、考えはじめているからに相違あるまい。

……待つともなく克己を待っているうちに、本多は眠ってしまった。

——あくる朝は雨も上って、東の窓の帷《とばり》の透間に金襴《きんらん》の光りが射《さ》した。

若い人たちの朝食の仕度をしてやろうと、本多は厚いガウンの襟《えり》にさらに襟巻をして厨《くりや》へ下りた。と、ロビーの椅子に、すでにきちんと身仕舞をしている克己の姿を見出《みいだ》した。

「これは早いお目ざめだね」

と逸早《いちはや》く、青年の青白い頰へ目をやりながら、階段の途中から声をかけた。

煖炉にはすでに克己の手で火が焚《た》かれていた。青年は強《し》いて左の頰を隠しているのではなかったが、火明りにすばやくそこを盗み見て、思ったほどの傷跡がないのに本多は落胆した。それは訊《き》かれればどうとでも言いのがれのできそうな、軽い擦過傷の一線にすぎなかった。

「一寸《ちょっと》お掛けになりませんか」

と克己は主人のように椅子をすすめて言った。

「おはよう」

と改めて本多は言って椅子に掛けた。

「先生と二人だけでお話しする必要があると思いましてね。飛切りの早起きをしたんですよ」

と克己は恩着せがましく言った。

「それで……どうだった？」

「良かったですね」

「良かった、というと？」

「思ったとおりでしたよ」と青年は、意味深長にとって貰《もら》いたげな含み笑いをした。

「子供に見えても、なかなか子供じゃないですね」

「はじめてのようだったかい」

「僕が最初の男で……あとで憎まれますね」

それ以上の会話は莫迦《ばか》々々しく思われたので、本多は打切ったが、

「あのね。気がつかなかったかな。あの娘《こ》の体には特徴があるのだ。左の胸の横の脇腹に、三つ、それこそ人工的な位いみごとに並んだ黒子があるんだよ。見なかった？」

青年の取り澄した顔を一瞬の混乱が横切った。嘘《うそ》を見破られないためのいくつかの岐路、体面の問題、大事な嘘のために小さい嘘は犠牲にしたほうがいいという判断、……

さまざまなものが刹那に青年の目の前を通り過ぎるのを見るのは、おもしろい見物《みもの》であった。突然、克己は椅子の背へ体を大仰に委ねて、甲高い声を出した。

「負けた！　先生も人が悪いなあ。僕もよっぽどヤキが廻ったなあ。はじめてだ、なんて英語に欺《だま》されて。先生はもうちゃんとあの娘《こ》の体を知っていらっしゃるんですね」

今度は本多が含み笑いをする番だった。

「……だから訊いてるんだよ。あの黒子を見たかって」

青年は息を呑んで答えた。今度はその場の自分の架空の冷静さを立証する必要に迫られたのである。

「見ましたとも。あの黒子が一寸汗を帯びて、微明《ほのあか》りの下に三つ揃ってゆらめいているところは、肌が又肌だけに、忘れられない神秘的な美しさですね」

――それから本多は厨へ入って、珈琲《コーヒー》とクロアッサンだけの大陸風の朝食の仕度をした。克己が進んで手つだったが、その手つだい方の小まめなことは、ふだんの様子からは想像もつかなかった。何かの義務にかられてでもいるように、皿を並べ、茶匙《ちゃさじ》の在り場所をきいて整えた。はじめてこの青年に、本多は何か憐憫《れんびん》に似た友情を感じた。

誰がジン・ジャンの部屋へ朝食を運ぶかについて議論になった。本多が克己を制して、それは主人の特権だ、と言い張った。そして一揃を盆に載せて、ゆっくりと二階へ運んだ。

ジン・ジャンの部屋をノックする。答がない。本多は一旦《たん》盆を床に置いて、合鍵をあてて廻した。何かに支えられている扉はあけるのに難渋した。

本多は朝の光りに充ちた室内を見廻した。ジン・ジャンはいなかった。

三十七

椿原夫人はこのごろよく今西と会っていた。

ところで夫人は、まったく目の見えない人だった。男についても定見がなく、男を見ても、まず目の判断で、その男がどういう部類に属するか、すなわち、豚か、狼《おおかみ》か、野菜かの区別さえつかぬのだった。そういう彼女が、事もあろうに、歌を詠《よ》もうとしていたのだ。

ふさわしさの自覚が、誇らしい恋愛のしるしであるなら、あらゆるふさわしさに盲目な夫人ほど、今西の自意識の慰めはなかったにちがいない。彼女はこの四十男を「息子のように」愛しはじめていたのである。

肉体的な若々しさ、さわやかさ、凜々《りり》しさから、およそこの世に今西ほど遠くにいる男はなかった。胃弱で、すぐ風邪を引き、弾力のない白い皮膚を持ち、その長身のどこにも筋肉のしっかりした結び目がなく、全身がほどけた長い帯のようで、歩き方もゆらゆらとしていた。つまり彼は知識人だったのである。

そういう男を愛することは至難の筈《はず》だが、椿原夫人は、下手な歌をすらすらと詠むように、愛してしまった。何かにつけて、夫人の拙劣さは玲瓏《れいろう》としていた。歌の批評をきくのが大好きだという素直さが、彼女に対する今西の、間断ない人間批評をうれしく聴かせた。批評されることは、いずれにしろ、上達の捷径《しょうけい》だ、という考えを、夫人はすべてに及ぼすのであった。

実際、閨《ねや》で文学詩歌のまじめな話をするという夫人の女学生気質を、少しもうるさく思わぬばかりか、自分も亦《また》、観念的な告白をするのにその機会を選ぶほど、今西は夫人の気質と相競うものを自分の裡《うち》に持っていた。徹底的なシニシズムと未成熟とのこのふしぎな混淆《こんこう》が、今西の顔にひらめく或《あ》る疾《や》ましい若さの原因であった。今では椿原夫人は、今西が好んで人を傷つけるようなことを言うのは、そもそも彼が純粋だからだと信じていた。

——二人はいつも渋谷の高台に、ちかごろできた小ぎれいな旅館を使った。各室が離れになっていて、しかも小川が流れて各離れを隔て、小川の一部は離れの中庭を流れるようになっている。木口も新らしく、清潔で、入口は人目に立たないのである。

六月十六日の六時ごろ、そこへ行こうとして渋谷駅前にさしかかったタクシーは、群衆に遮られ、それ以上行くことを拒んだ。そこからは歩いて五、六分の距離であるから、今西は夫人と共に車を下りた。

群衆のインタナショナルの合唱が二人の耳を圧した。「破防法粉砕」という幟《のぼり》がちらちら見え、玉川線のガードからは、「アメ公かえれ」と大書した布が下っていた。広場に群がる人たちの顔は上気して、何かしら破壊へいそぐうきうきした色があった。

椿原夫人はおびえて今西の背に隠れていた。今西は恐怖と不安のために、脚がしらずしらずそちらへ惹《ひ》かれてゆくのを感じた。広場にうごく人々の脚の間から洩《も》れる灯影が、閃光《せんこう》を織り成して乱れるさま、俄《にわ》かに驟雨《しゅうう》のように募ってきこえる靴音、それから合唱の歌声をつんざいて起る絶叫や、不規則な拍手の音が高まると、擾乱《じょうらん》の夜が人々の間から立ちはだかった。それは今西にとって、実にたびたび引く風邪の、急に熱が上ってゆくときの只《ただ》ならぬ悪寒《おかん》を思い出させた。ひとりひとりの肉体のなかで、兎《うさぎ》の皮が剥《む》かれるように、ふいに赤肌が露呈されて、外気にさらされる感覚が起っていた。

「ポリだ。ポリだ」

という声が伝播《でんぱ》して、群衆は算を乱した。それまで一つながりの大波のようであったインタナショナルの合唱が、ちぎれちぎれになって、雨後の水たまりのようにあちこちに滞った。しかもその水たまりは叫喚に蹴散《けち》らかされ、ラッシュ・アワーの群衆と、合唱する群衆の見分けはつかなくなった。白い警察のトラックが驀進《ばくしん》して忠犬ハチ公の銅像のそばに止り、そこから蝗《いなご》が爆《は》ぜるように濃紺のヘルメットの警察予備隊が跳び下りるのが見えた。

今西は押し合って逃げる群衆の中を、椿原夫人の手を握って息せき切って逃げた。対岸の商店の軒下まで来て、一息ついたとき、今西は自分にも思いがけないこの疾走の能力に舌を巻いた。自分も駈《か》けることができたのだった。そう思うと、俄かに不自然な動悸《どうき》がして胸が苦しくなった。

これに比べれば椿原夫人の恐怖には、その悲しみと同様、何かしら様式化されたものがあった。夫人はハンドバッグを胸に抱え、身も世もあらぬ様子で今西に寄り添うていたが、その白粉《おしろい》の沈澱《ちんでん》した頬には紫のネオンが明滅して、恐怖がそのまま螺鈿《らでん》と化したかのようだった。しかし夫人の目は怯《おび》えてはいなかった。

今西は商店の軒に長身を爪先《つまさき》立たせて、どよめき揺れる駅前広場を遠望した。怒号と悲鳴が湧《わ》き立ち、駅の灯《ひとも》した大時計が沈静に時間を指していた。

終末の高い香《かぐ》わしい匂《にお》いが立った。世界は寝不足の目のように真赤になりつつあった。今西は桑の葉を争って喰《た》べる蚕たちの、蚕室の異様なざわめきを聴く心地がした。

そのとき、遠い白い警察のトラックに火の手が上った。火焔罎《かえんびん》が投げられたのであろう。一瞬のうちに、火は乱れてなまなましい朱肉の照りをかざした。悲鳴が起り、白煙が伴った。今西は自分の唇が笑っているのを知った。

……ようやくその場を去って歩き出したとき、椿原夫人は今西が指に下げているものを見咎《みとが》めた。

「何なの、それ」

「さっき拾ったんですよ」

今西は黒い芥《あくた》のようなものを、歩きながらひろげて見せた。それは黒いレエスのブラジャーであった。夫人が使う型とは截然《せつぜん》とちがった、よほど乳房に自信のある女のものにちがいない、サイズも巨《おお》きなストラップレスで、乳当てのまわりに織り込まれた鯨骨が、さらでだにその一対のふくらみを威す高に、彫刻的に見せた。

「まあ、いやだ。どこでお拾いになったの」

「さっきあそこで。商店の軒下まで人に押されて逃げてきたとき、何だか足にからまっているのを、あとから気がついて取ってみたら、これだったんです。ずいぶん踏まれたとみえて、ほら、泥だらけでしょう」

「汚ないわ。捨てておしまいなさいよ」

「しかし、ふしぎだな。どう考えてもふしぎだ」と今西はなお、行きすぎる人の好奇の目に図に乗って、持ち歩いた。「どうしてこんなものが外れて落ちたんでしょう。そんなことがありうると思いますか」

そんなことはあるべきではなかった。ブラジャーは、たとえ吊紐《つりひも》のないこの型でも、いくつかの鉤《かぎ》ホックで堅固に止められていた筈だった。いかに胸のあいた服を着ていても、ブラジャーが解けて、こぼれ落ちる筈もなかった。群衆に揉《も》まれる間に、自らむしり取ったか、人にむしり取られたか、後《あと》のほうが難かしいとすれば、自ら好んでそうした女があったとしか思えなかった。

何のために？　ともあれ、焰《ほのお》と闇《やみ》と叫喚のなかから、一対の巨きな乳房が切って落されたのだ。それはいわば乳房の繻子《しゅす》の抜け殻にすぎなかったが、それを支えていた乳房の張り、したたかな弾力は、却《かえ》って黒いレエスの鋳型《いがた》がありありと語っていた。その誇りのためにこそ女は故意に落し、月の暈《かさ》がかなぐり捨てられて、擾乱の闇のどこかに月があらわれたのだ。今西が拾ったのはその暈にすぎなかったが、乳房そのものを拾うよりも的確に、その乳房の温かみ、ずるく逃げる触感、又、そのまわりに群がっていた灯《ひ》取虫《とりむし》のような情念の記憶の、悉《ことごと》くを手に入れたような気がした。今西はふと鼻をつけた。附着した泥にめげぬ安香水の匂いがきつくしみていた。米兵目当の娼婦《しょうふ》だったにちがいないと今西は想像した。

「いやな方」

椿原夫人は本当に怒っていた。言葉によるいやがらせには、いつも批評の風味がまじっていたが、こんな不潔な仕草のいやがらせは許せなかった。のみならずそれは批評ではなくて、当てつけがましい嘲弄《ちょうろう》だった。ちらと見ただけで、ストラップレスのサイズの巨きさを目測した彼女は、自分の老いて衰えた乳房に対する、今西の無言の蔑《さげす》みを感じたのである。

駅前広場を一歩遠ざかれば、焼跡にあわてて建てた小店鋪《てんぽ》の居並ぶ、道玄坂下から松濤《しょうとう》へ向うあたりの道筋は、何ら常と変らなかった。こんな早い時刻から酔漢がうろつき、ネオンが金魚の群のように頭上にあった。

『急がなければ、地獄が舞い戻ってくる。今すぐに、すべてが破滅へ向って急がなければ』

と今西は思った。危険をのがれるや否《いな》や、もう心配のなくなった危険が、彼の頰を紅潮させていた。夫人に咎められるまでもなく、すでに黒いブラジャーは、彼の指から、むしあつい湿気の澱《よど》んでいる路上へ滑り落ちた。

今西は少しも早く破滅が身にふりかかって来なければ、身を蝕《むしば》む日常性の地獄が勢いを得て、一日も早く破滅がやって来なければ、一日多く、自分は或る幻想の餌食《えじき》になるのだ、というオブセッションを抱いていた。幻想の癌《がん》に喰い殺されるより、一気に終末が来たほうがよいのだ。もしかするとそれは、早く身の結着をつけない限り、自分の疑いようのない凡庸さがばれてしまう、という無意識の恐怖にすぎなかったかもしれない。今西はどんな些末《さまつ》な現象にも、世界崩壊の兆候を嗅《か》ぎ当てた。人は望ましいことの予兆なら決して見のがさないものだ。

革命が早く起ればよい。左の革命だろうと右の革命だろうと、今西の知ったことではない。革命が自分のような、父の証券会社のおかげで徒食している男を、ギロチンに運んでくれたらどんなによかろう。しかしいくら自ら自分の醜さを吹聴《ふいちょう》しても、群衆が彼を憎んでくれるかどうか不安だった。もし彼らがそれを悔悟のしるしと取ったらどうしよう！　繁華な駅前広場にギロチンが立てられ、血が日常性の只中から溢《あふ》れ出る日が来れば、死によってひょっとして自分も「記憶される者」になるかもしれない。彼は、商店街の中元大売出しの旗に飾られ、福引場の紅白の布を巻いた材木で組み立てられ、その刃に特売の正札が貼《は》りつけてある、もっとも俗悪な意匠のギロチンに自分がかけられるところを想像して、ぞっとした。

——夢みがちに歩いている今西の袖《そで》を、椿原夫人は、そっと引いて旅館の門に気づかせた。門のわきの供待部屋にいた女中が、黙って先に立って馴染《なじみ》の部屋へ案内した。二人になると、川音が、まだ騒いでいる今西の脳にしみた。

鶏《とり》の水たきや酒を注文して、甚だ仕度のおそいこの家の給仕を待つあいだ、いつもならしかるべき体の挨拶《あいさつ》があるところを、椿原夫人はむりやり今西を洗面所へ連れて行って、水を出しっ放しにし、そばで監視しながら、念入りに手を洗わせた。

「まだ、まだ」

と夫人は言った。

はじめは何のために手を洗わされるのかわからなかった今西も、夫人の真剣な様子から、ブラジャーを拾ったためだとわかった。

「だめ。もっとしっかり洗って」

夫人はかたわらから狂おしく今西の手に石鹼《せっけん》を塗りたくり、赤銅《あかがね》張りの水屋がすさまじい音を立てて水をはねかえすのもかまわず、水道の蛇口を一杯に開いた。しまいに今西の手は痺《しび》れたようになった。

「もういいでしょう」

「よくありません。あなた、その手で私に触ってどうなると思っているの。私に触るのは、つまり私の体一杯にあふれた息子の思い出に触ることですよ。神聖な暁雄《あきお》の思い出に触るのに、いわば神様に触るのに、そんな汚れた手で……」

そこまで言うと、夫人はあわてて顔をそむけて、とりだした手巾《ハンカチ》で目をおおうた。

今西は水に搏《う》たれた手を揉《も》みしだきながら、そのほうを横目で窺《うかが》った。夫人の号泣がはじまったら、それはいわば、「もうよい」という合図、何ものかがすでに兆《きざ》して波立ち、すべてを受け入れる仕度の整った合図だった。

——やがて酒を酌《く》み交わしながら、甘ったれた口調で今西は言った。

「早く死んでしまいたい」

「私も」

夫人も白い出雲《いずも》紙のような瞼《まぶた》の下の皮膚に、酔いのほのかな紅《べに》を刷《は》いて、そう和した。

襖《ふすま》を開け放った隣りの部屋には、水色の絹の蒲団《ふとん》の、かすかに息づいているようなその絹の起伏が光り、こちらの卓には、鉢の中に水貝の鮑《あわび》の断片の、煤《すす》けたような襞《ひだ》の上に、人工着色の桜桃の緋《ひ》いろが浮び、水たきの土鍋《どなべ》は煮立って呟《つぶや》いていた。

今西も椿原夫人も、言わず語らずのうちにわかるのだが、お互いに何かを待っていた。おそらく同じものを。

椿原夫人は槙子に内緒でこうして忍び会いをしていることとの、罪のおののきと懲罰の期待に酔い、今すぐここへ添刪《てんさく》の朱筆をかざして、槙子が入って来ることを夢みていた。『それでは歌になりません。私が見ていてあげますから、歌を詠《よ》むおつもりで、身を以《もっ》て、あわれを体現してごらんなさい。そのためにこそ私がいるのですよ、椿原さん』

今西は今西で、槙子の眼差《まなざし》の、あの嫌悪《けんお》の驟雨をわが身に浴びながら、事を行いたいと心に念じていた。御殿場二ノ岡のあの最初の夜は、椿原夫人との営みがふたたびそこへ到達しようとする、夢見られた頂点になっていた。その頂上、その絶巓《ぜってん》に、槙子のあの透徹した目が星のように凍っていた。あれがぜひとももう一度必要だった。

の目なしには、今西と椿原夫人の結びつきには、贋物《にせもの》の匂いが拭《ぬぐ》われず、野合の負《ひ》け目《め》が除かれぬ。あれこそはもっとも威ある媒酌人の日だったからだ。寝室の薄闇の一隅に光っていたあの女神のような犀利《さいり》な瞳《ひとみ》こそ、結びつけながら拒絶し、ゆるしながら蔑む証人の目、この世のどこかに安置されている或る神秘な正義の、いやいやながらの承認を司《つかさど》る目なのであった。あそこにだけ二人の正当性の根拠があり、あの目を離れては、二人はただ事象の上を漂う衰えた浮草にすぎず、二人の結びつきは、決してよみがえらぬ幻の過去にとらわれた女と、決してやって来ない幻の未来に執着する男との、今のたまゆらの無機質の触れ合い、笥《り》の中の碁石の触れ合いのようなものにすぎなかった。

すると今西は、となりの寝室の、こちらの部屋の灯が及ばぬあたりに、すでに槙子がじっと坐《すわ》って待っているような気がした。この感じはいよいよ緊迫したものになり、どうしても確かめてみずにはいられなくなったので、今西はわざわざ覗《のぞ》きに立ったが、椿原夫人が何ら咎めなかったところを見ると、夫人も同じ気持だったのであろう。覗いた四畳半には、一隅の釣床《つりどこ》に、紫の杜若《かきつばた》が飛燕《ひえん》の形を浮ばせているだけである。……

＊＊

事が終ると、常のごとく、二人はしどけなく思い思いの姿態を横たえたまま、女同士のようなとめどないお喋《しゃべ》りに耽《ふけ》った。今西は解き放たれた勢いで、槙子のことを悪《あ》しざまに言った。

「あなたは槙子さんに体《てい》よく利用されているだけなんですよ。あなたは槙子さんを離れたら歌人として到底一人立できないという恐怖にかられていて、事実今までのところは、そういう気味もないじゃなかったが、今後は思い切って槙子さんを離れて独立しなければ、歌人としての大成は覚束《おぼつか》ないという、大事な瀬戸際《せとぎわ》に来ていることを、自覚しなくちゃいけませんね」

「でも好《い》い気になって独立したら、すぐ歌の進歩が止るに決っているわ」

「どうしてそう決めてかかるんです」

「決めてかかるんじゃなくて、事実ですよ。運命と云《い》ったらいいかしら」

今西は、それでは今まで彼女の歌は「進歩」してきたか、と反問しようとしたが、彼の育ちのよさがこんな無礼を差控えさせた。しかもそうして槙子と夫人の仲に水をさそうとしている今西の言葉自体が、本気ではなかった。夫人もそれをよく知っていて返事をしている、という感じがあった。

やがて夫人は、シーツだけを引っ張って、首のあたりまで隠れるように巻きつけた上、暗い天井に目を向けて、近作の一首を口吟《くちずさ》んだので、今西はすぐさま批評をした。

「いい歌だけれど、何か小さくまとまって、日常感覚の中に跼蹐《きょくせき》していて、宇宙感覚みたいなものが欠けているのが気になるなあ。その原因は多分、下の句の、『青きは淵《ふち》の』という句に飛躍がなくて、概念的だからだと思いますよ。写生を基礎にしていないでしょう」

「そうね。思ってみると、あなたの仰言《おっしゃ》るとおりだわ。出来た当座にそんなにやっつけられると悲しいけれど、十日もたつと、自分でもアラがわかってくるのね。でも、槙子さんはこの歌をほめて下さったのよ。あなたと反対に、下の句がいいって。『青きは淵の』は『青きが淵の』のほうが、落着きがいいんじゃないか、って言っていらしたけれど」

椿原夫人は一つの権威を別の権威と掌上で闘わさせているような、奢《おご》りに充《み》ちた気分を語調に洩《も》らした。それから上機嫌の余勢を駆って、いつも今西を喜ばせることになる知人の詳細な噂話《うわさばなし》をした。

「この間慶子さんにお目にかかって、面白いお話を伺ったわ」

「何の話」

今西は早速乗って来て、それまで俯伏《うつぶ》せになっていた身をよじり、堆《うずたか》くなっていた煙草《たばこ》の灰を、夫人の胸に巻いたシーツの上へ落してしまった。

「それが本多さんとタイのお姫様のお話」と椿原夫人は言った。「この間、二ノ岡の別荘へ、本多さんが例のお姫様と、お姫様のボオイ・フレンドで、慶子さんの甥御《おいご》さんに当る克己さんという学生と、二人を連れてお忍びでいらしたんですって」

「三人一緒に寝たのだろうか」

「本多さんはそんなことはなさらないわ。静かな理智《りち》的な方だから、若い恋人同士の仲をとりもってやる、ぐらいの寛大なお気持だったのかもしれないわ。本多さんがお姫様を可愛がっておいでのことは、周知の事実だけれど、ああお年がちがっては、お話も合いますまいしね」

「そんなことより、慶子さんはその話の中でどんな役割をしているんです」

「それはもう全くの飛ばっちりで、慶子さんもたまたま二ノ岡の御自分の別荘に行っていらして、ジャックさんが非番で泊っている朝の三時ごろ、いきなり戸が叩《たた》かれて、お姫様が飛込んで来たのですって。慶子さんもジャックさんも、眠りは妨げられるし、いくら事情をきいてもお姫様は頑固に口をつぐんでいるばかりだし、往生なすったそうだわ。今晩はどうしても泊めてくれ、というので泊めてあげて、朝になったら、本多さんの別荘へ連絡してあげよう、と思っていたのですって。

そんなことで寝坊をしてしまい、キャンプへかえるジャックさんを、コーヒー一杯で追い立てて、大いそぎでジープへ乗せて、門まで見送りに出たところを、むこうから真《ま》蒼《さお》な顔でやってくる本多さんにお会いになった。本多さんがあんなに取り乱したところを見るのははじめてだ、と慶子さんは笑っていらしたわ。

どうせジン・ジャンの探索だとわかっているから、少し意地悪をしてあげる気になって『まあ、どうなさったの？　お散歩にしてはお忙しそうね』

ときいたのですって。本多さんは、ジン・ジャンが失跡した、と声まで上ずって仰言ったそうだわ。そんなやりとりで、いろいろ本多さんをじらせたあと、とうとう諦《あきら》めた本多さんが、帰りかけようとなさったとたんに、

『ジン・ジャンなら家《うち》へお泊りよ』

と慶子さんが言うと、あの六十歳ちかい本多さんが、顔をほのかに赤らめて、

『本当ですか』

と世にも嬉《うれ》しそうな声をお出しになったそうよ。

慶子さんの案内で、ゲスト・ルームへ上って行って、そこにまだすやすや眠っているお姫様のお顔を見たとき、本多さんは虚脱して坐り込んでおしまいになった。こんなさわぎにも一向目をさまさず、ジン・ジャンは、可愛らしいお口をうすくあけて、真黒な髪に頰を埋めて、長い睫《まつげ》を揃《そろ》えて眠りつづけていらしたのですって。つい四、五時間前飛び込んで来たときの、怖《おそ》ろしいほどの窶《やつ》れは夙《と》うに消えて、無邪気な張りが頰にもよ

みがえり、寝息も正しく、いかにもたのしい夢を見ているように、甘えるような寝返りをそのときお打ちになったのですって」

三十八

本多にとって月光姫はふたたび不在の人になった。月を見ぬ梅雨の日々がつづいた。あの朝、月光姫の寝顔を見て、眠りを妨げるのを憚《はばか》って、慶子にあとをたのんで帰京したのち、我身を恥じた本多はたえて姫に会わなかった。又むこうから便りもなかった。見かけは平穏無事なこの時になって、梨枝《りえ》が嫉妬《しっと》しはじめたのである。

「このごろはタイのお姫様は音沙汰《おとさた》がありませんねえ」

などと、食事のあいだに何気なく言う。言葉には冷笑をにじませているが、目は熱心に探索している。

梨枝は何も目に映らない白壁に直面して、却《かえ》って自在に想像の画を描きだすようになった。

本多には朝晩几帳面《きちようめん》に歯を磨く習慣があった。気がつくと、刷毛《はけ》が傷みもせぬうちから、歯刷子《はブラシ》が頻繁に変っている。おそらく梨枝が気を利《き》かせて、同じ型、同じ柄《え》の色、同じ硬度の歯刷子を買い集めておき、頃を見計って替えるのであろうが、それにしては

頻繁すぎる。些細《ささい》なことながら、ある朝、本多は梨枝に注意した。すると、

「吝《けち》ですね。吝ですね。億万長者がそんなことを仰言《おっしゃ》っちゃ、可笑《おか》しゅうございましょう」

と梨枝は吃《ども》らんばかりに激して言った。何故《なぜ》そんなに激するのかわからないから、本多は放置《ほう》っておいた。

あとで気づいたことがある。歯刷子が変っているのは、本多の帰宅がやや遅くなった日のあくる朝で、梨枝は前夜本多が寝に就いたあとでこっそり歯刷子を替えに行くのであるらしい。あくる日は古い歯刷子をつぶさに調べ、口紅の片鱗《へんりん》、ほのかな若い女の匂《にお》いのあるなしを、光る刷毛の一本一本を弾《はじ》いて根元まで究めた末、捨てているのであるらしい。

本多とて何かの加減で、歯茎から血の出ることがある。総入歯をする年齢《とし》ではないが、歯の根の弛《ゆる》みを託《かこ》つことがある。そういうとき、梨枝は刷毛の根を染める薄紅いろを何と見るであろうか。

これらはすべて臆測《おくそく》の域を出ないけれども、本多は梨枝が思いに屈して、何か空気中の酸素と窒素を抽出して、化合物を作る作業に熱中しているように思われる時があった。だるそうに閑暇にとらわれていると見えながら、目や五感が多忙になっている。しじゅう頭痛を愬《うった》えながら、やたらに廻り廊下の多い古い家のなかを歩く足取がいきいきとし

ている。

ふと別荘の話が出て、あの別荘はそもそもおまえの腎臓《じんぞう》の療養のために建ててやったのだ、と本多が言うと、

「一人で姨捨山《おばすてやま》へ行けと仰言るんですね」

と曲解した梨枝は涙を流した。

良人《おっと》が一人で御殿場へ泊りに行ったあのときから、ジン・ジャンの名を一切口にしなくなったこと、そこに良人の恋心の兆候を認めた点では、梨枝は正しく読んでいた。ただ梨枝の誤解は、良人がそれ以来ジン・ジャンに会わなくなったとは夢にも思わず、おそらく忍び逢《あ》うようになって、梨枝の耳目の届く限りのところから、ジン・ジャンの名を抹消しようと企てはじめた、と考えたことである。

この静けさは只事《ただごと》ではなかった。それは追手を怖《おそ》れる感情の隠れ家の、贋《にせ》の静けさに相違なかった。梨枝は自分が決して招かれない小さなしのびやかな宴会が、どこかで今しもひらかれたのを直感した。

一体何がはじまったのだろう。

本多が終ったと感じている矢先に、梨枝が何かがはじまったと感じている点でも、梨枝のほうが正しく見ていたのである。

――梨枝が少しも外出しなくなったので、用もないのに、本多の外出が繁《しげ》くなった。何度誘っても病気を口実に籠《こも》っている梨枝と、顔をつき合せているのが苦しかったからである。

梨枝は本多が家を出ると俄《にわ》かにいきいきする。本来なら、不明の外出先が心にかかる筈《はず》なのに、本多がそばにいないと、却って自分にとってもっとも親しい不安と懇《ねんご》ろになることができる。いわば嫉妬が梨枝の自由の根拠になった。

恋と同じで、心がいつも纏綿《てんめん》して、こだわっている。気散じに習字をしようとしても、知らぬ間《ま》に、手が、「月影」だの、「月の山」だのと、月に関わりのある字を書いてしまう。

少女のくせに大きな乳房を持っているということのいやらしさ、忌《い》まわしさに頭が行くと、梨枝は自分が知らずに書いた「月の山」という字から、月下に静まっている乳房の形の双子山を想起した。それは京都で双ヶ岡《ならびおか》を見た記憶と結びついたが、どんな無邪気な記憶でも、記憶が掘り起すかぎりのものを梨枝はおそれた。その双ヶ岡は、女学校の修学旅行の途次に見たものであり、夏の白いセーラー服の下に、自分の小さな汗ばんだ乳房のかすかな揺れを感じたのを思い出すと、身がよじれるような心地がした。

本多は梨枝の病身を慮《おもんぱか》り、何人でも召使を雇いたがったが、大ぜい人を置けばそれだけ気苦労がふえるという理由で、梨枝は厨房《ちゅうぼう》に女を二人置くにとどめた。それでも梨枝の永年愛した厨房の仕事は少なくなり、長い時間足の冷える場所に立つことも憚られて、仕方なしに梨枝は自室に坐《すわ》って針仕事をした。応接間のカーテンが古くなったので、竜村《たつむら》から正倉院写しの布地を取り寄せ、手ずからカーテンを縫った。

梨枝は丹念に厚い黒地の遮光幕をこれに縫い合せた。仕事半ばで見咎《みとが》めた本多が、

「戦争中じゃあるまいし」

とからかったので、ますます意地になった。彼女は内の灯火が洩《も》れることを怖れたのではない。外の月光が洩れ入ることを怖れていたのである。

梨枝は良人の留守に日記を盗み読み、何一つジン・ジャンの記述が見られぬことに業《ごう》を煮やした。本多は若いころから、自分に対する羞恥心《しゅうちしん》から、抒情《じょじょう》的な事柄は一切日記に誌《しる》さぬ人柄だった。

良人の日記帳に添えて、一冊のきわめて古い日記帳で、「夢日記」と題したのがみつかった。松枝清顕《まつがえきよあき》の名が書いてある。その名は良人から語られて親しいが、こんな日記の所在を良人が語ったこともなく、まして目に触れるのははじめてである。

しばらく拾い読みをした末、その荒唐無稽《むけい》に呆《あき》れて、注意ぶかく元へ戻した。梨枝は何の幻想も求めていなかった。彼女を癒《い》やすと思われるものは事実だけであった。

抽斗《ひきだし》を閉めるときに、着物の袂《たもと》がはさまれたのを知らぬまま、行きかけて行き悩み、八ツ口に綻《ほころ》びを作ることがある。そういう心の経験が度重なると、心は綻びだらけになった。何かにしっかと捕われているようでいて、心がうつろで、迂闊《うかつ》なのである。

雨は日に夜を継いで降りつづけた。窓からしとどに濡《ぬ》れた紫陽花《あじさい》を見た。梨枝は昼の闇《やみ》に浮いたその薄紫の花の毬《まり》を、さまよい出た自分の魂のように感じた。この世界のどこかに月光姫がいるという考えほど、耐えがたい想念はなかった。そのおかげで世界は罅割《ひびわ》れた。

梨枝はこの年になるまでほとんど情念というものの怖ろしさを知らずに過ぎたので、自分のなかにも、暴れ廻る寂寥感《せきりょうかん》と謂《い》ったものが生れたことにおどろいていた。この石女《うまずめ》が、はじめて何か奇怪なものを生んだのである。

――梨枝はこうして、自分にも想像力のあることを学んだ。今まで一度も使われずに永い安穏な生活の片隅で錆《さび》ついていたものが、必要が生じて、俄かに研ぎすまされたのだ。いずれにしろ必要から生れたものには、必要の苦さが伴う。この想像力には甘美なところがみじんもなかった。

もし事実の上に立って羽搏《はばた》く想像力なら、心をのびやかにひろげることもあろうに、事実へ無限に迫ろうとする想像力は、心を卑《いや》しくさせ、涸渇《こかつ》させる。ましてその「事実」がなかったとしたら、その瞬間にすべては徒労になるのだ。

しかし、事実がたしかにどこかにある、という刑事の想像力ならば、わが身を蝕《むしば》むことはあるまい。梨枝の想像力は二つのものを兼ねていた、すなわち、事実がたしかにどこかにある、という気持と、その事実がなくてくれればいい、という気持と。こうして嫉妬の想像力は自己否定に陥るのだ。想像力が一方では、決して想像力を容認しないのである。丁度過剰な胃酸が徐々に自らの胃を蝕むように、想像力がその想像力の根源を蝕んでゆくうちに、悲鳴に似た救済の願望があらわれる。事実があれば、事実さえあれば、自分は助かるのだ！攻めの一手の探究の果てに、こうしてあらわれる救済の願望は、自己処罰の欲望に似て来てしまう。なぜならその事実は、（もしあるとすれば）、自分を打ちのめす事実に他ならないからだ。

でも、求めて得られた処罰には、当然、不当な処罰だという感じがつきまとう。どうして検事が処刑されなければならないのだ。それでは物事は逆様ではないか。待ちこがれたものが来たときには、満ち足りた喜びの代りに、無実なものが罰せられたという不服と怒りが燃え上る筈だ。ああ、その火刑の火の熱さは、今からこの肌身に感じられる。そんな不当な目に会ってはならない。そんな的確無比の苦痛に身をさらしてはならない。疑いの苦しみですでに十分なのに、なぜ認識の死苦をその上附け足さなくてはならないのか？

事実を求め、しかもおしまいにはそれを否定してしまいたい気持。事実を否定したく、しかもおしまいには事実に唯一《ゆいいつ》の救済の望みをつなぐ気持。こういう気持は環をなして循環して、決して終ることがない。山中で道に迷った旅人が、先へ先へと進むつもりで、いつしか又、元のところへ戻っているように。

霧に包まれているかと思えば、一個所だけ不気味なほど物の文目《あやめ》がはっきりしている。霧のなかの一条の光りを辿《たど》ってゆくと、そちらに月はなくて、背《そびら》の月が反対側に月影を及ぼしているのであったりする。

梨枝は、さりとて、一から十まで自省の心を失っていたわけではない。自分のこんな気持をつくづく厭《いや》に思って、浅間しさに面《おもて》をおおいたい心地になることもあったが、それも決して自分のせいではないと思うと、今、人に愛されない醜い自分にしてしまったのは、もとはといえば良人のおかげであり、良人が実は、梨枝を愛したくないために醜い存在に変えてしまったのかもしれない。そう思うとき胸につきあげる憎悪《ぞうお》は噴泉のようである。

しかしこんな気持には、たとい自分が嫉妬のために醜くなっていなくても、醜くなった原因は他にも多々あって、そのままにしていてももはや愛されないという、もっと辛《つら》い真実を避けようとする趣きがあり、憎むべき良人であるけれども、梨枝の魅力からわざわざ身を背ける必要が生じたために、故《こと》さら梨枝を愛されぬ存在に仕立て上げざるおえなかったのだ、という、一点恕《じょ》すべき見地をも残していた。

鏡を永いことつらつら眺めることが多くなった。後れ毛はいかにも後れ毛らしく、厭《いや》味《み》たっぷりに頰を翳《かげ》らせている。梨枝の顔には、浮腫《むくみ》をも含めて、故意ならぬものは何一つなかった。

顔の浮腫に気づいたときには、かつては厚目の化粧をした。目が眠たげになるのを嫌って、黛《まゆずみ》もやや濃く施し、白粉《おしろい》を厚く刷《は》いた。若いころの良人は、そういう梨枝の顔を、お月様と呼んでからかったものだ。病気を揶揄《やゆ》されることにはじめは怒ったけれども、お月様と呼ばれた晩は、良人の愛もとりわけこまやかで、病身がいとおしさを増すのであろうと梨枝は考えながら、いつしらずその顔に矜《ほこ》りを持った。しかし今思えば若いころから妻の浮腫を喜んだ良人の色情には、或《あ》る微妙な残忍さがひそんでいたとも思われる。そういう晩にはたしかに交りも密だったが、梨枝に決して動くなと命じたところを見ると、その顔にやや日を経た屍《しかばね》の幻を見ていたのかもしれない。

今、しかし、鏡の中に見るその顔は、生きながら荒廃していた。光沢のない髪の下に、筋張った悪意が、丸顔だけに、団扇《うちわ》の骨のようにあらわれていた。だんだんに女の顔でなくなってゆき、女らしいふくらみは浮腫だけになった。それも昼月のような、そっけない、ぼやけた、倦怠《けんたい》に充《み》ちたふくらみであった。

今さら美々しい化粧をすることは、敗北であるからできない。しかし醜いことも亦《また》、敗北である。現在あるがままの陥没を、どう作り変えようという意欲《いよく》もなくなっているので、陥没は陥没、醜さは醜さのまま、砂浜の起伏のようにしんとして停っている。梨枝が思うのに、自分が嫉妬からどうしても身を引き離せずにいるのは、ひょっとすると良人のせいですらなく、自分の身を重い夜具のように包んでいる厖大《ぼうだい》な億劫《おっくう》さのせいかもしれない。それをふりのけるのにはおそろしい力が要るような気がして、ふりのけぬままに怠けているのである。が、怠惰なら怠惰で、なぜその裡《うち》に、一瞬の安息さえないのであろうか。

梨枝はふと、結婚したてのころ、この家の二階から望んだ冬の富士の美しさを思い出した。姑《しゅうとめ》に言われて、二階の納戸《なんど》へ正月の膳《ぜん》を出しに行ったとき、その納戸から見たのである。自分はそのとき赤い襷《たすき》をかけていた。

梨枝は雨あがりの夕光が澄み渡っていたので、富士を見て心を晴らそうと思い、久方ぶりに二階の納戸に上った。積み重ねた蒲団《ふとん》の包みの上にのぼり、磨硝子《すりガラス》の窓をあけた。戦後の空はそのかみの空とはちがって、光ってはいるけれども、雲母のような曇りを地平に敷き詰めている。富士は見えない。

三十九

……本多は小用を催おして夢からさめた。

ふいに断ち切られた夢の断面が笹《ささ》くれ立っている。

自分は生垣つづきの小住宅街をそこかしこさまようていた気がする。庭に盆栽の棚を置いたり、貝殻で花圃《かほ》を囲ったりした家、庭じゅうが湿っていて、かたつむりが一杯いる家、縁先に二人の子供が向い合って、お砂糖湯《ぶ》を呑《の》みながら、角《かど》の壊れたウエファースを大事に喰《た》べている家、……もはやこの東京からは跡形もなく焼け失《う》せてしまった一区劃《くかく》である。生垣に挟まれた道が行き止りになり、つきあたりに朽ちかけた枝折戸《しおりど》があった。

枝折戸をあけて一歩入ると、そこは古風な燦然《さんぜん》たるホテルの前庭になっていた。ひろい前庭で立宴がひらかれており、コールマン髭《ひげ》の支配人が出て来て、本多に恭《うやうや》しく礼をした。

そのとき立宴の天幕の中から、かがやかしい悲愴《ひそう》な喇叭《らっぱ》の調べが起った。と、足下の地が割れて、金色《こんじき》の衣裳《いしょう》の月光姫が、金色《こんじき》の孔雀《くじゃく》の翼に乗ってあらわれた。喝采《かっさい》する人々の頭上を、孔雀は鈴を鳴らすような羽音で飛びめぐった。

金の孔雀の胴にまたがった月光姫の、光る褐色の腿《もも》の附根がまぶしく仰がれた。さるほどに月光姫は、ふり仰ぐ人々の頭上へ、香りの高い小水の驟雨《しゅうう》をふらした。なぜ厠《かわや》へも行かずに、と本多は訝《いぶか》った。このとんでもないお行儀をたしなめてやらなくてはならぬ。厠を探しにホテルの中へ入った。

外の喧騒《けんそう》に引きかえて、ホテルの中はしんとしていた。各室どれも鍵《かぎ》がかかっていず、扉が薄目にあいている。本多はひとつひとつあけてみて、どの部屋にも人がなく、ベッドの上に必ず柩《ひつぎ》が載せてあるのを見た。あれがお前の探している厠だという声がどこかでする。

彼は尿意をこらえかねて、ついに一室へ入って、その柩の中へ小水をしようとしたが、神聖を犯す怖《おそ》ろしさに出来なかった。

そこで目がさめたのである。

……こんな夢は、小水の近い老いを告げる憐《あわ》れな表象にすぎない。しかし厠から寝床に戻って目の冴《さ》えてしまった本多は、さっき見た夢の糸を紡《つむ》ぎ直すことにのみ心を奪われていた。なぜならあそこには、疑いようのない幸福感があったからである。

その燦然たる幸福感を、もう一度、つづきの夢のなかで味わいたいものだと彼は念じた。あそこには、誰憚《はばか》るもののない喜びの、輝やかしい無垢《むく》が横溢《おういつ》していた。その喜びこそ現実だった。よし夢にすぎぬとも、本多の人生の、決して繰り返されぬ一定の時間を占領した喜びを、現実と考えなくて何が現実だろう。

ふり仰ぐ空に、黄金の孔雀にまたがって翔《かけ》る孔雀明王の化身の姿を、本多は親和と共感の全き融和の裡《うち》にとらえていた。ジン・ジャンは彼のものだった。

――あくる朝、目がさめてからも、この幸福感はなおありありと身に照り添うて、本多は機嫌がよかった。

もちろん二度目の眠りの中で見た夢は、思い出す由《よし》もないほど茫漠《ぼうばく》として、最初の夢の幸福感の片鱗《へんりん》もなかった。夢の吹きだまりのようなその堆積《たいせき》を貫ぬいて、最初の夢の光輝が、朝の記憶になお残っていたのである。

その日も亦《また》、ジン・ジャンの不在を梃《てこ》にして、ジン・ジャンを想《おも》う日になった。本多は曾《かつ》て知らなかった少年期の初々《ういうい》しい恋心に似たものが、五十八歳のわが身に滲透《しんとう》してくるのに愕然《がくぜん》とした。

本多が恋をするとは、つらつらわが身をかえりみても、異例なばかりでなく、滑稽《こっけい》なことだった。恋とはどういう人間がするべきものかということを、松枝清顕のかたわらにいて、本多はよく知ったのだった。

それは外面の官能的な魅力と、内面の未整理と無知、認識能力の不足が相俟《あいま》って、他人の上に幻をえがきだすことのできる人間の特権だった。まことに無礼な特権。本多はそういう人間の対極にいる人間であることを、若いころからよく弁《わきま》えていた。

無知によって歴史に与《あずか》り、意志によって歴史から辷《すべ》り落ちる人間の不如意《ふにょい》を、隈《くま》なく眺めてきた本多は、ほしいものが手に入らないという最大の理由は、それを手に入れたいと望んだからだ、という風に考える。一度も望まなかったので、三億六千万円は彼のものになったのである。

それが彼の考え方だった。ほしいものが手に入らない、ということを、自分の至らぬためとか、生れつきの欠点のためとか、乃至《ないし》は、自分が身に負うている悲運のためとか決して考えることがなく、それをすぐ法則化し普遍化するのが本多の持ち前だったから、彼がやがてその法則の裏を掻《か》こうと試みはじめたのにふしぎはない。何でも一人でやる人間だったから、立法者と脱法者を兼ねることなぞ楽にできた。すなわち、自分が望むものは決して手に入らぬものに限局すること、もし手に入ったら瓦礫《がれき》と化するに決っているから、望む対象にできうるかぎり不可能性を賦与《ふよ》し、少しでも自分との間の距離を遠くに保つように努力すること、……いわば熱烈なアパシーとでも謂《い》うべきものを心に持すること。

ジン・ジャンの場合、この花弁の肉の厚いシャム薔薇《ばら》を神秘化する作業は、御殿場の一夜でほぼ完成した。それはジン・ジャンを、決して手の届かぬ、（そもそも彼の手の長さと認識の長さとは同じ寸法だったから）、決して認識の届かぬところへ遠ざける作業だった。見ることによって得られる快楽も、見ることのできない領域が前提になっていなければならない。インドのあのような体験から、この世の果てを見てしまったと感じた本多は、認識の爪《つめ》がとどかぬ領域へ獲物を遠ざけることによって、日だまりに横たわり、樹脂のこびりついた毛を舐《ねぶ》っている、怠惰な獣の嗜慾《しよく》をわがものにしようと思ったのである。そのような怠惰な獣の姿にわが身をなぞらえようとしたとき、本多はわが身を神になぞらえようとしていたのではなかったか？

自分の肉の欲望が認識欲と全く並行し重なり合うということは、実に耐えがたい事態であったから、その二つを引き離さぬことには、恋の生れる余地はないことを本多はよく知っていた。からみ合った一双の醜い巨樹の間《はざま》に、どうして一茎の薔薇が芽生えよう。恋はそのふてぶてしい気根を垂らしたどちらの樹《き》にも、寄生蘭《きせいらん》のように花ひらくべきではなかった。おぞましい認識欲にも、五十八歳の腐臭を帯びた肉慾にも。……ジン・ジャンは彼の認識慾の彼方《かなた》に位し、又、欲望の不可能性にのみ関わることが必要だったのである。

不在こそそのための最上の質料だった。そうではないか。それこそ彼の恋の唯一《ゆいいつ》の純良な素材だった。不在なしには、認識という夜行獣がすぐ目を光らし、すべてをその爪《そう》牙《が》で引裂くことは必定《ひつじょう》なのだ。未知にむかって嚙《か》みつき、すべてを既知の屍《しかばね》に化し、その死体置場の領域へ組み入れてしまうという認識の怖ろしく退屈な病気を、インドがかつて一度癒《い》やしてくれたのではなかったか？　インドが、又、ベナレスが教えたものこそ、認識の果ての果てまでのがれた末、ただ一つのこされた薔薇だけは、認識の目を免かれしめるために、既知を装《よそお》うて、埃《ほこり》だらけの黒檀《こくたん》の棚の奥深く、錠を下ろして隠しておくことではなかったか？　その作業を本多はやったのだ。自ら鍵をかけたのだから、自らあけないのは彼の意志の力だった。

むかし清顕が絶対の不可能にこそ魅せられて不倫を犯したのと反対に、本多は犯さぬために不可能をしつらえていた。なぜなら彼が犯せば、美はもうこの世の中に存在する余地がなくなるからだった。

……あの朝のさわやかさが思い出される。ジン・ジャンの失踪《しっそう》した朝。心は不安にかられながら、本多は半ばこれをたのしんでいた。ジン・ジャンが部屋にいないと知ってからも、彼はすぐ狼狽《ろうばい》して克己を呼んだのではなかった。失踪したジン・ジャンの残り香を、部屋のそこかしこに味わうことに熱中していたのである。

快晴の朝で、床《とこ》は寝乱れたまま打ち捨てられていた。そのシーツの微細な皺《しわ》にも、ジン・ジャンが思い悩んで、熱い体をころがした跡が窺《うかが》われた。波立つ毛布のかげにひそんでいた一本の縮れ毛を本多は拾った。それは愛くるしい一匹の獣が苦しんだあとの塒《ねぐら》のようだった。枕《まくら》の凹みにジン・ジャンの透明な唾液《だえき》のあとがないものかと本多は探した。枕は純真な形に窪《くぼ》んでいた。

それから克己に告げに行ったのである。

克己の顔は蒼白《そうはく》になった。本多は自分が何ら愕《おどろ》いていないということを隠すのに苦労しなかった。

二人で手分けをして探すことになった。

そのとき本多がジン・ジャンの死を夢みていなかったと云《い》えば嘘《うそ》になる。万が一にもそういうことはあるまいと思うが、死はその梅雨の合い間の晴れた朝の、無駄になった珈琲《コーヒー》の香《かん》ばしい薫《かおり》の中にも漂っていた。何か悲劇的なものが銀のこまかい縁飾りのようにその朝を囲んでいた。それこそは本多の夢みていた恩寵《おんちょう》の証《あか》しだった。

そうする気はみじんもなくて、彼は警察へ電話をすべきだろうと克己に言い、克己が甚しい警戒の色を泛《うか》べるのを見てたのしんだ。

まずテラスへ出て、雨のたまったプールのなかを覗《のぞ》いた。青空を映すプールに、もしやジン・ジャンの体が横たわっていはせぬかと本多は戦慄《せんりつ》を以《もつ》て考え、この現実の世界から非現実の世界へやすやすと踏み込めるほど、今、境のガラスが粉々に砕けたという感じを持った。この朝、この世には何でもありえた、死も殺人も自殺も世界の破滅ですら。見渡すかぎり明るいみずみずしい風光の裡に。

克己と共に、しとどに濡《ぬ》れた芝生の傾斜を渓流のほうへ下りてゆくとき、本多は迅速な想像力で、自分のかつての社会的名誉が、新聞種になった自殺事件と醜聞のおかげで、音を立てて崩れ去るのを思って喜びを感じた。しかしこれは莫迦《ばか》々々しい誇張であった。事件は克己とジン・ジャンをめぐって起ったただけで、世間で誰一人、本多の覗き穴のことを知る者はなかったのだから。

久々の富士はゆくてに見えた。それはすでに夏富士だった。雪の裳裾《もすそ》は思いがけなく高々と引き揚げられ、朝日を受けた土の色は雨を含んだ煉瓦《れんが》のように燃えていた。渓流も見た。檜林《ひのきばやし》も見た。

家の門を出て、本多は慶子がもしやいるかもしれない隣家を訪ねるのに克己を誘ったが、克己は頑《かたく》なに拒み、車で駅のほうへ向って沿道をしらべて歩く役を買って出た。叔母と顔を合わせることを克己は極度に怖れていた。

そんな早朝から慶子の家を訪ねることは憚られたが、場合が場合とて仕方がない。本多はベルを鳴らした。意外にも、すっかり化粧をすませて、エメラルドいろのワンピースにカーディガンを引っかけた慶子が出て来て、尋常な応待をした。

「おはようございます。ジン・ジャンでしょ。今朝まだ暗いうちに家へ逃げてきて、ジャックのベッドで寝ているわ。ジャックがいなくてよかったわ。いたら大さわぎをしたでしょう。……何だか昂奮《こうふん》しているみたいだから、シャルトルーズを飲ませて寝かせたの。それから私、目が冴《さ》えてしまって、そのまま起きてしまった。ひどい方ね。……でも何が起ったか、一言もきいていませんよ。可愛い寝顔でも御覧になる？」

⁂

本多はまだ会うまいまだ会うまいと思って忍耐を重ねていた。ジン・ジャンからはおろか、慶子からもその後何の便りもなかった。

彼は自分の中に本当の狂おしさが芽生えて来るのを待っていたのである。

理智《りち》が何かの加減で焦躁《しょうそう》の限度に達して、丁度狂言の「釣狐《つりぎつね》」の老狐が、罠《わな》の危険を百も知りながら、ついに狂おしく餌《えさ》に飛びつくように、経験や知識、熟達や老練、理性や客観的能力、すべてが無効になるばかりか、却《かえ》ってそういうものの堆積が否応《いやおう》なしに人を無分別へ追い込む、その瞬間を待っていた。

少年が自分の成熟を待つように、五十八歳も亦《また》、自分が熟れるのを待たねばならない。しかも破局へ向って熟れるのを。十一月の枯れ果てた藪《やぶ》のなか、木々は悉《ことごと》く葉を落し、下草は枯れ、よろぼうた冬日の明るさに、そこが白く乾いた浄土のように見えるとき、枯れた蔓草《つるくさ》に一顆《か》だけなまなましい朱を点じている烏瓜《からすうり》のように、ひたすら破局へ向って、孤《ひと》りきりで熟れるのを。

実際自分の求めているものが、焔《ほのお》のような無分別なのか、それとも死なのか、本多の年齢は見分けがつかないようにさせていた。どこかで、自分の知らないところで、何かがゆっくりと慎重に準備されつつあった。そしてもはや未来にあるただ一つ確実なものは死なのである。

ある日、丸ビルの事務所に行って、若い所員が人を憚りながら私用の電話をしている声をきいた本多は、激しい寂寥《せきりよう》に襲われた。それは明らかに女からの電話で、若い所員はあたりを気にしながら、いかにも気のない応接を装うていたけれども、本多には遠い女の潤《うるお》いにみちた声がありありときこえる心地がした。

おそらく二人の間には黙契があって、事務的な用語で意志を通じ合っているのであろう。いつもふわりとした髪の手入れを怠らないその青年、悩ましげな目と不遜《ふそん》な唇が、およそ弁護事務所に似合わぬその青年を、馘《くび》にしてやろうという目論見《もくろみ》が本多に浮んだ。東京にいるあいだ、午餐《ごさん》・カクテル・晩餐の招待に明け暮れている慶子を、電話でつかまえるには、午前十一時の今が最も良い時刻である。若い所員の電話をきいた手前、窄《せま》い事務所で声高な私用の電話をかけにくいという拘束感が、本多を踏み切らせた。買物をしてくると云い置いて、事務所を出た。

丸ビルの一階の商店街は、戦前の東京が残っている数少ない地域の一つで、本多はここでネクタイ屋を冷やかしたり、紙屋で揮毫《きごう》の紙を選んだりすることを愛した。いかにも戦前風の老紳士たちが、雨のあとは特に滑りやすいモザイクの床を慎重に歩きながら、何か懐《ふとこ》ろの痛まぬ買物を探していた。

本多は赤電話にとりついて慶子を呼んだ。

慶子は常のとおりなかなか電話口に出て来なかった。在宅はたしかであるから、本多は慶子が電話を放《ほ》ったらかしにして鏡に向っているその悠々たるうしろ姿、わけても午餐に出かける前の衣裳《いしょう》えらびがすんで、スリップ一つで化粧をしている豊かな堂々たる背中の肉を想像した。

「お待たせして御免あそばせ」と出て来た慶子は悠揚たる潤沢な声で言った。「すっかり御無沙汰《ぶさた》。お変りなくて？」

「別に変りはありませんがね。近々飯でも附合っていただけないかと思って」

「あら御親切。でも本当にお会いになりたいのは私じゃなくてジン・ジャンでしょう」

忽《たちま》ち本多は言句に詰って、慶子の命令を待つ気持になった。

「その節はすっかり御迷惑をおかけしました。ところでこちらには当然音沙汰なしですが、あなたはお会いになった？」

「いいえ、あれ以来ぷっつりよ。どうしているのかしら。試験でもあるのじゃなくて」

「あの娘《こ》はあんまり勉強しそうでもありませんしね」

本多はすこぶる余裕のある会話をしている自分におどろいた。

「とにかくお会いになりたいのね」と言いかけて慶子の思案するらしい間《ま》があった。その間も重要な重苦しい間ではなくて、午前の寝室へ窓からそそぐ光りの帯のなかにいちめんに白粉《おしろい》の舞い立っているという感じの間であったから、思わせぶりをする女でないとわかっている本多は心を預けて待った。

「でも一つ条件があると思うのよ」

「条件って何です」

「ジン・ジャンは私のところへ逃げ込んで来たくらいだから、私のことは完全に信用しているわ。ですから、私と同席という条件で、私から頼めば、決してお断わりするようなことはないと思うの。それでよろしくて？」

「いいも悪いもありません。それはこちらからおねがいしようと思っていたことでした」

「本当は二人きりで会わせて差上げたいところだけれど、ここ当分はね。……それで御返事はどこへ差上げましょう」

「事務所へ下さい。これから毎日午前中は必ず事務所にいることにしますから」

と本多は言って電話を切った。

その瞬間から世界は一変した。次の一時間、次の一日を、どうして待つことに耐えようか、と本多は思った。そして心の中で一つの小さな賭《かけ》をした。もしそのときジン・ジャンが例のエメラルドの指環《ゆびわ》をはめて来れば、それは本多を恕《ゆる》したというしるしにちがいないし、もしはめて来なければ、まだ恕していないしるしだと。

四十

慶子の家は麻布《あざぶ》の高台にあって、玄関の車寄せにいたるまでアプローチの深い邸《やしき》である。それはかつて慶子の父がブライトンの思い出のために建てた、プリンス・リージェント・スタイルの弧をなす前面《ファサード》を持っている。本多は、六月末の或《あ》る暑い午後、お茶に招かれてこの邸へ入ってゆくにつれ、ふたたび戦前の日本へ戻ってゆくような気がした。

台風があり、さらに雷雨があって、急激に梅雨の中休みの夏の光りを迎えた邸の、前庭の静かな木立の間に、一つの時代そのものの回想がまつわっていた。これからなつかしい音楽のなかへ入ってゆくのだ、と本多は思った。焼趾《やけあと》に孤立して残ったこの種の邸は、そうなることによって、一そう特権的な、罪と憂愁を含んだものになったのだ。あたかも時代から取り残された思想が、時経て俄《にわ》かにその風趣を増すように。

ジン・ジャンとの再会をたのんでおいたのにその事には触れず、ただ公式に、「自宅が接収解除になったお祝いにお茶の会をひらきたい」という招待状が来たので、本多は花束を携えて、ぶらりと出かけた。接収中、もと執事の家だった離れに母と二人で住んでいた慶子は、今まで東京では、自家《うち》でお客をすることがなかったのである。

白手袋の給仕が本多を出迎えた。円型のロビイは高い丸天井を持ち、ロビイの一方は鶴《つる》を描いた杉戸に、一方は、二階へ通ずる大理石の螺旋《らせん》階段につづいていた。その階段の途中のほのぐらいニーチエに、青銅のヴィーナスがうつむいていた。

狩野派の画風の鶴の杉戸は左右へ半ば引かれて、客間への入口になっていた。入ってゆくと、誰もいない。

客間は小さな窓の羅列で明りをとり、その窓硝子《まどガラス》は悉く《ことごと》古風な面取《めんとり》をして虹《にじ》を含んでいた。奥の、床の間風にしつらえた壁は金の叢雲《むらくも》をいちめんに描き、細身の書幅を掛け、桃山風の格天井《ごうてんじょう》からはシャンデリヤを下げ、小卓も椅子《いす》もことごとくルイ十五世様式の燦然《さんぜん》たる骨董《こっとう》で、ひとつひとつちがう画柄の刺繍《ししゅう》の椅子張が、ワットオの宴楽図の続き模様をなしていた。

眺めている本多の背後から、嗅《か》ぎ馴《な》れた香水の匂《にお》いがしてきて、ふりむくと、はやりの二重スカートの、鶯茶《うぐいすちゃ》の紬《つむぎ》織地のアフタヌーンを着た慶子が立っていた。

「どう、すばらしい時代おくれでしょう」

「何ともはや平然たる、みごとな和洋折衷ですね」

「お父様の趣味は万事こうだったのよ。でも、よくまあきれいに保存できたとお思いにならない？　接収されるのは仕方がないけれど、私走り廻って、この家をわけのわからない人に住まれて荒らされないように、打てるだけの手を打ったの。結局、軍のお客様のVIPのゲスト・ハウスに使ってもらったから、これだけきれいなままで戻ったのよ。この家の隅々にまで、私の子供のころの思い出があるのですもの。オハイオの田舎者なんぞに荒らされないでよかったわ。そこを見ていただきたかったのよ、今日《きょう》は」

「そしてお客様は？」

「みんな庭ですわ。暑くても風がさわやかだから。お出にならない？」

慶子はジン・ジャンのジの字も言わなかった。

部屋の一角のドアをあけると、庭へ通ずる甃《いしだたみ》に出た。芝生の大樹の影が及ぶところに、籐《とう》の椅子や小卓が散らばっていた。雲はまことに美しく、女たちの衣裳《いしょう》の色は芝生の緑の上に光彩を放ち、帽子の花があちこちにゆらいでいた。

近寄ってみるとほとんど老婆《ろうば》で、しかも男は本多一人である。紹介されながら、場ちがいを感じて、本多はさしのべられる手の、薄桃いろの地にしみのある皺《しわ》だらけの指を見るたびに、握手がためらわれ、自分の心をそういう手の堆積《たいせき》が、まるで大きな乾果を積んだ船艙《せんそう》のように薄暗くするのを感じた。

西洋人の老婆たちは、背中のファースナーの外れにも気づかず、幅広な腰を振り、けたたましい笑いを発し、窪《くぼ》んだ射るような鋭い目に、どこを見ているかわからぬ青や鳶《とび》いろの瞳《ひとみ》を湛《たた》え、発音の加減で扁桃腺《へんとうせん》が見えるまで暗い口をあき、浅間しいほど一生けんめいに会話に打ち込み、洋紅のマニキュアの爪《つめ》で、小さい薄いサンドウィッチを二三片わしづかみにしたりしていた。それから急に本多に向って、自分は三回離婚したが、日本人もよく離婚するかと尋ねたりした。

暑を避けて木立に分け入り木下道を散歩している客の、花やかな衣服の色も葉がくれに見えた。そのうちの二三が林の入口に姿をあらわした。西洋婦人に左右を囲まれて、そこから来るのはジン・ジャンであった。

本多の胸は、つまずいたように早い動悸《どうき》を打った。これだ、これだ、この動悸が大切！　この動悸のおかげで、人生は固体であることをやめ、液体になり、気体にさえなるのだが、そんなことが起ったただけで、本多にとってはもう得だった。角砂糖はこの動悸の瞬間に紅茶に融《と》け入り、すべての建築はあやしげなものになり、すべての橋梁《きようりよう》は飴《あめ》状になり、人生が、稲妻や雛罌粟《ひなげし》の花のそよぎやカーテンのおののきと同義語になるのだ。……きわめて利己的な満足と、宿酔《ふつかよい》のような不快な羞恥《しゆうち》とが相交錯して、本多を一気に夢心地に陥《おとしい》れた。

本多にとって二重の喜びは、背丈の高い二人の老婦人にはさまれたジン・ジャンの、袖《そで》のない鮭色《さけいろ》のワンピースの稚《おさ》ならしい姿、林のかげから突然日を浴びて黒曜石の光沢を帯びた黒い髪が肩まで垂れたありさま、そのすべてが、忽《たちま》ち姫の幼時のバンパイン遊楽、老女官たちにかしずかれた昔様《むかしざま》を思い出させたことであった。

いつのまにか本多のかたわらには慶子が立っていた。

「いかが？　私はちゃんとお約束を守るでしょう」

と耳もとで言った。

本多の内に児女の情が生じて、ひたすら慶子に縋《すが》って、慶子にたよらなければ、この場を凌《しの》げないという恐怖が起った。この理解しがたい恐怖に向って、ジン・ジャンは一歩一歩微笑をうかべて近づいて来た。ここへ彼女が来るまでに恐怖を鎮《しず》めなければならぬと思うのに、近づくにつれて恐怖は募った。何か言うさきから本多の舌はもつれた。

「あなたはけろっとしていらっしゃればいいのよ。御殿場のことなんか、何も仰言《おつしや》らないほうがよろしいわ」

と慶子が又耳に囁《ささや》いた。

幸いジン・ジャンは芝生の半ばで、その歩みを妨げられ、ほかの婦人に話しかけられて立止った。まだ本多には気づいていないらしい。わずか二、三間先に見えるジン・ジャンは、美しい一顆《か》のオレンジのように、ほんのすこしで手の届きそうに見える時間の枝に、熟れ切って、悩ましげな芳醇《ほうじゅん》な重みをみずみずしく湛えて揺れていた。その胸もと、その脚、その微笑の白い歯を、ひとつひとつ本多は点検した。すべてはあの烈《はげ》しい夏の日に培《つちか》われたものだ。そしてその内部は、きっと歯にしみるほどに冷たいのだ。

いくつかの椅子を取り巻くこの一団に、ようようジン・ジャンが加わったとき、本当に気づいていないのか、それとも気づかぬふりをしているのか、まだあいまいなその顔へ向って、

「本多さんよ」

と慶子が促すように言うと、

「あら」

と本多を向いた顔には完全な微笑があって、すこしの硬《こわ》ばりも見られなかった。夏の光りの下に見るジン・ジャンの顔は蘇《よみがえ》り、唇もふだんより余計しどけなくほどけ、眉《まゆ》も一そう流れるようになり、褐色というよりは琥珀《こはく》のかがやきが添うた顔色に、大きな黒い瞳がうららかである。顔はその季節を迎えた。夏が彼女を、ゆたかな浴槽に思うさま

身をのばしているように、寛《くつ》ろがせたのであった。彼女の肢体の自然さは、放恣《ほうし》なまでになった。乳房と乳当ての間が室《むろ》のようにむれていることを想像すると、その蘊奥《うんおう》に宿っている夏が知れた。

握手の手をさし出すジン・ジャンの目には、しかし何らの表情がなかった。本多はやや慄えている手でその手を握った。指にエメラルドの指環《ゆびわ》はなかった。自分勝手に決めた賭《かけ》ながら、これを見たとき、彼は自ら本当に望んでいたのは賭に破れることであり、こんな涼しい拒絶に触れることだったかと思い当った。なぜならその拒絶さえこうも快く、図々しい夢見心地を少しも擾《みだ》さないことに、本多自身愕《おどろ》いていたからである。

ジン・ジャンが空《から》の紅茶茶碗《ぢゃわん》を手にとったので、本多は卓に手をのばして、アンティク・シルバーのティー・ポットの把手《とって》にさわったが、その銀の熱さが彼をためらわせた。ともすると、自分の行動の行方が不安定な霧に遮られ、手がふるえるのみか、何かひどい粗相を演じそうな恐怖にかられたのかもしれない。忽ち給仕の白手袋の手がのびて、本多の心配を無用にした。

「夏になって元気そうですね」

とようやく本多は言葉を放った。しらずしらず言葉遣いが丁寧になっていた。

「はい。夏は好きですから」

とジン・ジャンは、柔らかい微笑のうちに、教科書のような返答をした。

まわりの老婦人が興を催おし、今の会話を通訳してくれと本多にたのんだ。卓上のレモンの香りと、老いたしつこい腋臭《わきが》や香水のまじった匂いに、本多は神経の簓《ささら》にくすぐられる思いをしながら、通訳をした。老婦人たちは意味もなく笑い、「夏」という日本語には、一種決めつけるような暑さが感じられるから、おそらく熱帯起源の言葉であろう、と当て推量を言った。

ジン・ジャンの倦怠《けんたい》が直感的に本多に伝わった。あたりを見廻すと、慶子はすでに離れていた。ジン・ジャンの倦怠は、芝生の草いきれのなかで、物言わぬ動物が悲しげに身をこすりつけるように募っていた。この直感が本多との唯一《ゆいいつ》の紐帯《ちゅうたい》で、ジン・ジャンはかろやかに身をめぐらし、微笑《ほほえ》みながら英語で応待しているのであるが、次第に本多はジン・ジャンがその倦怠を本多に伝えたがっているのではないかと感じてきた。それはジン・ジャンの重たげな胸のあたりから流れて来て、軽捷《けいしょう》な美しい脚にまでいたる、肉そのものの夏らしい物憂《ものう》さの集積が、放っている一種の音楽で、夏の空中のひそかな羽虫の飛翔《ひしょう》のように、彼はその羽音を、高くあるいは低く、たえず耳もとに聴く心地がした。

しかし、これは別段、ジン・ジャンがパーティーに倦《あ》きていることを意味しなかったのかもしれない。むしろ体が愬《うった》えている倦怠の気配こそ、夏がジン・ジャンに蘇らせた、その本然の姿だったのかもしれない。果然、ジン・ジャンはその中で自由に遊弋《ゆうよく》していた。やや木かげにしりぞいて、老婦人たちに囲まれて、手には紅茶茶碗を持って、「ユア・シリーン・ハイネス」と敬称で呼ばれながら、活潑《かつぱつ》に話している彼女は、ふと靴の片足を脱いで、靴下の鋭い爪先《つまさき》で、もう片方の脛《すね》をそしらぬ顔をしてしばらく掻《か》いていた。紅鶴の絶妙の均衡を以《もつ》て、手にした紅茶茶碗は完全に水平を保ち、受皿に一滴こぼすこともせずに。

これを見た瞬間、本多はジン・ジャンの心の中へ、たとえ恕《ゆる》されているにせよいないにせよ、まっすぐ滑り入る自信を持ったのである。

「今一寸《ちよつと》した軽業を見ましたよ」

と本多は会話の隙間《すきま》を狙《ねら》って、日本語で分け入った。

「何？」

とジン・ジャンは全くわからない目を挙げた。ある謎《なぞ》を与えると、謎を解こうという努力をまるきりせずに、水面に一気に浮んだ水沫《みなわ》のように、すぐさま「何？」と訊《き》き返すときの、ジン・ジャンの口もとほど愛らしいものはなかった。彼女は不可解を全然意としなかったから、こちらもその勇気を持つべきだった。本多は先程から手帳の一枚を引きちぎって、鉛筆でしたためた小さな手紙を用意していた。

「昼間でいいから、二人きりで会って下さい。ほんの一時間でもいいから。この日はどう？　ここへ来て……」

と本多は言った。

ジン・ジャンは人目をうまく避《よ》けて、小さな紙片を日に透かした。その一瞬の人目を憚《はばか》る様子が本多を幸福にした。

「あいている?」

「ええ」

「来てくれる?」

「はい」

とジン・ジャンは明晰《めいせき》すぎるほど明晰な「はい」と共に、それをたちまち柔らかに融かし込むような美しい微笑をうかべた。彼女が何も考えていないことは明白だった。愛憎や怨念《おんねん》はどこへ行くのだろう。熱帯の雲の翳《かげ》りや激しい礫《つぶて》のような驟雨《しゅうう》はどこへ消えるのだろう。自分の悩みの無効を思い知らされることは、ふとして感ずる幸福の無効を思い知らされるよりも本多の心に応《こた》えた。

——あたりに姿の見えなくなった慶子は、本多が来たときと同じように、客間を通って来た二人の客を、庭へ案内しているところであった。その二人の女客の萌黄《もえぎ》と紺の美しい和服姿を遠目に見て、一人の老婦人の、鸚鵡《おうむ》のような固い乾いた舌をチョッチョッチョッと舌打ちをさせて感嘆した音が、本多をそのほうへ振返らせた。それは椿原夫人を従えた槙子であった。

ジン・ジャンの漆黒の髪が、突然風を孕《はら》んでたわみを見せたのに、本多が見とれていた時も時だったから、二人の到着は愉快ではなかった。しかし近づいた二人はまず本多に挨拶《あいさつ》して、槙子は、

「今日は本多さんは黒一点でお仕合せだこと」

と、まわりの老婆たちを見渡しながら、冷然と言った。

もちろんこの二人は、次々と西洋人たちに紹介されて、社交的な会話を交わしはしたが、ともすると本多のところへ戻って、日本語で話したがるのである。

雲が移って、その白髪に影が増したとき、槙子はこんなことを言った。

「この間の六月二十五日のデモを御覧になって？」

「いいえ。新聞でだけ」

「私も新聞でだけ。新宿では火焔罎《かえんびん》をめちゃくちゃに投げて、交番が焼けるやら、大へんだったそうじゃありませんか。この勢いでは今に共産党の天下になるのでしょうか」

「私はそうは思いませんがね」

「でも手製のピストルまで出て、一ト月一ト月ひどくなってゆくようですわ。今に東京中が共産党と朝鮮人のおかげで火の海になるかもしれないわね」

「そうなったらなったで、仕方がないじゃありませんか」

「その調子だから永生きをなさるわね。でも、私このごろの世間を見ていて、勲さんが

もし生きていたら、どうしたろう、と考えることがよくありますの。そんなことから、私、『六月二十五日の連作』というのをはじめたのよ。歌が詠《よ》まれなくなったどん底の歌を詠みたいと思って、決して歌になりそうもないものを探していて、やっとあれにぶつかったの」

「ぶつかったって、御自分で行って見たわけでもないでしょうに」

「歌人というものは、あなた方よりも遠目が利《き》くのよ」

槙子が自作の歌について、こんなに打ち解けた態度で話すのはめずらしかった。しかしこうした打ち解け方は、いわば一種の伏線で、槙子はあたりを見廻してから、ちらと本多の目を笑って見た。

「いつか御殿場で、ずいぶんおあわてになったそうじゃないの」

「誰からききました」

と本多は今は平然と反問した。

「慶子さんから」

と槙子も平然とその名を挙げた。

「……でも考えてみると、いかに危急の場合とはいいながら、夜中に人の家へとび込んで、夫婦の寝室のドアを叩《たた》いたジン・ジャンの度胸も大したものね。それを又親切に迎えたジャックも人が善いのね。あれは本当に育ちのいい可愛いアメリカ人だわ」

本多は記憶の錯誤に心が迷った。あの朝たしかに慶子は「ジャックがいなくてよかったわ。いたら大さわぎをしたでしょう」と言った。それを槙子は、ジャックが泊っていたように言うのである。それなら伝聞のあやまりか、慶子の嘘《うそ》か、どちらかでなければならない。慶子もそういう無意味な嘘をつくことがあるという発見は、本多にひそかな小さい優越感を与えたので、その発見を喜んで槙子と頒《わか》つことはためらわれ、女の噂話《うわさばなし》に巻き込まれる愚は避けたいと考えた。まして相手は、裁判官の前で堂々と嘘を吐《つ》ける槙子なのである。本多は決して嘘はつかぬが、場合によっては、目の前の溝を芥《あくた》が流れ去るのを看過するように、取るに足らぬ真実が流れ去ってゆくのを見すごす癖があった。それは裁判官時代からの小さな悪癖と言ってよかった。

本多が話頭を転じようとしたとき、槙子の庇護《ひご》を求める身振りで椿原夫人がすり寄って来た。

しばらく見ぬ間に面《おも》やつれのした椿原夫人の顔に本多はおどろいた。悲しみの表情そのものに荒廃があり、目もうつろで、唇を橙色《だいだいいろ》の口紅で癇性《かんしょう》に塗り潰《つぶ》しているのが、いいしれぬ奇怪な感じを与えた。

槙子は目尻《めじり》に笑いを含んだまま、この弟子の白いふくらんだ顎《あご》へいきなり指を触れて、その顎を持ち上げて本多へ示すようにしながら言った。

「この方には本当に困るのよ。死ぬ、死ぬ、と言って私をおどかすのですもの」

椿原夫人はいつまでもそうされつづけていたいように顎を預けていたが、槙子はすぐに指を外した。夫人は濁声《だみごえ》がかった声で、ようやく夕風の募ってくる芝生の上を見霽《みはる》かしながら、本多へ言うともなくこう言った。

「だって才能もなくて、いつまでも生きていたって、はじまりませんでしょう」

「才能がない人がみんな死ななくてはならないなら、日本中の人が死んでしまうわ」

と槙子は面白そうに応じた。

本多はこんなやりとりを一種ぞっとする心持で眺めていた。

四十一

それから二日後に、本多は午後四時の約束の時間に、約束の場所の東京会館のロビイで待っていた。ジン・ジャンが来れば、この夏からひらいた屋上のレストランへ連れて行こうと思っていたのである。

革張りの安楽椅子《いす》がゆったりと並んでいるロビイは、綴込《とじこ》みの新聞でも顔の前にひろげていれば、人を待つのをごまかすのに何かと都合がよい。本多はようよう手に入れたハバナの手巻のモンテ・クリストを三本、内ポケットに入れていた。これだけ喫《の》む間にはジン・ジャンが来るだろう。一つの心配は、ここの椅子に落着くとから窓が翳《かげ》って、もしや来る雨が屋上を濡《ぬ》らし、ジン・ジャンとそこで食事が出来なくなりはせぬかということだった。

こうして又、五十八歳の金持の男が、タイの少女を待っている。そう思うと、やっと本多は不安から救われて、自分の本然の日常生活へ戻って来た心地がした。それは一種の港の状態であり、彼は生れつき船ではなかった。「ジン・ジャンを待つ」という彼の唯一《ゆいいつ》の存在形態が戻って来ていた。従ってそれは、ほとんど彼の精神の形態そのものだった。

金をふんだんに持ち、年をとり、ただの単純な男の快楽には見向きもしない一人の男。これは全く厄介な代物《しろもの》で、自分の倦怠《けんたい》を地球と取り換える決心も平気でするが、表面はつつましさの固まりで、限られた凹部に身を置くことを好む一個の精神だった。歴史や時代に対してもそうであり、奇蹟《きせき》や革命に対してもそうである。西洋便器に腰かけるように深淵《しんえん》に蓋《ふた》をした上に腰かけて葉巻を吹かし、相手の意志に委《ゆだ》ねてただ待つときに、はじめて夢想が歴然とした形をとり、正体不明の至福をおぼろげに垣間見る。死は、このような状態で、至福にいたることがあるのだろうか。……それならばそもそもジン・ジャンは、死なのではないか。

不安も絶望も、みんな揃《そろ》って、こちらの札の中に用意してある。青貝の螺鈿《らでん》のように幾多の危惧《きぐ》をちりばめた漆の黒い地色のような期待の時間。……

床《ゆか》つづきの穴倉のようなグリル・ロッシニでは、夕食の時間にそなえて、ナイフやフォークを揃えている音が鏘然《しようぜん》としている。まだ給仕の手の裡《うち》でごっちゃになっている銀鍍金《めつき》のナイフやフォークのように、本多の中で感情も理性もごちゃまぜになり、何一つ計画(理性の邪悪な傾向!)もせず、意志は放棄されているのだ。本多が人生のおわり近くなって発見した快楽こそ、こんなふしだらな、人間意志の放棄であり、放棄しているあいだは、若いころからあれほど頭を悩ました「歴史に関わろうとする意志」も亦《また》空中に浮き、歴史はどこかで宙ぶらりんになっていたのである。

……その歴史のない暗い時間の目くるめく高みを、サーカスのブランコ乗りの少女が、白い肉襦袢《にくじゆばん》をきらめかせて飛翔《ひしよう》する。それこそジン・ジャンのほかのものではなかった。

――窓外はほのかに暗くなってきた。家族づれの客同士が、本多の耳のすぐそばで、気の遠くなりそうな長い挨拶《あいさつ》の交換をしていた。婚約者同士らしいのが、狂人のように押し黙っていた。窓に街路樹のざわめきが見えたが、雨は来ないらしかった。新聞の綴込みはその木の芯《しん》が、ひどく長い脛骨《けいこつ》のように本多の手に触った。葉巻を三本喫んだ。ジン・ジャンは来なかった。

⁂

とうとう一人で食の進まぬ食事をして、本多が留学生会館へまで出かけたのは、たしなみに外《はず》れた振舞である。

麻布の一角の簡素な四階建のビルに入ってゆき、黒い肌の鋭い目の青年が二三人、粗い格子《こうし》縞《じま》の半袖《はんそで》シャツを着て、何か東南アジアの粗悪な印刷の雑誌を読んでいる玄関ロビイで、本多はフロントの人にジン・ジャンの所在をきいた。

「留守です」

と事務員は打てば響くように答えた。その返事の早すぎる不満が本多にあった。二三の問答のあいだ、気がつくと、鋭い目の青年たちは一せいにこちらを見ていた。夜のむしあつさもあって、熱帯地方の小さな空港待合室にいるような気がした。

「部屋の番号は教えてもらえないのですか」

「規則でお教えできません。面会は本人の承諾を得てから、ここのロビイでしてもらうことになっています」

本多が諦《あき》らめてフロントを離れると、青年たちは一せいに雑誌の頁《ページ》へ目を戻した。組んだ脚の裸の足首に、褐色の踝《くるぶし》が棘《とげ》のように鋭く突き出ていた。

前庭は自由に歩けるが人影がない。本多はむしあつさに窓をひらいた三階の明るい部屋で、ギターを奏《かな》でる音をきいた。ギターと云《い》っても、節《ふし》が胡弓《こきゆう》に似て、しかも甲高い声でしのびやかに歌う声が、その音楽に黄ばんだ蔦《つた》のようにからんでいる。その悲しげに纏綿《てんめん》する声を聴くうちに、本多は忘れもせぬ戦争直前のバンコックの夜を思った。

何とか忍び入って部屋を一つ一つ点検したかったが、それというのも、本多は決してジン・ジャンの留守を信じていなかったからである。梅雨時の蒸れた夕闇《ゆうやみ》そのものに、すべてジン・ジャンが遍在していた。ジン・ジャンの気配は、留学生たちが手入れをしているらしい前庭の花壇の、夜目に黄のグラジオラスや、その薄紫が闇に紛れている矢車菊などの、かすかな花の香りの裡にもあった。いたるところに漂っているジン・ジャンの微粒子が、次第に固まって、形を成すにいたるかもしれなかった。かすかな蚊の羽音にもそれが予感された。

三階の角の部屋が、多くの暗い窓に囲まれて、一つだけあかあかとレエスの帷《とばり》を揺らしているのが床《ゆか》しく、本多はそのほうを凝視した。人影がその帷の裏に立って、前庭を眺め下ろしているのである。風に帷が乱れて、その姿が見えた。それはスリップ一つで涼んでいるジン・ジャンだった。思わず窓下へ向って駈《か》け寄る本多は、外灯の光りを身に浴びた。そのときはっきり本多と認めたジン・ジャンの愕《おどろ》きの色があって、忽《たちま》ち部屋の灯は消え、窓は閉ざされた。

本多は建物の角に身を凭《もた》せて永いこと待った。時が滴《した》たり落ち、顳顬《こめかみ》の血がさわいだ。滴たり落ちる「時」も血のようだった。コンクリートにうっすら生えた青い苔《こけ》に頰を押しつけ、その苔の冷たさで老いた頰のほてりを癒《い》やした。

やがて三階の窓に、蛇の舌音のような擦過音がしたのは、窓をわずか引きあける音らしかった。本多の足もとに白い柔らかなものが落ちた。手にとって拾って、丸めた白い紙を剝《は》ぐ。中には掌《てのひら》一杯ほどの綿があって、むりに押えたとみえて、紙を剝ぐと共に生物《いきもの》のように膨れ上った。本多は綿の中を綺《いろ》うた。金のヤスカに守られたエメラルドの指環《ゆびわ》が出て来た。

見上げる窓は再び固く閉ざされて、ちらと射《さ》す灯影もない。

⁂

留学生会館を出て我に返ると、慶子の家まで歩いて二丁もないことに本多は気づいた。あいびきの時には家の車を使わぬようにしているので、タクシーでも拾えばよいのだが、痛む背筋や腰に鞭《むち》打って歩いて行くという苦行を自分に課した。たとい慶子が不在でも、慶子の家の扉を叩《たた》かなければ、どうしてもこのまま帰ることはできない。

歩きながら、もし自分が若ければ、声をあげて泣きながら歩いたろうと本多は思った。もし若ければ！　しかし青年時代の本多は決して泣きはしなかった。涙を流す暇に理智《りち》を動かしたほうが、自他のためになると考えた有為な青年だった。何という甘い悲しみ、何という抒情的《じょじょう》な絶望。そう感じつつ、そう感じることを、「もし若ければ」という仮定的過去によってしか許さない本多は、目前の感情の信憑性《しんぴょう》を根こそぎにしてしまっていた。もし自分の年齢にも甘さが許されていたら！　しかし今も昔も、自分に甘さを許さなかったのは本多の持ち前で、わずかに可能なのは、過去にちがう自分を夢みることだった。どんな風にちがう自分を？　本多が清顕や勲になるのは、はじめから不可能に決っていた。

若かったらかくもあらん、という想像力への耽溺《たんでき》が、あらゆる年相応の感情の危険から、本多の身を護《まも》ってきたことが確実ならば、逆に、現在あるがままの感情をみとめまいとする羞恥《しゅうち》は、その克己的な青春の遠い名残だったかもしれない。いずれにしろ、本多が声をあげて泣きながら歩くなどということは、今も昔もありえよう筈《はず》がなかった。誰が見たって、バーバリーのコートにボルサリノのソフトをかぶった初老の紳士の一人歩きは、気まぐれな夜の散歩姿でしかなかった。

かくて不快な自意識が、あらゆる感情を間接話法で語ることに馴《な》らさせすぎた結果、もはや自意識なしでもすませるほど安全な身になった本多にとっては、あらゆる愚行や破廉恥《はれんち》が可能になったのだった。本多の行動のあとをいちいち辿《たど》ったら、人は「感情のままに動く男」と誤解したかもしれない。今、慶子の家へ行こうとして、雨もよいの夜道をいそいでいるのも、正にこの種の愚行の一つだった。歩きながら、彼は自分の咽喉《のど》の奥へ手をつっこんで心臓をつかみ出してみたい気がした、まるでチョッキのポケットへ指をさし入れて懐中時計を引張り出すように。

＊＊

こんな時刻にはありえないことだが、慶子は在宅していた。

本多はすぐさまこの間《あいだ》の燦然《さんぜん》たる客間へ通された。ルイ十五世式の椅子はその直立した背で、くつろいだ姿勢を許さず、本多は疲労で気が遠くなるような心地がした。

杉戸はこの前のように半びらきになっている。夜の客間は威圧するようなシャンデリヤの光輝のために、寂寥《せきりよう》を際立《きわだ》たせた。彼は窓のほうに、庭の木立のはずれに煌《きら》めいている町の灯火の光彩を見たけれども、そこまで立って見にゆく元気がとてもなかった。汗で体が腐ってゆくような自堕落な暑さに耐えているほうがよかった。

ロビイの大理石の螺旋《らせん》階段を、裾《すそ》を引くほどの派手なムームーを着て降りて来る慶子の足音があった。客間へ入って来た慶子は、うしろ手に鶴《つる》を描いた杉戸を閉めた。黒い髪を嵐《あらし》のように逆立てていた。髪が羈絆《きはん》を脱して、四方八方へ恣《ほしいま》まにふくらんでいるだけに、いつもよりも化粧の淡いその顔は、常に似ず、小さく蒼《あお》ざめて見えた。慶子は椅子のあいだをめぐって、金の叢雲《むらくも》をえがいた床の間《とこのま》を背にして掛け、コニャクを置いた小卓を央《なか》に、本多と相対した。裾から、素足に穿《は》かれている室内穿きの、熱帯の乾果を鈴なりにつけたサンダルが洩《も》れ、その足の爪《つめ》の紅《べに》が、ムームーの黒地に散らした大輪のハイビスカスと同じ紅だった。それにしても金の叢雲を背景にした厖大《ぼうだい》な逆立った黒い髪は、暗鬱《あんうつ》と云うもおろかである。

「ごめんあそばせ、こんな気ちがいみたいな髪の毛で。突然のお出《い》でだから、髪の毛まで動顚《どうてん》したのよ。明日セットしようと思って、さっき洗ってしまったのが運の尽きだったわ。男の方にはわからない苦労ね。……でも、どうなすったの？　お顔色が悪いわ」

本多はかいつまんで今起ったことを話したが、その口調の口頭弁論風なことに、本多自身いや気《け》がさした。わが身に起った当面の問題でさえ、論理的に筋道を立てて話す癖から脱け出ることができなかった。彼の言葉は物事を秩序立てる役にしか立たなかった。ここへ来るまで、愬《うった》えたかったのは、言葉にならない叫びの筈であったのに。

「まあ、急《せ》いては事を仕損ずるの見本みたいなお話ね。私にお委《まか》せあそばせってあんなに申上げたのに。……私もう知らないわ。……それにしてもジン・ジャンもずいぶん失礼な仕打をしたものね。そういうところが南方風なのかしら。でもそういうやり方に、あなたが参っていらっしゃることもよくわかってよ」

慶子はコニャクをすすめながら、

「それで私にどうしろと仰言《おつしや》るの？」

と、少しも面倒くさそうではなく、独特の物憂いような熱意を籠《こ》めて言った。

とりだした指環を、戯《たわむ》れに小指にはめたり外したりしながら、本多は言った。

「これをあなたからジン・ジャンに返して、ぜひ納めてもらうように、たのんでいただきたいのです。この指環があの娘《こ》の肉体から離れることは、あの娘《こ》と私の過去との間が、永久に途切れてしまうような気がしますのでね」

何も答えずに黙っている慶子が、怒り出したのではないかと本多は怖《おそ》れた。慶子はコニャク・グラスを目の高さに支え、その切子硝子《きりこガラス》の彎曲面《わんきょくめん》に、一旦《たん》波立ったコニャクの余波《なごり》が、透明な粘りの雲形を描いて、徐々に徐々に辷《すべ》り落ちるさまに見入っていた。黒い煩多《はんた》な髪のかげの、その瞳《ひとみ》の大きさは毒々しいほどだった。嘲笑《ちょうしょう》を表てにあらわすまいと努めているにしては、彼女の表情にはごく自然な真摯《しんし》があって、潰《つぶ》した蟻《あり》をじっと眺めている子供のような目だと本多は思った。促すように重ねて言った。

「それだけお願いに上ったのですよ。それだけのことです」

本多はこの些事《さじ》の誇張の極限に何ものかを賭《か》けていた。どんなばかばかしさもゆるがせにしないという一種の倫理的な傾向なしに、どこに本多の快楽があったろうか。ごみ箱のようなこの世界の中から、彼はジン・ジャンを拾い出し、まだ指一本触れていない少女のために悩んでいた。彼はこの痴愚を高めに高めて、自分の性慾《せいよく》と星辰《せいしん》の運行との相接する接点を求めていた。

「あんな娘《こ》、もう放置《ほう》っておおきになったらどうなの」と漸《ようや》く慶子は口をきいた。「この間も人の噂《うわさ》では、美松のテ・ダンサンで、何だか品のわるい学生の肩にもたれて、チーク・ダンスを踊っているジン・ジャンを見たそうだわ」

「放置っておく？　そりゃ断じてできません。放置っておくとは、成熟を許すことじゃありませんか」

「あなたにはそれを許さない権利がおありになるわけね。それなら、あの娘《こ》が処女であっては困る、という前のお気持はどうなさったの？」

「一挙に熟させて、別の女にしてしまおうと思ったんですが、それは失敗でした。あなたのとんちきな甥御《おいご》さんのお蔭《かげ》でね」

「とんちきね、克己は、本当に」

慶子は吹き出してから、グラスの向う側の自分の爪をシャンデリヤのあかりに透かした。長く尖《とが》らして紅《あか》いマニキュアを施した爪は、切子硝子を透かして指の内側から見ると、小さな神秘的な日の出のようだった。

「日がのぼるわ、ほら」

と本多にこれを示すほどに慶子は酔っていた。

「残酷な日の出ですね」

と本多は心もよそに呟《つぶや》きながら、みっともなさと非常識の霧が、この明るすぎる部屋を、一寸先も見えないようにしてしまうのを切に望んでいた。

「さっきのお話ね、もし私が、はっきりお断りしたらどうなさる？」

「私の老後は真暗です」

「大袈裟《おおげさ》なことを仰言るのね」

慶子はグラスを卓に置いて、なお考えていた。どうして私って、いつも人助けをするようにできているんでしょう、と口のなかで呟いたりした。やがてこう言った。

「心の奥底の本当の問題は、いつだって子供らしいものですわ。人間がこうしたいと思うと、一枚の刷りまちがいの郵便切手を探しに、アフリカ探険にでも行くんですものね」

「私はジン・ジャンに恋しているんだと思いますよ」

「まあ」

と慶子は、嘘《うそ》ばかり、という目色で華やかに笑った。

慶子がその次に言った言葉には、一種決然たるものがあった。

「わかったわ。今のあなたには、何かぞっとするほど莫迦《ばか》らしいことをなさる必要があるわけね。たとえば」とムームーの裾を軽くもちあげた。「たとえば、私のこの足の甲に接吻《せっぷん》でもしてごらんになったら？　きっとそれで気がお晴れになるわ。少しも愛していない女の足の甲でもつくづく御覧になったら。でも私の脚の静脈の美しさは評判なのよ。御心配なく。御風呂《おふろ》のあとでよく磨き込んでございますから、お体に障《さわ》るようなことはないでしょう」

「さっきのお願いをきいて下さる交換条件としてなら、喜んでこの場でそうしますよ」

「ではどうぞ。あなたの自尊心の歴史の上で、一度ぐらいそういうことをしてごらんになったらいいのよ。そうすれば御立派なほうの歴史が引立つでしょう」

慶子は明らかに教育者の情熱にかられていた。煌々《こうこう》たるシャンデリヤの直下に立上った。夥《おびただ》しい逆髪《さかがみ》をうるさそうに両手で払ったので、象の耳のように髪は左右に大きくはためいた。

本多は微笑《ほほえ》もうとしたが、微笑むことができなかった。あたりを見廻し、ゆっくりと腰を折り曲げた。腰の痛みが急に募ったので、うずくまって、思い切って、絨毯《じゅうたん》の上にひれ伏した。

そうして見る慶子のサンダルは、尊い祭具さながら、力を入れて踏みしめている五本の指の真紅の爪の上へ、なだれかかっている褐色や茶や紫や白い乾果がおごそかに、やや筋張った神経質な足の甲を守っていた。本多がそこへ唇を近づけようとすると、サンダルの足は狡猾《こうかつ》に退《しりぞ》いた。ついにハイビスカスの花もようの裾を排して、その中へ頭をさし入れなければ、唇が足の甲に達することができなかった。わけ入るムームーのうちらには、かすかな香気と温気《うんき》がこもっていた。突然、本多は別の見知らぬ国へ入った。足の甲に接吻してから目をあげると、光りはすべて、ハイビスカスの花々を透かした暗い緋色《ひいろ》になり、そこに二本の白い美しい柱がほのかな静脈の斑《ふ》を見せてそそり立ち、はるかの天空に、小さな真黒な太陽が、黒い光芒《こうぼう》をふり乱して懸っていた。

本多は身をよけて、ようやく立上った。

「はい。たしかにいたしましたよ」

「お約束は守りましょう」

慶子は指環をうけとると、年配らしい落着いた微笑を泛《うか》べて言った。

四十二

「何をしていらっしゃるんです」

といつまでも朝食の卓に来ない良人《おっと》を、家のなかから梨枝は促した。

「富士を見ているのだ」

テラスから本多は答えたが、声は依然室内に向わずに、庭の西端の涼亭《ちん》のかなたの富士へ向っている。

夏の朝六時、富士は葡萄酒《ぶどうしゅ》いろに酩酊《めいてい》し、輪郭もおぼろながら、八合目あたりに一点、お祭の子供の鼻柱に塗りつけた白粉《おしろい》ほどに、一刷毛《ひとはけ》の雪の斑《ふ》があった。

朝食がすむと、ふたたび輝やかしい朝空の下へ、ショーツとポロ・シャツだけで出て、プールのかたわらに身を横たえて、満々たるその水を戯《たわむ》れに手に掬《むす》んだ。

「何をしていらっしゃるんです」

と朝食の後片付をしている梨枝が再び呼んだ。今度は答はなかった。

梨枝は窓ごしに五十八歳の良人の狂気の沙汰《さた》を射るように見た。第一、あの恰好《かっこう》が気に入らぬ。いやしくも法に携わる者がショーツなぞ穿《は》くべきではない。その下からは、衰えた、弾力のない、白い脚がはみ出している。シャツも気に入らぬ。若い逞《たくま》しい肉体の充実感もなしに、ポロ・シャツを着た報いには、シャツの袖口《そでぐち》も背も、海藻《かいそう》を着たように垂れ下っている。どこまで良人が似合わぬ所業を究める気か、梨枝はむしろ興味を以《もっ》て眺めるようになった。自分の感覚にいちめんに生じた鱗《うろこ》を、逆撫《さかな》でされることの一種の快感。

——梨枝が諦《あき》らめて室内深く戻ったのを背中で感じとると、本多は心置きなく、朝のプールが映す風景の美しさに見惚《みと》れた。

檜林《ひのきばやし》で蟬《せみ》が啼《な》きだしていた。本多は目をあげた。さっきあんなに酔うような色をしていた富士は、八時の今は茄子《なすび》の一色《ひといろ》になり、麓《ふもと》のほうの萌黄《もえぎ》のぼかしの中に、稀薄《きはく》な森や村落の姿を浮ばせていた。こうした濃紺の夏富士を見るときに、本多は自分一人でたのしむ小さな戯れを発見した。それは夏のさなかに真冬の富士を見るという秘法である。濃紺の富士をしばらく凝視してから、突然すぐわきの青空へ目を移すと、目の残像は真白になって、一瞬、白無垢《しろむく》の富士が青空に泛《うか》ぶのである。

いつとはなしにこの幻を現《げん》ずる法を会得《えとく》してから、本多は富士は二つあるのだと信ずるようになった。夏富士のかたわらには、いつも冬の富士が。現象のかたわらには、いつも純白の本質が。

プールの中へ目を移せば、箱根の投影のほうが、はるかに多くの水面を占めていた。緑に占められた山塊の夏は暑苦しい。水の空を小鳥が飛びすぎ、餌場《えさば》には老いた鶯《うぐいす》の訪れがあった。

そうだ。きのうは涼亭のそばで蛇を殺した。二尺ほどの縞蛇《しまへび》だったが、きょうの客をおびやかすような事態を防ぐために、石でその頭を打って殺した。この小さな殺戮《さつりく》が、きのうは終日、本多を充実させていた。心の中に、青黒い鋼《はがね》の発条《バネ》が、死に逆らう蛇ののたうちまわる油照りする体の残像として形づくられた。自分にも何かが殺せた、と感じることが暗鬱《あんうつ》な活力を養った。

そして、プール。又しても本多は手をさしのべて、水面をかきまわした。夏の雲が磨《すり》硝子《ガラス》の砕片のようになった。出来上って六日になるというのに、まだ誰一人このプールので泳いだ者はなかった。本多も梨枝と共に三日前からここへ来ていながら、水の冷たいのを口実に一度も泳いではいなかった。

ただひたすら、ジン・ジャンの裸を見ようがために掘らせたプール。ほかの目的は何一つ重要でない。

遠く釘《くぎ》を打つ音がひびいてきた。隣りの慶子の家が改築にかかっているのである。東京の邸《やしき》が接収解除になってから、慶子は御殿場へ来るのが間遠《まどお》になり、ジャックとの仲も何やら冷えて来て、本多の新らしい家に対する競争心も芽生え、ほとんど新築同然の大改築にとりかかった。夏のあいだはとても住むまでには行くまいから、今年の夏は軽井沢で過すことになろうと慶子は言っていた。

本多はプールのそばから身を起し、次第に強まる日射《ひざ》しを避けて、卓を抜きん出ているビーチ・パラソルを苦労してひらき、その日かげの椅子《いす》に坐《すわ》って、又プールの水面を眺めた。

朝の珈琲《コーヒー》が後頭部の痺《しび》れるような覚醒《かくせい》をなお保たせていた。九米《メートル》幅の二十五米のプールの水底の白線が、青いペンキのゆらめきの中に、遠い若い日の運動競技につきものであった、あの石灰の白い線やサロメチールの薄荷《はっか》の匂《にお》いを思い出させた。すべてに白い清潔な線がきちんと幾何学的に引かれ、そこから何事かがはじまり、そこで何事かが終ったのだ。しかしそれは嘘《うそ》の思い出だった。本多の青春は競技場などとは縁もゆかりもなかったのである。

白線はむしろ夜の車道の中央を劃《かく》する線を思い出させる。彼は突然、夜の公園でいつもステッキを突いて歩いていた小柄な老人を想起した。一度は自動車の前灯がまばゆくかすめる歩道で出会った。老人は胸をそらし、象牙《ぞうげ》の握りのついたステッキを腕に懸けて、そのままでは懸けたステッキが地面を引擦るから、折り曲げた腕の肱《ひじ》を不自然に立てて、一そうしゃっちょこ張った姿勢で歩いていた。歩道の片側は五月の香《かぐ》わしい森であった。小柄の老人はいかにも退役軍人という風に見えたし、今は廃物になった勲章を大切に内かくしに秘めているようにも見えた。

二度目は森の闇《やみ》の中で出会った。しかもそのステッキの用途を目近《まぢか》に見たのである。ふつう男女が森で語らうときには、女の背を樹《き》に押しつけて、男が抱擁に移るものだ。その逆ということはめったに見られない。若い男女が立姿で木かげに近づくと、小柄な老人はその樹の幹の裏側に貼《は》りつき、偶〻《たまたま》本多の見ているところから程遠からぬ闇の中で、そのステッキのU字形の象牙の握りの部分が、幹の裏からきわめて徐々にさし出された。本多は瞳《ひとみ》を凝らして、闇にうかぶ白いものを見つめたが、それが象牙の握りとわかったときに、その持主もすぐに知れた。女の両手は男の首へ廻され、男の両腕は女の背を抱いていた。自動車の前灯の遠い波及に、男の後ろ髪の髪油が光った。ステッキの白い象牙の握りはしばらく闇中《あんちゅう》に低迷していた。やがて意を決したように、そのU字形が女のスカートの裾《すそ》にかかった。一度かかると、きわめて手馴《てな》れた速度で、ステッキはスカートを腰のあたりまで一気に吊《つ》り上げた。女の白い腿《もも》はあらわになったが、冷たい象牙が肌に触って気付かれるような失錯は犯されなかった。

女は小声で、「いやよ、いやよ」と言ったり、おしまいには「寒いわ」とまで言ったが、夢中になっている男は答えもせず、女は女で、男の両腕が彼女の背を擁しているだけで手一杯なことに、気がついていないように思われた。

……このきわめて皮肉な冒瀆《ぼうとく》的な洒落《しゃれ》、この甚だ献身的な無私の協力は、思い出すたびに本多の口辺に微笑を誘ったが、いつか松屋PXの入口前で白昼話しかけた男の存在を思い出すと、些少《さしょう》のユーモアも或《あ》る冷え冷えとした不安の裡《うち》に紛れてしまった。自分にとっての真摯《しんし》な快楽が、ある人々の嫌悪《けんお》をそそるというだけのことで、二六時中その嫌悪の反映を受けていなければならぬということ、のみならず嫌悪自体がいつかはその快楽の不可欠な要素になるということ以上に、理不尽なことがあろうか。

身の毛もよだつほどの自己嫌悪が、もっとも甘い誘惑と一つになり、自分の存在の否定自体が、決して癒《い》やされぬということの不死の観念と一緒になるのだ。存在の不治こそは不死の感覚の唯一《ゆいいつ》の実質だった。

彼はふたたびプールのかたわらへ行き、背をかがめて、ゆらめく水をつかんだ。これが彼の人生の終りがけにつかんだ富の触感であった。うつむいた項《うなじ》に射るような夏の陽を感じると、彼は生涯に五十八回繰り返された夏の夥《おびただ》しい悪意と嘲笑《ちょうしょう》の矢を受けたような気がした。そんなに不幸な人生ではなく、すべては理性の楫《かじ》に従って、破滅の暗礁《あんしょう》は巧みに避《よ》けられ、幸福な瞬間がなかったというのは誇張にすぎないが、それにしても何たる退屈な航海だったろう。むしろ誇張を犯して、自分の人生は暗黒だった、と言ったほうが偽らぬ感覚に叶《かな》っている。

自分の人生は暗黒だった、と宣言することは、人生に対する何か痛切な友情のようにすら思われる。お前との交遊には、何一つ実りはなく、何一つ歓喜はなかった。お前は俺がたのみもしないのに、その執拗《しつよう》な交友を押しつけて来て、生きるということの途方もない綱渡りを強《し》いたのだ。陶酔を節約させ、所有を過剰にし、正義を紙屑《かみくず》に変え、理智を家財道具に換価させ、美を世にも恥かしい様相に押しこめてしまった。人生は正統性を流刑《るけい》に処し、異端を病院へ入れ、人間性を愚昧《ぐまい》に陥《おと》しいれるために大いに働らいた。それは、膿盆《のうぼん》の上の、血や膿《うみ》のついた汚れた繃帯《ほうたい》の堆積《たいせき》だった。すなわち、不治の病人の、そのたびごとに、老いも若きも同じ苦痛の叫びをあげさせる、日々の心の繃帯交換。

彼はこの山地の空のかがやく青さのどこかに、こうして日々の空《むな》しい治癒のための、荒っぽい義務にたずさわる、白い壮麗な看護婦の巨大なしなやかな手が隠れているのを感じた。その手は彼にやさしく触れて、又しても彼に、生きることを促すのであった。乙女峠の空にかかる白い雲は、偽善的なほど衛生的な、白い新らしいまばゆい繃帯の散乱であった。

人から見たら？　本多は自分が十分客観的な見地に立てる人間であることを知っていた。人から見れば、本多はもっとも富裕な弁護士で、悠々たる余生をたのしむことのできる境涯におり、それも永い裁判官や弁護士生活に、ひとつとして私曲のない、公正にして晴朗な正義の保持を全うした報いであるから、誰一人羨《うらや》みこそすれ非難しようのない立場にいた。それは市民社会が、時折、市民的忍耐に対して与える遅すぎた報償の一つだった。今となっては、たとえ万一、本多の小さな悪徳が露《あら》われても、人間誰しもありがちな罪のない悪癖として、微笑を以て恕《ゆる》されるにちがいない。要するに、世間的には、彼は「すべてを持っていた」のだ、ただ一つ子供を除いて。

養子でも貰《もら》おうか、と夫婦でかつては語り合ったこともあり、人からすすめられたこともあった。梨枝がこれに触れたがらなくなり、本多も乗気でなくなったのは、財を得てからであった。金を狙《ねら》って乗り込んで来る他人が怖《おそ》ろしくなったのである。

——家のなかから話し声がきこえた。

こんな朝からの来客かと耳を澄ましたが、梨枝と運転手の松戸が話しているのである。やがて二人はテラスへ出て来て、芝生の起伏を眺めわたしながら、梨枝がこう言っていた。

「ごらんなさい。あのへんがでこぼこだわ。涼亭へ上ってゆくスロープが、富士山を見るとき一番目につくところなのに、あんな刈り方をしたら恥かしいわ。宮様もお見えになるんだし」

「はい。やり直しましょうか」

「そうして頂戴《ちょうだい》よ」

本多より一つ年上の老運転手は、テラスの外れの、園芸道具などを入れてある小さな物置へ、芝刈機を取りに行った。本多は松戸がそれほど気に入っているのではなかった。ただ戦中戦後を通じて官庁の運転手を勤めて来たという履歴を買ったのである。甚だゆっくりした物腰、やや尊大な物の言いっぷり、日常生活にまで安全運転のしみ込んだこの男の、決して動じない態度には苛立《いらだ》たされる。人生が車の運転と同様に、慎重一点張りで成功するなどと思われてたまるものか。松戸を見ていると、松戸も定めし主人の本多を自分と同種の人間と信じていると思うにつけ、本多はしじゅう自分の戯画を無躾《ぶしつけ》に描かれているような感じを抱いた。

「まだ間《ま》があるんだから、ここでお休み」

と本多は梨枝に呼びかけた。

「ええ、でもそろそろコックやボーイの来る頃でしょう」

「どうせ遅れて来るよ」

しばらく水中で糸がほどけるようなものうい躊躇《ちゅうちょ》を見せたのち、梨枝は又家の中へクッションを取りに戻った。鉄の椅子に掛けて、腎臓《じんぞう》の体が冷えるのを怖れているのである。

「コックだのボーイだのと、家じゅう他人に荒されるのは全くいやね」

そう言いながら、本多のかたわらの椅子に掛けた。

「私が欣々《きんきん》女史のように派手好みの女でしたら、どんなにかこういう暮しを喜んだでしように」

「古い話を持ち出すね」

大正時代の日本一の弁護士の夫人で、芸者上りの欣々女史は、美貌《びぼう》と驕奢《きょうしゃ》を以てきこえ、乗馬を能《よ》くして白馬を御するかと思えば、葬式へ行くにもお引きずりの喪服で人目を奪うという有様で、良人の死後、もはや奢侈《しゃし》の叶わぬことを果敢《はかな》んで自殺したのであった。

「欣々女史は蛇を可愛がっていて、いつもハンドバッグの中に生きた小蛇を入れていたというじゃありませんか。ああ、忘れていた。きのうあなたは蛇を殺したと言っておいででしたね。宮様がおいでの間に、蛇でも出たら大へんだわ。松戸さん、蛇を見つけたら、必ず始末して下さいよ。但《ただ》し決して私の目に触れないようにね」

と芝刈機を携えて遠ざかる松戸へ叫んだ。

その叫ぶ妻の咽喉元《のどもと》の老いを、プールの水の反映が酷薄に照らし出すのを眺めた本多は、ふと戦時中に渋谷の焼趾《やけあと》で会った蓼科《たでしな》を思い起した。そして又、蓼科が呉《く》れたあの孔雀明王経《くじゃくみょうおうきょう》のことを。

「蛇に咬《か》まれたらね、こんな呪文《じゅもん》を唱えればいいのだ、摩《ま》諭《ゆ》羅《ら》吉《き》羅《ら》帝《てい》莎《そ》訶《わか》」

「へえ」

梨枝は興味の片鱗《へんりん》も示さずに又椅子に掛けた。忽《たちま》ち起った芝刈機のエンジンの響きが、二人に黙っている自由を与えた。

本多は旧弊な妻が宮のお出《い》でを喜んでいるのはさることながら、ジン・ジャンの来訪を知りつつ平静でいることに愕《おどろ》いていた。しかし梨枝は永い悩みが、今日現実に良人《おっと》のかたわらにジン・ジャンを見れば、晴れることになるだろうと望んでいたのである。良人からさりげなく、「明日のプールびらきには慶子がジン・ジャンを連れて来て泊ってゆくだろう」と告げられたとき、梨枝の感じたのは一種のひりひりするような喜びだった。嫉妬《しっと》があまりに深く不確定に関わっていたために、梨枝はあたかも稲妻を見てから雷鳴を待つ間《ま》の、一瞬毎《ごと》に稀《うす》められてゆく不安をわがものにしたような気がした。怖れていたものは待ちこがれていたものと同様になり、もう待つ必要のないことが心を晴れやかにした。

梨枝の心は広大な荒れた平野を、自分を蝕《むしば》むような緩い速度で迂路《うろ》をとおって流れていた河が、河口に来て思うさま泥の堆積を投げかけながら、いよいよ見知らぬ海に臨むのに似ていた。自分はそれを堺《さかい》に淡水であることを止《や》め、苦い海水になるという変身を成就《じょうじゅ》するだろう。或る感情の量を極度まで増してゆくとおのずから質が変って、わが身を滅ぼすかと思われた悩みの蓄積が、ふいに生きる力に変るのだ。はなはだ苦い、はなはだ苛烈《かれつ》な、しかし俄《にわ》かに展望のひらける青い力、すなわち海に。

本多は妻がそのとき、曾《かつ》て見も知らぬ苦いしたたかな女に変りつつあるのに気づいていなかった。不機嫌や黙りがちの探索で彼を苦しめていた間の梨枝は、実はまだその蛹《さなぎ》にすぎなかった。

この晴れやかな朝、梨枝は持病の腎臓さえよほど軽くなったような心地がしていた。

——遠い芝刈機の倦《だる》い轟《とどろ》きが、黙って坐っている夫婦の耳朶《じだ》を慄《ふる》わせていた。話をする必要のない夫婦という、何か絵のような状態から、これほど遠い沈黙はなかったろう。それはお互いに凭《よ》りかかっている神経の束が、凭りかかっていることで漸《ようや》く、地面に倒れて金属的なけたたましい音を立てずに済んでいるのを、暗黙にかつかつ認め合っているような状態だと本多は多少誇張して考えていた。自分がもしめざましい悪を犯していたら、少くとも本多は妻よりも高いところを飛翔《ひしよう》していると感じることができたろう。しかし妻の悩みも自分の歓《よろこ》びも、どこまでも同じ背丈だとしか思われないことが彼の矜《ほこ》りを傷つけた。

水面に映っている二階のゲスト・ルームの窓が、風を入れるために開け放たれて、白いレエスの帷《とばり》がひらめいている。今夜ジン・ジャンが泊ることになるその窓、そこからかつてジン・ジャンが、深夜に屋根へ飛び出して、身軽に地へ降り立ったのであった。翼が生えているとしか考えられないその所業。ジン・ジャンは本多の見ていないところでは、本当に飛ぶのではないか。本多の見ていないときのジン・ジャンは、存在の縛《いまし》めを解かれ、孔雀に打ち跨《またが》り、時空を貫いて変幻しないと誰が言えよう。その確証のなさ、証明の不可能が、本多を魅しているのは明らかである。そこまで考えると、本多は自分の恋の玄妙な性質に思い当った。

プールの水面は光りの投網《とあみ》を打ったようである。妻は御所人形のようなむくんだ小さな手を、ビーチ・パラソルの影が半ばを翳《かげ》らせた卓の端《はし》に掛けて黙っている。

本多はそうして、自由に思念に耽《ふけ》ることができた。

……現実のジン・ジャンは、しかし、本多の見るかぎりのジン・ジャンである。美しい黒い髪を持ち、いつも微笑をうかべ、約束はつねにあやふやな、そうかと思えばひどく決然とした、感情の所在の不透明な少女である。しかし見るかぎりのジン・ジャンが凡《すべ》てではないことは明らかであり、見えないジン・ジャンに焦《こ》がれている本多にとっては、恋は未知に関わっており、当然ながら、認識は既知に関わっている。認識をますます推進させ、未知を認識によって却掠《ごうりやく》して、既知の部分をふやして行けば、それで恋が叶うかというと、そうは行かない。本多の恋は、認識の爪《つめ》のなるたけ届かない遠方へ、ますますジン・ジャンを遠ざけようとするからである。

若いころから本多の認識の猟犬は俊敏をきわめていた。だから知るかぎり見るかぎりのジン・ジャンは、ほぼ本多の認識能力に符合すると考えてよい。その限りにおけるジン・ジャンを存在せしめているのは、他でもない本多の認識の力なのだ。

そこでジン・ジャンの、人に知られぬ裸の姿を見たいという本多の欲望は、認識と恋との矛盾に両足をかけた不可能な欲望になった。なぜなら、見ることはすでに認識の領域であり、たとえジン・ジャンに気付かれていなくても、あの書棚の奥の光りの穴からジン・ジャンを覗《のぞ》くときには、すでにその瞬間から、ジン・ジャンは本多の認識の作った世界の住人になるであろう。彼の目が見た途端に汚染されるジン・ジャンの世界には、決して本当に本多の見たいものは現前しない。恋は叶えられないのである。もし見なければ又、恋は永久に到達不可能だった。

飛翔するジン・ジャンをこそ見たいのに、本多の見るかぎりジン・ジャンは飛翔しない。本多の認識世界の被造物にとどまる限り、ジン・ジャンはこの世の物理法則に背くことは叶わぬからだ。多分、(夢の裡を除いて)、ジン・ジャンが裸で孔雀に乗って飛翔する世界は、もう一歩のところで、本多の認識自体がその曇りになり瑕瑾《かきん》になり、一つの極微の歯車の故障になって、正にそれが原因で作動しないのかもしれぬ。ではその故障を修理し、歯車を取り換えたらどうだろうか？　それは本多をジン・ジャンと共有する世界から除去すること、すなわち本多の死に他ならない。

今にして明らかなことは、本多の欲望がのぞむ最終のもの、彼の本当に本当に本当に見たいものは、彼のいない世界にしか存在しえない、ということだった。真に見たいものを見るためには、死なねばならないのである。

覗く者が、いつか、覗くという行為の根源の抹殺によってしか、光明に触れえぬことを認識したとき、それは、覗く者が死ぬことである。

認識者の自殺というものの意味が、本多の心の中で重みを持ったのは、生れてはじめてだと云《い》ってよかった。

もし恋の赴くままに認識を否定し、認識から無限に遁《のが》れ出ようとし、ジン・ジャンを決して認識の及ばぬ領域へ連れ出そうとすれば、認識の側からの反抗は自殺に他ならない。それは又、本多が、この認識によって汚染された世界もろとも、ジン・ジャンを遺《のこ》して、退去することでもある。しかしその瞬間にこそ、光りかがやくジン・ジャンが現前するということほど、確実な予測はなかった。

現在のこの世界は、本多の認識の作った世界であったから、ジン・ジャンも共にここに住んでいた。唯識論《ゆいしきろん》に従えば、それは本多の阿頼耶識《あらやしき》の創《つく》った世界だった。が、なお本多が唯識論に完全に膝《ひざ》を屈することができないのは、彼がその認識に執《しゅう》して、自分の認識の根源を、あの永遠で、しかも一瞬一瞬惜しげもなく世界を廃棄して更新する阿頼耶識と、同一視することを肯《がえ》んじないからだった。

むしろ本多は、心に戯《たわむ》れに死を思い、その甘美に酔いしれながら、認識がそそのかす自殺の瞬間に、ひたすら見たいとねがっていたジン・ジャンの、誰にも見られていない琥珀《こはく》にかがやく無垢《むく》の裸体が、爛然《らんぜん》たる月の出のように現われ出る至福を夢みた。

孔雀成就《じょうじゅ》とは、これを意味するのではなかろうか？　孔雀明王画像儀軌《ぎき》によれば、その本誓《ほんぜい》をあらわした三昧耶形《さんまやぎょう》には、孔雀尾の上に半月《はんげつ》を、さらにその上に満月を観じ、以《もっ》て、半月の満月となる如《ごと》く、修法成就をあらわすのである。

本多の望んできたものは、正にこの孔雀成就だったのかもしれない。もしこの世の恋がすべて半月《はんげつ》に終るとすれば、孔雀の尾の上にのぼる満月を、誰か夢みない者があろうか？

——芝刈機の音が止んで、

「これ位いでよろしいでしょうか」

と遠くから呼ぶ声がきこえた。

夫婦は止り木の上の退屈した二羽の鸚鵡《おうむ》のように、無器用にそのほうへ体を捩《ねじ》って振向いた。すでに雲に半ば覆《おお》われた富士を背に、カーキいろの仕事着の松戸が立っていた。

「まああんなところでしょうね」

と梨枝が低声《こごえ》で言った。

「そうだ。年寄りにそんなに無理は言えない」

と本多は応じた。

本多が両手で作ってみせる輪に、松戸が心得て、ゆるゆると芝刈機をころがして戻って来るとき、箱根側の門から爆音がして、一台のステイション・ワゴンが入って来た。それはコックと三人のウエイターと、料理の材料を沢山載せた、東京からの車であった。

四十三

二ノ岡対山荘の一番の新参であるにもかかわらず、今日まで本多は、古参の別荘の住人たちを招いていなかった。御殿場周辺の米軍相手のバアや、街娼《がいしょう》やポン引き、あるいは軍隊毛布を携えて演習場をうろつく夜鷹《よたか》などが、甚だ風紀を紊《みだ》しているという噂《うわさ》を怖《おそ》れて、別荘から遠ざかっていた人たちが、今年の夏からぽつぽつ戻って来たので、プールびらきを機縁にはじめて招いたのである。

その最も古い住人は、香織宮《かおりのみや》御夫妻と、真柴《ましば》銀行の真柴勘右衛門の老未亡人とであった。老未亡人は孫を三人連れて来ると言っていた。ほかにも別荘地の客は数人あり、慶子やジン・ジャンに加えるに、東京から今西と椿原夫人が来る筈《はず》だったが、槙子は外国旅行で夙《つと》に不参の返事をよこした。本来なら椿原夫人が旅のお供をするべき筈が、槙子はほかの弟子を道連れに選んだのである。

家の者と決った人間はかなり酷に扱うくせに、外からの手伝いとなると、コックにでもウエイターにでも、慈悲深い微笑を絶やさない梨枝を、本多はおかしく眺めた。言葉づかいも丁寧で、よろずに思いやりを見せ、世間からはこんなにも愛される人間であることを、人にも自分にも立証して見せたがっていた。

「奥様、お庭の涼亭《ちん》のほうはどういたしましょう。あちらにもお飲物を用意いたしましょうか」

とすでに白服に着換えた給仕が言った。

「そうして頂戴《ちょうだい》」

「ただ、一寸《ちょっと》あそこまでは、私共三人では手が廻りかねますから、セルフ・サーヴィスをしていただくように、氷なども魔法瓶に入れて置いておいたほうがよろしいかと存じますが」

「そうね。あんな遠いところまで行く方《かた》は、大ていアベックでしょうから、お邪魔をしないほうが、却《かえ》ってよろしいわ。それだけに又、日が暮れかけたら、蚊遣《かやり》の用意を忘れずにね」

本多は妻がこんな口をきくのをきいて、しんそこから愕《おどろ》いた。声は吊《つ》り上り、言葉は浮游《ふゆう》していた。梨枝が永年もっとも憎んできた筈の浮華が、当てつけがましくきこえるほどに、声にも言葉にもにじんでいた。

白服の給仕たちの機敏な動きは、家の空気に忽《たちま》ち多くの直線を引き散らしたように思われた。その糊《のり》の利《き》いた白いジャケットや、その起居の岩々しい甲斐《かい》々々しさ、その見かけの恭《うやうや》しさ、その職業的な慇懃《いんぎん》が、一家の中を何か他人のすがすがしい世界にしてしまった。私的なものは掃き払われ、打合せや、照会や、指揮命令が、そこらを蝶《ちょう》の形に折った白いナプキンさながらに飛び交わした。

プール・サイドには、客が裸のまま午餐《ごさん》を喰《た》べるビュフェの支度がされ、一階に設けた客の更衣室の表示があちこちに貼《は》られた。こうして周囲の情景はみるみる変えられ、本多の秘蔵のコンソールは、白い卓布におおわれて、屋外のバアになった。自分で指図したことであるのに、動きだしてみると、それは何か一種暴力的な変化だった。

彼は次第に強くなる日射《ひざ》しに周囲から追いつめられながら、呆然《ぼうぜん》とこれを眺めた。誰がこれを企《たく》らんだのか？　そもそも何のために？　いくばくの金を費《つか》い、立派なお客を招き、満足したブゥルジョアの役を演じて、出来上ったプールの自慢をする。実際それは戦前戦後を通じて、二ノ岡にはじめてできた個人所有のプールであった。しかもこの世には、招かれることによって他人の富を恕《ゆる》す、寛大な人たちが随分いるのだ。

「あなた、これをお召しになって下さい」

梨枝が焦茶《こげちゃ》のサマー・ウーステッドのズボンと、ワイシャツと、ごくこまかい茶の水玉模様のボウ・タイとを持ってきて、傘下《さんか》の卓の上に置いた。

「ここで着換えるのかい？」

「いいじゃございませんか。見ているのはボーイだけです。それにあの人たちには、今、早御午《はやおひる》を喰べてもらうところですから」

本多は両端が瓢簞形《ひようたんがた》をしたボウ・タイを手にとった。その一端をつまんでプールの光りのほうへ戯《たわむ》れに垂らしてみた。いかにも略式の情ない無気力な紐《ひも》である。簡易裁判所の「略式命令」の手続が思い出された。「略式手続の告知と被告人の異議」……そして、一つの究極の核、光り輝く非望の焦点を除いては、刻々近づくパーティーをもっとも憎んでいるのは本多自身だった。

——真柴老未亡人は三人の孫を連れて、一番はじめに到着した。孫と云《い》っても、老嬢の姉を頭《かしら》に、ごく尋常な、眼鏡をかけた秀才風の二人の弟、大学の四年生と二年生の三人姉弟で、三人はすぐさま更衣室へ行って水着に着換え、祖母は和服のまま傘の下にいた。

「主人が存命のころは、戦後は殊《こと》に選挙のたびに喧嘩《けんか》で、私はただただ主人への面当《つらあ》てに、共産党にばかり投票してまいりました。徳田球一のファンでございましたしね」

老未亡人は、蝗《いなご》が身をすくめて翅《はね》をこすり合わせるような動作で、しきりに衿元《えりもと》をあわせたり、袖口《そでぐち》を引張ったり、癇性《かんしよう》な動きをつづけながら言った。まことに洒落《しやらく》な面白い人という評判だったが、藤色《ふじいろ》のレンズの眼鏡に隠れて、一族郎党に対する油断のない経済的査察の目が光っていた。彼女の前へ出て、その冷たい目にさらされると、誰しも彼女の親類のような気がするのだった。

裸で出て来た三人の孫は、典型的な良家の、大人しい、圭角《けいかく》のない体つきをしていた。次々と水に飛び込んで、ゆるやかに泳ぎだした。本多は最初にこのプールの水を犯した者がジン・ジャンでなかったこと以上の痛恨事はないと思った。

間もなく梨枝が、室内から、すでに水着に着換えた香織宮夫妻を案内してやって来た。本多は気づかないでお出迎えに出なかったことを詫《わ》び、かたがた梨枝を叱《しか》ったが、殿下は「いや、いや」と簡単に手を振られて、水に這入《はい》ってしまわれた。こういうやりとりを老未亡人は、些《いささ》か野暮なものを見る面持で眺めていた。そして一泳ぎされた宮が、プールの縁《へり》に腰かけられると、

「宮様は何てお若くてお元気でしょう。でも、もう十年前なら、競泳をお申し込みするところですがね」

と遠くから金切声で言った。

「真柴さんには今でも敵《かな》わないかも知れませんよ。このとおり、五十米《メートル》泳ぐと息が切れるのだから。それにしても御殿場で泳げるとはすばらしい。水は多少冷たいが」

とあたかも虚飾をふり払うように、その身から水をふり払われた。コンクリートには点々と黒い滴《しずく》が撒《ま》かれた。

何でも戦後風に、淡泊に、無形式に振舞おうとされるあまり、宮は時たまあまり冷淡だと人から思われることにお気づきでなかった。威厳を保つ必要がなくなると、人とのつながりが呑《の》み込めなくおなりになった。伝統を嫌悪《けんお》する資格を誰よりも持っているという特権的な自信から、今どき伝統を重んじる人間を軽んじられるのはいいが、「あの人は進歩的なところがなさすぎますね」と仰言《おつしや》る言葉は、昔だったらほとんど、「あの人は生れが卑《いや》しすぎますね」と仰言るのと同義語になった。宮はあらゆる進歩主義者を、宮と同じ「伝統の桎梏《しつこく》に喘《あえ》いだ」人間として評価しておられたのである。その結果、はなはだ逆説的にも、宮が御自分を生れつきの民衆の一人とお考えになるにはあと一歩で足りた。

水に入るために眼鏡を外された宮のお顔を、本多ははじめて拝見した。眼鏡は宮にとって、かなり大切な世間との橋だったのである。その橋が絶たれたときの宮のお顔には、光りに目をまぶしくなさったせいもあってか、遠い尊貴と現在との間に焦点の定まらない、ある茫漠《ぼうばく》とした悲哀があらわれていた。

これに比べると、ややお肥《ふと》りぎみの水着の妃殿下のほうには、のびやかな気品が溢《あふ》れていた。妃殿下が背を水に委《ゆだ》ねて浮ばれ、片手をあげてこちらへ笑顔を示されたお姿は、箱根の山々をうしろにして、喜々とした無垢《むく》の美しい水鳥のように見えた。人は妃殿下を、幸福というものを知った稀《まれ》な人間の一人だと感じずにはいられなかった。

水から上って祖母を取り巻き、かつ、両殿下にも行儀よく応待する、真柴家の孫たちが本多を多少苛立《いらだ》たせた。この若い人たちの話題はアメリカのことばかりで、長女は自分の留学していた高級な私塾のことを語り、弟たちは日本の大学を出次第留学することになるアメリカの大学の話ばかりしていた。何でもかでもアメリカだった。むこうではすでにテレヴィジョンが普及しているが、日本でもそうなったらどんなにいいだろう、しかしこんな状態では、あと十年以上しなければ日本でテレヴィジョンをたのしむことはできまい、などと言った。

未来の話がきらいな老未亡人は、すぐこの話題を打切った。

「みんなどうせ私だけは見られないと思って嗤《わら》っているのね。いいわ、毎晩あなた方の見ているテレヴィジョンに幽霊になって出てやるから」

若い人たちの会話を祖母がぴしぴしと宰領して、又若い人たちが、祖母が何か話しだすと黙って一せいに耳を傾けるさまは異様なほどで、本多はこの孫たちを、三匹の聡明《そうめい》な兎《うさぎ》のように感じた。

客を迎える迎え方が熟して来て、次々と客は裸でテラスの入口に姿を現わすようになった。同じ別荘地の住人の、二組の裸の夫婦に囲まれて、着衣のままの今西と椿原夫人が、プールを隔てて挨拶《あいさつ》の手をあげた。今西はおよそ似合わぬ大柄のアロハを着ており、椿原夫人は常のごとく喪服に見紛《みまが》う黒っぽい絽《ろ》の着物を着て、プールのかがやきの前に一顆《か》の不吉な黒水晶であろうとしていた。本多はこの効果をすぐ覚《さと》るなり、単純な夫人がこうして永久に演じたがる身の程知らずのアイロニイを、今西が故《こと》さら嗤うために、あんなアロハを着て来たにちがいないと察した。

裸の賑《にぎ》やかな客たちに遅れて、二人はプールに黒と黄の投影を揺らしながら、ゆっくりと縁《へり》ぞいにめぐって来た。

両殿下は今西も椿原夫人もよく御存知だった。殊に宮は戦後いわゆる文化人の会合によくお出になることから、今西とはずいぶん打ち融《と》けた話もしていらっしゃる仲であった。

「面白い人が来ましたね」

傍らの本多にもそう仰言った。

「このごろ一向眠れませんでね」

と坐《すわ》るといきなり今西は、皺《しわ》くちゃな外国煙草《たばこ》の包みをとり出して捨て、さらに新らしい一包みを出して、口を切って、底を叩《たた》いて、巧みにせり上げた一本を口にくわえながら、無造作に言った。

「へえ。何か悩み事でもありますか」

と宮は召上り終ったビュフェの皿を卓上へ戻しながら仰言った。

「別に悩み事と言ってはありませんが、夜中になると、どうしても話相手が要るのです。

朝まで話して、話して、夜あけ前に、二人で服毒自殺をする気持そのままの気持になって、おごそかに睡眠薬を嚥《の》み合って眠るのですよ。そうして目がさめれば、朝は何ということもない普通の朝なんです」

「そんなに毎晩、どんな話を」

「今夜が最後と思えば、話なんていくらだってあります。この世のありとあらゆることを話し合うんですね。自分のやったこと、人のやったこと、世界が体験したこと、人類が今までやってきたこと、あるいは置きざりにされた一つの大陸が何千年ものあいだじっと夢みつづけてきたこと、何でもいいのです。話の種子《たね》はいっぱいあります。今夜限りで世界は終るのですからね」

宮はしんから興味を催おされて、さらに尋ねられた。

「だって、あくる日も生きのびたら何を話すんです。もう話すことは残っていない筈じゃありませんか」

「何でもありません。話を繰り返せばよいじゃございませんか」

この人を小莫迦《こばか》にした返答に呆《あき》れて、宮は黙ってしまわれた。

かたえできいていて、本多は、今西がどこまで本気で話しているのかわからないが、いつかのまことに偏奇な話を思い出して、こう訊《き》いた。

「それはそうと、例の『柘榴《ざくろ》の国』はどうなっているんです」

「ああ、あれですか」と今西は冷然たる目を向けた。このごろ一そう荒《すさ》んでみえるその顔色が、アロハやアメリカ煙草と相俟《あいま》って、米軍通訳の或《あ》るタイプそのままに今西を見せているのを本多は感じた。「あの『柘榴の国』は滅びましたね。もうないのです」

――これが今西のいつものやり方だった。それ自体別に愕くべきことはなかったが、かつて「柘榴の国」の名で呼ばれた「性の千年王国《ミレニアム》」が、今西の幻想の裡《うち》で滅びたとすれば、それは又、今西の幻想を憎んだ本多の心の裡でも亦《また》滅んだのであった。それはもはやどこにもなかった。しかもその幻想の殺戮《さつりく》の下手人は今西であり、今西がいかに観念上の血に酔いしれて、自分の築いた王国を滅亡させたか、その一夜の惨状が想《おも》い見られた。彼は言葉で築き、言葉で滅ぼした。一度も現実のものにならなかったとはいえ、それはどこかに一旦《たん》は顕現したのち、残酷な恣意《しい》によって破壊されたのである。今西が舌なめずりしている、その薬品に荒れた、樺《かば》いろがかった舌の色を見ると、彼の観念上の屍山血河《しざんけつが》が如実《にょじつ》に浮んできた。

この虚弱な蒼《あお》ざめた男の欲望に比べれば、本多の欲望ははるかに穏やかでつつましいものであった。しかしいずれも不可能に懸けられている点では同じだった。今西が少しの感傷も見せず、独特の気取ったノンシャランスで、「『柘榴の国』は滅びた」と言ってのけるのをきくと、その軽薄がいつになく本多の心にしみた。

こんな感情を妨げたのは、すぐ耳もとへ話しかけて来る椿原夫人の声であった。ことさらひそめた声が、事柄が何ら重大でないことを前以《まえもつ》て告げていた。

「本多さんにだけ申上げておきますけれど、槙子さんは今欧洲《おうしゅう》へ行っていらっしゃるでしょう」

「ええ、知っていますよ」

「いいえ、そのことではないの。ただあの方は、今度に限って、私を誘って下さらなかったの。他の、それはまあ見るもいやな、下品で才能のないお弟子さんを連れていらしたんですけれど、その人については私、とやこう批評する気持はありませんわ。ともかく、旅行について、あの方から私に、何のお話もなかったの。そんなこと考えられまして？　私、飛行場までお見送りはしましたけれど、胸が詰って何も申上げられなかったわ」

「どうしてでしょう。あなたとはあんなに切っても切れない仲だったのに」

「切っても切れないどころではありません。槙子さんは私の神様でした。その神様に私は見捨てられてしまったのです。

　お話をすれば長くなりますけれど、あの方のお家《うち》が、やはり歌人のお父様が軍人でいらして、戦後お困りになっていらしたころ、いちはやくお援《たす》けしたのは私ですし、こちらも何から何まであの方の御指南を仰いで、それこそ隠し事は何一つせず、すべてあの方のお指図どおりに生きても来ましたし、歌も詠《よ》んで来たつもりでございます。神様と一心同体という気持が、戦争で息子を亡《な》くした抜殻の女をずっと支えて来たわけですわ。あんなに有名になられた今でも、私の気持には少しも渝《かわ》りはありませんのに、只《ただ》一ついけなかったのは、あの方と私の才能がちがいすぎたこと、今度見捨てられてますますはっきりしましたけれど、才能がちがいすぎるというより、私に才能のかけらもなかったということですの」

「そんなことはありませんよ」

本多はプールの光りに目を細めて、お座なりを言った。

「いいえ、もうわかったのです。自分でわかったのはよございますが、でも今になってはっきりしたのは、あの方にははじめからそれがわかっておいでだったにちがいない、ということです。こんな残酷なことがあるでしょうか。はじめから才能の皆無な女とわかっていながら、それを引廻し、一切の命令に従わせ、ときどき好《い》い気持にさせながら、利用するだけ利用なさって、今度は敝履《へいり》のように見捨てたまま、ほかのお金持のお弟子に侍《かしず》かれて、欧洲旅行へお出かけになるなんて」

「あなたの才能のあるなしは別として、槙子さんがすばらしい才能の持主なら、才能とは本来残酷なものじゃありませんか」

「神様が残酷なように。……でも本多さん、神様に見捨てられて、どうして生きて行けるでしょうか。私のすることなすことを、逐一見ていて下さった神様がいなくなったら、一体何をすればいいのでしょうか」

「信心をお持ちになったらどうなんです」

「信心なんて。裏切る心配のない見えない神様などを信じてもつまりませんわ。私一人をいつもじっと見つづけて、あれはいけない、これはいけない、とたえず手取り足取り指図して下さる神様でなければ。その前では何一つ隠し立てのできない、その前ではこちらも浄化されて、何一つ羞恥心《しゅうちしん》を持つことさえ要らない、そういう神様でなければ、何になるでしょう」

「あなたはいつまでも子供で、そうして母親でいらっしゃる」

「そうですわ、その通りですわ、本多先生」

すでに椿原夫人の目には、危うく滾《こぼ》れんばかりに涙が溜《たま》っていた。

今目前のプールに入っている客は、真柴家の孫たちと新らしい二組の夫婦であったが、これに香織宮まで飛込まれて、緑と白の縞《しま》の大きなゴムのボールを投げ合いはじめたので、水音や喚声や笑い声が、散乱する水の光りをいよいよきらびやかにし、人と人との間にゆらめいているいくばくの青い水面が、たちまち攪拌《かくはん》されて激越な波頭《なみがしら》を立て、あるいはプールの隅をひそかに舐《な》めていた水が、光りを負うた鋭い背中の肉に切り裂かれて、輝く水の傷口を示したりした。しかし瞬時に癒《い》えたその傷口は、ゆらめくふくらみになって人を包み、プールのかなたで悲鳴と共にいさぎよく上った繁吹《しぶき》が、こなたでは粘液質の光りの無数の輪を丹念に伸びちぢみさせたりしていた。

その宙を飛ぶボールの緑と白の縞にも、飛ぶ一瞬にくっきりと光りと影が印せられ、水の色も水着の色彩も、遊ぶ人たちも、一人として深い感情と縁のある者はいないのに、なぜこの一定の水量の躍動や、人々の笑い声叫び声が、何か悲劇的な構図を心に呼びさますのだろうか、と本多は考えていた。

それは太陽のせいであろうか。ふと光りのぐらついてみえるほどの青空を仰いで、本多が嚔《くしゃみ》をしかけたとき、椿原夫人はすでに顔をおおうた手巾《ハンカチ》のあいだから、聴き馴《な》れた涙声でこう言っていた。

「おたのしそうね、皆さん。こんな時代が来るなんて、戦争中に誰が想像したでしょう。一度でもいいから、暁雄《あきお》にこんな思いをさせてやりたかった」

——慶子とジン・ジャンが梨枝に案内されて、その水着の姿をテラスに現わしたのは、すでに午後二時をすぎていた。あまり待ちかねて、本多にはその出現が、今では至極当り前のことに感じられた。

プールを隔てて見る慶子の、黒白の竪縞《たてじま》の水着に包まれた体は、五十歳に近いと言われても信じがたい、豊麗を極めた姿で、幼ないころからの洋風の生活が、脚の形といい長さといい、日本人離れのした釣合にして、姿勢がいかにも好いから、何か梨枝に話している横向きの体にも、彫刻的な曲線が威厳を以て流れ、胸と尻《しり》との突起の均整にも、円《まど》やかな肉体の統治が見られた。

かたわらのジン・ジャンの体は、これと好個の対照をなした。ジン・ジャンは白の水着に、白いゴムの海水帽を片手に持ち、片手で髪をかきあげながら、休めの姿勢の右足の指先をやや外輪にしていた。遠くからも見えるこの足の外輪への捩《ねじ》り方に、ジン・ジャンの姿態が人の胸をときめかせる、あの一種熱帯風の破調があらわれていた。強靭《きょうじん》でしかも細いのびやかな肢《あし》に、厚みのある胴を載せているのが、どことはなしに不均衡な危険を感じさせるところが、慶子の体とのもっとも目につくちがいであった。しかも白い水着が褐色の肌をいよいよ引立たせ、その水着に包まれている胸の、鬱然《うつぜん》とせり出したふくらみは、見るなり本多に、あのアジャンタ洞窟《どうくつ》寺院の瀕死《ひんし》の舞姫のフレスコを想起させた。白の水着よりさらに白い、微笑《わら》っている歯は、プールのこちらからもよく見えた。

本多はこの待ちこがれたものが、一歩一歩近づいて来るのを迎えて、椅子《いす》を立った。

「これで皆さんお揃《そろ》いですね」

と梨枝が小走りに来て言ったが、本多は返事もしなかった。

慶子は宮妃殿下に挨拶をし、プールの中の殿下にも手を振った。

「冒険が終ってくたくたよ」と慶子は少しも疲れを聴かせぬ滑らかな声で言った。「この運転の下手な私が、軽井沢から東京まで車をころがして、その上ジン・ジャンを東京で拾って、又ここまでやって来たんですもの。よく辿《たど》り着いたものだと思うわ。でも私が運転すると、どうして他《ほか》の車はみんな除《よ》けて通るのでしょう。無人の境を来たようなものだったわ」

「威厳に押されたからでしょう」

と本多は言い、梨枝も何故《なぜ》かけたたましく笑った。

そうしているあいだもジン・ジャンは、光りに揺れさわぐ水に魅せられ、気もそぞろに、卓へ背を向けて、白い海水帽を弄《もてあそ》んでいた。弄ばれて時折ひらめくその白いゴムの内側は、油を塗ったようになまめかしく光った。ジン・ジャンの体にばかり気をとられ、その指の緑の光彩に本多が気がついたのは、かなりあとである。指には金の護門神に護《まも》られたエメラルドの指環《ゆびわ》があった。

これを見た瞬間の本多の喜びは譬《たと》えん方もなかった。恕《ゆる》しのしるしが与えられ、指環をはめたジン・ジャンは、再びもとのジン・ジャンになり、本多の若い日の学習院の森のざわめきと、シャムの二人の王子と、その瞳《ひとみ》に宿る憂《うれ》いと、夏の終南別業の庭に告げられたジン・ジャンの訃音《ふいん》と、永い時の経過と、バンコックでの幼ない月光姫の謁見《えっけん》と、バンパインの水浴と、終戦後の日本で見出《みいだ》された指環と、……すべて本多の過去にあって熱帯へのあこがれにつながる黄金《きん》の連鎖に再び組み込まれたのであった。この指環あってこそ、ジン・ジャンは、錯綜《さくそう》した記憶の裡に、たえず本多が喚起する或る一連の物《もの》憂《う》いきらびやかな音楽の主調音をなすのであった。

本多は耳もとに蜂《はち》の唸《うな》りをきき、紛れもない夏の日ざかりの、麦を炒《い》るような風の匂《にお》いを嗅《か》いだ。誰もとりたてて花を愛さないこの庭には、撫子《なでしこ》や竜胆《りんどう》の咲き乱れる富士の夏野の美しさはなかったが、この風の匂いには、それらの野の匂いと、時折その方角の空を黄いろに染める米軍演習地の土埃《つちぼこり》の匂いとが微《かす》かにまじっていた。

ジン・ジャンの体は本多のすぐかたわらに息づいていた。息づいているばかりか、夏を迎えて、或る病気の感染に格別応じやすい体のように、指の爪先《つまさき》まですでに夏に染っていた。その肉のかがやきは、合歓《ねむ》の影深い市《いち》で売られるタイの奇異な果物のかがやきであり、それは熟れ、時を迎えた、一つの成就《じょうじゅ》、一つの約束としての裸身であった。

思えば本多はこの裸を、七つの年から十二年ぶりに見るのである。今も目に残るあの稚《おさ》ないやや大きすぎる子供らしい腹は小さくすぼみ、あの平たかった小さな胸は反対にふくよかにひろがった。丁度ジン・ジャンはプールの喧騒《けんそう》に気をとられて卓へ背を向けていたので、その水着の背中の紐《ひも》が、項《うなじ》で結ばれてから左右へ落ちて腰につながる間の、あらわな背筋の正しい流麗な溝が、尻の割れ目へとひたすら落ちて、割れ目のすぐ上の尾骶骨《びていこつ》のところでその落下がつかのま憩《やす》らう、小さなひそかな滝壺《たきつぼ》のような部分さえ、窺《うかが》い見ることができた。そして隠された尻のまろやかさ、形のよさは、満月の月の出の輪郭をそのままなぞったかのようで、あらわれた肉には夜の涼気がこもってみえるのに、隠された肉にこそ明るみが添うかと思われた。実に肌理《きめ》のこまかい肌を、パラソルが、影と日向《ひなた》に仕切っている。影のなかの片腕はブロンズのようであるが、日にあらわれた片腕から肩は、磨き上げられた花櫚《かりん》の肌のようである。しかもその肌理のこまかさは、徒《いたず》らに外気や水をはじくのではなくて、琥珀色《こはくいろ》の蘭《らん》の花弁のように潤《うるお》うている。遠目に繊細に見える骨格も、近くでは実に小ぶりに調ってしっかりしていた。

「そろそろ泳ぎましょうか」

と慶子が言った。

「ええ」

とジン・ジャンは活潑《かっぱつ》にふりむいて微笑した。この言葉を待っていたのである。

そのときジン・ジャンは、白い海水帽を一旦卓に置くと、両手をあげて黒い美しい髪をたくし上げた。そのすばやい、むしろぞんざいな動きの間に、丁度都合のよい位置にいた本多は、左の腋《わき》の下方を注視した。水着の上半分はあたかもエプロンのような形をしており、胸あての上方に首をめぐる紐通しが、背へ廻った左右両端にこれを享《う》ける紐通しがついていたが、胸あては胸乳《むなぢ》の麓《ふもと》をあらわに見せるほど刳《く》りが大きく、脇《わき》を隠すのはただ、その胸あての両端が細まって紐通しにいたる帯の部分だけである。従って腋の下方は常でも見えるのに、両手をあげると帯がやや引上げられるから、今まで見えなかった部分も隈《くま》なく見える。本多はその肌も他所《よそ》と何ら変りがなく、緊密な肌の連続に何一つ翳《かげ》りも継目もなく、日を受けても白若として、黒子《ほくろ》の一つの薄い痕跡《こんせき》さえ見つからないことをつぶさに確かめた。本多の心には喜悦が湧《わ》いた。

掻《か》き上げた髪に海水帽をぎしぎしとはめ込むと、ジン・ジャンは慶子を伴ってプールへ行きかけた。慶子が指に挟んでいた煙草《たばこ》に気づいて立戻ったときには、ジン・ジャンはすでに水の中だった。あたりに丁度梨枝のいないことをたしかめた本多は、煙草を灰皿へ捨てるためにうつむいた慶子の耳に、

「ジン・ジャンは指環をして来てくれましたね」

と言った。

慶子は何も言わずに片目を粋《いき》につぶってみせたが、そうすると普段は見せぬ小皺《こじわ》が目尻にほのかに刻まれた。

泳ぐ二人を呆然《ぼうぜん》と眺めているうち、梨枝が帰って来て傍らに坐《すわ》った。海豚《いるか》のように水面から飛び上るジン・ジャンと、その笑い顔が笑い顔のまま、瞬時に輝やく水に没するのを眺めながら、

「まあ、あの体なら、ずいぶん沢山子供が生めそうだこと」

と梨枝は嗄《かす》れた声で言った。

四十四

夜中の書斎で時間を潰《つぶ》すあいだ、並の書物はとても目に入らない。
ふだんあけない抽斗《ひきだし》をあけて、そこに裁判記録の写しが投《ほう》り込んであるのを見つけた本多は、所在なさにこれを読んだ。昭和二十五年一月に言渡《いいわたし》の、今の財産を本多のものとした判決である。
黒い紐《ひも》で綴《と》じたその記録を、本多はモロッコ革の英国式のライティング・セットの、大きなファイルをひろげた上にひらいて読んだ。

「主文
原告に対する明治三十五年三月十五日附農商務省指令林第五六〇九号国有林野下戻《さげもどし》の件聞届け難しとの指令を取消す。
被告は原告に対し別紙目録記載の国有林野を下戻すべし。
訴訟費用は被告の負担とする」

そもそも明治三十三年に訴が出されて、三十五年に一旦《たん》却下され、それから半世紀のあいだ、歴史の変転にかかわりなく、執拗《しつよう》に異議が申立てられ、たまたま本多が勝たせたにすぎないが、思えば福島県のその一地方の、本多とは本来何の縁もない山林が、今こうして本多の富と腐敗を支えていることにまさる不思議はなかった。夜になれば人も通わぬ杉木立が、その陰湿な下草もろとも、本多の今日の生活を招来するために、自然の生成をくりかえして来たのである。もし明治末葉に知らぬ人が山道をゆき、青空の日を突き刺す鉾杉《ほこすぎ》の木立を見てその崇高に搏《う》たれたとき、それがただただ五十年後の愚劣に奉仕するためにあると知ったら、一体何と思うだろうか。

……本多は耳をすました。虫の音《ね》はまだ繁《しじ》ではなく、妻は隣りの寝室で寝静まり、家《いえ》うちは夜になって俄《にわ》かに募る涼気に占められている。

プールびらきは五時に終り、慶子とジン・ジャンのほかの客は、のこらず退去する筈《はず》だった。今西と椿原夫人が頑固に帰らなかった。はじめから泊る心算《つもり》で来ていたのである。このために夕食にも部屋のわりふりにも支障が生じた。椿原夫人はそういうことに気のつくような人ではなかった。

午後の八時に、本多夫婦と慶子とジン・ジャンと今西と椿原夫人の、六人の晩餐《ばんさん》が終った。これをしおにコックやウエイターは帰り仕度をはじめ、客は涼を求めて庭へ出た。今西と椿原夫人は涼亭《ちん》へ行ってしばらく帰らなかった。

本多のはじめの目算では、慶子を一番奥のゲスト・ルームに、ジン・ジャンを書斎とで、慶子をジン・ジャンと相部屋にして、書斎の隣りに入ってもらい、今西たちを奥へ追いやることになった。すでにこのとき、ジン・ジャンのたった一人の寝姿を心ゆくばかり愉《たの》しもうと思った本多の目論見《もくろみ》は崩れた。慶子と相部屋では、ジン・ジャンはつつましく眠るにちがいない。

……裁判記録の一字一句は、少しも心に染まなかった。

「六、訓令第四項第十五号には、『其《その》他幕府及各藩ノ制度ニ於《おい》テ所有ノ事実アリト認ムベキモノ』とあり、これは一号から十四号迄《まで》のような具体的事項の外に、なお一般的に所有の事実があると認められる場合には下戻をするという意味である。この一般的所有の事実というのは……」

時計を見ると十二時をもう五、六分廻っている。突然、闇《やみ》の中で何かにつまずくように、心臓がつまずいた。熱い、たとしえもなく甘い動悸《どうき》がはじまった。

こういう動悸には馴染《なじみ》がある。夜の公園に身をひそめている折、目の前に待ちかねていたものがいよいよはじまるという時に、赤い蟻《あり》が一せいに心臓にたかって、同じ動悸を惹《ひ》き起す。

それは一種の雪崩《なだれ》だ。この暗い蜜《みつ》の雪崩が、世界を目のくらむような甘さで押し包み、理智《りち》の柱をへし折り、あらゆる感情を機械的な早い鼓動だけで刻んでしまう。何もかも融《と》けてしまう。これに抗《はむか》おうとしても無駄なことだ。

それはどこから襲って来るのだろう。どこかに官能の深い棲家《すみか》があって、それが遠くから指令を及ぼすと、どんな貧しい触角も敏感にそよぎ、何もかも打ち捨てて、走り出さなければならない。快楽の呼ぶ声と死の呼ぶ声は何と似ていることか。ひとたび呼ばれれば、どんな目前の仕事も重要でなくなり、つけかけの航海日誌や、喰《た》べかけの食事や、片方だけ磨いた靴や、鏡の前に今置いたばかりの櫛《くし》や、繋《つな》ぎかけたロープもそのままに、全乗組員が消え去ったあとをとどめている幽霊船のように、すべてをやりかけのまま見捨てて出て行かねばならない。

動悸はこのことの起る予兆なのだ。そこからはじまることはみっともなさと醜悪だけと知れているのに、この動悸には必ず虹《にじ》のような豊麗さが含まれ、崇高と見分けのつかないものがひらめいていた。

崇高と見分けのつかないもの。それこそは曲者《くせもの》だった。どんな高尚な事業どんな義烈の行為へ人を促す力も、どんな卑猥《ひわい》な快楽どんな醜怪な夢へそそのかす力も、全く同じ源から出、同じ予兆の動悸を伴うということほど、見たくない真実はなかった。もし下劣な欲望は下劣な影をちらつかせるにすぎず、そもそもこの最初の動悸に崇高さの誘惑がひらめかなければ、人はまだしも平静な矜《ほこ》りを持して生きることができるのだ。ともすると誘惑の根源は肉慾《にくよく》ではなくて、この思わせぶりな、このおぼろげな、この雲間に隠見する峯《みね》のような銀の崇高さの幻影なのだった。それは一先《ひとま》ず人をとりこにし、次いで耐えきれぬ焦躁《しょうそう》から広大な光りへあこがれさせる、「崇高」の鳥黐《とりもち》だった。

本多は耐えきれずに立上った。隣りの寝室の闇をのぞいて妻の寝息を確かめた。ふたたび明るい書斎に一人になった。歴史がはじまって以来、書斎に一人でいる男。歴史の終末にも、彼は書斎に一人でいるだろう。

書斎の明りを消した。月夜だったので、家具はかすかな輪郭を得、磨いた欅《けやき》の一枚板のデスクの表が水を張ったように光っていた。

隣室との堺壁《さかいかべ》の書棚に身を倚《よ》せて、気配を窺《うかが》った。気配がしているが、さりとてまだ起きていて語り合っているのではない。眠られぬ夜を寝物語をしているのかもしれないが、一語も明晰《めいせき》な言葉は洩《も》れない。

本多は覗《のぞ》き穴の隙間《すきま》をあけるために、書棚から十冊の洋書を抜き出した。その洋書の数も決っている。書名も決っている。ドイツ語の古い法律書で、父の代から伝わった古めかしい天金《てんきん》革装の本である。その一冊々々の厚みの差も、指にしっかりと覚えている。抜き出す順序も決っている。指にかかる重みも予測されている。ふりつもった埃《ほこり》の匂《にお》いもわかっている。この荘厳ないかめしい本の触感と重み、その排列の正しさは、快楽にとって必須《ひっす》の手続だった。これらの観念の石垣を鄭重《ていちょう》に取外し、およそ思想の冷厳な満足をはしたない陶酔の手続に変えてしまうほど、重要な儀式はなかった。一冊とっては丹念に音のせぬように床《ゆか》に置いた。一冊ごとに鼓動は高まった。八冊目にとりわけ重い大冊がある。それを抜き出したときには、手は快楽の埃っぽい金《きん》の重みに痺《しび》れた。どこにも頭をぶつけぬように、覗き穴へ目を宛《あ》てることにも越度《おちど》はなかった。この熟練の精妙さも重要だった。いかにひとつひとつの些事《さじ》が動かしがたく重要だったろう。祭式のように、光りまばゆい他界をのぞくためには、どんな細部もゆるがせにされてはならなかった。彼はたった一人闇に置かれた祭司だった。永い時間をかけて脳裡《のうり》に思いめぐらしていた式次第を綿密に守って、(もし一つでも忘れようものなら、すべては瓦《が》解《かい》するという迷信にかられて)、彼はまず右の眼を覗き穴へそっとあてがった。

スタンドだけを点《つ》けていると見えて、向うの部屋には斑《まだ》らな薄明がある。松戸に命じて本多が小細工をして、壁沿いのベッドも少し壁から離したので、トゥインのいずれも視野のうちにある。

仄明《ほのあか》りの下《もと》にはなはだ複雑に組み合わされた肢体が、すぐ目の前のベッドにうごめいていた。白いふくよかな体と浅黒い体が、頭の方向を異《こと》にして、放恣《ほうし》の限りを尽していた。それは心が肉体に結びつき、愛を醸《かも》し出す脳髄が、脳髄からもっとも遠い部分へ少しでも近づいて均衡を得、そこから自分の醸し出した酒をじかに味わおうとして自然にとる姿態だったと云える。影に充《み》たされた黒い髪が、等しく影に充たされた黒い毛と親しみ合い、紛れ合って、頬にかかる後れ毛のうるささが愛のしるしになった。燃えているなめらかな腿《もも》と燃えている頬が睦《むつ》み合い、柔らかい腹が月夜の湾《いりうみ》のようにしのびやかに波立っていた。しかと声はきこえぬが、歓《よろこ》びとも悲しみともつかない歔欷《きょき》が全身にゆきわたり、今は共々相手から見捨てられている乳房が、光りのほうへあどけなく乳首を向けていながら、ときどき稲妻に触れたように慄《ふる》えた。その乳暈《にゅううん》にこもる夜の深さ、その乳房をおののかせている逸楽の遠さは、肉体の各部各部がなお狂おしいほどの孤独に置かれていることを示していた。もっと近く、もっと密に、もっとお互いに融け入りたいとあせりながら果さず、ずっと彼方《かなた》で、赤く染めた慶子の足の指が、一本一本の指の股《また》をひらいたり閉ざしたりして、まるで熱い鉄板を踏んだように指は躍っているのに、それが結局、空《むな》しい薄明の空間を踏みしだくことにしかならないでいた。

その部屋にも山地の涼気が漲《みなぎ》っていることはわかっているが、覗き穴の彼方はあたかも炉の内部のように本多には感じられた。輝やいている炉。ジン・ジャンがこちらへ背を向けているのが残念に思われたが、昼間プールであれほどつぶさに眺めた背筋の溝には、汗がしずかに流れて、やがて溝を外《そ》れて、下にした暗い脇腹《わきばら》のほうへ滴《した》たっていた。彼はしつこい熱帯の果実の、今殻を打ち割ったばかりの果肉の匂いを嗅《か》ぐような気がした。

慶子がややのしかかり気味に体をずらしたので、ジン・ジャンは、慶子の光る腿の間へさし入れていた首を、やや仰向き加減にした。おのずから乳房も見え、右腕は慶子の腰を抱き、左腕は慶子の腹をゆるやかに撫《な》でていた。岸壁を舐《な》める夜の小さな波音が断続していた。

本多は自分の恋の帰結がこんな裏切りに終ったことに愕《おどろ》くことさえ忘れていた。それほどジン・ジャンのはじめて見る真摯《しんし》は美しかったからである。

仰向いて目を閉じたジン・ジャンの、額は半ば慶子の時折痙攣《けいれん》する腿に埋もれ、冷たいすぼんだ形ではなくていかにも和やかな愛らしい形に息づく鼻孔には、慶子の毛が合歓《ねむ》の葉かげのように深々とかかっていた。ジン・ジャンの上唇は弓なりにひらいて濡《ぬ》れ、その唇がいそがしく吸う動きは、繊細な顎《あご》から頬へ暗い光りを帯びて伝わった。そのとき本多は、ジン・ジャンのきつく閉じた目の長い睫《まつげ》のかげから、一条の涙が生物《いきもの》のようにその頬へ伝わるのを見た。

すべては無限の波動の裡《うち》に、未聞の頂きへ向っていた。誰も夢みたこともなければ望んだこともないその無上の堺へ達するために、二人の女は必死に力を協《あわ》せているように見えた。本多はその未聞の絶頂が、一つのきらびやかな冠のように、薄明の部屋の中空《なかぞら》に泛《うか》んでいるのを見る心地がした。それはうごめく女二人を瞰下《みおろ》して懸っているシャム風の満月の王冠で、おそらく本多の目だけが夢見ることのできるものだった。女の一人は交互に身をひきつらせて伸び上っては又崩折《くずお》れ、吐息と汗のなかへ埋もれてしまう。もう少しで指が届こうとして果さぬところに、冠は冷然と浮んでいるのである。

その夢みられた頂点、その未聞の金色《こんじき》の堺が開顕したとき、情景は一変して、本多の目には、眼下にもつれている二人の女が、苦悶《くもん》の様相を以《もっ》てしか眺められなくなった。肉の不如意《ふにょい》に打ちひしがれ、寄せる眉《まゆ》は苦痛にあふれ、熱い肢体は身を灼《や》くものから少しでも遁《のが》れようとのたうちまわっているように見えた。翼はなかった。縛《いま》しめから、苦悩からの、徒《あだ》な遁走《とんそう》の動きをつづけて、肉がそれをしっかと引留め、恍惚《こうこつ》がそれを押しなだめているかのようだった。

ジン・ジャンの美しい黒い乳房は汗にしとどに濡れていた。右の乳房は慶子の体に押しつぶされて形を歪《ゆが》め、健やかに息づいている左の乳房は、慶子の腹を撫でつづける左腕に、ゆたかに擁されていた。そのたえず揺れる肉の円墳《えんぷん》の上に乳首はまどろみ、汗が、この赤土の新らしい円墳に明るい雨の光沢を添えた。

このときジン・ジャンは、慶子の腿が自由な動きに委《ゆだ》ねられているのを嫉妬《しっと》してか、その腿をもわがものにしようとして、左腕を高くあげて慶子の腿をつかむと、自分の顔の上へ、もう息をしなくてもすむように、しっかりと宛《あて》がった。慶子の白い威ある腿がジン・ジャンの顔を完全に覆《おお》うた。

ジン・ジャンの腋《わき》はあらわになった。左の乳首よりさらに左方、今まで腕に隠されていたところに、夕映えの残光を含んで暮れかかる空のような褐色の肌に、昴《すばる》を思わせる三つのきわめて小さな黒子《ほくろ》が歴々とあらわれていた。

……本多はおのれの目を矢で射貫《いぬ》かれたような衝撃を受けた。

頭をずらして、書棚から身を引こうとした。

そのとき背を軽く叩《たた》かれたのである。

書棚の穴から頭を抜いた本多は、寝間着の梨枝が険しい目つきで、おそろしいほど蒼《あお》い顔をして佇《たたず》んでいるのを見た。

「何をしていらっしゃるんです。どうせこんなことだろうと思っていました」

本多は自分の汗ばんだ額を妻に示すのに、何の忸怩《じくじ》たる思いもせずにすんだ。すでに黒子を見てしまったからである。

「見てごらん。あの黒子が……」

「私に見ろと仰言《おつしや》るんですか」

「まあ見てごらん。やっぱりそうだったのだ」

梨枝が体面と好奇心との間でさまようている時間はずいぶん永かった。かまわずに本多は出窓のところまで来て、その造りつけのベンチに掛けた。梨枝は覗き穴へ頭をさし入れた。自分のそうしている姿を見たことのない本多は、妻のその姿の浅間しさを見るに耐えなかった。しかしともあれ、夫婦は同じ行為を頒《わ》け合うところまで来たのである。出窓の網戸ごしに、雲に隠された月の在処《ありか》を探した。光りがふちかがりをした雲の裏に、月が放つ反映は四方《よも》へ及んで、いくつかの雲が、同じように荘厳な様子で連なっていた。星は数少なく、檜林《ひのきばやし》に触れるか触れぬかのあたりに一つの強い煌《きら》めきを見るだけである。

梨枝は覗きおわると、室内の灯を点じた。梨枝の顔は歓喜にかがやいていた。歩いて来て出窓のベンチの片端に掛けた。梨枝はすでに癒《い》やされていた。ひそめた温かい声でこう言った。

「おどろきましたね。……知っていらしたんですか」

「いや。今はじめて知ったんだ」

「だってさっきは、『やっぱりそうだった』と仰言ったじゃありませんか」

「それは意味がちがうよ、梨枝。黒子のことだ。おまえはいつか私の東京の書斎をあさって、松枝《まつがえ》の日記を読んだろう」

「誰があなたの書斎をあさりました」

「そんなことはどうでもいい。とにかく松枝の日記を読んだろう、ときいているんだ」

「さあ、他人《ひと》の日記なんか、興味はないし、おぼえていませんわ」

本多が寝室から葉巻を取って来てくれというと、梨枝は素直に甲斐《かい》々々しく言いつけに従った。網戸の風を掌《てのひら》でかばいながら、火をつけてくれさえした。

「あの松枝の日記に生れ変りの鍵《かぎ》があるのだよ。おまえも見たろう、あの左の脇の三つの黒子を。あの黒子はもともと松枝にあったのだ」

梨枝は他事《よそごと》を考えていて、本多の話には一向乗らなかった。おそらく良人《おっと》の遁辞《とんじ》と考えていたのであろう。本多は妻との共通の記憶を得たさに、もう一押しした。

「え？　見たろう、黒子を」

「さあ、どうですかね。そんなものより、とにかく大変なものを見てしまった。人ってわからないものですねえ」

「だからジン・ジャンは松枝の生れ変りで……」

梨枝は良人を不憫《ふびん》げに見据えた。自分を治ったと信じた女が、今度は癒《いや》し手《て》になろうとするのは自然ではなかろうか。この荒々しいほど現実を確信した女は、その海水のような肌にしみる荒々しさを、良人に感染《うつ》してやろうと身構えていた。一度は変身の慾望を抱いたのに、自分は変らないでも、見ることだけで世界が変貌《へんぼう》するのを学んだ以上、現実のほうを信頼するのが賢明だと考えた梨枝は、もはや以前の梨枝ではなかった。彼女は良人の世界をやさしく蔑《さげす》んでいた。その実、見ることによって、良人に荷担したとは知らずに。

「生れ変りがどうしたって仰言るんです。莫迦《ばか》莫迦しい。私は日記なんか読みませんよ。

それにしても、今やっと落着きました。あなたもこれで目がお覚めになったでしょうが、私は私で、……まるで見当外れのものを相手に心を悩ませていたんですね。幻を相手に角力《すもう》をとっていたんですね。そう思うと、急に疲れが出てきたような気がします。……でも、よござんした。これでもう何も思い煩《わずら》うことはありません」

夫婦は間に灰皿を置いて、ベンチの両端に掛けていた。梨枝の体の冷えを慮《おもんぱか》って、本多が硝子窓《ガラスまど》を閉めたので、葉巻の煙は次第に灯下に立ち迷うた。二人は黙っていたが、昼間の沈黙のようではなかった。

見たものの忌《いま》わしさが心を結びつけるにつれ、本多は世の多くの夫婦のように、自分たちの道徳的な正しさを、白い清潔なエプロンよろしくおのがじし胸に掛けて、三度三度の食卓に就き、誇らしげに満腹し、この世の外のものを軽蔑《けいべつ》する権利を身に着けることができたら、どんなによかろうと束《つか》の間《ま》は考えた。しかし本当のところ、二人は覗き屋の夫婦になったのだった。

とはいえ二人が見たものは同じではなかった。本多が実体を発見したところに、梨枝は虚妄を発見していたのである。そこに至るまでの道筋が、今以てその疲れも十分に癒やされぬ徒爾《あだごと》であったことは共通していた。あとは二人がいたわり合うことが残っているだけだ。

しばらくして、地獄の底が覗けるような欠伸《あくび》をして、後れ毛をかいやりながら、梨枝がこう言ったのは、いかにも当を得ていた。

「ねえ、やっぱり私たちは、そろそろ養子を貰《もら》うことを考えてはどうでしょうか」

あの瞬間から、本多の心から死は飛び去っていた。今や本多には自分を不死かもしれないと信ずる理由があった。唇についた葉巻の葉をむしり取りながら、決然と言った。

「いや、二人だけで暮したほうがいい。後継などはないほうがいいのだ」

＊＊

——本多も梨枝も、はげしくドアが叩かれる音に目をさますと、たちまち煙の匂いを嗅《か》いだ。「火事よ！　火事」と叫んでいるのは女の声で、夫婦が手を携えてドアの外へ出ると、すでに二階の廊下には煙が渦巻いていて、知らせてくれた人の影はなかった。夫婦は袖口《そでぐち》で口を覆うて階段を噎《む》せながら駈《か》け下りた。ひらめいたのはプールの水である。ともあれ少しも早くあの水のところへ行けば助かるのだ。

テラスへ出て、プールを見ると、向う側から慶子がジン・ジャンを擁して叫んでいる。灯もつけないのに、プールにその投影がはっきり見えるのは、家にすでに火が廻っている証拠である。本多は髪をふり乱した慶子もジン・ジャンも持参のナイト・ガウンをちゃんと身に着けているたしなみに愕《おどろ》いた。本多はパジャマ、梨枝は寝間着の姿である。

「いがらっぽい匂いで咳《せき》をして目がさめたの。今西さんの部屋からだわ」

と慶子は言った。

「さっきドアを叩いて下さったのは？」

「私。……今西さんのドアも叩いたけれど、起きて来ないの。大変だわ」

「松戸！　松戸！」

とプール沿いに駈け寄って来る松戸を本多は大声で呼んだ。

「今西さんと椿原さんが大変だ。助けに行けないか」

見上げる二階の窓は、今西の部屋も慶子の部屋も、窓から夥《おびただ》しく湧《わ》き出す白煙に焔《ほのお》がまじっていた。

「それは無理ですよ、旦那様」と運転手は慎重に考え考え答えた。「もう手の施しようはありませんですよ。どうしてお逃げにならなかったんでしょう」

「きっと睡眠薬を嚥《の》みすぎたからだわ」

とそばから慶子が言った。ジン・ジャンはこれをきくと、慶子の胸に顔を伏せて泣き出した。

たちまち焔が高く上ったのは、屋根が破れたらしかった。空は舞い上る火の粉で充たされた。

「この水をどうする」

と本多は、手を触れれば熱そうなほどあかあかと焔と火の粉の投影を宿したプールの水を見て、あらぬことを言った。

「そうでございますね。消火にはもう手遅れと存じますが、応接間の貴重なものに多少水をかけておいたほうがいいかもしれません。バケツをお持ちしましょうか？」

と松戸はまだ少しも動こうとせずに、主人の意向を伺った。

本多はすでに別のことを考えていた。

「消防自動車はどうした？　今は一体何時だろう」

誰も時計を持っていなかった。腕時計は部屋へ残して来たのである。

「四時三分でございます。もうじき夜が明けます」

と松戸が言った。

「よく時計を持ち出したね」

こんな場合に皮肉を忘れずにいる自分に、己れを取戻した思いをしながら、本多が言うと、

「永年の習慣で、いつも腕時計をはめたまま寝ておりますから」

とちゃんとズボンも穿《は》いている松戸は答えた。

梨枝は呆然《ぼうぜん》として畳んだパラソルのわきの椅子《いす》に腰を下ろしていた。

本多は慶子の胸から顔を離したジン・ジャンが慌《あわただ》しく自分のナイト・ガウンの胸のポケットを探って、一葉の写真を取り出すのを見た。写真の光沢は焔に募り、覗《のぞ》くともな

く覗いた本多の目に、あきらかに慶子の姿とわかる全裸で椅子に凭《もた》れた画柄が映った。

「よかった。これが焼けないで」

とジン・ジャンは白い微笑の歯を焔にかがやかせて慶子を見上げた。いろんな思念が錯綜《さくそう》する中から正確な記憶が働らいて、本多はその写真こそ、いつか克己が寝室へ押し入って来る前に、ジン・ジャンが見入っていた秘蔵の写真だと気がついた。

「莫迦ね」と慶子はその肩を艶冶《えんや》に抱きながら、「指環《ゆびわ》はどうしたの？」と訊《き》いた。

「指環？　あら、部屋に忘れて来てしまった」

とジン・ジャンが歴然と言うのを本多は聴いた。

今にも二階の外れの窓に炎を負うた人影があらわれて、すさまじい叫びをあげはせぬかという恐怖に本多はとらわれていた。今確実にあそこで死が起っている。むしろ死は終ったのかもしれない。このきしみ、この轟《とどろ》きにもかかわらず、火事が静寂な感じを深く与えるのはそのせいかもしれない。

消防自動車はいっかな来なかった。慶子の改築中の家の電話を使うことを思いついたので、本多は松戸を走らせて、二枚橋の御殿場消防署への電話をかけにやった。

火は悉《ことごと》く二階に廻り、一階も煙に溢《あふ》れていたが、風はたまたま北西の富士の方角から吹いていたので、プールのほうへ煙も吹き寄せない代りに、背筋を暁闇《ぎょうあん》の冷気が襲った。

火事は刻々に変容していた。焔の中を闊歩《かっぽ》している巨大な跫音《あしおと》のようなきしみにまじって、物の爆《は》ぜる音が断続して、そのたびに、本が焼けている、机が焼けている、と本多は占った。頁《ページ》がまくれてふくらんで薔薇《ばら》のようになる本の焼けざまが思い描かれた。煙に比べて火の嵩《かさ》が大きくなった。プールのこちら側にいても熱が伝わり、熱風が起って次々と燃えがらを飛び立たせた。それらは灰になるまでのつかのまの終末の黄金《きん》であるのに、あたかも賑《にぎ》やかな巣立ちの黄金《きん》の羽搏《はばた》きを思わせ、何かがそこから一せいに出発するかのようだった。そそり立つ焔に照らし出された空の一角には、暁闇に隠されていた横雲の輪郭が定かになった。

二階の根太《ねだ》の落ちるらしい轟音《ごうおん》が家《いえ》うちに起り、ついで、外壁の一部が焔に引き裂かれて、火に包まれた窓枠がプールへ落ちた。火の煩瑣《はんさ》な装飾が、落ちてくる黒い窓枠に、一瞬シャムの大理石寺院の窓の幻を与えた。水しぶきと共に、窓枠は煮えたぎるような音であたりの空気をつんざいた。人々はプールのかたわらから飛び退《の》いた。

次第次第に外壁を失ってゆく家は、燃えている巨《おお》きな鳥籠《とりかご》のように見えた。あらゆる隙間《すきま》から繊細な焔の繿縷《らんる》がはみ出し、ひらめいていた。家は息づいていた。焔の中心に生命の実質の深く激しい気息《いき》の源があるかのようだ。焔のなかに時折、見馴《みな》れた家具の、かつての生活の形のようなものが影絵になって浮ぶけれども、輝やかしいものがこれを覆《おお》うと、たちまち潰《つい》えて、それ自体喜戯する焔になった。外《そと》へあらわれた火が、蛇のようにすばやく馳《は》せのぼって煙の中へ身を隠すさま、黒い密集した煙から、突然、糜爛《びらん》した焔の顔があらわれるさま、……すべては迅速無類の働らきによって、火が火と手を携え、煙が煙と結んで、一つの頂点へのぼりつめようとしていた。プールには、燃えている逆様の家が焔の錨《いかり》を深々と落し、その奥にのぞく焔の尖端《せんたん》の暁闇の空は透徹していた。風が変って煙がこちらへ来たので、人々は一そうプールから遠退いた。煙の匂《にお》いのなかに、それとは嗅ぎ分けられぬが、確実に人の肉を焼く匂いがまざっていることを、誰も口には出さずに心では思っていて、頑《かたく》なに鼻孔を両手でふさいだ。

夜露が下りるから、いっそ涼亭《ちん》へ行っていたほうがいい、と梨枝が言い出し、女三人は火に背を向けて、きのう刈り整えた芝生の勾配《こうばい》を涼亭のほうへ歩きだしたが、本多だけは踏みとどまった。

さっきから、この情景をどこかで見たことがあるという考えにとらわれていたからである。

焔、これを映す水、焼ける亡骸《なきがら》、……それこそはベナレスだった。あの聖地で究極のものを見た本多が、どうしてその再現を夢みなかった筈《はず》があろうか。

家は薪《まき》になり、生活は火になった。あらゆる些事《さじ》は灰に帰し、本質的なもの以外何一つ重要ではなくなり、隠されていた巨大な顔が焔の中からぬっと首をもたげていた。笑い声も悲鳴も涕泣《ていきゅう》も、すべてが焔のひしめき、火に爆ぜる材木や、身をくねらす硝子、焼けた屋《や》家のふしぶしの鳴動に吸い取られ、その音自体が一つの静寂に包まれていた。

根瓦《ねがわら》がひび割れて落ち、ひとつひとつの縛《いま》しめが解かれて、家はかつてないほど輝やく裸になった。焼け残っていた一階の一角の外壁の、卵いろが周囲から皺《しわ》立《だ》って来て、みるみる茶褐色に変ると共に、うすくにじみ出す煙のなかから、火が兇暴《きょうぼう》な拳《こぶし》をつき出して、焔の吹き出す口をあける移りゆきの、ほとんど滑らかな速度には、夢よりも巧妙なものがあった。

本多は肩や袖にふりかかる火の粉を払い、プールの水面は、燃え尽きた木片や、藻《も》のように蝟集《いしゅう》した灰におおわれていた。しかし火の輝やきはすべてを射貫いて、マニカルニカ・ガートの焔の浄化は、この小さな限られた水域、ガンジスに映っていたあの葬《ほうむ》りの火となに造られた神聖なプールに逆しまに映っていた。ガンジスに映っていたあの葬りの火とどこが違ったろう。ここでも亦《また》、火は薪と、それから焼くのに難儀な、おそらく火中に何度か身を反らし、腕をもたげたりした、もはや苦痛はないのに肉がただ苦しみの形をなぞり反復して滅びに抗《はむか》う、二つの屍《しかばね》から作られたのである。それは夕闇《ゆうやみ》に浮んだガートのあの鮮明な火と、正確に同質の火であった。すべては迅速に四大《しだい》へ還《かえ》りつつあった。

煙は高く天空を充《み》たしていた。

ただ一つここにないものは、焔のかなたからこちらを振り向いて、本多の顔をひたと見据えたあの白い聖牛の顔だけである。……

消防自動車が到着したときには、火はもはや衰えていた。しかし消防夫たちは忠実に家じゅうを水びたしにした。救助がまず試みられたが、黒焦《くろこ》げになった二体の亡骸が見つかった。警官が来て現場検証に本多を誘った。階段が落ちていて二階へ上るのに難渋した本多は諦《あき》らめた。今西と椿原夫人の性癖をきいた警官は、多分寝煙草《ねたばこ》が出火の原因であろうと言った。睡眠薬を嚥《の》んだのが三時ごろだとして、薬が十分廻った時刻と、その指先から蒲団《ふとん》の上に落ちた寝煙草がくすぶって出火した時刻とは、生前の今西の話に合うのである。自殺だという考えには本多は与《くみ》しなかった。警官が「心中」という言葉を口にしたときに、そばできいていた慶子は不謹慎に笑った。

一段落したら、調書をとられに、本多は警察にも行かねばならない。今日は何かと忙しくなるであろう。朝食代りになるものを松戸に買いにやらせなくてはならないが、店のあく時刻まではまだ数時間あった。

ほかに落着くところとてなかったので、皆はおのずから涼亭に集まった。そこで出た話は、ジン・ジャンがたどたどしく、さっき火をのがれてここへ来たとき、芝生から一匹の蛇があらわれて、その茶色の鱗《うろこ》に遠い火の照りを油のように泛《うか》ばせながら、非常な速さで逃げて行った、と語ったことである。話をきけば、わけても女たちには一入《ひとしお》冷気が肌にしみた。

そのとき、赤い瓦のような色の暁の富士が、頂上ちかい一刷毛《ひとはけ》の雪ばかりをきらめかせて、涼亭の人たちの目に映った。こんな場合にも、ほとんど無意識の習慣で、本多は赤富士を見つめた目を、すぐかたわらの朝空へ移した。すると截然《せつぜん》と的皪《てきれき》たる冬の富士が泛んで来た。

四十五

昭和四十二年に、本多はたまたま、東京の米国大使館に招かれて、晩餐《ばんさん》の席上で、バンコックのアメリカ文化センターの長をしていたという米人に会った。この人の夫人は三十をすぎたタイの女性で、タイのプリンセスだと皆が言った。本多は彼女をジン・ジャンだと疑わなかった。

昭和二十七年の御殿場の火事のあと間《ま》もなく、帰国したジン・ジャンはその後消息を絶っていた。思いがけなく十五年後に、米国人の妻になって東京に戻って来たと、その瞬間本多は信じた。これはありえないことではなかったし、紹介されたとき初対面の挨《あい》拶《さつ》をして、本多との昔にそしらぬ顔をすることも、ジン・ジャンならやりそうなことであった。

晩餐のあいだも時々夫人の顔へ目をやったが、夫人は頑《かたく》なに日本語を話さなかった。そのアメリカ風の英語は、アメリカ人と少しも違わない。心も空《そら》になった本多は、隣席の婦人には何度か見当外れの応対をした。

食後別室でディジェスティフが出た。本多は薔薇《ばら》いろのタイ絹の服を着た夫人に近寄って、漸《ようや》く二人で話す機会を得た。

ジン・ジャンを知っているか、と本多は尋ねた。

「知っているどころか、私の双生児《ふたご》の妹ですわ。もう亡《な》くなりましたけれど」

と夫人は晴れやかに英語で答えた。どうして亡くなったのか、何時《いつ》、と本多は性急に訊《き》いた。

夫人の語るところはこうであった。

日本留学からかえってのち、これが一向みのりのない留学であったことがわかったので、父はジン・ジャンをさらにアメリカへ留学させようとした。しかしジン・ジャンは肯《がえ》んじないで、バンコックの邸《やしき》で、花々に囲まれて、怠けて暮すことを選んだ。二十歳になった春に、ジン・ジャンは突然死んだ。

侍女の話では、ジン・ジャンは一人で庭へ出ていた。真紅に煙る花をつけた鳳凰木《ほうおうぼく》の樹下にいた。誰も庭にはいなかった筈《はず》なのに、そのあたりから、ジン・ジャンの笑う声がきこえた。遠くこれを聴いた侍女は、姫が一人で笑っているのをおかしく思った。それは澄んだ幼ならしい笑い声で、青い日ざかりの空の下に弾《はじ》けた。笑いが止《や》んで、やや間《ま》があって、鋭い悲鳴に変った。侍女が駈《か》けつけたとき、ジン・ジャンはコブラに腿《もも》を咬《か》まれて倒れていた。

医師が来るまでに一時間かかった。その間にみるみる筋肉の弛緩《しかん》や運動失調があらわれ、睡気《ねむけ》と複視を訴えた。延髄麻痺《まひ》や流涎《りゅうせん》が起り、呼吸はゆるく、脈は不整で迅《はや》くなった。医師が着いたのは、すでにジン・ジャンが最後の痙攣《けいれん》を起して息絶えたあとであった。

第三巻　おわり

解説

森川達也

『暁の寺』は、『豊饒《ほうじょう》の海』全四巻のなかの第三巻に相当し、いわゆる「起・承・転・結」の構成を踏んで発想されているこのライフワークにあって、まさしく「転」の位置に立つ重要な作品である。昭和四十三年九月から、同四十五年四月まで雑誌「新潮」に掲載され、同年七月に上梓《じょうし》された。「楯《たて》の会」の同志四人とともに、東京市ヶ谷の陸上自衛隊に赴き、同隊東部方面総監部の総監室において割腹自刃を遂げた、いわゆる「三島事件」から、ほぼ半年前のことである。

三島が死を決意したのは、いつごろのことであったのか。それを正確に指摘することは、むろん誰にも不可能である。けれども、彼がこの作品『暁の寺』に着手し始め、やがて完結するに至るまでの期間が、この事件遂行にとって、決定的な意味を持つ時間であったことは、疑いようがない。逆に言えば、もっとも切迫した現実の只中にみずからを置いて、身を刻むかのようにして書き上げたのが、この作品であったと断言してよいように思われる。当時、エッセイを連載していた雑誌「波」で、その直後の精神の状況を、彼は次のように書き記している。

「つい数日前、私はここ五年ほど継続中の長篇『豊饒の海』の第三巻『暁の寺』を脱稿した。これで全巻を終ったわけでなく、さらに難物の最終巻を控えているが、一区切がついて、いわば行軍の小休止と謂《い》ったところだ。（中略）人から見れば、いかにも快い休息と見えるであろう。しかし私は実に実に実に不快だったのである」（『小説とは何か』）

「実に実に実に不快だった」というこの告白は、以下に続く文章と共にやはり只事ではない。ただしかし、この快不快は、作品の出来栄えに満足しているか否か、ということとは全く関係がない、と断わりつつ、彼はさらに次のように述べる。

「……かくて、この長い小説を書いている間の私の人生は、二種の現実（解説者注＝作品世界と現実世界）を包摂していることになる。（中略）作家はしばしばこの二種の現実を混同するものである。しかし決して混同しないことが、私にとっては重要な方法論、人生と芸術に関するもっとも本質的な方法論であった。故意の混同から芸術的感興を生み出す作家もいるが、私にとって書くことの根源的衝動は、いつもこの二種の現実の対立と緊張から生れてくる。そしてこの対立と緊張が、今度の長篇を書いている間ほど、過度に高まったことはなかった」

しかし、この過度に高まった対立と緊張の関係は、この作品の完成と共に一瞬に失われ、そしてそれこそが私に「いいしれぬ不快」をもたらした、ただ一つの理由である、と彼は言う。「すなわち、『暁の寺』の完成によって、それまで浮遊していた二種の現実は確定せられ、一つの作品世界が完結し閉じられると共に、それまでの作品外の現実はすべてこの瞬間に紙屑《かみくず》になったのである。私は本当のところ、それを紙屑にしたくなかった。それは私にとっての貴重な現実であり人生であった筈だ」

また、彼は次のようにも言う。

「私はこの第三巻の終結部が嵐のように襲って来たとき、ほとんど信じることができなかった。それが完結することがないかもしれない、という現実のほうへ、私は賭《か》けていたからである。この完結は、狐につままれたような出来事だった。『何を大袈裟《おおげさ》な』と人々の言う声が再びきこえる。作家の精神生活というものは世界大に大袈裟なものである」

これらは、それ以前に書き遺した彼の文章とは異なり、韜晦《とうかい》をきわめた、まことに奇怪な告白、と言わねばなるまい。三島はいったい、ここで何事を語ろうとしているのか。「それまでの作品外の現実はすべてこの瞬間に紙屑になった」とは、どういうことか。「この完結は、狐につままれたような出来事だった」とは、どういうことであるのか。

みずからも述べているように、三島が二種の現実、つまり作品世界の時間的未来と、現実世界の時間的未来との、二種の現実の対立・緊張関係の危機感なしには、いかにしても書きつづけることのできない作家であることは、すでに挙げた通りである。だが、この第三巻において、その終結部が「嵐のように襲って来」て作品が完結したとき、二種の現実は対立・緊張の関係を失い、それまでの作品外の現実は、すべて「紙屑になっ」てしまったと彼は告白する。

二種の現実、つまり作品世界と現実世界の二つが対立・緊張する関係に立つことができるのは、この両者の世界の「時間的未来」が、あくまで異なったものとして、彼の前途に横たわっているからである。だが、第三巻が完結したその瞬間において、この対立・緊張の関係は、一切、消失し去ったと彼は言う。それは、その瞬間に至るまでは、あくまで異なったものとして対立・緊張し合っていた二つの現実、二つの時間的未来のいずれかの一つが、もう一つのそれのなかへ、もはや完全に包みこまれ、呑みこまれてしまったことを意味している。いずれの世界のなかへ、か。言うまでもなく、作品世界のなかへ、である。では、三島がこの作品において、ひたすらに追求し、実現しようと苦闘した世界とは、何であったのか。

『豊饒の海』全四巻が、いわゆる「輪廻転生《りんねてんしょう》」を根本主題にした、壮大華麗な物語であることは、よく知られているだろう。「転」の位置に立つ第三巻のこの『暁の寺』も、むろん、この主題を追って展開される。第一、第二巻を受けているのであるから、この巻の人物や事件は、当然それらの巻の内容とかかわりを持っている。しかし、すでに第一、二巻を読み進めてきた読者に、そのかかわりを、ここであらためて説く必要はあるまい。

私がいま問おうとしているのは、三島があのようにも貴重としてきた現実と人生の一切を、一瞬にして呑み尽し、紙屑と化してしまった作品世界の本質とは、いったい何であったのか、ということなのだ。端的に言えば、それは恐らく、この巻の随所に追求される、大乗仏教を支える二つの根本思想のうちの一つ、いわゆる「阿頼耶識《あらやしき》」を中核として展開された、あの目くるめくばかりに巨大な「唯識《ゆいしき》」思想の世界に、打ちのめされてのことではなかったのか。

もとより私は、三島がこの巨大な思想の大系を、充全に納得し、領解し得たとはいささかも思わない。あれほどにも「近代的自我」に執着し、その孤独に耐えることによってのみひたすら作品を創造し続けてきた三島にとって、法・我皆空を説く「唯識」思想は真向から対立してくる最大の敵であり、この思想の納得・領解は、同時に、彼の美学の根本からの崩壊を意味するはずだからである。

しかし、それにもかかわらず、三島はこの巨大な思想が開示する、目くるめくばかりの世界がたしかに実在するさまを、ある瞬間にかいま窺《み》た、と思われるふしがある。するとそのとき、彼の生きている現実・人生の全体は、一瞬にして空無化し尽される。それが「阿頼耶識」というものの現前するすがた――法相――ではないのか。「一つの作品世界が完結し閉じられると共に、それまでの作品外の現実はすべてこの瞬間に紙屑になった」という彼の告白は、やはり本当でなければならない。

この、刹那《せつな》に彼を襲ったと想像される、奇怪な認識を、さらに側面から強固に支えたものが、まぎれもなく、タイ・印度体験ことに印度における「ベナレス」体験であった、と思われる。年譜によれば、昭和四十二年九月、三島はインド政府の招待を受けて、夫人同伴で約一カ月印度に取材旅行し、帰途ラオス、バンコックに立ち寄っている。彼が感受したこのときの印度体験が、いかに強烈なものであったかは、『暁の寺』全巻にみなぎり、あふれている。何という、巨大で徒労な、現前するニヒリズムであることか！　さきに「嵐のように襲って来た」と、三島自身が告白している「終結部」において、不意にフーガのように立ち現われてくるのも、この体験である。

「夜露が下りるから、いっそ涼亭《ちん》へ行っていたほうがいい」と梨枝が言い出し、女三人は火に背を向けて、きのう刈り整えた芝生の勾配《こうばい》を涼亭のほうへ歩きだしたが、本多だけは踏みとどまった。

さっきから、この情景をどこかで見たことがあるという考えにとらわれていたからである。

焔《ほのお》、これを映す水、焼ける亡骸《なきがら》、……それこそはベナレスだった。あの聖地で究極のものを見た本多が、どうしてその再現を夢みなかった筈があろうか」

第一、二巻では、形に添う影のようにして、それぞれの主人公につき添ってきた本多は、この巻ではその位置を一擲《いってき》し、みずからが主人公となって大胆に振舞う。本多は今や、三島その人であり、ベナレスのあの聖地で「究極のものを見た」のは、疑いもなく三島自身でなければならぬ。

三島がここでかいま窺たであろうと、私が想像する「唯識」的世界の光景——法相——は、最終巻『天人五衰』の結末部において、一種異様な鬼気をさえはらんで、成就される。いや、成就ではなく、再現されたと言うべきであろう。それと同時に、処女作以来、刻苦勉励して営々と築きあげてきた、彼の美学の一切が砕け散った。自刃による彼の肉体の破摧《はさい》は、すぐそのあとに訪れるが、それはもう付け足しのようなものであった、と私は思う。まことに第三巻『暁の寺』こそは、三島におけるそういう、命を賭けたとさえ言ってよい、決定的な美の転換を準備し、成就させるために、どうしても書かれねばならなかった、心血の作品ではなかったか。

もとより、彼が領解した「唯識」の思想が、正当なものであった、などと言うのではない。恐らくそれは、多くの予断と偏見にみちたドグマであったかも知れない。しかし、この国のどの作家が、巨大なこの思想の城郭に向って、かくも果敢な攻撃を挑んだであろうか。その観点からだけしても、『暁の寺』一巻は、まことに注目すべき、貴重な文学作品だと言わねばなるまい。

（昭和五十二年九月、文芸評論家）

この作品は昭和四十五年七月新潮社より刊行された。

三島由紀夫著
盗賊
死ぬべき理由もないのに、自分たちの結婚式当夜に心中した一組の男女――精緻微妙な心理のアラベスクが描き出された最初の長編。

三島由紀夫著
禁色
女を愛することの出来ない同性愛者の美青年を操ることによって、かつて自分を拒んだ女達に復讐を試みる老作家の悲惨な最期。

三島由紀夫著
鏡子の家
名門の令嬢である鏡子の家に集まってくる四人の青年たちが描く生の軌跡を、朝鮮戦争直後の頽廃した時代相のなかに浮彫りにする。

三島由紀夫著
潮（しおさい）騒
新潮社文学賞受賞

明るい太陽と磯の香りに満ちた小島を舞台に海神の恩寵あつい若くたくましい漁夫と、美しい乙女が奏でる清純で官能的な恋の牧歌。

三島由紀夫著
金閣寺
読売文学賞受賞

どもりの悩み、身も心も奪われた金閣の美しさ――昭和25年の金閣寺焼失に材をとり、放火犯である若い学僧の破滅に至る過程を抉る。

三島由紀夫著
美徳のよろめき
優雅なヒロイン倉越夫人にとって、姦通とは異邦の珍しい宝石のようなものだったが……。魂は無垢で、聖女のごとき人妻の背徳の世界。

三島由紀夫著

永すぎた春

家柄の違いを乗り越えてようやく婚約にこぎつけた若い男女。一年以上に及ぶ永すぎた婚約期間中に起る二人の危機を洒脱な筆で描く。

三島由紀夫著

沈める滝

鉄や石ばかりを相手に成長した城所昇は、女にも即物的関心しかない。既成の愛を信じない人間に、人工の愛の創造を試みた長編小説。

三島由紀夫著

獣の戯れ

放心の微笑をたたえて妻と青年の情事を見つめる夫。死によって愛の共同体を作り上げるためにその夫を殺す青年——愛と死の相姦劇。

三島由紀夫著

美しい星

自分たちは他の天体から飛来した宇宙人であるという意識に目覚めた一家を中心に、核時代の人類滅亡の不安をみごとに捉えた異色作。

三島由紀夫著

近代能楽集

早くから謡曲に親しんできた著者が、古典文学の永遠の主題を、能楽の自由な空間と時間の中に〝近代能〟として作品化した名編8品。

三島由紀夫著

午後の曳《えい》航《こう》

船乗り竜二の逞しい肉体と精神は登の憧れだった。だが母との愛が竜二を平凡な男に変えた。早熟な少年の眼で日常生活の醜悪を描く。

三島由紀夫著

宴《うたげ》のあと

政治と恋愛の葛藤を描いてプライバシー裁判でかずかずの論議を呼びながら、その芸術的価値を海外でのみ正しく評価されていた長編。

三島由紀夫著

音楽

愛する男との性交渉にオルガスムス＝音楽をきくことのできぬ美貌の女性の過去を探る精神分析医――人間心理の奥底を突く長編小説。

三島由紀夫著

真夏の死

伊豆の海岸で、一瞬に義妹と二児を失った母親の内に萌した感情をめぐって、宿命の苛酷さを描き出した表題作など自選による11編。

三島由紀夫著

青の時代

名家に生れ、合理主義に徹し、東大教授への野心を秘めて成長した青年の悲劇的な運命！光クラブ社長をモデルにえがく社会派長編。

三島由紀夫著

女神

さながら女神のように美しく仕立て上げた妻が、顔に醜い火傷を負った時……女性美を追う男の執念を描く表題作等、11編を収録する。

三島由紀夫著

岬にての物語

夢想家の早熟な少年が岬の上で出会った若い男と女。夏の岬を舞台に、恋人たちが自ら選んだ恩寵としての死を描く表題作など13編。

三島由紀夫著

サド侯爵夫人・わが友ヒットラー

獄に繋がれたサド侯爵をかばい続けた妻を突如離婚に駆りたてたものは？　人間の謎を描く「サド侯爵夫人」。三島戯曲の代表作2編。

三島由紀夫著

鍵のかかる部屋

財務省に勤務するエリート官吏と少女の密室の中での遊戯。敗戦後の混乱期における一青年の内面と行動を描く表題作など短編12編。

三島由紀夫著

ラディゲの死

〈三日のうちに、僕は神の兵隊に銃殺されるんだ〉という言葉を残して夭折したラディゲ。天才の晩年と死を描く表題作等13編を収録。

三島由紀夫著

小説家の休暇

芸術および芸術家に関わる多岐広汎な問題を、日記の自由な形式をかりて縦横に論考、警抜な逆説と示唆に満ちた表題作等評論全10編。

三島由紀夫著

殉教

（『獅子・孔雀』改題）

少年の性へのめざめと倒錯した肉体的嗜虐の世界を鮮やかに描いた表題作など9編を収める。著者の死の直前に編まれた自選短編集。

三島由紀夫著

葉隠入門

〃わたしのただ一冊の本〃として心酔した「葉隠」の濶達な武士道精神を現代に甦らせ、乱世に生きる〈現代の武士〉たちの心得を説く。

川端康成
三島由紀夫著

川端康成
三島由紀夫 往復書簡

「小生が怖れるのは死ではなくて、死後の家族の名誉です」三島由紀夫は、川端康成に後事を託した。恐るべき文学者の魂の対話。

川端康成著

雪国

ノーベル文学賞受賞

雪に埋もれた温泉町で、芸者駒子と出会った島村——ひとりの男の透徹した意識に映し出される女の美しさを、抒情豊かに描く名作。

川端康成著

山の音

野間文芸賞受賞

得体の知れない山の音を、死の予告のように怖れる老人を通して、日本の家がもつ重苦しさや悲しさ、家に住む人間の心の襞を捉える。

川端康成著

眠れる美女

毎日出版文化賞受賞

前後不覚に眠る裸形の美女を横たえ、周囲に真紅のビロードをめぐらす一室は、老人たちの秘密の逸楽の館であった——表題作等3編。

川端康成著

千羽鶴

志野茶碗が呼び起こす感触と幻想を地模様に、亡き情人の息子に妖しく惹かれ崩壊していく中年女性の姿を、超現実的な美の世界に描く。

川端康成著

掌の小説

優れた抒情性と鋭く研ぎすまされた感覚で、独自な作風を形成した著者が、四十余年にわたって書き続けた「掌の小説」122編を収録。

新潮文庫最新刊

立花隆著
脳を鍛える
―東大講義「人間の現在」―

自分の脳を作るには、何をどう学ぶべきか。本物の知を獲得するには、何をどう学ぶべきか。相対性理論から留年のスヽメまで、知的刺激が満載の全十二講。

河合隼雄
南伸坊著
心理療法個人授業

人の心は不思議で深遠、謎ばかり。たまに病気になることも……。シンボーさんと少し勉強してみませんか？　楽しいイラスト満載。

野口悠紀雄著
「超」納税法

「サラリーマン法人」があなたの納税額を変える!?　著者が、自らの体験を交えて日本の税制の盲点を指摘する痛快エッセイ。

内田幹樹著
機長からアナウンス

旅客機パイロットって、いつでもかっこいいの？　離着陸の不安から世間話のネタ、給料まで、元機長が本音で語るエピソード集。

大平健著
診療室にきた赤ずきん
―物語療法の世界―

赤ずきん、ねむりひめ、幸運なハンス、ももたろう……あなたはどの話の主人公？　精神科医が語る昔話や童話が、傷ついた心を癒す。

今尾恵介著
地図を探偵する

新旧2種類の地図を見比べ、旧街道や廃線跡を歩く。世界中の鉄道記号を比較する――。地味に見える地形図を、自分流に愉しむ方法。

新潮文庫最新刊

塩野七生著
ローマ人の物語 8・9・10
ユリウス・カエサル
ルビコン以前（上・中・下）
「ローマが生んだ唯一の創造的天才」は、大改革を断行し壮大なる世界帝国の礎を築く。その生い立ちから、〝ルビコンを渡る〟まで。

谷村志穂著
海猫（上・下）
島清恋愛文学賞受賞
薫――。彼女の白雪の美しさが、男たちを惑わすのか。許されぬ愛に身を投じた薫と義弟・広次の運命は。北の大地に燃え上がる恋。

逢坂剛著
相棒に気をつけろ
七つの顔を持つ男と、自称経営コンサルタントの女……。世渡り上手の世間師コンビが大活躍する、ウイットたっぷりの痛快短編集。

志水辰夫著
裂けて海峡
弟に船長を任せていた船は、あの夏、大隅海峡で消息を絶った。謎を追う兄が触れたのは、禁忌。ミステリ史に残る結末まで一気読み！

松久淳＋田中渉著
天国の本屋
うつしいろのゆめ
自称〝プロの結婚詐欺師〟イズミを待ち受ける、絶対あり得ない運命……人との出会いがこよなく大切に思えてくる、シリーズ第2弾。

佐藤多佳子著
神様がくれた指
都会の片隅で出会ったのは、怪我をしたスリとオケラの占い師。「偶然」という魔法に導かれた都会のアドベンチャーゲームが始まる。